Unverkäufliches und unkorrigiertes Leseexemplar zu

ISBN 978-3-7587-0001-9
ca. 25,00 €
Voraussichtlicher Erscheinungstermin: 11. September 2024

Wir bitten Sie, Rezensionen nicht vor diesem Termin zu
veröffentlichen. Wir danken für Ihr Verständnis.

Ihre Meinung zu diesem Buch ist uns wichtig!
Wir freuen uns auf Ihre Leserstimme an:
leseeindruck@fischerverlage.de
Mit dem Versand der E-Mail geben Sie uns
Ihr Einverständnis, Ihre Meinung zitieren zu dürfen.

CHRIS VUKLISEVIC

TEE FÜR DIE GEISTER

Roman

Aus dem Französischen
von Maria Hoffmann-Dartevelle

 FISCHER

Erschienen bei FISCHER

Die Originalausgabe erschien 2023 unter dem Titel
»Du thé pour les fantômes« bei Éditions Denoël, Paris.
© Éditions Denoël, 2023

Für die deutschsprachige Ausgabe:
© 2024 S. Fischer Verlag GmbH,
Hedderichstr. 114, D-60596 Frankfurt am Main
Die Nutzung unserer Werke für Text- und Data-Mining
im Sinne von § 44b UrhG behalten wir uns explizit vor.

Satz: Dörlemann Satz, Lemförde
Druck und Bindung: GGP Media GmbH, Pößneck
ISBN 978-3-7587-0001-9

Für den, der das Ende eines jeden Satzes ist,
das Gold in jedem Riss
und der Sturmflüsterer aller Gewitter
in jenen Tagen, die die Breite einer Handfläche messen.

Antes, todos os caminhos iam.
Agora todos os caminhos vêm.
A casa é acolhedora, os livros poucos.
E eu mesmo preparo o chá para os fantasmas.

»Früher führten alle Straßen weg.
Jetzt führen alle Straßen her.
Das Haus ist gemütlich, es gibt kaum Bücher.
Und den Tee für die Geister koche ich selbst.«
MARIO QUINTANA

DER SALON
DER KURIOSI-TEES

Man darf nicht glauben, was man sieht. Das ist jedes Mal Schwachsinn.

Nein. Man darf nur glauben, was man sich anschaut.

Und damit meine ich nicht die Zwanziguhrnachrichten oder ob noch Milch übrig ist. Ich meine: sich etwas anschauen mit dem, was man tief in den Augen, hinter den Augen hat, was einen auf Ideen, auf Geschichten bringt und Sehnsucht nach Felsklippen und Wind hervorruft.

Ja, wirklich, man darf nicht alles glauben, was man sieht.

Das ist wie mit der Wirtin hinter der Kasse. Wenn man die so sieht, denkt man: Die ist eine Hexe. Ja, da gebe ich Ihnen recht; sie hat alles, was eine Hexe ausmacht. Fehlt nur noch der rote Apfel, und man könnte meinen, man wäre bei Schneewittchen. Aber die Wahrheit ist, wenn man sie kennt, ist sie gar nicht so böse … Sie ist sogar der netteste Mensch von ganz Nizza. Na ja, das sage ich lieber nicht zu laut: Wenn sie mich hört, schmeißt sie mich aus dem Salon.

Also, ja, es sieht so aus, als wären die Stühle leer. Aber schauen Sie mal genauer hin.

Glauben Sie, die Teekannen würden sich von alleine heben und senken? Und die Tassen sich einfach so leeren, weil der Tee verdunstet? Also bitte, mal im Ernst.

Das machen natürlich die Geister. Die Geister von Nizza, die sich Tee eingießen und ihn trinken.

Jetzt verstehen Sie, warum die Wirtin Sie gebeten hat, sich zu mir zu setzen. Ihr Teesalon ist nie wirklich leer. Wenn man lebt, setzt man sich auf die Plätze, die die Toten freigelassen haben. So lautet die Regel.

Aber mal ehrlich, was haben Sie sich nur dabei gedacht, zu dieser Zeit des Jahres herzukommen? Da brauchen Sie sich nicht zu wundern, wenn Sie pitschnass werden. Meine Güte, Sie triefen ja richtig, fast wie ein Pan Bagnat. Bestimmt stand in Ihrem Reiseführer nicht, dass es während des Festivals von Cannes immer regnet wie bei den Iren. Wenn man wegen der Strände hergekommen ist, ärgert man sich natürlich. Hätten die Verfasser Ihres Reiseführers vorher mich gefragt, hätten sie schreiben können, dass der Himmel hier eifersüchtig ist, weil mehr auf einen Teppich als auf ihn geschaut wird. Deshalb macht er uns jedes Jahr eine Riesenszene.

So ist es nun mal, man kriegt den Himmel, den man verdient.

Also, wenigstens sind Sie hier am richtigen Ort. An Regentagen sollte man sich in Nizza lieber hier als anderswo aufhalten, das kann ich Ihnen sagen. Ich jedenfalls fühle mich hier wie ein Kuchen, der gerade im Ofen bräunt. Eine schöne weiche Sessellehne im Rücken, umgeben von friedlichen Geistern und den vielen Teekannen, dazu das Prasseln der Regentropfen gegen die Fensterscheibe und draußen, wenn man mal die beschlagenen Fenster freiwischt – bitte schön: der Cours Saleya. Das Herz der Altstadt von Nizza. Im Moment ist er pitschenass. Auch so ist er hübsch, aber man muss ihn sich bei schönem Wetter vorstellen, mit seinen gestreiften Sonnenschirmen, die den Blumenmarkt überspannen. Ich hoffe, Sie erwischen wenigsten einen sonnigen Tag, damit Sie dort den Duft der Dahlien und das grüne Aroma der Blumenkübel riechen können.

Sie zögern? Ich persönlich würde Ihnen den Kuriosi-Tee von La Masque empfehlen, aber alle Sorten sind ausgezeichnet, sie stammen nämlich hier aus der Gegend. Aus dem Vallée des Merveilles, dem Tal der Wunder, zwei Stunden von hier entfernt. Wie, Sie haben noch nie davon gehört? Geben Sie mir mal Ihren Reiseführer. Lassen Sie mich mal sehen. Was ist denn das? *Erprobte Wege, der Expertenführer für Ihre geheimen Wanderungen ...* Da kann ich ja nur lachen. Wenn Sie meine Meinung hören wollen, der ist Experte für rein gar nichts. Von solchen Möchtegernexperten gibt es drei pro Löwenzahn am Wegesrand.

Was im Grunde genommen schade für Sie ist. Denn als ich Sie hereinkommen sah mit Ihrer am Rucksack baumelnden Wasserflasche, dachte ich sofort: Ah, da ist jemand, der Geheimnisse liebt. Echte Geheimnisse. Nicht solche, wie man sie auf den Seiten von »Hätten Sie's gewusst?« findet, die einen beim Sonnenbaden schlauer machen sollen. Nein, Ihnen sieht man an, dass Sie lieber einem echten Geheimnis hinterherjagen als einem Knirps mit Schwimmflügeln auf den glühend heißen Strandkieseln.

Wenn Sie auf der Suche nach etwas Ungewöhnlichem sind, dann habe ich da was für Sie. Mit einem richtigen Dorf, in dem es spukt. Etwas so Geheimnisvolles, dass Ihr Führer sich nicht mal im Traum vorstellen könnte, dass es etwas derart Geheimnisvolles überhaupt gibt.

Aber Achtung: Die Tour, von der ich rede, kennen nur sehr wenige Lebende. Ich selbst, dann die, die im Archiv meinen Bericht gelesen haben, und außerdem noch die Hexe hinter der Theke. Also nicht viele Leute. Und reden Sie nicht zu oft darüber, verstanden? Wir möchten nicht gern in drei Monaten da hochlaufen und einen Kiosk vorfinden, der I-love-Bégoumas-Schlüsselanhänger verkauft.

Na gut.

Also, wenn Sie dahin wollen, müssen Sie ins Hinterland fahren. Nizza können Sie sich später noch anschauen, keine Sorge, die Stadt gibt es seit zweitausend Jahren, es besteht also keine Gefahr, dass sie sich in Luft auflöst. Sie werden genug Zeit haben, den Schlosshügel zu besichtigen, die Promenade entlangzulaufen, Nuss-Nougat-Eis bei Fenocchio zu essen, Mangoldpastete zu probieren oder was auch immer Sie tun wollen. Aber fahren Sie zuerst ins Hinterland.

Wenn Sie es schaffen, die Staus und die Autobahn lebend hinter sich zu lassen, können Sie schon mal dem Himmel danken. Dann fahren Sie über die Brücke, die über die Vésubie führt. Die können Sie nicht verfehlen: Sie sieht aus wie die rot geschnürte Korsage einer entkleideten Riesin. Hinter der Brücke geht es rauf in die Berge. Sie folgen der Straße, die sich an der Vésubie entlang durch die Schlucht windet.

Anfangs werden Sie den Weg hübsch finden, breit und friedlich.

Genießen Sie es.

Bald sinkt der Wasserpegel, und die Felswände rücken dichter zusammen. Unten am Fuße der Schlucht fließt der Gebirgsbach über verrostete Autowracks und vom Sturm entwurzelte Baumstämme. An den Steilwänden sind nur dünne Netze gespannt, um die Steine zurückzuhalten, die Sie erschlagen könnten.

Castagniers. Utelle. Le Colombier. Lantosque.

Ab hier kennen die Leute von der Küste die Namen der Dörfer nicht mehr. Nur wir im Archiv natürlich und der Hausdiener-Kartograph, der dort oben jede Sackgasse und jedes Fleckchen Erde kennt, das Trippeln der Igel und sogar das Knirschen der Eierschalen, wenn die Vogeljungen schlüpfen.

La Bollène. Gordolon. Roquebillière.

Seit fast hundert Jahren haben die Häuser in Roquebillière-Vieux, dem alten Teil von Roquebillière, lange Blocksteine über den Fenstern und Risse in den Wänden, die breiter sind als meine Hand. Verlassene Ortschaften gibt es überall im Tal, weil die Berge manchmal erschrocken zusammenzucken, als erwachten sie aus einem Albtraum, und um sie zu trösten, verschluckt die Vésubie dann ein oder zwei kleine Dörfer.

In Rocca Sparvièra zum Beispiel haben die Bewohner sich jahrhundertelang mit Pest, Heuschrecken und Erdbeben herumgeschlagen. Irgendwann haben sie dann das Weite gesucht. Angeblich irrt dort noch der Geist von Königin Johanna, Gräfin der Provence, umher, seit sie ihren Mann getötet und ihre eigenen Kinder zu Ragout verarbeitet und verschlungen hat.

Aber sicher kann ich es Ihnen nicht sagen, ich war nie da oben.

Auch in Tournefort hat ein Erdbeben alles kräftig durchgerüttelt. Das war vor hundertfünfzig Jahren. Heute findet man dort nur noch Schlossruinen, von weißen Nachtnelken und wildem Lavendel überwuchert.

Roquebillière ist noch mal eine andere Sache. Leute, so zäh, dass sie eine Zecke an ihrer Berufung zweifeln lassen könnten. Wie alle anderen haben sie ihre Erdrutsche und Überschwemmungen abgekriegt, aber sie haben nicht aufgegeben. Sechsmal sind sie umgezogen und haben ihr Dorf woanders wieder aufgebaut. Sechsmal sind sie rauf- und wieder ins Tal runtergewandert, von einer Seite der Schlucht zur anderen. Aus dem alten Namen Rocabiera wurde Roquebillière, viele starben, andere wurden geboren, der Fluss hat sie weitergetrieben, und sie haben sich treiben lassen.

Vielleicht sagen sie sich, mit der Zeit werde der Fluss schon begreifen, dass er sie nicht loswerden wird, dass sie noch dickköpfiger sind als er, und dann wird er aufhören, über sie herzufallen. Sie werden die Vésubie müde gemacht haben. Vielleicht. Im Grunde aber packen die Leute in einem Winkel ihres Gehirns ständig ihre Koffer. Eines ihrer beiden Ohren erwartet immer, dass aus der Tiefe der Schlucht ein Grollen ertönt.

Aber ich schicke Sie nicht dorthin, sondern höher hinauf, ins allergeheimste Geisterdorf der Gegend: Bégoumas.

Wenn Sie Roquebillière-Vieux verlassen, führt Sie eine Kurve um einen Felsen herum. Da werden Sie einen Strauß vertrockneter Blumen sehen und das vergilbte Foto eines Kindes. Die Art Erinnerung, die es eher schafft, Raser auszubremsen, als ein Blitzer.

Weiter oben wird die Straße immer schmaler und ist irgendwann nur noch ein unbefestigter Weg. Ein langer, holpriger Weg, der die Neugierigen oder besser die, die nicht neugierig genug sind, abschreckt. Am Ende, ganz am Ende, da, wo der Weg aufhört, muss man das Auto stehen lassen und zu Fuß einen Maultierpfad hochlaufen. Und damit hat man das Tal der Wunder betreten.

Warten Sie. Freuen Sie sich nicht zu früh.

Das Wunder, die *merveille* oder *meraviglia*, ist hier nicht das Märchenhafte, sondern das Seltsame. Es ist das Gefühl, dass Ihnen jemand folgt. Es ist die Oberfläche des Lac du Tremblement, des Zittersees, die sich ohne einen Windhauch bewegt. Das Gewitter, das bei strahlend blauem Himmel losbricht, während man durch den Val de la Masque, das Maskental, wandert. Die am Col du Diable, dem Teufelspass, in den Stein eingravierte Spirale, die älter ist als unsere Welt und als frühere Welten und einen dermaßen in ihren Bann zieht, dass man darüber den Rückweg vergisst.

Steigen Sie an den Flanken des Mont Bégo hinauf. Laufen Sie an den trockenen Hängen entlang, durch die dunklen

Wälder. Wenn Sie zittern, ist das normal. Der Schatten des Berges legt sich über die Lärchen und vereist den steinigen Boden.

Nach einer zweistündigen Wanderung werden Sie endlich die Ruinen eines Dorfes entdecken, die sich in einem schwarzen See spiegeln. Bégoumas. Verlassen seit den sonderbaren, fast siebzig Jahre zurückliegenden Ereignissen in der Nacht des 15. auf den 16. August 1956.

Das Epizentrum des Mysteriums liegt genau oberhalb des Dorfs, unter den Steinen einer alten Schäferei. Zwischen ihren eingestürzten Mauern wachsen heute Thymiansträucher.

Einst wurden dort zwei Schwestern geboren, die Geister jagten.

UNGEHEUER

Es ist das Jahr 1940, und der Sommer tarnt sich als Winter.

Carmine, die Frau des Schäfers, hätte bereits vor über einem Monat entbinden sollen. An diesem Tag starb ihr Mann. Einfach so, ganz plötzlich. Beim Abendessen ist er vornüber auf den Tisch gesunken. Die beiden Kleinen, die in Carmines Bauch heranwachsen, müssen es gespürt haben, denn seither weigern sie sich, herauszukommen, und Carmines Bauch wird größer und größer. Sie kann nicht mal mehr aufstehen, ohne vornüber zu kippen, so schwer wiegen die beiden kleinen Schmarotzer in ihrem Leib.

Die ungeborenen Kinder balgen sich unaufhörlich.

Carmine wollte keine Zwillinge, keinen doppelten Wurf. Ein Baby, nur eins, ob Mädchen oder Junge, war ihr egal, aber ein einzelnes Kind. Schon das allein ist eine Menge. An Kind Nummer zwei darf sie gar nicht denken. Die bloße Vorstellung löst in ihr einen Sturm aus.

Mit etwas Glück wird vor lauter Balgerei eines der beiden das andere noch vor der Geburt umbringen.

Die ersten Stöße hat sie schon in der dritten Woche gespürt – viel zu früh, fand Mireille, die Hebamme. Einmal im Monat ist Mireille zur Schäferei oberhalb des Dorfes hinaufgekraxelt und jedes Mal ein bisschen blasser zurückgekommen. In Carmines Schoß kämpften zwei Wildkatzen miteinander.

Am Tag des Geburtstermins drückte die Hebamme auf

Carmines Bauch und verabreichte ihr einen wehenfördernden Tee. Ohne Erfolg. Sie schwor sich, nie wieder in dieses Irrenhaus hinaufzugehen. Der Krieg in Carmines Bauch würde nichts Gutes hervorbringen. Nichts Gutes.

Hätte sie gewusst, dass zwei Stunden, nachdem sie gegangen war, zu allem Überfluss auch noch der Vater das Zeitliche segnen würde, hätte sie den Pfarrer von Belvédère hochgeschickt, damit er den Teufel aus der Schäferei austrieb.

Carmine wird also seit mittlerweile zehn Monaten nachts von den Schlägen und Ohrfeigen wach, die ihren Bauch erschüttern. Und seit kurzem auch von Albträumen, ausgelöst durch die Leiche des Schäfers, die vor der Tür unter einem Laken liegt. Wegen ihrer Körperfülle hat sie es nur geschafft, den Leichnam bis vors Haus zu zerren.

Jetzt sieht sie manchmal ihren Mann, wie er das Feuer anfacht, die Asche wegfegt, sieht, wie er ihr die schweißnasse Stirn abwischt. Fiebernd fragt sich Carmine, ob diese Visionen ihr Angst machen oder sie trösten.

Heute ist es neblig, man sieht kaum die Hand vor Augen. Die Hebamme bekommt Gewissensbisse. Für sie bedeutet dieser alles einhüllende Nebel, dass heute ein Tag ist, an dem Dämonen zur Welt kommen. Aber egal ob Dämonen oder nicht, sie wird doch eine junge Frau nicht mutterseelenallein entbinden lassen, oder? Vor allem an so einem Tag, an dem man selbst mitten im Hochsommer im Schatten des Mont Bégo friert.

Carmine brüllt schon, als Mireille über das stinkende Laken steigt, von dem sie gar nicht wissen will, was es verbirgt. Die Schreie beruhigen sie, sie findet zurück in ihre Rolle. Auf dem Herd setzt sie Wasser auf, bereitet den Kräutertee vor, Carmine hockt nun auf allen Vieren. Der riesige Bauch drückt sich in die Matratze.

Die Hebamme hat nicht einmal Zeit, »Pressen!« zu sagen, da taucht schon ein Säuglingskopf zwischen den Schenkeln der Mutter auf, und im nächsten Moment rutscht der kleine Körper, schwupp, wie Seife aus einer Röhre und landet in ihren Armen.

Vier Sekunden lang ist sie fassungslos. Zwei Sekunden lang staunt sie über diese sagenhafte Geschwindigkeit bei einem so jungen Ding, das noch nie entbunden hat, zwei weitere Sekunden lang fragt sie sich, ob es normal ist, dass das Baby so … normal ist. Keine Hörner, kein Teufelsschwanz, keine gespaltene Zunge. Dann schüttelt sie sich, legt die Kleine – es ist ein Mädchen – neben dem Gesicht der Mutter ab, deckt sie mit einem wolligen Fell zu und macht sich wieder an die Arbeit.

Das erste Kind hätte dem zweiten eigentlich den Weg bahnen und ihm die Ankunft erleichtern müssen. Aber Carmine presst und presst, und nichts tut sich. Sie murmelt sich selbst aufmunternde Worte und Flüche zu, nennt sich bei fremden Namen. Die Hebamme schiebt eine Hand tief in den Leib der Mutter, um das widerspenstige Kind zu holen – und zieht sie mit einem Aufschrei zurück. Auf ihrem Zeigefinger ist deutlich der Abdruck eines Zahns zu erkennen.

Mireille ist guten Willens, aber jetzt reicht es ihr. Schluss, aus. Schon will sie sich auf den Weg machen, da brüllt Carmine so laut, dass es dröhnt wie ein Donnerschlag, von dem man am nächsten Tag sagen wird, er sei im ganzen Tal zu hören gewesen.

Die Hebamme, die Hand bereits am Türgriff, seufzt.

Gewaltsam flößt sie Carmine den Lorbeertee ein. Wischt ihr die Stirn ab. Redet je nach Stärke der Wehen mal sanft, mal streng auf sie ein, fordert sie auf zu atmen. Carmine klammert sich so fest an ihre Hand, als hinge sie über einem Abgrund. Armes Ding.

Hinter der Wand blöken sich die Schafe die Seele aus dem Leib.

Nach einer Stunde ist Mireille vollkommen erledigt. Sie setzt sich auf einen Stuhl, Carmine jammert leise. Sie wird sie doch wohl nicht aufschneiden müssen, um dieses grauenvolle Baby zu retten! Dazu noch fehlt der Vater, Friede seiner Seele, der sich um Frau und Kinder kümmern könnte. Oder aber ... Sie könnte auch einen anderen Tee zubereiten, einen aus Thymian und Wintergrün. Ja, sagt sie sich, das wird wohl das Beste sein. Das erste Kind sieht robust aus, es wird seine Mutter schon genügend auf Trab halten. Pech für das zweite. Es hätte eben rauskommen sollen.

Doch während sie sich umdreht, um die Abtreibungskräuter in die Kanne zu geben, taucht wieder ein Schädel zwischen Carmines Beinen auf.

Die Kleine schaut nach links und nach rechts. Und als sie sicher ist, dass niemand sie beobachtet, arbeitet sie sich aus ihrem fleischlichen Kokon ins Freie, kriecht bis zum Kopfende des Bettes, schlüpft unter das Schafsfell und drückt ihre ältere Schwester beiseite, die schreiend auf den Fußboden fällt.

Die Hebamme dreht sich um, hält inne und zuckt mit den Schultern; nichts in diesem Haus könnte sie noch überraschen. Sie hebt das Erstgeborene vom Boden auf, dann schaut sie sich das zweite Baby an, das es auf wundersame Weise ganz allein auf die Welt geschafft hat. Noch ein Mädchen. Es gleicht dem anderen aufs Haar. So sehr, dass es schon sonderbar ist.

Die Geburtshelferin legt beide nebeneinander, um sie zu vergleichen. Ganz so ähnlich sind sie eigentlich doch nicht.

Das Kind, das sie vom Boden aufgehoben hat, hat graue Augen und einen kahlen Kopf; das andere, das auf dem Bett liegt, hat dunkle Haare. Es trinkt schon an der Brust seiner völlig erschöpften Mutter, die plötzlich hochfährt und schreit:

»Aua, sie hat mich gebissen!«

Da erkennt Mireille im Mund des kleinen Miststücks den Schneidezahn, der einen Abdruck auf ihrer Hand hinterlassen hat. Sie schnappt sich das Ungeheuer, hält es mit ausgestreckten Armen von sich, wo es strampelt und brüllt und seinen Zahn in voller Größe präsentiert.

Aber abgesehen von diesem eigenartigen Schneidezahn und dem seltsamen Platztausch hat die Jüngere nichts Außergewöhnliches. Sie hat rosige Haut, ist kräftig und verletzlich.

Die Geburtshelferin schüttelt den Kopf. Sie wird die Nabelschnüre durchtrennen, so schnell wie möglich ins Dorf hinuntergehen, um danach nie mehr wieder zurückzukehren. Hier in der Schäferei gehen Dinge vor, die ihr zu hoch sind, und sie liebt das Einfache. Die Plazenta gibt sie den Schafen zu fressen.

Sie wäscht die Kinder, wickelt sie und legt jedes an einer Brust an. Das Ältere hat seine Mutter mit seiner sanften Art zu saugen bereits für sich gewonnen; das Jüngere, das den Platz der Schwester einnehmen wollte, versucht sich einen Weg zur Brustwarze zu bahnen.

»Sobald du wieder bei Kräften bist, Carmine, solltest du runter ins Dorf ziehen. So ganz allein kannst du dich doch nicht um zwei Säuglinge und eine Schafherde kümmern.«

Kurz bevor Mireille abermals über den stinkenden Haufen vor der Tür steigt, fällt ihr noch ein zu fragen:

»Wie willst du sie denn nennen? Ich meine, wegen dem Gemeinderegister.«

Carmine zuckt zusammen. Wieder hat das zweite Kind sie gebissen. Sie stößt es zurück.

»Die hier Agonie.« Sie streicht dem anderen Mädchen über den Kopf: »Und meine Hübsche nenne ich Félicité.«

Die Hebamme nickt, ohne zu widersprechen. Als sie aber später beim Bürgermeister die beiden Vornamen in das große Heft mit den cremefarbenen Seiten eintragen will, sagt sie sich, dass der Start ins Leben für das zweite Kind eigentlich schon schwierig genug ist und man nicht alles noch schlimmer zu machen braucht. Deshalb vertauscht sie den ersten und den letzten Buchstaben und schreibt unter Félicités Namen:

Egonia

Die Kinder sind herangewachsen. Die Schafe sind gestorben. Carmine hat es kaum bemerkt. Sie hatte mit ihren zwei kleinen Ungeheuern wirklich genug zu tun.

Félicité räumte ihre Spielsachen immer ordentlich nebeneinander ins Regal zurück, malte Bilder sorgsam aus, ohne mit dem Stift über die Ränder zu kritzeln, plapperte gern vor sich hin, zeigte dabei ins Leere und streichelte unsichtbare Tiere. Ihre Mutter fand sie brav, aber ein bisschen wunderlich, das heißt, irgendwas zwischen verrückt und feenhaft.

Agonie dagegen ... Um sie zu stillen, hatte Carmine ein Mutterschaf vor der Schlachtbank bewahrt. Ihr Zahn hätte ihr sonst die Brust zerfetzt. Die Kleine trank gierig und wuchs doppelt so schnell wie ihre Schwester.

Dort, wo Carmine Agonies Windeln leerte, auf der Wiese hinter dem Haus, wuchsen über Nacht Pflanzen, die es gar nicht gab. Blumen, vor denen der Mont Bégo sich fürchtete, gigantische Exemplare, viel zu üppig, um wahr zu sein. Sie überwucherten den Erdboden und schlangen ihre Wurzeln um die alte, morsche Bank. Ihre leuchtend blauen Blüten-stempel wogten wie Algen zwischen ihren bluterguss- und petroleumfarbenen Kiefern, die sich ganz plötzlich, *zack*, um die Spatzen schlossen, ohne ihnen noch Zeit zum Piep-sen zu lassen. Wenn sich die Blüten danach wieder öffneten, stießen sie Vogelpfiffe aus.

Bald war hinter dem Schafstall eine ganze Wiese von die-sen monströsen Blumen bewachsen und weit und breit kein einziger Vogel mehr zu sehen.

Aber die Blumen gaben nur einen originellen Garten ab, verglichen mit dem, was dem Mädchen aus dem Mund quoll.

Denn sobald Agonie zu laut brabbelte oder hustete, musste man in Deckung gehen: Sie spuckte Schmetterlinge. Bei Schmetterlingen denkt man ja: Ist doch schön. Wenn sie bunte Flügel haben, warum nicht? Aber Agonies Insekten kamen nun mal aus Agonie. Und sie verbreiteten nichts an-deres als das: Agonie. Wo sie sich niederließen, vertrocknete frisches Holz, wurden Haare weiß und Gesichter faltig.

Um sich, ihr Haus und ihre Erstgeborene zu schützen, stopfte Carmine der Kleinen einen Knebel in den Mund.

Kurz nach der Entbindung hatte sie sich einen kleinen, ovalen, silbern eingefassten Spiegel gekauft, außerdem eine in einen Rahmen gespannte Leinwand sowie eine Staffelei, zwei Pinsel und einen Farbkasten. Wenn die verbliebenen Schafe und ihre Kinder versorgt waren, nahm sie sich den Spiegel, stellte sich davor und musterte sich ausgiebig. Wie Félicité mir später erzählte, sah es immer so aus, als suchte sie dabei nach etwas, was in der Realität unsichtbar blieb und nur das Spiegelbild ihr enthüllen konnte. Während sie sich selbst betrachtete, zeichnete sie die Umrisse ihres Ge-sichts auf die Leinwand, die Windungen ihrer Locken, den

Schwung ihrer Wimpern. Das Porträt schien immer mehr Tiefe zu bekommen und wie von innen heraus zu leuchten. Nach einigen Monaten wirkte es lebendig. Wenn man daran vorbeilief, verfolgte es einen mit seinen Augen. Fragte man Carmine, warum sie immer noch an diesem längst fertigen Porträt weitermalte, sagte sie jedes Mal, es gleiche ihr noch nicht, noch nicht ganz. Sie müsse es noch verschönern. Nur die goldfarbenen Augen in der Mitte des Bildes blieben unverändert und rollten wie Murmeln, sobald jemand durch den Raum lief. Das restliche Gemälde, alles rings um die Augen, wurde weiter mit neuen Nuancen, Schatten und Formen versehen.

Die Zwillinge wuchsen heran. Schäfertöchter sind früher als andere Kinder in der Lage, sich um sich selbst zu kümmern. Mit fünf melkten sie die Schafe, gingen gemeinsam ins Dorf und brachten Eier mit, aus denen sie sich Omeletts zubereiteten. Zum Glück, denn viermal pro Jahr verschwand Carmine für ungefähr zwei Wochen. Jedes Mal kam sie mit nasser Kleidung zurück. Aber auch mit weniger müden Augen. Sie fahre in die Nähe des Meeres, erklärte sie Félicité, um sich mit Vorräten an Früchten aus einer fernen Welt, Pampelmusen, Granatäpfel und andere Kostbarkeiten, einzudecken.

Bei ihrer Rückkehr von einer dieser Reisen bekam Félicité ihr allererstes Teeservice geschenkt. Eine perlweiße Miniaturteekanne, nicht größer als eine Kinderfaust, mit blauen Motiven und Goldrändern versehen, dazu drei passende Tassen mit Untertassen, ein Milchkännchen und eine Zuckerdose. Das Porzellan war so dünn, dass man an manchen Gewitterabenden durch die Tassenwand hindurch die zuckenden Blitze sehen konnte.

WARNUNG

Ich erzähle Ihnen das zwar alles, aber so richtig viel weiß ich im Grunde gar nicht.

Ich kann Ihnen nur wiedergeben, was man mir gesagt hat. Oder woran ich mich erinnere. Denn es ist schon zwei Jahrzehnte her, dass Félicité mir von all diesen Dingen berichtet hat –, und damals lagen die Geschehnisse ja auch schon zwanzig Jahre zurück. Es war im Jahr 2003, als ich nach den verschwundenen Bewohnern des Mont Bégo gesucht habe, die eines Tages mitsamt ihrer Geschichte ihr Dorf fluchtartig verlassen hatten.

Lange Zeit hieß es, in der Schäferei spuke es. Deswegen sei das darunter gelegene Dorf heute menschenleer. Die Bewohner hätten sich ihre Esel und ihre Kinder geschnappt und sich auf Nimmerwiedersehen davongemacht. Aber tatsächlich wusste niemand, was wirklich passiert war. Aus dem Grund hat man mich beauftragt, Nachforschungen anzustellen. Irgendwann begriff ich, dass ich im Archiv nicht der Erste war, den man mit dieser Selbstmordmission beauftragt hatte. Als die Kollegen mitbekamen, dass ich derjenige war, der die Akte Bégoumas geerbt hatte, klopften sie mir mit bedauernder Miene auf die Schulter.

Ich habe mich also auf die Suche nach den einstigen Bewohnern aus dem Tal der Wunder gemacht.

Zwei oder drei, die hier in der Gegend leben, habe ich ausfindig machen können. Und als ich sie gefragt habe, was ihnen auf dem Mont Bégo zugestoßen sei, haben sie alle das gleiche Gesicht gemacht. Ein Gesicht, das so viel bedeutete wie: Wir können über alles reden, was du willst, über den Wolf, der drei unserer Lämmer gerissen hat, über die verbrannte Ernte, über das bescheuerte Hochhaus, das sie hier gleich nebenan gebaut haben und das uns die Sicht aufs Meer versperrt. Wir geben dir sogar unser Rezept für die Pistou-Suppe, aber dazu werden wir dir nichts sagen.

Ich habe sie gefragt, ob es damals in der Schäferei gespukt hat, weil ich wissen wollte, ob das, was ich gehört hatte, stimmte. Und alle – ich versichere Ihnen, alle, ohne eine einzige Ausnahme – haben traurig vor sich hin gelacht und mit gesenktem Kopf gemurmelt:

»Ja, natürlich hat es gespukt … Wenn es nur das gewesen wäre, wären wir geblieben. Man weiß doch, dass Schäfer Hexer und Sturmflüsterer sind. Wenn einer dazu bestimmt war, ein Geist zu werden, dann der Schäfer. Nein, nein, erst als er gestorben ist, ist alles schlimm geworden. Als er weg war und lauter Masken in die Schäferei eingezogen sind.«

Zuerst dachte ich, sie redeten von Hexen, weil man Hexen da oben Masken nennt. Erst viel später habe ich begriffen, was sie mir eigentlich sagen wollten.

Ich habe natürlich gespürt, dass ich sie mit meinen Fragen lieber hätte in Ruhe lassen sollen, aber ich hatte schließlich einen Auftrag zu erfüllen. Deshalb habe ich nachgebohrt und nicht lockergelassen.

Allerdings haben nicht alle auf die gleiche Weise reagiert. Sehen Sie den weißen Strich hier unter meiner Augenbraue? Eine Pfeffermühle. Die hat einer der Alten, die ich befragt habe, nach mir geworfen. Ein anderer hat mir einfach nur tief in die Augen geschaut, bis mir so mulmig wurde, dass ich mich abgewendet habe.

Schließlich hat wenigsten eine Frau mir geantwortet.

»Die Kleine von Carmine. Die zweite. Ich habe es einfach nicht übers Herz gebracht, sie bei der Geburt sterben zu lassen. Weiß Gott, vielleicht hätte ich es doch tun sollen.«

Was nicht ganz stimmte, wie Mireille mir später gestanden hat und ich es Ihnen ja schon erzählt habe, denn wäre Agonie nicht am Ende auf eigene Faust zur Welt gekommen, hätte die Hebamme sie ohne Gewissensbisse abgetrieben.

»Egonia ist in besagter Nacht verschwunden. In der Nacht, als wir aus Bégoumas geflohen sind. Ich weiß nicht, wo Sie sie finden könnten. Ihre Schwester hat angeblich in Nizza eine Spezialdetektei eröffnet. Keine Ahnung, was das genau ist, aber ich könnte mir vorstellen, dass es in dieser Gegend des Départements Var nicht gerade Dutzende davon gibt.«

So habe ich von Félicités Geschichte erfahren.

Draußen regnet es immer noch und immer heftiger. Selbst die Möwen haben sich Schutz gesucht. So wie es aussieht, wird es den ganzen Tag weiterregnen.

Falls Sie sich also, während wir unseren Tee trinken, die Zeit vertreiben wollen, erzähle ich Ihnen gern Félicités Geschichte, die gleichzeitig auch die von Bégoumas und der Flucht seiner Bewohner ist.

Ich kann Ihnen alles erzählen, was ich über sie, ihre Schwester und vor allem über ihre Mutter erfahren habe, über das verhexte Dorf und den Sommer, in dem seine Bewohner geflohen sind. Ich werde nichts verdrehen oder dazuerfinden. Ich gebe Ihnen einfach wieder, was ich von den Menschen erfahren habe, die das alles erlebt haben. Und da ich nur erzählen werde, was der Wahrheit entspricht, wird vermutlich nicht viel Reales dabei sein.

Ich habe Sie also gewarnt.

BEI DER
GEISTERSCHLEUSERIN

An der Eingangstür von Félicités Detektei müssen Sie zwangsläufig schon vorbeigekommen sein. Die befindet sich nämlich gleich um die Ecke vom Teesalon, in einer Straße der Nizzaer Altstadt, die genauso aussieht wie die Straße davor und die danach. Wenn man während der Siesta die Ohren spitzt, kann man in der Ferne den Hafen und die Brandung hören.

An dem Tag, als ich Félicité aufsuche, regnet es so heftig, dass die ganze Stadt eine einzige riesige Trommel ist. Eigentlich genau wie heute. An den Kirchtürmen bleiben Wolkenfetzen hängen; nicht mal die über die Dachziegel hinausragenden Uhren sind zu sehen. Der Regen überzieht die Straßen wie durchsichtiger Sirup. In den Ecken der Rinnsteine, die sich in Bäche verwandelt haben, sind bräunliche Mimosen und Fischreste vom Markt hängen geblieben, die die Möwen anlocken. Das Wasser läuft über die Türen der Kapellen und die Gitter der Läden, tropft auf Türklinken, Türklopfer, Klingeln.

Aber an dieser Tür in dieser Nizzaer Straße kann der Regen sich nirgends festhalten. An keinem Griff, keinem Türklopfer. Keinem Schloss. An der Hauswand ist lediglich ein Schild angebracht, das ganz leicht im Wind zittert. Die verblasste Zeichnung darauf könnte man für den Kopf eines Barbiers halten. Oder vielleicht für ein Brot.

Es ist ein Totenkopf.

Ein Schädel mit einem Zylinder und einer Lupe vor einer der beiden Augenhöhlen. Darunter steht, so klein, dass man zum Lesen die Augen zusammenkneifen muss:

SPEZIALDETEKTIVIN
GESPENSTER, VERLORENE SEELEN,
UMHERIRRENDE GEISTER

Treten Sie ein, ohne anzuklopfen

Dieser Eingang ist nur für Spukwesen bestimmt.

Für Sie und mich gibt es eine andere Tür. Man muss am Gebäude entlanglaufen, vorbei an dem Fenster, an dem wir gerade sitzen, und zum Haupteingang des Palais Caïs de Pierlas gehen.

Von seiner Türschwelle aus überblickt man den gesamten Cours Saleya. Die rost- und sandfarbenen Fassaden, die Fensterläden im Blauton des aufgewühlten Meeres, die safranfarbene Kapelle der schwarzen Büßer, die Palmen, die hier nichts zu suchen haben, aber den Touristen gefallen. Und hinter einem erhebt sich das alte Stadtpalais mit seiner Stille und seinem abblätternden Anstrich. Die Erinnerung an sehr reiche Leute, die sehr früh gestorben sind und nur diese riesige verwelkte Butterblume zurückgelassen haben.

Die Einheimischen und Künstler, die früher in dem Haus gewohnt haben, sind ausgezogen, und so hat Félicité es ausgewählt. Oder umgekehrt, das Haus sie, wer weiß. Sie suchte nach einem Ort hoch über der Menschenmenge.

Die Tür auf der Seite vom Cours Saleya hat alles, was man braucht, um ins Gebäude zu gelangen: Türklopfer, Schloss, Klingel. Einmal drinnen, muss man allerdings in den vierten

Stock hinauf, und der Fahrstuhl funktioniert nur ungefähr jeden zweiten Tag. Von Zeit zu Zeit bleibt das Metallgitter hängen oder die Tasten reagieren nicht mehr, und man muss die Treppe benutzen, die immer schmaler wird, je höher man steigt.

Ganz ehrlich, wenn Sie den Fahrstuhl nehmen können, nehmen Sie ihn. Dann kommen Sie nicht völlig verschwitzt oben an. Félicité ist zwar nicht mehr da, kann Ihnen also nicht sagen, dass Sie schlecht riechen, aber tun Sie es aus Respekt ihr gegenüber. Sie mochte es nicht, wenn man schweißgebadet bei ihr ankam. Dann konnte sie ihren Tee nicht mehr genießen. Und egal, ob sie gerade einen trank oder einen zubereitete, bei Félicité dampfte immer irgendwo ein Tee.

Bei der Zubereitung befolgte sie ein ganz bestimmtes Ritual und sah dabei aus wie eine Ballerina auf ihrer Spieluhr.

Erst füllte sie den Wasserkocher. Anschließend, während sie auf das erste Beben des Wassers wartete, wählte sie eine von den Dutzenden Teekannen aus, die entlang der Wände, auf Kommoden und Fensterbänken aufgereiht standen, Kannen in allen nur denkbaren Formen – ein Kürbis mit einem Stiel als Henkel, eine Dame in Unterröcken, ein Konzertflügel, eine Hütte mit Strohdach, ein Schwan, außerdem runde, ovale, birnenförmige Kannen aus Kupfer, Keramik, Gusseisen, Porzellan oder Ton, schlanke, gedrungene, weiße, bemalte, goldene Kannen – also, Sie verstehen schon: viele Teekannen. Dann holte sie die Tassen aus dem Schrank. Dabei nahm sie es sehr viel weniger genau. Sie griff einfach nach irgendwelchen Tassen und stellte sie auf beliebige Untertassen.

Nicht wenn es für die Geister war, natürlich.

Das für die Spukwesen bestimmte Teeservice passte in

einen Koffer, der nicht viel größer war als ein Wörterbuch. Innen hatte er die Farbe eines pulsierenden Herzens. Jede Tasse, jede Untertasse, jeder Löffel schlummerte in seiner samtenen Mulde. Sie nahm jedes Teil einzeln heraus wie ein rohes Ei, was den flauschigen Stoff wispern ließ. Auf dem Porzellan waren mit blauen Linien Drachen und Seerosen gezeichnet.

Altmodisch genug, um der tatterigsten Ihrer Großtanten zu gefallen, erlesen genug, um Sie verstummen zu lassen.

In die Kanne gab Félicité einige Knospen eines Kuriosi-Tees, die beim Hineinfallen leise klimperten. Sobald der Wasserkocher den richtigen Akkord sang, nahm sie ihn von seinem Sockel. Dann schaute sie zu, wie sich die Teeblätter voneinander lösten, sich im dampfenden Wasser entfalteten und wie die durchsichtigen Schwaden das Tablett umwaberten.

Sie trug alles in den Salon und setzte sich mit Blick zu den Fenstern. Im Sommer, wenn unten die Hitze wie geschmolzener Teer auf allem lastete, genoss sie nichts so sehr, wie oben in ihrem kühlen Turm zu bleiben und hoch über dem Meer wie eine Möwe in ihrem Nest ihren Tee zu trinken. Dann holte sie heimlich aus einer Schublade eine Plastiktüte hervor, in der zwischen den aufgedruckten fluoreszierenden Illustrationen Bonbonketten zu erahnen waren. Sie biss in die rosafarbenen und weißen Perlen, die an kleine Eiswürfel erinnerten, die blauen legte sie beiseite.

Und wenn es draußen regnete, so ein richtiger, typischer Nizza-Regen, fühlte sie sich noch wohler.

Hier begnügt sich der Regen nicht mit Nieseln. Er tut nicht nur so, als ob. Der Regen vertreibt die Urlauber, den Lärm der Autohupen, die dreispurigen Staus, die emailleblaue Meeresfarbe allzu heißer Tage, er reinigt alles, spült die grellen Postkartentöne fort und gibt der Stadt das reine Grau ihrer Leinwand zurück.

Félicité trug stets einen anthrazitfarbenen Hut, ein wie eine geschärfte Klinge blitzendes Halstuch, eine hagelschauer-farbene Bluse, eine asphaltgraue Hose, Stiefel mit stähler-nen Absätzen und ein schieferfarbenes Wollcape. Auf den Bürgersteigen warf sie einen Schatten, der an ein drohendes Unwetter denken ließ.

Und wenn man sie fragte: »Willst du nicht mal einen li-lafarbenen Pulli anziehen? Oder vielleicht ein bisschen Lip-penstift auftragen?«, antwortete sie mit einem Lächeln, von dem man Tiefkühlalbträume bekam.

Mit der Farbe Grau ist es wie mit Félicité. Um ihre Nuan-cen zu erkennen, muss man von feinsinnigerem Gemüt sein als der Durchschnitt. Félicité war nämlich, anders als ihre Mutter sie beurteilt hatte, weder brav noch verrückt. Sie war furchteinflößend.

ZWEITE WARNUNG

Bevor ich weitererzähle, muss ich Ihnen zwei Dinge über Geister sagen.

Erstens: Vielleicht haben Sie in Reportagen, die nachts auf irgendwelchen Privatsendern laufen, gehört, dass Geister immer an dem Ort umherstreifen, an dem sie besonders hängen. Dass sie nach ihrem Tod an den Ort gebunden sind, der ihr Leben geprägt hat.

Also, ich weiß zwar nicht, woher die ihre Informationen haben, aber es stimmt alles ganz genau.

Dort, in diesem toten Winkel des Gedächtnisses, verstecken sich die Geister. In ihren Momenten der Scham, der Schuldgefühle, des nicht überwundenen Bedauerns. In ihren sich hinter den Masken verbergenden Wahrheiten. Aus Lebzeiten stammende Gewissensbisse zu erkennen, um den Geist hervorzulocken, das ist es, was Félicité zu ihrem Beruf gemacht hat.

Zweitens wird nicht jeder zum Geist. Das passiert einem nur, wenn der unhöfliche Tod einen mitten im Satz unterbricht. Falls Sie wirklich und endgültig gehen wollen, ohne bis in alle Ewigkeit Ihre Verzweiflung mit sich herumzuschleppen, dann hinterlassen Sie irgendwo die Nummer eines Kollegen von Félicité – am besten bei jemandem, der Sie genügend liebt, um dessen exorbitanten Preise zu zahlen. Denn Sie werden einen Geisterschleuser brauchen, der den Satz an Ihrer Stelle beendet, und zwar laut und deutlich, damit die Person, an die er sich richtet, ihn auch hören kann.

Ich warne Sie in aller Freundschaft. Wenigstens wissen Sie jetzt Bescheid: Schweigen Sie, wenn Sie sterben.

MARMORWALD

Angèle-Victoire zum Beispiel ist nicht auf die Idee gekommen zu schweigen. Seit zwei Jahrhunderten redet die Gräfin, die früher hier gelebt hat, in einem fort. Ohne besonders auf sie zu achten, hört Félicité sie den lieben langen Tag plappern und jammern. Sie klagt über Langeweile, über den Tee, der für ihren Geschmack zu kurz gezogen hat, über Félicités lästige Gewohnheiten, über Félicité, die immer noch putzt, statt mal herzukommen und mit ihr zu reden, über Félicité, die zum zwölften Mal die Wohnung aufräumt, über Félicité, die ihr mit der Hand durch den Bauch fährt, wenn sie eines der Sofakissen aufklopft. Als die Gräfin sie fragt, warum sie unbedingt ein bereits glänzendes Möbelstück polieren muss, antwortet die Schleuserin:

»Ich mag es nicht, wenn jemand meine Unordnung sieht. Und gleich kommt ein Klient.«

»Ach, sieh an! Und wer bitte, wenn ich fragen darf?«

»Der Präsident des Regionalrats.«

»Des Regionalrats! Also kommt er aus Marseille … Wir Ärmsten.«

Es ist der Sommer des Jahres 1986. Félicité ist sechsundvierzig Jahre alt und hat leuchtend rotes Haar. Mit ihrem knallroten Bob, der ihre schlanke graue Silhouette krönt, sieht sie aus wie ein unbenutztes Streichholz.

Sie rückt die schlummernden Teekannen auf ihren Regalbrettern zurecht, räumt die überall verteilten Tassen und

Bücher zu Stapeln zusammen, wischt in der Küche mit dem Schwamm über die Arbeitsfläche, schließt die Tür zu ihrem Schlafzimmer und greift nach einem ovalen Spiegel auf ihrem Nachttisch, um zu prüfen, ob ihr Hut gerade sitzt und ihr Kostüm keine Falten wirft.

»Aber ja, meine Liebe, Sie sehen perfekt aus, wie immer. Jetzt hören Sie mir zu: Ich bin mal nach Marseille gefahren. Die Straßen dort riechen ekelhaft, und es geht ein fürchterlicher Wind. Ihr Klient wird uns die Cholera ins Haus schleppen. Ich verbiete Ihnen, ihm die Tür zu öffnen.«

»Zu spät, er ist schon da. Seien Sie still.«

Unten am Cours Saleya steigt der Betreffende aus seiner Limousine. Er schaut an dem Palais hoch, von dem er dachte, er sei unbewohnt. Niemand will die Dame, die mit Geistern redet, zur Nachbarin haben. Achtung, verstehen Sie mich richtig: Nicht dass die Nizzaer Angst vor Häusern hätten, in denen es spukt – ein Nizzaer hat vor nichts Angst; sie haben ganz einfach ausreichend gesunden Menschenverstand, um sich von ihnen fernzuhalten, das ist alles.

Der Mann erblickt hinter den Vorhängen im vierten Stock die Detektivin, die ihn erwartet. Er betritt das Gebäude.

Im selben Moment, in dem der Aufzug ihre Etage erreicht, bemerkt Félicité auf dem Couchtisch die Schnüre mit den blauen Perlen – die Reste der bunten Halsketten, an denen sie noch vor zehn Minuten geknabbert hat. Sie wirft die halb abgekauten Schnüre unter das Sofa und nimmt in würdevoller Haltung in ihrem Ledersessel Platz.

Jemand muss den Präsidenten gut informiert haben: Lautlos tritt er ein, zieht seine Schuhe aus, durchquert die Wohnung und setzt sich auf den Holzstuhl. Vor ihm stehen eine Tasse, ein Wasserkocher und mehrere Untertassen mit braunen Teeblätterhäufchen. Félicité steht nicht auf, um ihn zu begrüßen.

Vergangenen Monat ist die Mutter des Klienten gestorben. In den Sachen der Toten hat er Beweise für ein Leben gefunden, von dem er nichts wusste. Ein geheimes Leben bei einer ersten Familie, in einer Zeit vor ihm und seinem Vater, eine ganze Vergangenheit, von der er hinter der Maske der bescheidenen und fürsorglichen Mutter nie etwas geahnt hat. Er hat nach Antworten, nach Erklärungen gesucht. Wie man sich denken kann, waren ihm die Detektive, die sich mit den Lebenden befassen, dabei keine Hilfe.

Félicité betrachtet diesen Mann, der in der Presse der Küstenhai genannt wird, und versteht nicht ganz, warum alle Welt ihn fürchtet. Wie er so dasitzt, hier in ihrem Wohnzimmer, unter den Teekannen, die ihn von oben herab mustern, mit einem Loch in seiner rechten Socke, auf der Höhe des kleinen Zehs, findet sie, dass er eher wie ein Kind wirkt, das sich im Supermarkt verlaufen hat.

»Die Anzahlung?«

Der Ratspräsident zieht einen zusammengefalteten Scheck aus der Tasche und legt ihn zwischen sie beide. Félicité prüft ihn nicht.

»Sie haben Fragen. Ich höre Ihnen zu.«

Der Mann räuspert sich und bewegt sich auf seinem Stuhl.

»Sie sind … Geisterjägerin?«

»Jägerin! Ach, kommen Sie! Ich habe doch nichts von einem Fasan!«

Auf dem Sofa platzt Angèle-Victoire fast vor Empörung.

»Ob tot oder lebendig, Menschen schätzen es nur selten, mit Wild verglichen zu werden«, findet auch Félicité. »Nein, ich bin eine auf Spukwesen spezialisierte Detektivin und sogenannte Geisterschleuserin: Ich finde sie und verhelfe ihnen, falls sie es wünschen, zu einem … endgültigeren Tod.«

Ausweichender Blick nach links, unruhige Hände, Hüsteln.

Félicité betrachtet die Reihe der auf dem Tisch bereitstehenden Tees. Sie alle werden diesem Mann eine Wahrheit entlocken, von der er selbst nichts weiß, aber jeder von ihnen hat eine besondere Wirkung. Diese Kuriosi-Tees, die nach Moos und Wind duften, pflückt die Teologin im Tal der seltsamen Dinge und liefert sie Félicité, je eine Schachtel pro Herkunftsort: Seeufer am Lac des Millefonts, Algen vom Lac de Fenestre, Col du Diable, Val de la Masque, Col de la Couillole, Tête de la Lave … und natürlich der Tee aus dem Tal der Wunder. Jener Tee, der auf dem Mont Bégo in einem geheimen Winkel wächst und die Toten zum Reden bringt.

Was den Hai betrifft, weiß Félicité genau, welchen sie ihm servieren wird. Lac du Tremblement, Zittersee. Sie schaltet den Wasserkocher ein, und es beginnt zu rauschen. Dann wendet sie sich der Wand zu, an der ihre vielen Teekannen warten, und klatscht zweimal in die Hände.

Nichts passiert.

Félicité lächelt ihrem Klienten zu und klatscht noch einmal. Kräftiger. Die Teekannen regen sich nicht. Der Präsident dreht sich um, sieht aber niemanden. Und fragt sich, ob der Applaus ihm gilt.

Félicités Teekannen waren schon immer so. Die Dreistigkeit der Jugend. Sie weiß nicht, warum sie so wenig Autorität gegenüber ihrer Herde besitzt. Jedes Mal versetzt ihr das einen Stich. Sie steht auf, greift nach einer Kanne von der Form einer mittelalterlichen Burg – die Tülle ein gekrümmter Turm, der Henkel eine Zugbrücke – und bringt sie zum Tisch. Von den Untertassen wählt sie die mit den Teeblättern vom Zittersee, atmet ihren Duft ein, schüttet sie in die Teekanne.

»Hat man Ihnen meine Arbeitsmethode erklärt?«, fragt sie, ohne den Präsidenten anzuschauen, der gerade versucht, das Loch in seiner Socke zu verbergen, indem er es mit seinem linken Fuß verdeckt.

»Man hat mir nur gesagt: Sie werden sich unterhalten.«

»Sie werden trinken, und wir werden reden, oder vielmehr: Sie werden reden.«

»Ich habe Ihnen ja bereits alle Dokumente zukommen lassen …«

»Psst. Seien Sie still.«

Der Klient zieht die Augenbrauen hoch, er hätte große Lust zu entgegnen, dass man ihn in Marseille so nicht behandelt, dass es sicher auch außerhalb des Département Var so einige andere Geisterschleuser gibt, aber er beherrscht sich. Etwas in der Körperhaltung von Félicité, die sich zum Wasserkocher beugt und die Ohren spitzt, hindert ihn daran, die Stille zu stören. Es ist, als würde sich im anschwellenden Wispern des Wassers die Zukunft der Welten entscheiden.

Plötzlich richtet sich Félicité auf und gießt das kochende Wasser mit einem Zischen in die Teekanne. Während die Teeblätter sich in der Hitze entfalten, schließt sie die Augen, zählt im Geiste bis hundertfünfundsechzig, dann füllt sie die Tasse mit einer goldenen Flüssigkeit, die in einem langsamen Wirbel darin kreist.

»Könnte ich etwas Zucker haben?«

Die Schleuserin tut, als habe sie nichts gehört.

Ob er das Getränk bitter oder fade findet, lässt sich der Klient nicht anmerken. Félicité verschränkt die Arme und lehnt sich in ihrem Sessel zurück: Jetzt beginnt die eigentliche Arbeit.

»Sagen Sie mir alles.«

»Alles?«

»Beginnen Sie mit dem Bild, das Ihnen beim Gedanken an Ihre Mutter als Erstes einfällt.«

Der Zittersee-Tee beruhigt ihn bereits. Er atmet nicht mehr so stockend. Er starrt auf den Boden der Tasse. Nach einigen Sekunden kommen die Worte wie von selbst.

»Sie war eine zurückhaltende Frau. Sie machte einen glücklichen Eindruck.«

»Trinken Sie, bevor der Tee kalt wird.«

Er trinkt. Mit jedem Schluck begibt er sich tiefer in sein Inneres, und nach und nach steigen die unbedeutenden Erinnerungen, die, die Félicité wirklich interessieren, wie Blasen an die Oberfläche seines Gedächtnisses. Banalste Momente kommen ihm in all ihrer Schärfe wieder in den Sinn, das Herabrieseln des Kakaopulvers vom Löffel in die heiße Milch, der alljährliche 1. November, den er allein mit seinem Vater vor dem Fernseher verbringt, das Beige der Dose, in die er seine Pausenbrote legt, die Beschaffenheit der Hausschuhe, die er immer anziehen muss, um in den ersten Stock hinaufzugehen, der Geruch des gewachsten Treppengeländers, die raue Flurtapete unter seiner Handfläche, die geröteten Augen seiner Mutter an jedem 31. Oktober, die Deckenlampe mit den Fransen im Schlafzimmer der Eltern, der getrocknete Blumenstrauß auf dem Nachttisch, der von Jahr zu Jahr dünner wird, und schließlich, als er dreizehn Jahre alt ist, auf eine einzige Blume schrumpft, die leere Vase, der 1. November seines sechzehnten Lebensjahres und der Blick seiner Mutter, die mit ihm und dem Vater vor dem Fernseher sitzt und auf irgendetwas jenseits des Bildschirms starrt.

»Wohin fuhr sie jedes Jahr am 1. November?«

»Mein Vater sagte, sie würde meine Großmutter besuchen. Ich frage mich, ob er von ihrem ersten Mann wusste.«

Dies ist die Stelle, an der Félicité ein Geheimnis vermutet, einen Abgrund. Nach den Schwächen der Verstorbenen zu suchen und ihre Schäbigkeiten auszugraben, die den Lebenden Unbehagen bereiten, wo man doch die Toten wie Heilige ehren soll, ist das Metier der Geisterschleuserin. Sie kann nichts dafür. Sie kann nichts anderes.

Aber etwas in der Tiefe ihres Bewusstseins flüstert ihr zu: Das stimmt nicht. Du kannst mehr als das. Du hättest mehr gekonnt. Diese abgebrochene Erforschung der Teepflanzen aus aller Welt. Diese Züchtungen, die du nie von bläulichen Kontinenten mitgebracht hast. Dieses Leben ohne Gewohnheiten, das vor mittlerweile fast dreißig Jahren mitsamt deiner Schwester verschwunden ist.

Dreißig Jahre.

Vielleicht ist Agonie gestorben. Ja, wahrscheinlich. Möglicherweise in der Nacht ihres Verschwindens oder kurz darauf. Sie ist ja in den Wald geflüchtet und nie mehr zurückgekommen. Agonie hat nicht erfahren, dass ihre Mutter seit jener Nacht nicht mehr dieselbe war. Dass es sie so aus der Bahn geworfen hat, dass sie aufgesplittert ist.

Félicité schüttelt den Kopf. Diese Verbitterung ist eigentlich kindisch. Eine Trotzreaktion. Ihre Mutter hat sich nie darüber beschwert, dass sie ihr den Mund und den Po abwischen musste. Also wird sie nicht jetzt, nach dreißig Jahren Geduld und Fürsorge, wie ihre Schwester dem feigen Egoismus der Freiheit nachgeben. Und mal ehrlich, warum sollte sie noch an Agonie denken … Ihre Zwillingsschwester hat ihr doch schon die Mutter genommen. Sie wird nicht zulassen, dass sie ihr auch noch einen guten Klienten vergrault.

»Sie sagten, Ihre Mutter sei immer an einem Tag hin- und

zurückgefahren. Sehr weit konnte das ja nicht gewesen sein. Ist sie mit dem Auto gefahren?«

»Nein, sie konnte nicht Auto fahren. Ich vermute, sie musste den Bus an der Straßenecke nehmen. Die Haltestelle hieß Champfleuri. Blühendes Feld, seltsamer Name. In dem Viertel hat es noch nie Blumen oder Felder gegeben, nur graue Häuser, die alle gleich aussehen und dicht an dicht stehen bis zur nächsten Stadt.«

»Und bis wohin fuhr dieser Bus?«

Die Namen der Haltestellen fallen ihm sofort wieder ein, als läge der Stadtplan vor ihm. Champfleuri. Les bosquets. Saint-Joseph. Bateliers. Bateliers-Rive gauche. Rouget de Lisle. Cimetière.

Eine Stunde später steigen Félicité und ihr Klient vor dem Friedhof an der Haltestelle Cimetière aus dem Bus. Sie führt ihn durch den Wald aus Marmor zu einem Grab, an dem nichts Auffälliges zu erkennen ist außer einem Strauß vertrockneter Blumen, ausgeblichen, aber völlig intakt, der neben einer Tafel liegt.

MEINEM GELIEBTEN SOHN

Der Geist der alten Frau, der auf der Steinplatte sitzt, weicht Félicités Fragen aus. Sein Blick bleibt entrückt, verloren in einem erloschenen Leben. Die Schleuserin holt das speziell für die Toten bestimmte Köfferchen aus ihrer Tasche, dazu die Thermoskanne, in der das Wasser dreiundneunzig Grad heiß bleibt, und bereitet den Tee aus dem Tal der Wunder zu. Unwillkürlich beugt sich die Mutter vor zum Porzellangeschirr und wartet darauf, dass ihr eine Tasse Tee eingegossen wird.

Einen phantofassbaren, also einen für Spukwesen zu greifenden Gegenstand, vor einem Geist hin und her zu bewegen, funktioniert sogar noch besser, als mit einem Wollfaden vor den Augen einer Katze zu wedeln. Von solchen Dingen wird ihre Seele magnetisch angezogen. Sie verleihen ihr wieder Konsistenz, geben ihr beinahe das Leben zurück. Schon von weitem spüren die Geister ihre Gegenwart, und wenn sie können, kommen sie. Darum sitzen ja auch immer lauter unsichtbare Gäste hier im Teesalon.

Bald schon, wenn der Tee seine Wirkung entfaltet hat, wird die Verstorbene von ihrer ersten Ehe, ihrem ersten Kind erzählen, von der kleinen Lunge, die nur mühsam atmete, von den Wochen in einem weißen Zimmer, dem Blumenstrauß, den die Mutter an jenem 1. November nicht auf den Sarg zu legen vermochte, weil man nicht all seinen Kummer auf einmal ablegen kann und der bei einer einzelnen Blume nicht ganz so brutal ist. Sie wird von der verkümmernden Ehe erzählen, vom zweiten Ehemann und dem Schmerz, der im Verborgenen erträglicher ist.

Félicité wird sie fragen, was sie im Augenblick des Todes gesagt hat und zu wem, welcher abgebrochene Satz sie zu ihrem Geisterdasein verdammt hat. Sie wird der Verstorbenen anbieten, falls die es wünscht, jene letzten nicht zu Ende gesprochenen Worte an ihrer Stelle demjenigen zu sagen, für den sie bestimmt waren. Vielleicht wird die alte Frau es aber auch vorziehen, bei ihren ausgeblichenen Blumen zu bleiben.

Der Hai-Mann, durch die Antworten beruhigt, wird nicht länger wie ein verlorenes Kind wirken. Er wird nach Marseille zurückkehren und Félicité nach Nizza. Sie wird ihren Scheck einlösen.

In ihrem welken Palais am Ende des Cours Saleya wird sie in eine Bonbonhalskette beißen und sich einen Tee zubereiten, den vom Lac Petit, der ihr hilft, die verschlungenen Pfade der Vergangenheit zurückzuverfolgen. Sie wird eine ganze Kanne davon trinken, um so an ihre Mutter zu denken, wie sie sie in Erinnerung hat, wie sie war, damals, bevor Agonie ihre Aufsplitterung verursacht hat, als sie einfach nur ihre Mutter war, damals, als sie nicht hinter lauter Gesichtern und Stimmen verschwand, als sie ihren Körper noch nicht mit sechsundfünfzig unbekannten Frauen teilte, sondern nur auf ihren richtigen Namen, Carmine, hörte.

Vor dem Einschlafen, wenn die Zeilen ihres Buchs anfangen, am Seitenende ineinanderzulaufen, wird sie sich zum Nachttisch drehen, auf dem kein einziges Familienfoto steht. Neben dem Wecker werden ihre Finger wie von selbst den kleinen ovalen Spiegel mit dem Silberrahmen finden. Und da sie für ein Kuscheltier zu alt ist, wird sie auf diese Weise den Schlaf suchen, ihre Hand auf der Rückseite des Spiegels, in den diese Worte eingraviert sind:

FÜR MEINE FÉLICITÉ, MAMAN.

LETZTE WARNUNG

Félicité, die mir damals diese Geschichte geschenkt hat, ist mittlerweile gestorben. Und sie hat sich sehr bemüht, zu schweigen. Machen Sie sich also keine Illusionen: Es gibt sie nicht mehr, nirgends und in keiner Erscheinungsform.

Ihre Wohnung, eigentlich das ganze Haus, das die Nizzaer immer gemieden haben, weil sie fanden, es atme den Duft des Tods, wurde verkauft, renoviert und von lebenden, laut redenden Menschen bezogen. Nein, nicht von Italienern. Ich glaube, von Russen oder Engländern. Die sind bei den Leuten im Viertel nicht unbedingt beliebter als Félicité. Das tröstet mich ein bisschen.

Dabei roch sie so gut. Bis zum Schluss verströmte sie diesen Duft nach weißem Tee und Orangenblüte. Nicht nach Tod.

Aber was ich Ihnen erzählen will, solange es weiterregnet, ist nicht so sehr das Ende der Geschichte, sondern vielmehr ihren Anfang. Warum in besagtem August 1956 plötzlich sämtliche Bewohner bis auf eine einzige Frau aus dem Dorf Bégoumas verschwunden sind. Wie die Häuser einstürzen konnten, obwohl in der Gegend kein Unwetter und kein Erdbeben registriert wurde. Wie die Lärchen auf die Dächer stürzen konnten, obwohl der Wald doch erst viel weiter oben am Berg beginnt.

Natürlich hat alles mit der Geburt der beiden Schwestern angefangen. Das wissen Sie ja bereits. Aber manchmal existiert eine Geschichte nicht erst ab ihrem Beginn. Ihre Wurzeln entdeckt man später, weiter oben im Baum, und dann muss man am Stamm entlang nach unten klettern, über ein paar Zweige steigen, zurück zu den untersten Ästen, die welken Blätter aufsammeln und das frische Obst pflücken, um das ganze Bild, den gesamten Umfang der Geschichte zu erfassen.

Die Geschichte, um die es geht, hat Félicité mir erzählt, deshalb beginnt sie auch mit Félicité. Mit Félicité, die am Dienstag, dem 22. Juli 1986, wie fast jeden Dienstag seit dreißig Jahren, zu ihrer Mutter in den verlorensten Winkel des Nizzaer Hinterlandes hochfährt, ohne zu ahnen, dass sie sie an diesem Dienstag zum letzten Mal lebend sehen wird.

RUBINENKRONE

Unter den Sonnenschirmen am Cours Saleya fächeln sich die Blumenhändler zwischen ihren Eimern Luft zu, da hallt inmitten des Marktlärms ein Klacken über die Pflastersteine. Es nähert sich die Dame mit den stählernen Absätzen. Schnell. Die Verkäufer stehen auf, greifen wahllos nach einem Stängel, strecken ihre Hände aus dem Schatten.

Félicité läuft den lichtüberfluteten Mittelgang entlang. Im Vorbeigehen ergreift sie, ohne überhaupt nachzuschauen, wem die ausgestreckten Hände gehören, hier eine Sonnenblume, da eine Passionsblume, eine Nelke, und weg ist sie, mit einem Blumenstrauß, der zwar nicht viel hermacht, aber ihrer Mutter Freude bereiten wird.

Die Blumenhändler atmen auf, und während sie sich wieder hinsetzen, fragen sie sich wie jedes Mal, warum sie diese Mischung aus Respekt und Schaudern empfinden, wo doch ihr Wahrzeichen der Adler ist und sie vor nichts Angst haben. Die Sache ist, dass der Palais Caïs de Pierlas, so erklären sie es sich untereinander, mit seiner abblätternden Safranfarbe und seinen bröckelnden Fassadenverzierungen ein düsterer Ort ist. Man muss schon etwas müde sein, um allein dort zu wohnen. Bestimmt beobachtet sie sie aus einem der Fenster im obersten Stockwerk, von dem aus man den ganzen Markt überblicken kann. Also spenden sie ihr Blumen, wie man einem Heiligen Kerzen spendet: für alle Fälle.

Am Steuer ihres mondgrauen Panthers schlängelt sich Félicité durch die Straßen der Altstadt, hupt in den Staus auf der Promenade, tut so, als sähe sie den Geist des Bettlers an der roten Ampel nicht, der trotz der Gleichgültigkeit der Lebenden nicht aufhört, nach einer Münze für ein bisschen Essen zu fragen. In ihrem Kofferraum hat sie Konservendosen für einen ganzen Monat verstaut. Außerdem Feuchttücher. Ihre Mutter vergisst zu baden, wenn Félicité nicht da ist, um sie daran zu erinnern.

Und dann den Spiegel. Beinahe hätte sie ihn liegen lassen. Aber im letzten Moment vor ihrer Abfahrt ist sie noch einmal in ihr Schlafzimmer gegangen. Warum nicht, hat sie sich gedacht. Einen Versuch ist es wert.

Seit einigen Monaten fährt Félicité seltener hoch. Die Enttäuschung, die sie oben erwartet, ist unerträglich geworden. Sie weiß nicht, ob sie noch lange so weitermachen kann. Félicité ist nicht mehr ganz jung, und die Schatten, die während der Unterhaltung mit ihrem letzten Klienten ihre Konzentration gestört haben, klumpen sich immer häufiger unter ihrer Schädeldecke zusammen.

Sie hupt noch einmal und ärgert sich über die Fußgänger – die beste Methode, um diesen schrecklichen Drang umzukehren, der sie an jeder Kreuzung überkommt, zu verscheuchen. Sie hat kein Recht dazu. Sie darf sie nicht da oben alleinlassen in ihrem Kampf gegen die Eindringlinge, die sie belagern. Diese Mutter hat ihr die Welt beigebracht, und wie man sich seinen Platz darin erkämpft, notfalls mit den Ellbogen. Das einfache Dorfleben hat Carmine die Weisheit der Waschfrauen gelehrt, das Wissen der Schäfer, die Tiefe der Gestirne. Sie kannte die Höhen und Tiefen der menschlichen Seele und hatte etwas von einer Fee.

Und eine Fee, selbst eine flügellose, alte und demente Fee

lässt man nicht in einem ausgestorbenen Dorf verrotten. Selbst wenn sie sich weigert, es zu verlassen.

Der Wagen hat die Staus hinter sich gelassen. Er nimmt den Weg ins Hinterland, den, den ich Ihnen vorhin beschrieben habe. Auf die Landschaft achtet Félicité schon lange nicht mehr. Sie ist zu oft durch diese Schluchten gefahren, um noch die fahlgelben Lichtreflexe auf den Gipfeln zu bemerken oder die Echos, die die Felsen einander zuwerfen. Der Panther fährt den Weg allein, nimmt die Kurven und durchquert die Tunnel oberhalb des ausgetrockneten Flussbetts. In jeder Biegung scheppern hinten im Kofferraum die Konservendosen. Auf der fast zweistündigen Fahrt bis dorthin, wo das Tal der Wunder beginnt, gibt es nur eine Stelle, die Félicité wachrüttelt und unweigerlich die stets gleichen Erinnerungen in ihr auslöst.

Die Stelle liegt kurz hinter Roquebillière-Vieux, wo man abbiegt und es hoch in die Berge geht. Am Straßenrand. Jedes Mal schaut ihr dort der Geist eines kleinen dunkelhaarigen Mädchens mit flatterndem Rock und in die Hüften gestemmten Fäusten hinterher. Und jedes Mal sieht Félicité im zitternden Rückspiegel die Silhouette des Kindes, das unterhalb der Straße zu einem zwischen wilden Olivenbäumen versteckten alten Brunnen hinabsteigt.

Der kleine Geist mit seinem frechen Blick erinnert sie an den Tag der roten Haare. Jedes Mal kommen die Bilder hoch, ein gegen ihren Willen von ihrem Gedächtnis automatisch gestarteter Kurzfilm.

An jenem Tag sahen die Augen ihrer Mutter aus wie die des Geistermädchens.

Félicité ist noch stiller als sonst von der Schule nach Hause gekommen. Wenn sie redet, wird sie die Wahrheit sagen, weil sie sie nicht für sich behalten kann. Und man hat sie gewarnt: Sie soll schweigen. Deshalb lässt sie sich Zeit mit dem Aufstieg zur Schäferei. Sie wartet, bis die Tränen zwischen ihren Wimpern getrocknet sind und ihre Stimme nicht mehr verweint klingt.

Ihre Haare kann sie allerdings nicht verstecken. Wenn sie spät genug nach Hause kommt und es schon dämmert, wird Maman vielleicht keinen Unterschied erkennen. Und falls sie eine Bemerkung macht, wird Félicité einfach sagen, ihre Haare seien im Lauf des Tages so komisch gewachsen. Mehr nicht. Das ist schließlich keine Lüge.

Auf dem Weg zur Schäferei kommt ihre Schwester ihr entgegengelaufen, von den Handflächen bis zur Stirn rußbeschmiert. Sie schlägt sich die Hände vor den Mund und reißt die Augen auf. Félicité schüttelt den Kopf und geht weiter. Ihre Zwillingsschwester baut sich vor ihr auf:

»Wie?«

Ein großer Schmetterling entweicht ihren Lippen.

»Ich werde dir nicht sagen, wie, Nanie. Jetzt lass mich bitte vorbei. Und vergiss nicht deinen Maulkorb, wenn du was sagen willst, ja?«

Félicité weiß, dass ihre Schwester den Maulkorb hasst, den sie ihr gebastelt hat und der die Schmetterlinge in ihrem Mund einsperrt, weshalb nach und nach ihre Zähne verfaulen. Aber der Maulkorb ist immer noch besser als Mamans Knebel. Und an diesem Abend hat sie nicht mehr genug Energie für Zartgefühl und Mitleid.

Dann kommt ihr beim Anblick ihrer Zwillingsschwester eine Idee.

Fünf Minuten später ist Nanie wieder da, hat Ruß mitgebracht und hilft ihr, sich die Haare damit einzuschmieren. Alles wird gutgehen.

Von ihrem unfehlbaren Plan beruhigt, betritt Félicité die Schäferei, während ihre Schwester wieder durch den Kamin zu den Balken im Dachstuhl hochklettert. Félicité hat sich überlegt, was sie ihrer Mutter sagen wird: Sie will früh schlafen gehen, ohne zu essen, sie hat keinen Hunger, sie ist müde. Maman wird sie nur kurz durchs Zimmer gehen sehen. Sie wird nichts merken.

Im Haus steht die Mutter mit dem Rücken zur Tür und übermalt gerade ihr ewiges Porträt. Als Félicité hereinkommt, hält Carmine inne und dreht sich um.

»Huch? Warum hast du dir denn den Kopf mit Ruß beschmiert? Ich hoffe, im Dorf hat dich keiner so gesehen ...«

Félicité spürt, wie mit einem Schlag ihre Selbstsicherheit verpufft. Maman geht vor ihr in die Hocke und fragt, was mit ihr los sei. »Man könnte meinen, dir wäre die Lebkuchenhexe begegnet«, flüstert sie. Da lacht Félicité, ein Lachen, das ein bisschen zu sehr nach Schluchzen klingt. Als sie klein war, hatte sie vor nichts größere Angst als vor der Hexe aus Hänsel und Gretel, diesem Märchen aus dem Buch, aus dem ihre Mutter ihr abends immer vorlas.

»Komm, mein Schatz. Ich wasch dir die Haare, und du erklärst mir alles.«

Félicité rührt sich nicht von der Stelle.

»Ich will nicht mit dir reden.«

»Aha? Und warum nicht?«

»Darum. Ich darf nicht.«

»Du darfst nicht?«, erwidert ihre Mutter schmunzelnd. »Du bist Carmines Tochter. Dir kann keiner sagen, ob du etwas darfst oder nicht darfst. Wer hat dir denn so einen Unsinn weisgemacht?«

Félicité beißt sich ganz fest in die Wange, um nicht loszuheulen, aber es nützt nichts. Gleichzeitig mit den Tränen schießt die Wahrheit heraus, von Schluchzern unterbrochen: Die Mädchen in der Schule haben ihre weißen Haare gesehen. Sie haben sie ihr ausgerissen.

Félicités Mutter schmunzelt kein bisschen mehr. Mit einem Lodern in den Pupillen, das sie normalerweise Agonie vorbehält, schaut sie ihre Tochter an.

Seit Félicité zehn ist, wachsen auf ihrem Kopf immer mehr silberfarbene Strähnen. Nach den großen Ferien hatten die Hänseleien angefangen. Man wartete nur auf eine solche Gelegenheit, auf einen Vorwand, auf etwas endlich Greifbares, um diesem sonderbaren Mädchen, das Selbstgespräche führte und behauptete, mit dem Geist ihres lieben Papas zu reden, seine ganze Abscheu entgegenzuschleudern. Aus dem Gespött wurden nach und nach Drohungen, die an diesem Nachmittag, hinter dem Brunnen auf dem Schulhof, in büschelweise ausgerissenen Haaren gipfelten.

Für jede ausgerissene weiße Strähne wuchsen sofort zehn neue nach.

Die Mädchen wurden wütend. Von zwei Seiten zerrten sie an ihren Haaren wie beim Tauziehen, bis Félicité geblutet und die Schulglocke das Ende der Pause eingeläutet hat.

Unter dem Ruß sind nur noch silbergraue Haare auf ihrem Kopf, hier und da von getrocknetem Blut verklebt.

Carmine küsst sie auf die Stirn und verlässt die Schäferei.

Als sie eine Stunde später wieder nach Hause kommt, ist es dunkel. Ihre Kleidung sieht stellenweise verbrannt aus. »Die anderen werden dich nicht mehr anrühren«, verkündet sie ihrer Tochter, »sie werden dich nicht mehr ansprechen, dich nicht mehr angucken, nicht einmal mehr an dich denken, sie werden dich vollkommen in Ruhe lassen.«

Und ich werde vollkommen allein sein, denkt Félicité.

Behutsam wäscht und versorgt ihre Mutter die Wunden

auf ihrem Kopf. Dann holt sie ein Gefäß mit einem dunkelgrünen Pulver hervor, feuchtet das Pulver an und verteilt die entstandene schlammige Masse auf Félicités Kopf, vor dem ovalen Spiegel, in dem ihrer beider Gesichter zu sehen sind.

»Ich wollte sowieso auch anfangen, meine zu färben«, sagt Carmine und schmiert sich ebenfalls die grünliche, nach Heu riechende Paste ins Haar.

Nachdem Mutter und Tochter sich die Haare gewaschen und getrocknet haben, stellen sie sich erneut vor den Spiegel mit dem Silberrahmen. Carmines braunes, lockiges Haar ist jetzt mahagonifarben, Félicités glattes Haar, das ihr bis unter das Kinn reicht, knallrot, leuchtender als die Glut im fast erloschenen Kamin.

Carmines Spiegelbild sagt zu dem von Félicité:

»Hör gut zu, was ich dir jetzt sage, mein Kind. Lass nie wieder zu, dass jemand dich so verletzt. Du bist Mamans Félicité. Wenn du nicht fröhlich bist, ist Maman es auch nicht. Und denk daran: Die Seele holt das Gesicht immer ein. Immer. Die Mädchen aus dem Dorf sind hässliche Schachteln. Die meisten haben einen Arsch, der so breit ist wie die Porte d'Aix in Marseille. Du dagegen hast einen langen Hals, eine schmale Taille und ab jetzt deine eigene Rubinenkrone. Die anderen sollen die Augen vor dir niederschlagen, Félicité. Nicht umgekehrt. Und jetzt geht Maman schlafen. Sie ist sehr, sehr müde.«

Die Mädchen aus ihrer Klasse hatten sich nie wieder über sie lustig gemacht. Der bloße Klang von Félicités Schritten jagte ihnen so große Angst ein, dass ihnen Tränen in die Augen schossen.

Bis Félicité fünfzehn war, verbrachten sie und ihre Mutter jeden Samstagmorgen vor dem ovalen Spiegel damit, sich gegenseitig die Haare zu färben. Während die Farbe einzog, suchte Carmine im Spiegel nach Falten, probierte Kleidungsstücke an und bedauerte es, sie nicht mit Félicité teilen zu können, die für ihre Kleider zu mager war. Über ihre Spiegelbilder erzählten sie sich, was sie in der Woche erlebt hatten, vertrauten sich ihre Geheimnisse an und erfanden nur für sich allein Geschichten voller Lebkuchenfallen und scheußlichen Hexen mit verfaulten Zähnen.

WIE ES BEGONNEN HAT

Félicité fährt an dem verfallenen Dorf Roquebillière vorbei, an den Ladenleichen, der weißen Fotografie, dem Geist des Kindes, den verstreuten Ortschaften mit ihren sprechenden Namen und den stillen, leerstehenden, immer im Bau befindlichen Häusern. Je höher es hinaufgeht, umso mehr reduziert sich die Landschaft auf eine Leitplanke, eine Mischung aus Feigen- und wilden Olivenbaumblättern und die Berge ringsum. Nach und nach macht sich im Wagen Kälte breit, die durch die Lüftungsschlitze des Wagens eindringt.

Félicité wird auf ihrem Sitz von den Löchern und Buckeln im Asphalt durchgeschüttelt. Die Feigenbäume weichen den Tannen, die neuen Villen den leerstehenden Hütten. Auch der Himmel hat sich verdunkelt, die Berggipfel verschwinden im Nebel. Nur selten steigt der Sommer bis in diese Höhen.

Je näher sie dem Mont Bégo kommt, umso rauer und verschwommener wird alles, das Licht, die Felsgrate, die dünner werdende Luft. Keine Chalets mehr. Keine Verkehrsschilder mehr. Nur wer das Tal der Wunder wirklich kennt, wagt sich bis hier hinauf, in diese Gegend, in der die Straße plötzlich Schatten und Lärchen hinter sich lässt und über einen riesigen Teppich aus Gestein und Seen führt.

Weiter kommt man mit dem Auto nicht. Hier beginnt das Revier der Felsgravuren, der weißen Hasen und der Gämsen.

Sie werden es erleben, wenn Sie selbst mal hochfahren. Sich in die Berge oberhalb von Nizza zu begeben, bedeutet, mit dem Körper auf die andere Seite des Spiegels zu steigen, auf die wilde Kehrseite der Küste, weit weg von ihrem Glanz, ihrer Feuchtigkeit und ihren Geräuschen.

Félicité macht den Motor aus. Sie tauscht ihre Stadtschuhe gegen Wanderschuhe, nimmt ihren Blumenstrauß, steckt den kleinen ovalen Spiegel in die Tasche und schlägt die Autotür zu. Aus dem Kofferraum holt sie den großen Rucksack – der noch riesiger ist als Ihrer, das können Sie mir glauben –, in dem sie haufenweise Nudelpackungen verstaut hat. Dann bindet sie sich das Seil, an dessen Ende die Rollkiste voller Konservendosen hängt, um die Taille.

Auf dem Pfad, der sich zwischen stacheligen Büschen hindurchschlängelt, beginnt sie ihren Aufstieg nach Bégoumas.

Nach wenigen Minuten ist ihr Nacken schweißgebadet. Der schwere Rucksack drückt ihr auf die Schulterblätter. Das um den Bauch gebundene Seil schneidet ihr in die Haut. Die Metallkiste, die sie hinter sich herzieht, holpert über die Steine und kippt um.

Als sie jünger war, hat sie die Strecke nach Bégoumas in weniger als einer Stunde geschafft. Jetzt aber muss sie beim Hochlaufen Pausen einlegen, damit ihre Knie nicht nachgeben.

Und das alles, um ihre Mutter vielleicht gar nicht anzutreffen.

Der Hang wird steil, ihr geht die Puste aus. Um den wachsenden Wunsch umzukehren in Schach zu halten und sich von dem bohrenden Seitenstechen abzulenken, richtet sie den Blick fest auf den Gipfel des Mont Bégo, der bei jedem Schritt näher rückt. Selbst als es weh tut, in der grellen Sonne hochzuschauen, lässt sie ihn nicht aus den Augen.

Immer weiter dringt sie vor in diese jenseitige Welt, durch die sechstausend Jahre lang die Schäfer, die schon vor ihrem Vater hier lebten, gewandert sind.

Von Zeit zu Zeit läuft sie um einen Geist herum, der damit beschäftigt ist, einen Dolch oder einen Stier in einen Felsen zu ritzen, der die Farbe eines rostigen Ankers hat. »Félicité«, habe ich zu ihr gesagt, »du musst dem Museum in Tende Bescheid sagen … Da erzählen sie den Leuten, diese Gravuren seien heilig, ja sogar okkult … Man muss ihnen erklären, dass das alles Werbung für den Waffenhersteller und die Tiermärkte ist …« Aber Félicité enttäuschte nicht gern.

Endlich erkennt sie in der Ferne die Schäferei, in der sie aufgewachsen ist. Zeitlos thront der Bau über dem Dorf. Die ehemals dahinterliegende Wiese mit Agonies bunten Blumen ist nur noch ein Stück Erde voller schwarzer Stängel. Sogar die Bank, um die sich die Blumen einst gewunden haben, ist verkohlt.

Auf dem Weg hinunter ins verfallene Dorf ruft sie nach ihrer Mutter. Keine Antwort, sie hört nur ihr eigenes Echo und das Knirschen der Kieselsteine unter ihren Schritten.

Plötzlich taucht jemand aus einer Gasse auf. Im nächsten Moment wird Félicité gegen eine Tür gedrückt und spürt die Spitze einer Armbrust an ihrem Bauch.

Es ist Carmine.

Ohne diese Energie, die sie lautlos und flink macht, könnte man Carmine für doppelt so alt halten, wie sie ist. Mit nicht mal siebzig Jahren hat sie überall schlaffe und durchsichtige Haut, wie farblose, von bläulichen Adern durchzogene Gelatine. Ihre Augen haben keine Wimpern mehr und ihre Handgelenke nicht mehr genug Kraft, um die Waffe zu halten. Klein und zerbrechlich, zittert sie unter einer orangefarbenen Weste mit fluoreszierenden Streifen.

»Sie haben mich erschreckt!«, meckert sie wie eine Ziege, während sie ihren Pfeil sinken lässt. »Ich habe Sie für die Försterin gehalten. Die mag es nicht, wenn ich jage. Angeblich ist es verboten. Als hätte ich eine Wahl.«

Félicité streicht ihre Kleidung glatt, rückt ihren Hut zurecht und atmet erleichtert auf, während sie den Rucksack abstellt und sich das Seil vom Bauch bindet. Sanft greift sie nach Carmines zierlicher Hand.

»Ich bin's doch nur. Ist Maman da?«

Die Jägerin mustert sie. Fast hofft Félicité, ihre Mutter werde jetzt mit ihr sprechen, aber Carmine zieht ganz plötzlich ihre Hand zurück, so als müsste sie sich aus einer Falle befreien. Sie murmelt irgendetwas vor sich hin und legt sich dabei eine dreifarbige Schärpe über die Schulter. Dann setzt sie ein freundliches Lächeln auf, und ihre Stimme wird fester.

»Willkommen, Félicité. Wir haben Sie schon lange nicht mehr hier gesehen. Ihre Mutter kann Sie im Moment nicht empfangen. Habe ich Ihnen schon von meiner einstimmigen Wiederwahl erzählt? Kommen Sie doch auf ein Gläschen mit ins Hydra, da kann ich Sie auf den neusten Stand bringen. Sie werden sehen, inzwischen gibt es dort gar nicht mal so üble Cocktails.«

Die Bürgermeisterin, die in Carmines Körper steckt, schüttelt ihr höflich die Hand. Damit wird Félicité sich begnügen müssen.

Sie folgt ihr, vorbei an den vertrockneten Bougainvilleen, die in der Brise zittern. Eine Meise sitzt zwitschernd auf einem Baumstamm, der aus einem Dach ragt. Hinter der sternförmig gesprungenen Schaufensterscheibe der Bäckerei verkündet ein vergilbtes Schild: *Geöffnet jeden zweiten Donnerstag von 7 Uhr bis 9 Uhr 30.*

Überall riecht es feucht. Über die wenigen noch nicht

eingestürzten Mauern kriecht grüner Schimmelpilz, von den zerbrochenen Kacheln ausgespien. Auf zwei oder drei Balkonen ragen trockene Pflanzenstängel aus Blumentöpfen.

Félicité beobachtet die vor ihr her gehende Carmine, die früher so hübsch war mit ihren dunklen Locken und ihrem herzförmigen Gesicht und jetzt eine demente Alte ist. Seitdem sie sich ganz in sich zurückgezogen hat, ist da nur noch dieser schmächtige Körper, in dem sich zu viele Bewohnerinnen tummeln – und auch ihr Schatten. Ihr unförmiger, überdimensionaler Schatten, der den Bürgersteig mit einer unglaublichen Vielzahl ineinander verschlungener Köpfe und Arme überzieht.

Angefangen hat die Aufsplitterung ihrer Mutter in der Nacht von Félicités Rückkehr nach dem Ausbildungsjahr bei der Teelogin. Da war Félicité sechzehn Jahre alt. Agonie hat damals beschlossen, wegzugehen. Das Dorf hat sich geleert.

In den Tagen darauf hat Carmine im verlassenen Dorf Quartier bezogen. Sie hat die Bäckerei übernommen und sich ihr Brot gebacken; und da man ja, um zu leben, etwas verdienen muss, hat sie sich selbst das Brot verkauft. Von dem Geld hat sie Getränke für die Kneipe besorgt. Sie hat über Gesetze zur Regelung von Alkoholausschank und Zigarettenverkauf abgestimmt und sich anschließend selbst zur Bürgermeisterin gewählt.

Mit der Zeit ist Carmine zu einem winzigen Bruchteil ihrer selbst geworden. Bei der letzten Zählung war sie nur noch ein Siebenundfünfzigstel. Wenn Félicité nach Bégoumas fährt, stehen ihre Chancen eins zu beinahe sechzig, dass sie dort ihre Mutter antrifft. Carmine selbst bleibt eine unscheinbare Dorfbewohnerin. Sie verblasst hinter denen, die abwechselnd in ihrer Gestalt auftreten, der leutseligen Bürgermeisterin, der misstrauischen Polizistin, der liebenswürdigen Bäckerin und ständig neuen Carmines, die es bei Félicités letztem Besuch noch nicht gab – die erschöpfte Müllarbeiterin, die einfallsreiche Frisörin, die neugierige Musikerin. Félicité hat das Gefühl, mit jedem Tag, der vergeht, splittert sich ihre Mutter weiter auf, multipliziert sich und entzieht sich ihr noch ein bisschen mehr.

Auf dem Dorfplatz, das heißt rings um ein mit hohem Gras bewachsenes Quadrat, das nicht größer ist als der Tisch, an dem wir hier sitzen, steht eine Telefonkabine, die zwar nie benutzt wird, aber immer funktionstüchtig ist, darauf achtet Félicité. Und dort befindet sich das Hydra, ein Bistro mit Tabakwarenverkauf, in dem niemand einkehrt. Die Bänke sind leer. Sogar die Geister haben diesen Ort verlassen.

Carmine geht hinter die Theke.

»Oh, die Kleine von Carmine!«, ruft sie. »Was darf ich ihr denn servieren? Hat sie schon meinen neuen Cocktail probiert?«

Sie spricht ihn Cock-kö-tell aus. Mit einem Geschirrtuch über der Schulter gießt sie eine sprudelnde gelbe Flüssigkeit in ein Glas und setzt sich auf die Bank gegenüber von Félicité.

»Wegen der Farbe habe ich ihn Arbeiter genannt. Ich hatte auch an Sonnenblume gedacht, aber deine Mutter meinte, das sei nicht so witzig und dass sie Blumennamen nicht mag. Rat mal, was ich hineingetan habe.«

Félicité beachtet das Glas nicht weiter und legt ihren Blumenstrauß auf den Tisch.

»Wo du meine Mutter erwähnst«, fragt sie zaghaft, »wie geht es ihr denn? Ich habe ihr Blumen vom Cours Saleya mitgebracht. Auch was zu essen. Und Feuchttücher.«

Die Kellnerin seufzt. Der Geruch ihres Atems erinnert

Félicité an den Stall ihrer Kindheit. Unter Carmines schlaffen, von Äderchen durchzogenen Lidern schnellen ihre einst goldfarbenen Augen hin und her, als würde sie überall Geistergeklapper hören.

»Du wirst doch nicht der Chefin sagen, dass ich hier mit der Kundschaft zusammensitze, oder? Deine Mutter ... die habe ich schon seit einer Weile nicht mehr gesehen. Aber ich höre, was sich die Leute so über sie erzählen. Angeblich ist sie müde.«

»Das heißt?«

»Näheres weiß ich nicht. Ich habe ja gesagt, dass ich höre, nicht, dass ich zuhöre.«

In der halben Stunde, die Félicité inzwischen hier ist, hat sie zwar einen Großteil der Dorfbewohner vorbeiziehen sehen, aber von ihrer Mutter keine Spur. Die macht sich nicht mal die Mühe, ihr wenigstens guten Tag zu sagen.

Sie denkt an die zwei Stunden voller Kurven, die sie auf dem Rückweg erwarten. An den Schweiß, der ihr die Kleidung an den Körper klebt. An diesen Fußmarsch, nach dem ihr die Knie weh tun, jedes Mal ein bisschen länger. Wenn bei ihr zu Hause der Aufzug spinnt und sie nur die Treppe benutzen kann, muss sie auf jedem Absatz stehen bleiben, um nicht zusammenzubrechen. Einmal ist sie sogar auf dem Hintern das ganze Treppenhaus hinuntergerutscht. Ihre Beine haben sie nicht mehr getragen. Sie denkt wieder an diese tief im Magen aufwallende Säure, sobald sie sich, bestimmt zwanzig Mal am Tag, ihre alte Mutter ganz allein in dem verlassenen Dorf vorstellt, aus dem sie partout nicht wegziehen will, da ist ihr alles andere egal, auch dass sie Félicité hier hochkraxeln lässt, die dann wieder runter- und wieder hochkommen muss, jedes Mal mit lädierten Knien und gebeugtem Rücken, um sie mit Essen zu versorgen, sie zu waschen, ihr die Kleider zu wechseln, immer wieder von neuem, ohne dass ihre Mutter auch nur ein Wort an sie richtet.

Sie erwartet keinerlei Dankbarkeit für das, was sie tut. Keine Belohnung. Die ist ihr schnuppe. Sie will nur ihre Mutter. Und diese Frau, die da auf der Bank sitzt und sie höflich anschaut, ist schon lange nicht mehr ihre Mutter.

Beim Anblick dieser plappernden Fremden, die Carmines Gesichtszüge trägt, spürt Félicité auf einmal, dass sie nicht mehr kann. Sie hat keine Kraft mehr. Ihre Knie sind nicht mehr stark genug, um diese aufopferungsvolle Bergbesteigung, diese absurden Gespräche auszuhalten. Nicht wenn am Ende des Weges keine Carmine mehr da ist.

»Maman, wenn du mir etwas sagen willst, dann sag es mir. Aber benutze dafür nicht die Stimme der Kellnerin.«

Die unruhig zuckenden Augen der alten Frau erstarren.

»Guck mal, ich habe an dich gedacht. Ich habe dir Blumen mitgebracht.«

Ihre Mutter atmet schneller. Sie streicht über ein gelbes Blütenblatt. Mitleid durchbohrt Félicité wie ein Messerstich, sie versucht, es zu verdrängen.

Aus der Innenseite ihrer Jacke zieht sie den kleinen ovalen Spiegel hervor und legt ihn vor ihrer Mutter auf den Tisch.

»Hier, nimm ihn. Erinnerst du dich noch? Die Vormittage, an denen du mir die Haare rot gefärbt hast?«

Carmine streckt ihre zitternden Finger nach dem silbernen Rahmen aus. Kurz bevor sie ihn berührt, zieht sie ihre Hand plötzlich zurück, als könnte sie sich verbrennen, und schüttelt mit geschlossenen Augen den Kopf.

Auch Félicité schließt für einen Moment die Augen. Sie will wieder ihr Gesicht neben dem Gesicht ihrer Mutter im Spiegel sehen, ihr mit grünem Schlamm zusammengepapptes Haar, die Rangelei, wenn sie sich zum Spaß gegenseitig etwas von dem Zeug ins Gesicht zu schmieren versuchten, nicht diesen leeren Spiegel, der nur noch die Schimmelflecken an der Decke zurückwirft.

»Komm, Maman. Ich muss dir was zeigen.«

Sie ergreift Carmines Hand, hält sie diesmal fester, damit sie nicht wegläuft.

»Danach lasse ich dich in Ruhe. Versprochen.«

Mit ihrer freien Hand nimmt sie den Spiegel wieder an sich, dann steht sie auf, um mit ihrer Mutter die Kneipe zu verlassen. Die alte Frau zögert, lässt sich aber mitziehen. Ihre Hand liegt reglos in Félicités, die ihre fest geschlossen hat.

Hintereinander, verbunden durch einen ausgestreckten und einen schlaffen Arm, steigen sie mit dem monströsen Schatten als drittem Gefährten, der ihnen folgt, zur Schäferei hinauf. Als sie sich ihr nähern, beginnt Carmines Körper sich zu widersetzen. Félicité schaut sich nicht um. Sie geht weiter, ohne den Drohungen, den Vorwürfen, dem Gejammer und dem Schweigen nachzugeben.

Die Schäferei zu betreten, während draußen die Sonne scheint, ist, als würde man in eine Grotte kriechen. Eine eiskalte, feuchte, dunkle Grotte. Blind öffnet Félicité den verrosteten Riegel eines Fensterladens; ein Lichtstrahl stolpert herein, vor lauter schwebenden Teilchen undurchsichtig.

Seit ihrem letzten, Jahre zurückliegenden Besuch hat sich hier nichts verändert. Außer vielleicht, dass die Spinnweben noch dichter geworden sind und es noch muffiger riecht. Ansonsten ist alles gleich. Die mit dem Nötigsten ausgestattete Küche. Der erloschene Kamin. Die Strohmatratze auf dem Zwischenboden. Der Distelzweig an der hinteren Tür, die zum Stall führt, aus dem seit dreißig Jahren kein Blöken mehr dringt. Und in der Mitte des Raumes ein großes gräuliches Tuch.

Die Alte hat sich in eine Ecke geflüchtet und hält sich die Hände vors Gesicht. Die siebenundfünfzig Frauen, die in ihr stecken, wissen, was sich unter dem Stoff verbirgt. Sie wissen, dass Félicité es enthüllen wird, und sie haben Angst. Seit so vielen Jahren haben sie es nicht mehr zu Gesicht bekommen.

Félicité zieht das Tuch weg und lässt es zu Boden fallen. Hinter der Staubwolke ragt auf seiner Staffelei fast unversehrt und kaum rissig Carmines Porträt auf.

In ihrer Erinnerung sah es nicht so aus – das heißt, nach nichts oder nach nicht viel. Das Gemälde ist unförmig, aufgequollen von Tausenden übereinanderliegender Farbschichten, die es schließlich zu einer Skulptur gemacht haben. Es sieht aus, als hätte eine merkwürdige, eine jüngere, weniger menschliche Version von Carmine ihren Kopf bis zum Hals durch die Leinwand gesteckt und wäre dort erstarrt, ein geköpftes Wesen, als Trophäe über den Kaminsims eines Herrenhauses gehängt.

Das Gesicht auf der Staffelei – falls man diesen bunten Haufen mit seinen Vertiefungen, wo man zwischen Spalten und Wölbungen aufgesprungene Lippen und Nasenlöcher erahnt, überhaupt Gesicht nennen kann – blinzelt, als ob es gerade erwachen würde. Nur die murmelförmigen Augen in der Mitte sind deutlich zu sehen und glänzen. Lebendig.

Sie rollen nach rechts, nach links und richten sich auf die Frau, die sie gemalt hat.

Félicité würde Carmine gerne auffordern, näher zu kommen, das Bild zu berühren, sogar die Pinsel wieder in die Hand zu nehmen. Warum nicht? Das hat sie nach ihren Wutausbrüchen immer beruhigt. Aber sie wagt es nicht, zu sprechen. Zwischen der Carmine aus Fleisch und Blut und der Carmine aus Farbschichten scheint etwas vorzugehen.

Ihre Mutter hat die Arme sinken lassen und geht zu dem Portrait, dessen Blick sie verfolgt. Flüchtige Veränderungen beleben ihre Gesichtszüge. Mit der Spitze eines Zeigefingers fährt sie die Konturen der mit Blasen überzogenen Nase nach, den verbeulten Kiefer. Als sie der Skulptur in die Augen blickt, scheint diese fast zu erwachen. Dann wendet sich Carmine langsam Félicité zu.

Mit einer Miene, die sagen will: Es tut mir leid.

Es tut mir leid, aber auch ich habe nicht die Kraft.

Sie weicht zurück, ihr Arm sinkt, ihr Gesicht verschließt sich. Ihr Blick flieht, zieht sich in ihr Inneres zurück.

Félicité läuft zu ihr, aber ihre Mutter schaut sie an, ohne sie zu sehen. Wie durch einen Geist hindurch, denkt Félicité und fasst sie an den Schultern.

»Maman, ich bin's. Félicité. Bist du da?«

Bei den letzten Worten bricht ihr die Stimme. Denn eines ist klar: Die Antwort lautet nein, Carmine ist nicht da. Sie wirft sich vor, überhaupt gehofft zu haben.

»Hör mir zu. Und wenn ich gerade mit jemand anders rede, dann hören Sie mir auch zu. Ich werde nicht mehr nach Bégoumas kommen. Verstanden? Nicht, wenn Sie mich daran hindern, mit meiner Mutter zu sprechen, oder wenn meine Mutter sich weigert, sich zu zeigen. Ich komme ausschließlich wegen ihr, aber sie ist nie da.«

Carmines Lippen beginnen zu beben.

»Es ist zu deinem Besten, Maman. Du bist die einzige Familie, die mir bleibt.«

Da brüllt die Alte los und hält sich gleichzeitig die Ohren zu:

»Carmine hält Wache!«

Na toll. Jetzt hat sie ihre Mutter endgültig aus der Bahn geworfen. Dabei weiß sie, dass sie sich nicht zwischen die verschiedenen Gesichter schieben noch versuchen darf, sich an eines von ihnen zu wenden, wenn Carmine beschlossen hat, ein anderes zu zeigen. Ihre Mutter lebt als Schlafwandlerin, die zwischen den Träumen hin und her wechselt und die man behutsam, ohne sie zu wecken, ansprechen muss, wenn sie gerade den richtigen durchquert.

Und vor allem weiß Félicité, dass man niemals, nicht einmal indirekt, nicht einmal um deren Abwesenheit zu betonen, ihre Zwillingsschwester erwähnen darf. Doch sollte Carmine endgültig in den Tiefen ihres belagerten Körpers verschwunden sein, sollte Félicité wirklich keine Mutter mehr haben, dann bleibt ihr nur ihre Schwester – falls die nicht gestorben ist. Schlagartig drängt sich ihr die Erinnerung an Agonie und die Tatsache ihres Verschwindens auf.

Zu spät. Die Krise nimmt unkontrollierbare Ausmaße an. Carmine schreit, schimpft, jammert, den Blick starr auf einen unsichtbaren Punkt gerichtet, förmlich daran festgeklammert, unfähig, sich davon zu lösen, ihr ganzer Körper zuckt und schwankt, sie gibt irres, unzusammenhängendes Zeug von sich –

Niemand niemand spricht mit mir niemand hört mir zu ich möchte nein du darfst nicht sagen was es uns kostet wir würden nicht zuhören sei still nicht reden nicht reden sei still wir haben dir gesagt behalt das für dich für uns diese Schwester hat da nichts zu suchen gar nichts das darf nicht raus das gehört dir und niemand anders niemand anders die anderen das sind wir sei still sei still

– und Félicité weiß nicht, wie sie reagieren soll. Sie ist traurig und fühlt sich machtlos, zumindest glaubt sie das, solche Gefühle ist sie nicht gewohnt. Also geht sie vorsichtig auf

Carmine zu, legt ihr eine Hand auf die Schulter und verspricht ihr, mitten in ihr Gezeter hinein, dass sie kommen wird, wenn ihre Mutter sie ruft, sie braucht ihr nur eine Nachricht zu hinterlassen, dann wird sie an dem Tag und um die Uhrzeit, wenn ihre Mutter und niemand sonst sie empfangen kann, herkommen.

Sie lässt die Schreie hinter sich und auf dem Holztisch den Spiegel im Silberrahmen. In dessen Oval sind nur noch die im Dunkeln liegenden Dachbalken zu sehen.

Eilig verlässt Félicité die Schäferei. Ihre Füße verfangen sich in dem Unkraut, das Carmine vor fast einem halben Jahrhundert gepflanzt hat, um damit die Invasion von Agonies Blumen zu stoppen. Die Schlingen aus trockenem Gestrüpp wickeln sich um ihre Knöchel. Félicité tritt um sich, befreit sich und flucht so laut, dass die Vögel flüchten.

Während sie, ohne sich noch einmal umzudrehen, den Berg hinunterläuft, verfolgt von dem sich ausbreitenden kalten Schatten des Mont Bégo, rechnet sie nach: Seit über zehn Jahren hat ihre Mutter nicht mehr mit ihr gesprochen.

Ich würde sagen, dass es sogar noch länger her war, denn gegen Ende hatte Félicité kein richtiges Gefühl mehr für Dauer und Zeit. Und ich würde ergänzen, dass mir ihr Blick, als sie mir das abgegriffene Foto von ihrer jungen Mutter mit den schwarzen Locken gezeigt hat, bereits fiebrig vorkam, wie von einer Art Exaltiertheit entflammt.

Aber was weiß ich schon?

Vielleicht habe ich in diesem Blick auch nur den Wahnsinn gesehen, den ich, nach allem, was Félicité mir erzählt hatte, darin finden wollte.

KLAGEWEIB

An diesem Abend findet sie kaum die Kraft, sich den Kuriosi-Tee vom Col de la Couillole zuzubereiten. Elegant lässt sie sich auf ihr Sofa sinken, während Angèle-Victoire, die seit dem Morgen nichts getrunken hat, das sie in der Realität verankern könnte, ihr von den falschen Ereignissen des Tages erzählt – immer denselben, die ihr von ihrem einstigen Leben geblieben sind. Sie erzählt von ihren Neffen, die Kirchen anstreichen und Palmen pflanzen, von den Nachmittagen im Wald von Valdeblore, aus dem man mit rosigen Wangen und Tüten voller Esskastanien zurückkommt, von der furchterregenden Dame aus Rocabiera, die ihre Nichte getauft hat, von ihren Schwestern, den Nonnen, die sie geradezu beneidet, wenn ihr alter Ehemann sich auszieht.

Félicité tut nicht einmal so, als würde sie sich dafür interessieren. Schon lange hört sie dem ewig gleichen Gerede der in einem vergangenen Leben eingesperrten Geister nicht mehr zu. Nur wenn es für ihre Arbeit ist, natürlich. Sie spitzt die Ohren nur, wenn man sie bezahlt. *Ich spitze die Ohren, wenn man mich bezahlt*, ja genau, das müsste als Slogan auf ihrem Schild an der Hauswand stehen. Würde man sie dafür bezahlen, dass sie zu ihrer Mutter in die Berge fährt, würde sie das vielleicht weniger belasten, ja, dann wäre sie vielleicht imstande, das Ganze einfach nur ordentlich zu erledigen. Sieh nur, was aus dir geworden ist, Félicité, sagt sie sich wieder, eine Frau, die ihre senile Mutter im Stich lässt, weil es ein bisschen im Rücken weh tut, während mit deinen Klienten alles gut läuft, zu denen gehst du ohne Probleme. Fühlst du dich wohl, hier in deiner kleinen Wohnung auf deinem kleinen Sofa mit deinen hübschen kleinen Teekannen, während da oben eine alte Frau allein mit sich selbst kämpft und dazu noch den Schmerz ertragen muss, den ihre Tochter ihr mit der Ankündigung zugefügt hat, sie werde nicht mehr wiederkommen? Natürlich wirst du wieder hinfahren. Gleich morgen früh. Du wirst dich entschuldigen. Damit sie die Abscheulichkeiten vergisst, die du ihr an den Kopf geworfen hast.

das darf nicht raus das gehört dir und niemand anders

Diese Litanei kreist wie eine Möwe über ihrem Gedächtnis. Die Erinnerung an diese Schreie hat sie auf dem ganzen Rückweg begleitet, im Stau auf der Promenade, in den Gassen der Nizzaer Altstadt, bis hierher auf ihr Sofa.

Da war etwas Ungewöhnliches in der Stimme, die nicht ihrer Mutter, auch nicht der Kellnerin oder irgendeiner anderen Félicité bekannten Dorfbewohnerin, sondern jemand anders gehörte. Etwas Tyrannisches, in der einen Stimme, die über fünfzig Stimmen in sich vereinte und Carmine zu schweigen befahl.

wir würden nicht zuhören sei still nicht reden nicht reden sei still wir haben dir gesagt behalt das für dich

»Deshalb war ich so überrascht, als Joseph gekommen ist. Oh, meine Liebe, Ihr Gerät blinkt schon die ganze Zeit. Joseph ist also vorbeigekommen ...«

»Wie bitte?«

Mitten im Redeschwall der Gräfin wird Félicité von einem heftigen Schlag getroffen. Sie unterbricht sie, aber Angèle-Victoire will weiterreden, will ihre falschen Erinnerungen loswerden, ihr nicht mehr existentes Leben erscheint ihr wesentlich aufregender und lebendiger, solange der Tee seine Wirkung noch nicht entfaltet hat.

Aber schließlich erklärt sie: »Ihr singendes Gerät am Eingang. Es blinkt rot.«

Félicité rennt zum Telefon.

Sie haben – eine – neue Nachricht

Heute – um – 15 Uhr – und – 57 Minuten.

Um die Zeit saß sie im Auto auf dem Weg zurück nach Hause.

PIEP

Undefinierbarer Lärm dringt aus dem Lautsprecher. Erstickte Laute, ein Knall gegen das Mikrophon. Ein abgewürgter Schrei. Das Klirren von zerberstendem Glas, hastig geflüsterte Worte:

»Ich bin's, ich habe es geschafft zu fliehen ... Ich habe wieder zu den Pinseln gegriffen. Die Gefängniswärterinnen waren dagegen, sie haben mir die Farbe aus der Hand gerissen ... Ich habe es geschafft rauszukommen. Ich bin's, verstehst du? Du musst mir jetzt gut zuhören. Ich habe nur wenig Zeit, um es zu sagen. Ich bin's ...«

Ihr Satz wird von einem Schrei unterbrochen.

Stöhnen. Raues Atmen.

Stille.

Sich in die Länge ziehende Stille, nur vom Knistern des Aufnahmegeräts durchbrochen.

PIEP

Ende der neuen Nachricht

Um die Nachricht zu löschen – drücken Sie die Eins – um die Nachricht zu speichern – drücken Sie die Zwei – um die Nachricht noch einmal zu hören – drücken Sie die Drei –

Beim zweiten Abhören hat sich an der Nachricht nichts geändert. Auch beim dritten, beim zwanzigsten, beim achtunddreißigsten nicht. Trotzdem lässt Félicité sie immer wieder laufen. Zuerst hektisch, mit gespitzten Ohren. Dann zieht sie am Kabel des Telefons, um es auf den Boden zu stellen, setzt sich aufs Parkett und drückt mechanisch immer wieder die Drei.

Um die Nachricht noch einmal zu hören – drücken Sie die Drei –
Um die Nachricht noch einmal zu hören – drücken Sie die Drei –
Um die Nachricht noch einmal zu hören – drücken Sie die Drei –

Félicité macht alles schneller und besser als die anderen.

Das, was Sie und ich nur allzu gut kennen, Schock und Verweigerung, Entsetzen, Verzweiflung, all das müsste bei Félicité nacheinander eintreten. Aber nein: Sie weiß bereits Bescheid. Sie braucht keine fünf oder zwölf Phasen zu durchlaufen, keine Umwege zu nehmen, um zu wissen, was los ist.

Soeben ist ihre Mutter gestorben. Einen unhöflichen Tod, der ihr ins Wort gefallen ist.

Sie könnte sich einreden, Carmine sei noch zu retten, aber sie glaubt nicht an Lügen. Sie spürt die Wahrheit. Die kennt sie wie ihr eigenes Spiegelbild. Ihre Mutter ist tot.

Die immer wieder abgespulte Nachricht auf dem Anrufbeantworter brennt ihr die Wahrheit ins Trommelfell. Diese Wahrheit, der sich Félicité nicht entziehen kann, nicht entziehen will.

Carmine ist tot. Sie ist gestorben, weil ihre Tochter weggegangen ist.

Auf dem Tisch im Wohnzimmer ist Félicités Tee in der Tasse kalt geworden. Schließlich hat Angèle-Victoire ihn ausgetrunken.

Der Mond steht hoch über dem Meer, als die Gräfin langsam zur Geisterschleuserin geht, die im Flur auf dem Boden sitzt.

»Am Tag, als meine Mutter gestorben ist, Friede ihrer Seele, habe ich nicht geweint. Ich war damals elf Jahre alt.«

Der an Félicités Bauch gepresste Anrufbeantworter gibt zum hundertsten Mal das mit Knistern versetzte Rauschen von sich, das auf das Ende der Nachricht folgt.

»Auch nicht an den Tagen danach. Man hatte mich so erzogen, dass für mich Weinen Pflicht war, während meine Brüder nicht weinen durften. Mein Vater ist sehr böse geworden. Ich habe trotzdem nicht geweint.«

Um die Nachricht noch einmal zu hören – drücken Sie die Drei –

Die Gräfin wartet, bis Carmines Geschrei vorbei ist, dann fährt sie fort:

»Für die Beerdigung hat mein Vater Klageweiber engagiert. Ich habe mein Gesicht unter einem schwarzen Schleier verborgen. Ich hatte Angst, man könnte meine trockenen Wangen sehen … Im Leichenzug gingen die Klageweiber hinter mir. Ihr merkwürdiges Gejammer hat lange zwischen den Gräbern nachgehallt und noch länger in meinem Kopf, immer dann, wenn ich an meine Mutter gedacht habe.«

Mit ihren behandschuhten Händen streicht sie den Saum ihres Kleides glatt.

»Wenn Sie wollen, meine Liebe«, sagt sie leise, »kann ich Ihr Klageweib sein.«

Félicité antwortet nicht. Sie starrt unverwandt vor sich

hin. Aber als das lange Rauschen nach der Sprachnachricht mit einem abermaligen *Piep* endet, startete sie sie nicht noch einmal.

Da lässt Angèle-Victoire, deren Arme am Taft ihres Kleides entlangbaumeln, ganz leicht den Kopf sinken. Ihre Schultern sacken ab.

Eine Geisterträne fällt lautlos herab und breitet sich auf ihrem Kleid aus. Eine zweite folgt. Sie bilden auf dem Stoff einen purpurfarbenen Strauß.

Unten auf dem Bürgersteig bestellen Leute, die nicht wissen, dass Carmine gestorben ist, die nicht einmal wissen, dass sie gelebt hat, auf einer Restaurantterrasse eine Flasche Rosé. Der Kellner sagt irgendetwas, das sie zum Lachen bringt.

Der Gräfin entfährt ein Schluchzen. Sie beißt sich in die Faust, um es zu ersticken. Ihre Nase läuft, es tropft auf den Seidenhandschuh, sie wischt ihn nicht ab. Ihren Lippen entweicht ein langes, ersticktes Stöhnen, das durch den Flur zieht.

Morgen, sagt sich Félicité immer wieder.

Morgen früh fahre ich hoch zu den Ruinen, klettere zwischen den Steinen den Berg hoch, ohne Müdigkeit, ohne Vorwürfe, ohne auf meine Knochen zu hören. Es wird noch einmal Dienstag sein, also werde ich hinaufgehen, so wie man in seinen Erinnerungen zurückwandert, ohne diesen Flur, diese von Geisterträne verwässerte Nacht mitzunehmen. Die lasse ich hier, in den Rinnsteinen am Markt. Das wird den Möwen bestimmt gefallen. Ich werde meiner Mutter einen richtigen Blumenstrauß kaufen, einen echten, schwarz und feuerrot, einen, der ihr ähnelt, und den werde ich ihr schenken. Ich werde nichts sagen müssen. Sie wird mit mir reden, und das wird genügen.

Morgen.

Morgen fahre ich wieder zu meiner Mutter.

Viel später, als wieder Stille eingekehrt ist, richtet Angèle-Victoire sich auf. Sie legt eine Hand auf Félicités Schulter, dann entfernt sie sich mit verquollenen Augen.

Um die Nachricht noch einmal zu hören – drücken Sie die Drei –

DAS LÜGENREVIER

»Ich vergraule die Leute, weil sie spüren, dass mir der Tod an den Stiefeln klebt«, hat Félicité mir gegenüber immer behauptet.

Vielleicht. Schon möglich. Ich glaube aber eher, dass die Leute vor allem die Wahrheit fürchteten. Félicité konnte weder etwas Falsches sagen noch an eine Lüge glauben. Dazu war sie nicht fähig. Alles, was sie tat, war aufrichtig. Sogar die Kuriosi-Tees entlockten die Wahrheit besser, wenn Félicité sie zubereitete.

Tja, werden Sie sagen, der einzige Mensch, den sie durchaus gut anlügen konnte, war sie selbst. Irgendwann hat sie fest an ihre eigenen Betrügereien geglaubt, so fest übrigens, dass sie nicht mal mehr log, wenn sie sie sich selbst wiederholte.

Aber abgesehen von diesem kleinen privaten Lügenrevier kannte und wünschte sich Félicité die Wahrheit. Warum hat sie wohl Ihrer Meinung nach in den folgenden Monaten so verbissen nach dem Geist ihrer Mutter gesucht? Mal abgesehen davon, dass sie sich die Schuld dafür gab, sie mehr oder weniger getötet zu haben, meine ich. Weil sich gezeigt hatte, dass Carmine ein Abgrund aus Täuschungen war, und Félicité sich hatte zum Narren halten lassen. Ohne den geringsten Verdacht zu hegen, hatte sie fast ein halbes Jahrhundert bei der größten Schwindlerin der gesamten Provence gelebt.

Und warum habe ich mir Ihrer Meinung nach zwei Jahre

lang drei Nachmittage pro Woche ihre Geschichte angehört? Weil sie mir versprochen hatte, mir zu erklären, weshalb die Bewohner von Bégoumas damals das Dorf verlassen haben. Und daran habe ich nie gezweifelt.

Na gut, auch weil ich ihr kaiserliches Charisma mochte. Und weil mir diese Kuriosi-Tees gefielen.

Ach, übrigens, welchen haben Sie gewählt? Lac de Fenestre? Exzellent. Soll ich Ihnen noch ein Kännchen bestellen? Aber ja, das mache ich doch gern.

Draußen schüttet es ohnehin so kräftig, dass der Regen Ihren Schirm durchlöchern würde. Wenn das noch eine Weile so weitergeht, werden wir in einer Gondel nach Hause fahren müssen.

Ach, und schauen Sie mal, jetzt wird der Kamin für uns angemacht. Hinter uns das Feuer, auf dem Tisch die neue Teekanne, da könnten die Fürsten von Monaco glatt neidisch werden. Ich hoffe, bei dem Geprassel im Kamin und dem Regenrauschen können Sie mich verstehen. Wenn nicht, sagen Sie es mir, und ich spreche lauter.

Also, Félicité und ihre Wahrheit, das war so eine Sache. Warum sonst hätte sie noch am Abend, als ihre Mutter starb, ihrer Schwester Bescheid sagen sollen, wo doch dreißig Jahre lang die Kälte zwischen ihnen eisiger gewesen war als der Winter in La Turbie.

DIE BOTSCHAFT IN DER TASSE

Mitten in der Nacht steht Félicité auf. Sie stellt das Telefon zurück auf die Flurkommode, wischt sich den Staub von der Hose und geht in die Küche.

Sie muss einen neuen Geist aufspüren.

Im Teeschrank wühlt sie mit beiden Händen hinter den Dutzenden mit silbern verziertem Japanpapier beklebten Dosen. Sie schiebt sie auseinander, stapelt sie an den Seiten und stößt ganz hinten auf das, wonach sie seit ihrem siebzehnten Lebensjahr nicht mehr gesucht hat: ein mit Grünspan überzogener kupferner Behälter ohne Etikett. Der herbe Geruch eines zu häufig aufgegossenen Tees steigt ihr in die Nase.

Zwei Prisen Teeblätter und ein Liter heißes Wasser später wartet Félicité an der Anrichte darauf, dass der alte Tee erneut gezogen hat. Sie wird ihn trinken müssen, und er wird scheußlich schmecken. Was soll's. Sie hat Schlimmeres erlebt.

Sie kippt ihn in einem Zug hinunter und zwingt sich, ihn nicht wieder auszuspucken. Ein Schauder des Ekels läuft ihr durch den Körper.

Am Boden der Tasse liegen die feuchten schwarzen Blätter. Mit einem Teelöffel schiebt sie sie so zurecht, dass auf dem weißen Porzellan Worte zu lesen sind:

MAMAN IST TOT

Félicité duscht. Putzt sich drei Minuten lang die Zähne. Faltet jedes ihrer Kleidungsstücke einzeln, bevor sie es in den Wäschekorb legt. Schlüpft unter ihre gebügelten Laken.

Kurz vor dem Einschlafen greift ihre Hand wie von selbst zum Nachttisch, findet dort aber den Spiegel mit dem silbernen Rahmen nicht.

Am nächsten Morgen wacht sie um sieben Uhr auf. Duscht, putzt sich drei Minuten lang die Zähne, zieht sich grau an und geht in die Küche, um sich ihren Morgentee zuzubereiten.

Als ihr Blick auf die Reste vom Vorabend fällt – die grünlich verfärbte Dose, die Tasse, den alten Tee –, bleibt sie einen Moment lang regungslos in der Küchentür stehen, dann beginnt sie aufzuräumen. Gerade will sie die noch feuchten Teeblätter in die Dose zurückkippen, da fällt ihr etwas auf. Die Blätter auf dem Tassenboden bilden nicht mehr die Worte »Maman ist tot«.

Die Blätter haben sich bewegt. Félicité muss sich an der Arbeitsplatte festhalten.

ICH KOME

BEI DER HEXE

Wenn Sie zu der Hexe wollen, müssen Sie nochmals aus Nizza raus, diesmal Richtung Italien. Fahren Sie nach Menton, überqueren Sie die Grenze und verlassen Sie die Autobahn. Nehmen Sie eine der Straßen, die ins Gebirge führen.

Jetzt geht es durch dicht aufeinanderfolgende Vororte, Gewerbegebiete, über Bahnlinien, durch Orte, die weder bewohnt noch verlassen sind, wo Mülldeponien, weiße Villen, Campingplätze, Viadukte, Verkäufer von Springbrunnen und Grabskulpturen die Straßen säumen, wo Tannen die Kiefern ablösen, aus Straßen unbefestigte Wege, aus Hügeln Berge werden.

Grüßen Sie im Vorbeifahren – das ist höflicher – die zahnlosen Schäfer, die Ihnen nachschauen werden, als hätten sie noch nie ein Auto gesehen, was wahrscheinlich sogar stimmt.

Entfernen Sie sich vom Lärm der Welt. Erreichen Sie die Stille. So, Sie sind da.

Die Bergweiden enden abrupt bei den ersten Bäumen, die sehr schwarz, sehr hoch aufragen, wie eine Mauer. Unter ihren Nadeln, zwischen ihren eng zusammenstehenden Stämmen führt ein Weg in die Finsternis. Den nehmen Sie.

Der Mont Bégo ist dunkel; es ist ein düsterer Berg. Man wollte diesem Teil des Gebirgsmassivs keinen Namen geben – zumindest nicht auf den Karten. Die Leute aus der Gegend nennen ihn *il monte della Strega*, den Hexenberg.

Wenn es Sie schaudert, ist das normal. Alle Wanderer, die diesen Weg entlanglaufen, zittern ein bisschen. Vielleicht wegen der Feuchtigkeit. Vielleicht wegen des Nebels, der sich in Schwaden über den Boden ausbreitet. Oder vielleicht weil einen plötzlich dichte Finsternis umfängt und hinter einem der Waldrand bereits verschwunden ist.

Aber keine Bange, bald mündet der Weg in eine Lichtung.

Ein Sonnenstrahl fällt auf einen Bach, eine Wassermühle, ein Häuschen. In das Holz des Daches und der Balkone sind Früchte und Hasen geschnitzt. Kleine Herzen durchlöchern die Fensterläden. An den Hauswänden sind Menschen mit Hosenträgern und Hut in sonderbaren Positionen erstarrt.

Ist doch ein reizendes Bild, oder?

Zweifellos wäre es das, würde es sich nicht auflösen. Rings um das Haus ist das Gras verdorrt. Das Fachwerk hat Risse. Schaut man genauer hin, sehen die lächelnden Gesichter auf den Wandgemälden mit der abblätternden Farbe eher wie Grimassen aus. Kein Laut ist zu hören. Keine Brise, kein Vogelgezwitscher, kein Geräusch außer das von den auf das Moos fallenden Tropfen.

Wir haben soeben das Gebiet der Hexe betreten.

Die Hexe heißt Egonia. Sie lebt schon so lange hier, dass sie vergessen hat, dass es auch noch andere Orte gibt. Die Welt um sie herum ist nichts als ein endloser Wald, dessen Flechten und Farne auf die Lumpen abgefärbt haben, die sie trägt. Oder vielleicht hat sie sie absichtlich so eingefärbt. Sie weiß es nicht mehr. Jedenfalls ist es praktisch bei der Jagd auf Feldmäuse. Sie braucht sich nur in eine dunkle Ecke zu hocken. Nach nicht mal drei Minuten kommt immer eine vorbei. Dann saust ihre Hand, *zack*, auf den Nacken der Maus.

Wenn die Beute später über dem Feuer brutzelt, riecht es gut. Den Geschmack hat Egonia nie kennengelernt. Alles, was ihre Zunge berührt, verfault sofort und gleitet schon zersetzt durch ihre Kehle. Ihr bleiben die Gerüche. Das ist alles.

Die letzten Sonnenstrahlen des Nachmittags fallen durch die kaputten Fensterläden. Sie beleuchten den Staub auf dem Tisch. Das getrocknete Blut in den Näpfen. Den überall herumliegenden Müll.

Nur ein intakter Gegenstand glänzt inmitten des Chaos. Er sieht aus wie eine schlafende Taube. Es ist eine Porzellantasse.

Als es zu dämmern beginnt, schüttet Egonia einige schwarze Blätter hinein und übergießt sie mit dampfendem Wasser. Sie nippt daran. Spürt ein leichtes Brennen. Sie hatte Durst. Der Aufguss wärmt sie, als er ihre Kehle hinunter und über ihr Kinn läuft.

Als sie die Tasse abstellt, entdeckt sie, dass die feuchten Blätter sich auf dem Tassenboden zu seltsamen Formen verschoben haben. Sie trägt die Tasse nah ans Feuer. Im Licht der Flammen entziffert sie Silbe für Silbe die vom Tee geformte Botschaft:

MAMAN IST TOT

Maman.

Da sie alles Übrige vergessen hat, ist es ihr beinahe gelungen, auch dieses Wort auszulöschen. Jetzt macht sich das Vogelscheuchengesicht ihrer Mutter in ihrem Gedächtnis breit. Selbst wenn sie die Augen schließt, sieht sie es, deutlicher, als wenn es eben durchs Fenster hereingekommen wäre.

Maman. Keine weiteren Angaben. Es gibt nur eine

Schwester, die dieses Wort wie eine Selbstverständlichkeit ausspricht. Na ja, falls man jemanden Schwester nennen kann, der einem einen Maulkorb verpasst, einen verlässt, einen verrät und dreißig Jahre lang ignoriert.

Tot.

Sie atmet auf, und plötzlich kommen ihr die Düfte um sie herum lebendiger vor. Das Licht, das von draußen hereinfällt, weniger kalt. Die Luft hat sich erwärmt. Könnte sie die Dinge benennen, würde sie sagen: Ich bin erleichtert. Aber sie, Egonia, ist unfähig, etwas zu benennen. Sie hat viele Wörter vergessen. Oder hat sie nie gelernt. Sie atmet also einfach auf, das ist alles. Immerhin.

Als aber in der nächsten Minute die Kraft aus ihren Handgelenken weicht, als sie die Tasse abstellen muss, die zwischen ihren Fingern zu beben beginnt, braucht sie nichts zu benennen. Sie weiß, was mit ihr los ist. Denn diese Wörter, diese Fragen, die ihre Hände zittern lassen, kleben ihr seit dreißig Jahren am Gaumen.

Warum dieser Name, der den Tod in sich trug?

Warum diese Liebe für Félicité und für mich nur diese Abscheu?

Warum?

Sie hat ihre Mutter für unsterblich gehalten. Sie glaubte, viel mehr Zeit zu haben, um sie nach all dem zu fragen, was sie, trotz der Entfernung, der sie verbergenden Bäume, des Waldes ringsum, des Hauses, in dem sie sich verkriecht, niemals verlassen hat.

Aus Egonias Mund kommt ein Wimmern. Ihre Stimme ist rau wie der Schrei eines Raben. Sie hat sie seit dreißig Jahren nicht mehr benutzt.

Aus den am Tassenboden liegenden Teeblättern formt sie eine Antwort auf die erhaltene Nachricht und geht zur

Haustür. Für einen kurzen Moment hat sie das Gefühl, etwas vergessen zu haben, dann fällt ihr ein, dass sie nichts besitzt, was sie mitnehmen könnte.

Draußen auf der abblätternden Fassadenbemalung geraten die reglosen Gestalten, das Milchmädchen, die spielenden Kinder, der Mann mit der Latzhose und dem Bier in der Hand im grauen Mondlicht zum ersten Mal in Bewegung. Die Trinkenden blinzeln. Der in der Luft schwebende Ball der Kinder fällt zu Boden und springt wieder hoch. Jemand reckt sich und wirft dabei eine Flasche um. Alle schauen einander verwirrt an, dann folgen ihr Blicke Egonia, die über die Türschwelle getreten ist.

Der Hexe kribbelt es in den Fingern. Sie beugt sie, streckt sie wieder. Die Gelenke knacken. Es ist wie ein Erwachen nach einem sehr langen Mittagsschlaf.

Das gemalte Milchmädchen sammelt die Kinder ein, die Männer schieben ihre Hosenträger wieder hoch, und die ganze Bilderwelt drängt sich an die Ecke des Hauses, um der sich entfernenden Hexe nachzuschauen. Auf der nackten Fassade bleiben nur halb geleerte Bierkrüge, eine Lache Milch und ein liegengelassener Ball zurück. Sie sind aufgewacht, um sich von Egonia, ihrer stummen Hexe, zu verabschieden, die in dieser Nacht in das Dorf ihrer Kindheit auf der anderen Seite des Berges zurückkehren wird, um Antworten auf die Fragen zu bekommen, die sie nicht gestellt hat.

DAS PORZELLAN
UND DER MAULKORB

Ich wüsste Ihnen nicht zu sagen, wie es sich anfühlt, wenn man jemanden wiederfindet, den man geliebt und verloren hat. Am ehesten stelle ich es mir so vor wie das, was ich nach dem Unfall meines Sohnes empfunden habe. Als ich das Gliederarmband verloren habe, das er mir geschenkt hatte. Fünfundzwanzigmal war ich im Fundbüro. Fünfundzwanzigmal hat man mir gesagt: Nein, Monsieur, wir schwören Ihnen, Monsieur, hier ist nichts, es muss in einen Gully gefallen sein.

An jedem Tag, an dem mein Blick an dem blöden weiß gebliebenen Streifen an meinem Handgelenk hängenblieb, hat sich mir der Hals zugeschnürt.

Und dann, zwei Jahre später, rief ich eines Morgens noch mal, fast schon aus Gewohnheit, im Fundbüro an. Und da hieß es plötzlich: Armband wiedergefunden. Es war die ganze Zeit da gewesen, auf der anderen Seite des Tresens. Sie hatten es bloß in die falsche Schublade gelegt und waren nicht auf die Idee gekommen, im Nachbarfach zu wühlen.

Solche Leute gibt es, und man fragt sich, ob man Lust hat, ihnen die Füße zu küssen oder die Fresse zu polieren.

Félicité sitzt wieder in ihrem Panther und fährt an der Vésubie entlang, ohne den Fuß vom Gas zu nehmen.

Ihre Schwester kommt. Zuerst hat Félicité sich gefragt, ob es wirklich sie war – ja, eindeutig, niemand sonst kann etwas mit dem Tee vom Mont Gravières anfangen. Drängende Fragen gehen ihr durch den Kopf. Ob ihre Schwester immer noch genauso schön ist, mit ihren Locken und ihren goldenen Augen, die sie von Carmine geerbt hat, ob sie anders gealtert ist als sie selbst, ob sie beide sich heute noch gleichen wie echte Zwillinge? Ihre Schwester lebt also und kommt. Und da sie nicht tot ist, wird sie sie außerdem fragen müssen, warum sie neben allem, wozu sie Zeit hatte, während sie lebte, es so unwichtig fand, ihr zum Beispiel mal mitzuteilen, dass sie nicht tot ist.

Félicité drückt den Fuß fester aufs Gaspedal.

Diesmal taucht, als sie am Geist des kleinen Mädchens am Straßenrand vorbeifährt, eine andere Erinnerung auf. Sie sieht Agonie wieder vor sich an jenem Mittwoch auf dem Weg ins Tal der Wunder.

Agonie, die sie da noch bei einem anderen, sanfteren Namen nennt, den ihre Mutter nach und nach aufgegeben hat.

Sie sind beide zwölf Jahre alt.

Nanie, hinter ihrem Maulkorb zahnlos grinsend, klettert zum Fenster der Bäckerei hinauf wie ein Insekt an einer Mauer. Ihr Lächeln ist fröhlicher, wenn Carmine verreist ist.

Währenddessen geht Félicité durch die bimmelnde Tür und begrüßt Monsieur Pietro, der natürlich nicht gerade erfreut wirkt, sie zu sehen. Niemand im Dorf hat gerne mit den beiden Schäfertöchtern zu tun. Mit der einen nicht, weil sie rußbedeckt zwischen Schatten herumkriecht und scheppert, mit der anderen nicht, weil sie mit den Toten redet und Wahrheiten sagt, die keiner besonders gerne hört.

Der Bäcker aber verbirgt seine Abneigung nicht ganz so gut wie die anderen. Deshalb haben die Zwillinge bei ihm auch weniger Skrupel.

Félicité fragt ihn sehr höflich, ob er sich noch an den Tag erinnert, als ihre Schwester hier in der Bäckerei explodiert ist und der Laden wegen der Reparaturen einen ganzen Monat geschlossen werden musste. Die fahle Gesichtsfarbe des Mannes, nur eine Spur grauer als die immer noch frische Wandfarbe, antwortet an seiner Stelle.

Sie wirft ihm einfach so, in Salven, gemeine, nach überreifen Früchten schmeckende Wahrheiten an den Kopf: seinen kahlen Schädel, den er nur dürftig mit Haarsträhnen verbirgt, die er von der einen auf die andere Seite kämmt, sein Brot, das die Leute im Dorf nicht unbedingt freiwillig, sondern eher aus Mangel an Alternativen kaufen, seine Tochter, die seiner Nichte erstaunlich ähnlich sieht, seine Frau, die alle viel zu hübsch für ihn finden …

Das Klirren von Glas unterbricht ihre Aufzählung.

Hinter dem Bäcker hockt Nanie wie eine dicke Spinne unter dem Stuck, einen Arm bis zum Ellbogen in einer Bonbonniere, um den Hals mehrere Zuckerketten.

Noch bevor er reagieren kann, entwischt sie durchs Fenster. Félicité wünscht ihm noch genauso höflich wie zuvor einen wunderschönen Tag, verlässt in aller Ruhe den Laden, hinter sich das wütende Gebimmel der Tür, und macht sich auf zum Waldrand oberhalb des Dorfs.

Sie bahnt sich einen Weg zwischen den Bäumen, an dem umgestürzten Stamm vorbei, weiter bis zu dem gespaltenen Baumstumpf und um einen Felsen herum. Dahinter erwartet ihre Schwester sie mit der Beute.

Hier kann die Jüngere ihren Maulkorb gefahrlos abnehmen. Die Zwillinge haben sich diese Stelle im Wald als Hauptquartier eingerichtet. Immer wenn ihre Mutter verreist ist, verbringen sie ihre Nachmittage in diesem Miniaturtal, das nur ihnen gehört. Agonies Schmetterlinge haben schon alles zerstört, was zu zerstören war. Hier sieht es aus wie in der Höhle eines Drachen, wie in einem großen, aus Knochen, totem Gehölz und verblichenem Moos gebauten Nest. Die einzige Dekoration bilden die Riesenblumen, die aus den Speicheltropfen der Jüngeren sprießen. Und ein paar Bücher, die Félicité heimlich aus der Schule mitgenommen hat, um ihrer Schwester das Lesen beizubringen. Zum Schutz haben sie rings um ihren kreisförmigen Unterschlupf an den trockenen Lärchenstämmen bemalte Vogelschädel und große aufgespießte Schmetterlinge befestigt.

Als Nanie ihre Schwester kommen sieht, zeigt sie mit einer ausladenden Armbewegung auf den Haufen Süßigkeiten, als wollte sie ihr die Größe ihres Schatzes präsentieren. Auf der umgestülpten Bonbonniere sitzend, eine Schokoladenzigarette im zahnlosen Gebiss, sieht sie aus wie eine kleine Piratin.

Fleisch, Obst, Brot, alles verschimmelt und verdirbt durch Nanies Speichel. Alles außer Bonbons. Félicité glaubt, dass es an den darin enthaltenen Farbstoffen liegt.

»Guck mal, ich habe ganz viele Ketten mitgenommen ...«

Nanie zeigt auf einen Berg pastellfarbener Ketten. Diese Ketten mögen sie beide am liebsten, weil sie zweierlei Verwendung haben: als Bonbons und als Schmuck. Zwei Schätze in einem. Damit sie sich nicht darum streiten, teilen sie sie beim Kartenspielen untereinander auf.

Félicité verteilt die Karten, während Nanie so tut, als würde sie ihre Schokoladenzigarette rauchen. Dann schauen sie sich, in der Mitte des Nestes einander gegenübersitzend, über ihre Hände hinweg an. Plötzlich behauptet Nanie etwas wie »die, die gewinnt, ist für alle Zeiten die wahre Königin des Mont Bégo« und legt ohne Vorankündigung ihre erste Karte auf den Baumstumpf zwischen ihnen.

Félicité lässt ihre Karten sinken und protestiert: Letztes Mal hat sie die Partie gewonnen, bei der man alle Partien vorher und nachher bis ans Ende der Zeiten gewinnt. Also ist sie die wahre Königin des Mont Bégo.

»Ja, aber diesmal hat die, die gewinnt, damit wirklich alle Partien des gesamten Universums gewonnen und ist dann wirklich für immer und ewig die wahre Königin vom Tal der Wunder.«

Félicité nimmt ihre Karten wieder hoch und imitiert die Mimik ihrer Schwester, zusammengekniffene Augen, Raubtierlächeln in den Mundwinkeln. Sie decken die Karten auf. Sie schreien und kreischen. Am Ende jeder Runde werden die Halsketten verteilt.

Félicité gewinnt sie alle.

Eine Stunde später reißen sie, an Blätter, so groß wie Kissen, gelehnt, das glänzende Bonbonpapier auf. Wie immer wirft Egonia Félicité vor, sie habe geschummelt, einfach so, aus Prinzip. Und bittet sie, ihr wenigsten die blauen Perlen zu überlassen.

Félicité klaut ihr die falsche Zigarette und tut ebenfalls so, als würde sie rauchen.

»Du weißt ja, dass sie alle gleich schmecken, oder?«

»Überhaupt nicht. Die blauen sind die leckersten. Die schmecken nach Himbeeren.«

»Quatsch. Außerdem, woher willst du das wissen, wenn du sie immer aufhebst und gar nicht isst?«

»Mir egal. Eines Tages werde ich ganz viele blaue Perlen haben, viele, viele, viele, so viele, dass ich mir selbst Ketten basteln und mich damit von oben bis unten bedecken kann.«

»Aha? Und was hast du davon?«

Nanie nimmt ihre Zigarette wieder an sich und legt sich auf den Rücken. Félicité legt sich neben sie. Nanie schaut hoch in die trockenen Baumwipfel, die in der Brise schwanken.

»Ich steige ganz oben auf den Mont Bégo«, antwortet sie, »und werde unsichtbar. Man wird mich mit dem Himmel verwechseln. Man wird sich fragen, warum ein Stück Himmel sich bewegt, aber mich wird man in Ruhe lassen. Man wird mir nichts tun. Den Himmel, den ärgert niemand. Und der Himmel ist es, der entscheidet, über wen die Stürme herziehen.«

Félicité greift nach ihrer Hand.

»Dafür müsstest du erst mal beim Kartenspielen gewinnen«, sagt sie nach einer langen Pause.

Immer wenn Carmine auf Reisen war, lebten sie dort oben, völlig frei, konnten auf dem ganzen Berg hingehen, wo sie wollten. Félicité mochte diese Zeiten nur bedingt. Die Schäferei kam ihr ohne die Wärme ihrer Mutter düster vor. Sie wünschte sich, Carmine wäre da, würde ihr Geschichten vorlesen und ihr mit der Hand über die Stirn streichen. Aber da sie ihre Schwester lächeln sah, breiter als sonst, sagte sie nichts.

Nanie war in diesen Zeiten tatsächlich unbeschwerter. Sie konnte mit ihrer Schwester auf deren Matratze schlafen statt auf dem Boden vor der Feuerstelle, konnte durch die Tür ins Haus kommen statt durch den Kamin. Für ein paar Tage war sie sogar nicht mehr rußverschmiert. Vor dem Einschlafen las Félicité ihr Geschichten vor und strich ihr über die Stirn.

Je näher Carmines Heimkehr rückte, umso größer wurde die Stille zwischen den beiden. Ihre Mutter würde bald wiederkommen, die Koffer voller Köstlichkeiten von unglaublichem Geschmack. Nirgends in den Bergen gab es Granatäpfel oder Pampelmusen, Carmine aber brachte immer etliche mit, die nie schlecht wurden.

Jedenfalls solange die Jüngere ihnen fernblieb.

Die Jüngere, so nannte die Mutter Agonie. Nur weil sie als zweite gekommen war. Anfangs hatte sie versucht, Gründe zu finden, diese überflüssige Tochter, diese Tumortochter zu lieben, aber die bloße Gegenwart der Kleinen brachte sie in Rage und löste Wutausbrüche aus, die sie überrollten und von Mal zu Mal unkontrollierbarer wurden. Aus Nanie wurde Agonie, dann die Jüngere. Die verheerenden Stürme, die über sie hinwegfegten, löschten ihre Namen, einen nach dem anderen, aus; am Ende war keiner mehr übrig. Als die Kleine fünf oder sechs Jahre alt war, nannte Carmine sie überhaupt nicht mehr bei irgendeinem Namen. Sie sah sie gar nicht mehr, ihr Blick ging durch sie hindurch wie durch den Körper eines Geistes. Die Tochter wurde für die Augen der eigenen Mutter unsichtbar.

Also begnügte Nanie sich damit, die Schalen der Pampelmusen aufzusammeln und mit ihrem einzigen Zahn abzuschaben. Hätte man ihr frische Früchte gegeben, wären sie voller Maden gewesen, noch bevor sie sie probiert hätte. Nein, so kostbare, aus weiter Ferne stammende Vorräte würde man doch nicht vergeuden.

Das letzte Mutterschaf der Herde hatte Nanie bis zu seinem Tod gesäugt, da war das Mädchen sieben Jahre alt gewesen.

Sieben Jahre.

Zu Beginn des Winters hat Carmine von einer ihrer Reisen neben Litschis und Mangos auch ein winziges Teeservice mitgebracht. Das Porzellan glänzt in seiner mit Samt ausgeschlagenen Schachtel.

Sobald ihre Mutter wieder verreist ist, beschließen die beiden Schwestern, sich ein Gebräu aus Unkraut zuzubereiten und zu spielen, sie würden wie Zarinnen beim Nachmittagstee zusammensitzen. Félicité verlässt die Schäferei, pflückt ein paar Löwenzahnblätter, geht hinunter zum Waschtrog, um die Teekanne zu füllen, wieder hoch zum Haus, die Kanne fest in den Händen haltend, damit sie nicht herunterfällt. Zurück in der Küche, zerdrückt sie, unter der Aufsicht des Geistes ihres Vaters, die Blätter mit dem Stößel, bevor sie sie ins Wasser gibt.

Agonie folgt ihr überallhin. Die Hände auf dem Rücken und mit geschlossenem Mund. Carmine hat nichts gesagt, aber das war auch nicht nötig. Sie wissen beide, dass das wunderschöne Teeservice der Älteren gehört.

»Pass auf«, ermahnt Félicité sie mehrmals in mütterlichem Ton. »Komm nicht näher. Geh ein bisschen weiter weg. So. Du weißt ja, falls du etwas kaputtmachst, kann ich nicht lügen. Und wenn Maman erfährt, dass du meine Sachen angefasst hast, wird sie dich ausschimpfen. Ich will aber nicht, dass sie dich ausschimpft. Und ich will sie auch nicht traurig machen. Es ist besser für alle, wenn du das Service nur mit den Augen berührst.«

Ihren Unterschlupf im Wald haben sie sich noch nicht gebaut, also spielen sie in der Schäferei. Gierig, mit weit aufgerissenen Augen, die die Hälfte ihres Gesichts verschlucken, beobachtet Agonie ihre Schwester.

»So, eine Tasse für Nanie, eine für Papa, eine für mich.

Papa sagt, dass er den Tee auch nicht trinken kann, aber er findet das nicht schlimm, weil ich ihn für euch beide trinke. Siehst du, bei ihm ist es fast genauso.«

Und dann tut sie so, als würde sie die grünliche Mischung für alle drei genießen.

Aber Agonie genügt das bloße Zuschauen nicht. Manchmal hat sie so große Lust, auch mit dem Miniaturservice zu spielen, dass sie sich in die Fäuste beißen muss, ihre Augen ganz rot werden vor lauter Tränen und sie wütende Jammerlaute von sich gibt. In solchen Momenten nimmt Félicité sie in die Arme und flüstert auf sie ein, während ihre Schwester heftige Schluchzer unterdrückt.

»Beruhige dich«, sagt auch der Geist des Vaters zu seiner Tochter, die ihn nicht hört, »es ist doch nur Spaß. Félicité, räum alles weg. Nicht, dass Nanie gleich explodiert.«

Aber Félicité ist erst sieben Jahre alt und sieht nicht ein, warum sie dieses Spiel, das ihr so gut gefällt, abbrechen soll. Wenn ihre Mutter da ist, muss sie ja schon immer dafür sorgen, dass sie nicht böse wird, muss Nanie helfen, sich in Vergessenheit zu bringen, und wenn Maman weg ist, muss sie auch noch den Wutausbrüchen ihrer Schwester nachgeben.

Ab und zu will sie einfach nur sieben Jahre alt sein und Teetrinken spielen.

Also steht sie auf, stemmt ihre kleinen Fäuste in die Hüften und befiehlt mit einer Stimme, von der sie hofft, ihre Schwester damit zu beeindrucken:

»Nanie, nimm deine Hände aus dem Mund. Atme. So. Geht's dir jetzt besser? Du rastest nicht aus, du beherrschst dich, einverstanden?«

Meistens begnügt sich ihre Schwester dann mit Heulen und Zittern.

Andere Male aber geht sie später heimlich an die Schachtel und stellt sich vor, sie würde mit den Fingerspitzen das glatte Porzellan streicheln, die zarten Henkel, die Goldränder der Untertassen. Félicité weiß es, denn wenn ihre Schwester am Teeservice war, sind die Tassen nie richtig eingeräumt. Sie könnte ihr böse sein, aber wozu? Félicité, die für ihr Alter viel zu scharfsinnig ist, erkennt bereits den Zorn und die Ungeduld, die ihre Schwester von Carmine geerbt hat. Deshalb versucht sie, ihr etwas anders zu schenken von dem wenigen, was man mit sieben Jahren besitzt.

Dann, eines Tages, als Félicité gerade mit ihrem Miniaturteeservice spielt, schafft Agonie es nicht länger, die riesige Verzweiflung zu beherrschen, die in ihr lodert. Die Spuren ihrer Explosion sind bei der Rückkehr ihrer Mutter immer noch im ganzen Haus zu sehen.

An die damalige Schimpftirade ihrer Mutter will Félicité sich noch weniger erinnern als an die anderen.

Kurz darauf hat Félicité den Maulkorb für ihre Schwester gebastelt, damit sie atmen und sprechen konnte, ohne dass ihre Schmetterlinge überall herumflogen und Carmine in Rage brachten. Sie hat ihn mit schönen blauen Perlen verziert. Innerhalb weniger Monate hatte Nanie sämtliche Zähne verloren außer dem einen, mit dem sie auf die Welt gekommen war.

Manchmal hörte Félicité im Schlaf irre Schreie, die von oben aus den Bergen kamen, ein Gebrüll, das die Wölfe verstummen und die Dorfbewohner beten ließ. Sie hatte keine Angst. Zwischen den Dachbalken sah sie den Maulkorb an einem Nagel hängen und erkannte im Echo der Schreie die fiebrige, ungezähmte Stimme ihrer Schwester. Zum Glück wachte Carmine davon nicht auf.

Diese Stimme hat sie seit ihrem sechzehnten Lebensjahr

nicht mehr gehört, seit jener Nacht, als Agonie hinter den Lärchen zwischen den Schatten des Mont Bégo verschwunden ist. Niemand hat sie je wiedergesehen. Weder die Dorfbewohner noch ihre Mutter noch ihre Zwillingsschwester, die sie dreißig Jahre lang tot geglaubt hat und sich langsam fragt, ob sie es im Grunde nicht lieber weiter tun sollte.

VIER UNGLÜCKSVÖGEL

Der Morgen ist noch kühl, als Félicité Bégoumas erreicht.

Von dem, was sie dort vorfinden wird, könnte Ihnen schlecht werden, deshalb warne ich Sie lieber schon mal. Ich selbst musste am Tag, als sie mir die Szene beschrieben hat, zum Luftschnappen nach draußen gehen. Trinken Sie einen Schluck Tee, bestellen Sie sich ein Törtchen, atmen Sie einmal tief durch. Oder halten Sie sich die Ohren zu. Aber wenn Sie dann später nicht mehr durchblicken, ist das nicht meine Schuld.

Also.

Im ausgestorbenen Dorf – das noch leerer ist als sonst – ist alles still. Félicité spürt nicht die übliche Präsenz, die hinter der Stille der Ruinen lauert. Dafür eine andere, eine tiefere Stille.

Vor ihren Füßen gleitet ein Schatten vorbei: Ein Raubvogel kreist über den Dächern. Er lässt einen Knochen vom Himmel fallen, der an den Felsen des Mont Bégo zerschellt.

Félicité geht an den verfallenen Häusern vorbei bis zur Telefonzelle. Als sie näher kommt, fliegen zwei Raben davon.

Da liegt Carmine, unter dem an der Schnur baumelnden Hörer. Der Boden ringsherum ist mit Splittern übersät, die in einer Lache von geronnenem Blut schwimmen. Carmine hält sich die Ohren zu, ein Pinsel durchbohrt ihre Kehle, Hals und Arme sind mit schwarzen Schnittwunden überzogen. Ihre Augen sind weit aufgerissen, ihre Lippen blau. Carmines letzter Schrei hat seine Spuren hinterlassen.

Als ihr plötzlich ein Geruch nach warmem Fleisch in die Nase steigt, weicht Félicité zurück. Ihr wird schwindelig. Sie versucht, den Gestank auszuspucken, der in ihre Nasennebenhöhlen gekrochen ist, sich an Gaumen und Zahnfleisch geheftet hat, und schließlich übergibt sie sich auf dem Dorfplatz.

Dabei ist sie verstümmelte Leiber gewohnt, wegen ihrer Geister. Aber die riechen nicht. Die locken keine Raben an. Und gehören nicht ihrer Mutter.

Sie ruft jede der sechsundfünfzig Personen, die in ihrer Mutter gesteckt haben, ruft sie in allen Tonlagen, ärgerlich, flehend, herrisch, versucht, eine phantofassbare Tasse zu schwenken, wie man mit einem Knochen wedelt, um einen Hund anzulocken.

Carmines Geist bleibt versteckt.

Also macht sie sich mit dem Koffer in der Hand auf den Weg zu dem einzigen Ort im Dorf, den sie noch nicht erkundet hat: die Schäferei. Während sie hastig den Hang hochläuft, geht ihr Blick nach oben und sie erstarrt. In der Nähe des Gebäudes zeichnet sich vor dem weißen Himmel im Gegenlicht ein Schatten ab.

»Félicité.«

Zwischen den Zwillingsschwestern breitet ein haariger Schmetterling seine schweren Flügel aus.

KOLORIERTE WAHRHEIT

In Wirklichkeit ist Félicité ja nicht die Einzige, die mir diese Geschichte erzählt hat. Ich habe auch Egonias Erinnerungen gesammelt.

Félicité hat mir immer die Wahrheit gesagt, aber eine Wahrheit in ihren Farben, in den schiefer- und maulwurfsgrauen Tönen, in denen sie die Welt sah. Egonias Blick hat der Wahrheit andere Farben beigemischt, hat die helleren Nuancen betont, die Aussparungen sichtbar gemacht, der Geschichte ihre Kontraste und ihre Tiefe verliehen.

Ich hoffe, Félicité kann mich dort, wo sie jetzt ist, nicht hören.

AGONIE

Ihre Mutter ist tot. Das Dorf leer. Nichts mehr kann sie einsperren.

Die ganze Nacht ist Egonia auf ihren eigenen Spuren gelaufen wie auf einer Zeitreise in die Vergangenheit. Orte von früher aufzusuchen ist fast, als würde man sich verjüngen.

Ihr gefällt das überhaupt nicht. Sie merkt, wie sie wieder zu dem zerstörerischen, verängstigten Mädchen wird, das sie verschwunden glaubte.

Ihr Gesicht bleibt glücklicherweise so, wie sie es sich ausgesucht hat. Ein Hexengesicht als Ersatz für das Gesicht, das sie von Carmine geerbt hat. Aber seinen Kindheitserinnerungen entkommt man nicht. Man kann sie noch so tief vergraben, ihr Schmerz taucht immer wieder auf, schlimmer als der Phantomschmerz amputierter Gliedmaßen.

Sie ist sechs Jahre alt, und ihre Mutter nennt sie nicht einmal mehr Agonie.

Sie hockt auf ihrem Dachbalken und sieht drei Meter tiefer Carmine und Félicité mit dem Porzellangeschirr spielen, das schillernde Reflexe auf den Wänden tanzen lässt. Mit dem Hunger einer Menschenfresserin beobachtet sie die Teekanne und die beiden Silhouetten dort unten.

Félicité ist farblos. Graue Augen, blasse Haut. Sie braucht Farben. Deshalb hat Maman ihr das creme- und goldfarbene Service geschenkt. Agonie dagegen braucht keine Farben. Braune Augen, rosige Wangen. Du bist doch schon so hübsch, man kann eben nicht alles haben, sagt Félicité oft zu ihr. Sie hat auch wirklich Glück. Die gleiche Kopfhaltung, die gleiche kleine Nase wie Carmine. Schwarze Locken, Sommersprossen.

Im Selbstporträt, das ihre Mutter ständig übermalt und überarbeitet, erkennt sie sich allerdings nicht wieder, obwohl es all ihre Züge trägt. Das ist sie nicht.

Ja, Maman ist hübsch. Agonie auch. Damit muss sie sich begnügen. Ist doch idiotisch, nachts zu träumen, Maman würde mit ihr schmusen wie mit Félicité, wie früher, als sie noch Nanie zu ihr gesagt hat. Als sie sogar manchmal ihre Hand gehalten hat. Nicht lange. Wenn Agonie losplapperte und Schmetterlinge aus ihrem Mund flogen, erschrak ihre Mutter, wich zurück, verscheuchte sie mit ihrem Pantoffel.

Ihre Insekten verdarben und verunstalteten alles, und davor graute es Carmine. Bei der bloßen Vorstellung, Agonies Insekten könnten sich auf ihr Gesicht setzen und es frühzeitig verschrumpeln lassen, durchzuckten Stromschläge ihre Haut.

Ich weiß, was Sie jetzt denken.

Auch ich dachte anfangs, also wirklich, sich derartig aufzuregen, weil man Angst hat, hässlich zu werden, das ist schon selten bescheuert. Aber dann bin ich mal, wer weiß warum, eines Morgens mit so dicken Pickeln überall im Gesicht und am Hals aufgewacht. Nein, nein, gejuckt haben sie überhaupt nicht, kein bisschen, ich sah nur beschissen aus, wie ein Fliegenpilz. Ich habe mich also zwei Tage krankgemeldet. Nur um nicht gesehen zu werden. Bis dahin hätte ich mich nie für eitel gehalten. Am dritten Tag musste ich dann wohl oder übel wieder zur Arbeit – Hut, Sonnenbrille, hochgeschlagener Kragen, das volle Programm. Erst haben die anderen sich über meine Spionverkleidung lustig gemacht, dann wurde es weniger nett, also habe ich schließlich meine Brille abgenommen. Die kleine Brigitte ist zur Toilette gerannt. Die anderen haben irgendwas gemurmelt und sind in ihre Büros verschwunden. Sogar Sylvette aus dem Sekretariat mit ihrem schon ergrauten Schopf und vor allem mit ihrer haarigen Warze über der Lippe, die wie ein kleines buschiges Tierchen auf und ab hüpfte, da musste man immer hingucken und konnte ihr gar nicht richtig zuhören. Der anderen Sekretärin, Brigitte, blonder Haarknoten, glatter Mund, der konnte man viel besser zuhören. Bis dahin hatte ich gar nicht bemerkt, dass man lieber Brigitte zuhörte als Sylvette.

Natürlich kann man glauben, man würde über so was stehen. Wenn man unbedingt will, kann man Carmine also trotzdem für ein oberflächliches Dummerchen halten. Aber wenn man schon mal mehr Mitleid mit einem pausbäckigen Waisenkind hatte als mit einem Penner mit braunen Zähnen, dann versteht man sie. Fragen Sie Ihr eigenes Spiegelbild. Wenn Sie sich schon mal gewünscht haben, und sei es auch nur ganz kurz, mit der unglaublichen Entspanntheit derer zu leben, die als hübsch gelten, werden Sie Carmine verstehen.

Jedes Mal, wenn Carmine etwas Schönes mitbringt, ist es für Félicité. Agonie verdient so etwas nicht. Alles, was sie anrührt, altert rasend schnell und stirbt. Sie weiß genau: Die Teekanne würde zwischen ihren Fingern nicht lange halten. Keine tanzenden Reflexe mehr auf den Wänden, weder für sie noch für Félicité.

Trotzdem. Der Goldrand der Untertassen ist eine große Verlockung.

Wenn Maman nicht da ist, leiht Félicité ihr Sachen. Aber das ist nicht dasselbe. Agonie will ein Puppenservice ganz für sich allein. Sie würde Maman zum Spielen einladen, und Maman würde sich daran erinnern, dass es sie noch gibt, und würde sie »meine Nanie« nennen, so wie sie »meine Félicité« sagt.

Die Ältere macht nie irgendwas kaputt, sie sagt immer die Wahrheit, in der Schäferei darf sie im Haus reden und lachen und mit Maman Bücher lesen. Sie weiß, wie sie ihr gefallen kann, und bekommt, worum sie bittet. Selbst wenn sie, was ganz selten vorkommt, Unsinn macht, wird sie nicht ausgeschimpft. Mamans Wutausbrüche gelten immer der Jüngeren.

An besagtem Tag wie an so vielen anderen gibt Carmine Félicité einen Kuss auf die Stirn und geht mit ihrer Staffelei unterm Arm in den Garten. Ihr ewiges Gemälde ruft sie.

Erholung, für ein paar Minuten. Das muss ausgenutzt werden. Agonie wird brav sein. Félicité kann ihre Schwester ausnahmsweise in die Nähe des Porzellans lassen.

Agonie beugt sich vor, fällt beinahe hinunter. Ihr Angstschrei verrät sie. Félicité schaut mit ihren eisernen Augen zu ihr hinauf, und da erkennt sie plötzlich das ganze Ausmaß der Eifersucht, die Agonie zerfrisst. Sie presst die Teekanne an ihr Herz.

Nein, nein, hab keine Angst, denkt Agonie. Ich werde sie nicht berühren. Nur aus der Nähe angucken.

Sie klettert am Gebälk hinunter wie ein großes Insekt, kopfüber, sich am Holz festkrallend. Ihr Schatten zieht sich in die Länge, verschlingt das kleine Wohnzimmer und versucht, seine Finger nach der Tasse auszustrecken.

Félicité weicht nicht zurück.

»Nanie, was machst du da, geh wieder hoch! Wenn Maman reinkommt, wird sie dich ausschimpfen ...«

Wenn Maman schimpft, ist es schrecklich. Agonie will nicht ausgeschimpft werden. Sie will sich nur aus der Nähe, ganz aus der Nähe die bläulichen Windungen auf dem Porzellan anschauen.

»Papa sagt auch, du sollst aufhören. Das Teeservice gehört mir. Du, du hast ein Schaf ganz für dich allein, ein echtes. Du hast sogar seine Milch! Ein lebendiges Schaf, ist das nicht viel besser? Geh wieder, bevor Maman dich sieht. Wir spielen mit dem Puppengeschirr, wenn sie verreist ist. Jetzt ist es zu gefährlich, hörst du?«

Keinerlei Wut in ihrer Stimme: Félicité spricht mit der Selbstsicherheit derjenigen, die weiß, dass sie nicht lügt. Wenn sie sagt, dass Papas Geist Agonie bittet, sich zu beruhigen, ist es die Wahrheit. Wenn sie sagt, dass Agonie ungeduldig und eifersüchtig ist, ist es die Wahrheit. Wenn sie sagt, dass ihre Mutter sie womöglich ausschimpfen wird, ist es die Wahrheit. Wenn sie sagt, dass sie bis in alle Ewigkeit ihre Lieblingsschwester bleiben wird, an diesen Tagen, an denen Maman nicht da ist und sie gemeinsam zwischen den Lärchen Spiele, Kriege und Königreiche erfinden, ist es die Wahrheit.

Heute hasst Agonie die Wahrheiten ihrer Schwester. Sie will, dass sie schweigt. Sie will mit dem Puppengeschirr spielen. Ganz egal, ob sie Maman zur Raserei bringt. Wenigstens wird ihre Mutter sie anschauen. Sie wird sich daran erinnern, dass sie noch eine andere Tochter hat und früher Nanie zu ihr gesagt hat.

Schlagartig schrumpft ihr Schatten. Agonie stürzt sich auf Félicité und entreißt ihr die Teekanne. Jetzt hält sie das winzige Stück Porzellan in den Fingern, es ist zart, leicht und glatt, sie wollte es so sehr haben und ist so überglücklich, es endlich in den Händen zu halten, dass sie es mit aller Kraft festhält, fest, ganz fest, und es plötzlich zwischen ihren Fingern zerspringt.

»Ich hab's dir ja gesagt«, bemerkt Félicité. Und auch das ist die Wahrheit. »Jetzt wird Maman dich ausschimpfen.«

Agonie jammert. Die perlmuttfarbenen Bruchstücke liegen auf den Fliesen, erloschen. Als die kleine Kanne zersprungen ist, haben die Scherben Agonie in die Hände geschnitten. Sie hat Schmerzen. Sie hat Angst.

»Komm ins Badezimmer«, flüstert ihre Schwester. »Wir waschen dir schnell das Blut von den Fingern.«

Nein. Agonie schlägt die Hand weg, die Félicité nach ihr ausstreckt. Nicht ins Badezimmer. Dort hat Carmine sie schon mal zur Strafe eingesperrt. Nie wieder. Nie wieder stundenlang gegen die Tür hämmern, bis sie blaue Flecken an den Handgelenken bekommt, während auf der anderen Seite ihre Mutter und ihre Zwillingsschwester sich den Saft von Mangos und Apfelsinen von den triefenden Fingern lecken.

Sie atmet schneller. Die Explosion naht.

»Reiß dich zusammen, Nanie, bitte ... «

Aber schon steigt die Hitze auf, ist zu stark, um noch unterdrückt zu werden. Ihre Finger kribbeln, Hunderte von Nadeln stechen ihr in die Haut, keine Beine mehr, alles ringsum rot, Brennen im Bauch und im Kopf, Brennen, das anschwillt, sich bläht, Bleiklumpen im Hals – Schockwelle. Von ihrem Gebrüll fliegen Félicités Haare nach hinten, zerschellt das Porzellan an den Wänden, zerspringen die Fensterscheiben, wird draußen das Gras zu Boden gedrückt und fallen unten im Dorf nacheinander alle Türen krachend ins Schloss.

In der nachfolgenden Stille beginnt Agonie zu zittern. Ihre Schwester will sie an der Schulter fassen. Voller Panik weicht sie zurück.

»Ich mach sauber. Versteck dich, bevor Maman kommt.«

Sich verstecken. Wieder. Félicité hat recht, und dafür würde Agonie sie gerne hassen.

Carmine stürzt ins Haus, die Hände voller Farbe. Ein Glassplitter hat sie an der Wange getroffen.

»Geht es dir gut, Liebling?«

Sie kniet sich neben ihre Tochter, mustert sie hektisch von oben bis unten, auf der Suche nach der kleinsten Verletzung.

»Sehr gut«, sagt Félicité lächelnd. »Ich habe Lust, rauszugehen. Zeigst du mir, was du gemalt hast?«

Aber Carmine schaut in den ovalen Spiegel, den sie bei sich trägt, schlägt sich die andere farbverschmierte Hand vor den Mund und unterdrückt einen Schrei des Entsetzens. Soeben hat sie im Spiegel die Schramme entdeckt, die sich über ihre Wange zieht.

Sie stöhnt auf. Man könnte fast meinen, der Glassplitter hätte sie völlig entstellt.

»Maman, es ist nur ein Kratzer. Es blutet nicht mal. Ich hole ein Tuch.«

Ihre Mutter hört sie nicht mehr. Im Spiegel hat sie auf dem Boden hinter sich die Scherben der Teekanne entdeckt. Sie sackt in sich zusammen. Ihre Atmung verlangsamt sich. Sie hebt ihren Blick zum Dachgebälk.

»Maman …«

Doch wenn Carmine die Jüngere ausschimpfen will, reagiert sie nicht mal mehr auf ihren eigenen Vornamen. Félicité verkriecht sich in eine dunkle Ecke.

So, denkt Agonie. Es ist aus.

»Komm runter.« Auf den Befehl folgt ein Seufzer. »Komm runter, oder ich hol dich.«

Agonie will nicht vom Dachbalken fallen, also gehorcht sie.

»Schon wieder hast du alles kaputtgemacht«, zischt Carmine mit einer Stimme, die wie eine Windböe pfeift und nachhallt. »Ich sollte dich den Wölfen vorwerfen.«

Ein heftiger Luftzug bläst das Feuer aus – in der Schäferei ist es vollkommen dunkel. Trotzdem schließt Agonie die Augen. Sie weiß, was jetzt kommt.

Aus Carmines Körper schießt ein Blitz, zerschneidet die Finsternis mit lautem Krachen, windet sich um Agonie und wirft sie zu Boden. Das kleine Mädchen, das sonst so gut zu schweigen weiß, kann einen Schrei nicht mehr unterdrücken, als ihr die Haare zu Berge stehen und sie von Krämpfen geschüttelt zusammenbricht.

»Mach den Mund zu«, faucht ihre Mutter, »sonst fliegen deine Schmetterlinge durchs Haus.«

Da verriegelt Agonie ihre Lippen, ihre Augen, ihre Fäuste, ihre Gedanken. Sie wartet, bis der auf den Blitz folgende Donner über sie hinweggerollt ist und sich das Unwetter entfernt.

Später leckt das alte Schaf hinter der Wand ihre Schnittwunden, die einzige Erinnerung an das Porzellan, das sie in den Händen gehalten hat. Der Speichel brennt, aber die Zunge streichelt ihre Haut.

Früher kam Maman, wenn sie sich nach ihren Wutausbrüchen wieder beruhigt hatte, auf leisen Sohlen in den Stall und fragte im Flüsterton, ob Nanie nicht zu starke Schmerzen habe. Sie streckte sich neben ihrer Tochter im Stroh aus und legte ihr eine Hand auf die Stirn. Ich bin sehr traurig, sagte sie zu ihr, ich wollte nicht wütend werden, du darfst eben nicht solchen Unsinn machen und Maman so furchtbar aufregen.

Die Ausbrüche sind heftiger geworden. Ihre Mutter ist nicht mehr zu ihr gekommen. Agonie hat die Unwetter fast lieben gelernt. In diesen Momenten erinnert sich ihre Mutter wenigstens daran, dass sie existiert.

Durch die Wand hört sie, wie Carmine Félicité hätschelt, neckt und zum Lachen bringt.

Agonie saugt an den Zitzen des Schafs. Wie gewohnt wird die Milch, noch während sie ihre Kehle hinabrinnt, sauer und ranzig. Das Mädchen sieht etwas in den Augen dieses Tieres, etwas, das niemand sonst bemerkt. Eine uralte Weisheit, die der Weisheit der Menschen so überlegen ist, dass die sie lediglich für Leere im Blick halten. Agonie aber findet darin Rat und Trost.

»Eifersucht ist nicht schön«, sagen ihr an diesem Abend die rechteckigen Pupillen.

»Ich weiß«, antwortet Agonie wortlos.

»Félicité tut, was sie kann. Sie teilt alles mit dir. Die Bonbons, die Spiele, sogar die Bücher, die sie heimlich aus der Schule mitbringt. Wenn sie könnte, würde sie auch Carmines Liebe mit dir teilen.«

»Ich weiß«, denkt Agonie. »Ich weiß, dass meine Schwester nichts dafürkann. Eifersüchtig zu sein ist nicht schön.«

Aber in ihren Händen pulsiert die Wut.

In den folgenden Wochen lässt sie sie mitunter hervorbrechen, nur um zu erleben, wie ihre Mutter sich ihr zuwendet. Carmines Zornesausbrüche werden von Mal zu Mal brutaler. Eines Tages, denkt Agonie, wird sie mich zu stark verletzt, beinahe getötet haben, dann wird sie gezwungen sein, sich um mich zu kümmern.

Auch Félicité glaubt das und warnt sie: Bald wird ihre Mutter von einem zu heftigen Sturm überrollt werden und sie töten, ohne es überhaupt zu merken.

Egal. Sterben, warum eigentlich nicht? Wenn man sechs Jahre alt ist, hat man vor dem Sterben keine größere Angst als davor, nachts durch einen dunklen Flur zu laufen.

Also provoziert Agonie. Sie zerbricht einen Teller. Lässt in der Schäferei einen Schmetterling frei. Zieht eine Spur aus Spucke über den Boden, so dass dort ihre fleischfressenden Blumen sprießen. Fügt dem Gemälde auf der Staffelei einen Pinselstrich hinzu.

Nur einen. Wirklich nur einen winzigen weißen Punkt in einer Ecke.

Carmine regt sich nicht auf. Sie nimmt ihr Bild und stöhnt laut. Agonie hält verängstigt Ausschau nach ihrer Zwillingsschwester. Genau in dem Moment, als der Blitz krachend in die Schäferei einschlägt, geht Félicité an ihr vorbei.

An das, was dann geschah, kann sie sich nicht mehr genau erinnern. Félicités am Boden liegender Körper. Der sofort abklingende Sturm. Carmine, die panisch brüllt und versucht, ihre Tochter wiederzubeleben. Sie sieht sich selbst im Raum stehen, versteinert, unfähig, etwas anderes zu denken als: Auch ich bin schon zu Boden geworfen worden. Genau wie Félicité. Da hat Maman sich nicht neben mich gekniet. Sie hat mich weiter mit Blitzen traktiert.

Am Abend im Stall machen die Augen des Schafs ihr Vorwürfe. Ihre Zwillingsschwester hat das abgekriegt, was sie selbst verdient hätte. Félicité ist die Blitze ja nicht gewohnt. Sie hätte sterben können.

Deshalb sagt Agonie am nächsten Tag zu ihrer Schwester, dass es in Zukunft besser wäre, Mamans Aufmerksamkeit von ihr, Agonie, abzulenken, als sie vor ihrer Mutter zu schützen. Es wäre einfacher für alle, wenn Carmine sie ein bisschen vergäße.

Nehmen Sie sich in Acht vor Ihren Wünschen.

Genau das hat Egonia zu mir gesagt, als sie mir diese Geschichte erzählt hat. Denn sie wurde tatsächlich vergessen. Ja. Und zwar richtig.

Félicité deckte jetzt den Tisch für zwei. Von den Mahlzeiten hob sie heimlich Reste auf, die sie später in den Stall brachte. Sie lockte ihre Mutter nach draußen, damit Agonie sich unbemerkt waschen konnte. Im Jahr darauf hat sie versucht, ihre Schwester in der Schule anzumelden, aber dafür hätte sie die Unterschrift eines Erwachsenen gebraucht.

Agonie ist nicht mehr zum Unterricht gegangen.

In der Schäferei ist wieder Frieden eingekehrt. Die Wutausbrüche sind fast ganz ausgeblieben. Die Deckenbalken, auf die Agonie sich immer flüchtete, sind zu ihrem Bereich geworden.

In den Büchern, die Carmine unten im Zimmer Félicité vorlas, kamen auch Waisenkinder vor. Deren Eltern waren gestorben, hatten sie aus dem Haus gejagt oder vor Klosterpforten abgelegt. Nie war die Rede von Kindern, die in ihrem eigenen Haus verlassen wurden.

Auch nicht von einer Schwester, die ihrer Zwillingsschwester einen Maulkorb anfertigt, um sie zum Schweigen zu bringen. Einen hübsch verzierten Maulkorb, damit sie auch noch danke sagen muss.

Egonia erinnert sich, weiß aber, dass sie nichts erzählen wird. Félicité würde es nicht hören können.

Ihre Mutter schenkte ihr Zärtlichkeiten und Teekannen aus Porzellan.

ZWEI SCHWESTERN

Wenn man Félicité in Erstaunen versetzen wollte, musste man sich schon etwas Besonderes einfallen lassen. Sie lebte in einer Welt verstümmelter Geister. Wenn sie im Supermarkt nach einer Joghurtpackung griff, konnte es passieren, dass sie ihre Hand in einen Geist schob, der gerade in der Abteilung für Milchprodukte seinen Mittagsschlaf hielt. Oder sie sah auf der Autobahn einen Tramper, der auf dem Standstreifen umherirrte und seine Eingeweide hinter sich herschleifte. Dann hob sie kaum eine Augenbraue.

Aber beim Anblick dieser von der Mittagssonne zerquetschten schwarzen Silhouette bleiben ihre stählernen Absätze am Boden kleben.

Sie mustert ihre Zwillingsschwester. Die Frau, die da bei der Schäferei steht, ähnelt ihr nicht, und dennoch ist sie es. Félicité weiß es, so wie sie weiß, wann sie blinzeln und wann sie ihre Spucke herunterschlucken muss. Ihr Körper und der ihrer Schwester haben sich über zehn Monate lang vom selben Fleisch ernährt.

Agonie sieht aus, als wäre sie mindestens zweihundert Jahre alt. Krummer Rücken, schlaffe Haut. Auf dem Kopf nur ein paar vereinzelte Haarsträhnen.

Die Seele holt das Gesicht immer ein.

»Guten Tag, Agonie.«

»Egonia.«

»Wie bitte?«

»Ich heiße Egonia.«

Klingt schön, denkt Félicité, hört sich fast an wie ein Blumenname. Passt überhaupt nicht zu ihr.

Beim Sprechen sind Agonie vier Schmetterlinge aus dem Mund geflogen, einer für jedes Wort. Sie setzen sich auf vier Grashalme, die sofort verwelken.

»Trägst du deinen Maulkorb nicht mehr?«

»Nein.«

Wieder flattert ein Insekt, größer als die vorherigen, vor dem Gesicht der Hexe herum, bevor es zur nächsten Lärche fliegt. Im Nu wechselt die Farbe der Nadeln von grün zu braun, vom Wipfel bis zu den untersten Zweigen, wie ein Weihnachtsbaum, von dem man die Lichterkette abwickelt.

»Solltest du aber.«

Die Jüngere krächzt ihr Krähenlachen. Sie sagt ihr nicht, dass der Maulkorb vor dreißig Jahren verbrannt ist, genau in der Nacht, als sie zum letzten Mal miteinander geredet haben.

»Warum bist du hergekommen?«

Wenn Sie die beiden zusammen gesehen hätten, selbst in diesem Alter, in dem sie sich nicht mehr ähnlich sahen, hätten Sie schnell begriffen, dass sie Zwillinge sind. Ihr Auftreten, ihre Gesichter, ihre Namen, nichts verband sie, und trotzdem fand man den Widerhall der einen in den Worten der anderen wieder, Gesten, die einen gemeinsamen Rhythmus besaßen, und man erinnerte sich wieder, dass die beiden dasselbe Blut in den Adern hatten. Ich nehme an, auch für sie selbst musste das komisch wirken. Wie wenn man plötzlich hinter einer Straßenecke in einem Schaufenster das eigene, sich bewegende Spiegelbild sieht, wenn man eigentlich denkt, dass man alleine ist.

»Du hast mich gerufen.«

»Ich habe dich benachrichtigt, das ist etwas anderes.«

»Carmine ist tot.«

Sie verkneift sich zu ergänzen: Es wurde auch langsam Zeit. Félicités Gemütsverfassungen sind ihr zwar vollkommen schnuppe, aber manche Reflexe aus der Kindheit haben sich offenbar fester verankert, als sie dachte.

»Und was kümmert dich das?«, fragt Félicité.

Agonie kratzt sich an den Händen und kaut mit ihrem einzigen Zahn auf ihrer Zunge herum. Als sie vom einen auf den anderen Fuß tritt, ertönt ein metallisches Scheppern. Es hört sich an, als würde sie unter ihren vielen Lumpen lauter Töpfe oder Dosen mit sich herumschleppen.

»Stell dir vor, sie war meine Mutter.«

Félicité steht ihr gegenüber, etwas unterhalb der Schäferei, so elegant und gelassen, wie Egonia sich dreckig und unruhig fühlt. Knallrotes Haar, wie in jungen Jahren. In der blendenden Sonne leuchtet ihr Bob. Ein Blutstropfen an einer angestochenen Fingerspitze. Eckiges Gesicht, Katzenaugen, Gräfinnenhaltung. Graue Katze, die sich an den Beinen reibt und streicheln lässt.

Egonia dagegen ist der alte, Krankheiten übertragende Rabe, den man von den Mülltonnen verscheucht, der verborgen im Schatten der Zweige lebt und auf die Nacht wartet, der schwarze Vogel, der über Ekelgerüchen und bevorstehenden Regengüssen kreist.

»Deine Mutter ist tot, deine Schwester lebt. Du Arme. Das Gegenteil wäre dir lieber, stimmt's?«

Die Schmetterlinge flattern und verteilen sich. Einer kommt auf Félicité zu, sie weicht zurück. Egonia lacht laut.

»Beruhige dich, Nanie. Vielleicht können wir wie zwei Erwachsene miteinander reden.«

Selbst auf diese Entfernung riecht Egonia den Gestank

von Mitleid und Ekel. Sie hasst diese beißenden Ausdünstungen, die sie mehrere Leben zuvor immer in der Nase hatte. Félicité roch damals nicht so. Der Geruch ihrer Mutter muss auf sie abgefärbt haben. Drei gemeinsame Jahrzehnte, das hinterlässt Spuren.

»Nenn mich nicht Nanie«, zischt Egonia. Sie lacht nicht mehr. »Tieren Kosenamen zu geben, hindert Viehzüchter nicht daran, sie zu schlachten. Deine Kosenamen kannst du für dich behalten. Und nimm deine Fäuste von den Hüften. Damit beeindruckst du niemanden mehr.«

Langsam lässt die Schleuserin die Hände sinken.

»Du hast dich nicht verändert ... Immer noch dieselbe wie vor dreißig Jahren. Vielleicht hast du dir seitdem zwei, drei Ohrfeigen gefangen ... Nein, sieht nicht so aus. Es braucht mehr, um die Heilige Félicité zu erschüttern.«

Félicité verharrt reglos. Sie weiß genau, was Agonie erreichen will. Aber von ihr wird sie nichts bekommen. Nicht eine Beleidigung, nicht eine Klage. Nichts wird ihre Verunsicherung angesichts dieser wiedergefundenen und bereits verlorenen Schwester verraten.

Dann stürmt die Hexe ohne Vorwarnung in die Schäferei.

DAS MÄDCHEN
UNTER DEM DACH

Egonia schaut sich im Raum um. Das Porträt ihrer Mutter ist nach wie vor da, noch unförmiger als in ihrer Erinnerung. Es sieht aus, als hätte jemand versucht, die Leinwand zu zerstechen.

In der Nähe der Wasserpumpe erkennt sie die Schüssel, in die Carmine immer die Obstschalen geworfen hat. Félicité hat sie für sie aufgehoben.

Sogar die Risse in den Balken, auf denen sie damals herumgeklettert ist, sind noch dieselben. Da oben, nur da oben fühlte sie sich in Sicherheit. Zwischen dem Schatten des Dachs, den Spinnweben und den Echos der von unten heraufschallenden Stimmen.

Vielleicht ist auch das Heft noch am selben Platz versteckt.

Sprosse für Sprosse steigt sie mit ihrem ungelenken Körper, der wie Geschirr klappert, die Leiter zum Zwischenboden hinauf. In dem Bett dort oben hat sie nur selten geschlafen. Privileg der Älteren. Aber sie weiß, wo Carmine ihr Heft versteckt hat: genau hier, unter der von der Strohmatratze verdeckten losen Latte.

Da ist es. Nicht ganz so groß wie in ihrer Erinnerung. Stärker abgenutzt. Eine Hand hat immer und immer wieder denselben Namen auf den Umschlag geschrieben: *Carmine*. Auf dem mittleren Buchstaben, der stärker nachgezogen ist als die anderen, sitzt eine Krone.

An manchen Tagen holte ihre Mutter, während Félicité beim Unterricht war, das Heft hervor. Sie schrieb darin, während Agonie sie von ihrem Hochsitz aus beobachtete.

Dann räumte Carmine ihr Heft wieder weg. Félicité kam von der Schule zurück, und die Mutter nahm sie auf die Knie, um für sie in großen bunten Büchern mit der Fingerspitze an Linien entlangzufahren. Die Form der Buchstaben konnte die Jüngere von oben nicht richtig verfolgen. Die Silben, die unten gemurmelt wurden, hörte sie nicht gut. Aber Reste war sie ja gewohnt.

Wenn Mutter und Tochter den Raum verließen, kletterte Agonie von den Dachbalken hinunter, um auf der offengebliebenen Buchseite den Text zu entziffern. Nicht unbedingt, um zu verstehen. Nein, sie tat es vor allem, um ihre Schwester nachzuahmen. Sie erfand eine Lehrerin, die ihr auf die Finger schlug, wenn sie zögerte. Eine strenge Frau, die ihr das Lesen beibrachte, sie mit dem Abschreiben von Sätzen bestrafte, sie in den Pausen fünf Minuten nach draußen gehen ließ, nicht länger, die ihr auftrug, die Tafel mit dem feuchten Schwamm abzuwischen, ihr, wenn sie krank war, erlaubte, sich näher an den Kachelofen zu setzen, und wenn sie sich die Knie aufschlug, zu weinen, aber lautlos.

Panische Angst. Einsamkeit. Das Dachgebälk ist durchdrungen von den Gerüchen, die sie dort hinterlassen hat. Sie hat Lust, das im Dunkeln verborgene Mädchen einzufangen, es an ihre Brust zu drücken und ihr Worte ins Ohr zu flüstern, irgendetwas, Hauptsache, die Kleine hört auf, diesen ranzigen Mief zu verströmen.

Ihrer Mutter hat ihre Angst vermutlich gern gerochen. Angst riecht für die, die sie bei anderen auslösen, belebend, stärkend, geradezu angenehm. Egonia weiß es aus der Zeit, als sie selbst die gefürchtete Dorfhexe war.

Seit dreißig Jahren hat sie nicht mehr zu lesen versucht. Ihr Blick wandert über die Zeilen des Hefts, und das wenige auf den Seiten, das sie begreift, erstaunt sie.

Das ist nicht das Leben ihrer Mutter. Es gehört jemand anderem, eindeutig, vielleicht Carmines Mutter. Oder, schlimmer noch: Es ist eine bescheuerte Erzählung. Bestimmt ist nichts daran wahr. Diese Orte, diese Leute gibt es gar nicht. Die Namen sind erfunden.

Sie versteht nicht alles, nicht richtig. Weil die Tinte verblasst ist. Weil sie nicht alle Wörter kennt. Weil die Geschichte, die dort in Bruchstücken erzählt wird, keinen Sinn ergibt. Weil die Blätter voller durchgestrichener, übereinandergekritzelter, verworrener Botschaften stecken, von verschiedenen Händen in unterschiedlicher Schrift aufgeschrieben. Und vor allem, weil sie wieder hier ist, an diesem Ort, mit diesen Buchstaben vor Augen, die man ihr nie beigebracht hat, von denen sie jeden einzeln mit ihren dürftigen, selbst geschaffenen Hilfsmitteln den Seiten entreißen muss, weil all das den Geist und die Augen verwirrt. Was sie allerdings versteht, ist, dass ganze Seiten von ihr handeln, von dem zweiten Zwilling, den niemand haben will, von dem, der nicht existieren darf, den man vergessen und in eine Schattenwelt verbannen muss. Ihre Finger fangen an zu kribbeln, aber sie legt das Heft nicht weg. Auch als es in ihrer Kehle brennt, legt sie das Heft nicht weg. Und selbst als ihr die Hitze wie elektrischer Strom unter die Haut ihrer Arme und Handflächen fährt und zwischen ihren Händen explodiert, legt sie das Heft nicht weg.

Als Félicité kurz darauf keuchend den Raum betritt, ist von Carmines aufgeschriebenem Leben nur noch ein Häufchen Staub auf dem Boden der Schäferei übrig.

HUNDERT SPIEGELUNGEN
IN DEN RUINEN

Félicité hat sich hingesetzt.

»Ich wusste nicht mal, dass Maman Tagebuch geführt hat.«

Die Worte kommen in einem Ton, der beleidigter klingt als von ihr beabsichtigt. Um sich wieder zu fangen, sagt sie:

»So, du hast zerstört, was von Mamans Leben übrig war, und mit eigenen Augen gesehen, dass sie tot ist. Jetzt kannst du dahin zurückkehren, wo du hergekommen bist, sie wird nicht wieder aufwachen.«

»Ich bin nicht deswegen hier.«

»Darauf hast du doch gewartet, nicht wahr? Sei erleichtert und geh.«

»Ich muss sie noch was fragen.«

»Daran hättest du früher denken sollen.«

Félicité fällt auf, dass ihre Schwester aus der Nähe noch hässlicher aussieht.

»Ich muss ihr, nein, du musst ihr meine Frage stellen.«

»Sie wird dir nicht antworten.«

»Ist mir egal.«

Wenigstens einmal muss sie von Angesicht zu Angesicht mit Carmine reden. Um das Kind zu trösten, das immer noch im Schatten zwischen den Dachbalken umherirrt, um es zu bitten, herunterzukommen, damit es endlich am wärmenden Feuer sitzen kann.

Félicité steht wieder auf. Sie läuft durch den Raum und

streicht dabei mit der Hand über die Oberflächen, langsam, einfach so, nur, um bei dem, was sie jetzt verkünden wird, ihre Schwester nicht anzuschauen:

»Ich habe ihren Geist nicht gefunden.«

Egonia spuckt auf den Boden. Ein dicker Blumenstängel bricht das Parkett auf, wächst in die Höhe, treibt eine Blüte hervor. Im Halbdunkel öffnen sich die Blütenblätter, als wollten sie noch ein bisschen mehr Finsternis verströmen.

»Es stimmt. Du weißt, dass ich die Wahrheit sage. Er ist nicht im Dorf. Man müsste in den Bergen nach ihm suchen, an den Stellen, wo sie die Herde weiden ließ. Aber ich glaube nicht, dass er dort ist. Sie hat ihr Leben hier verbracht. Es gibt nur noch einen anderen Ort, an den man ihren Geist zurückgerufen haben könnte ...«

»An den Ort, an den sie immer gereist ist. Der mit den Früchten und dem Regen.«

»Regen? Maman ist doch an die Küste gefahren. Sie kam immer mit feuchten Kleidern zurück, wegen der Gischt.«

Als die Hexe mit den Schultern zuckt, klingen die Lumpen an ihrem Körper wie klappernder Schrott.

»Ich erinnere mich an den Geruch von Regen. Das ist alles. Und sieh mich nicht so an, ich sage dir nicht, was ich gelesen habe.«

Egonia will den Geist ihrer Mutter finden. Sie will verstehen. Sie will erfahren. Sie will wissen, warum sie diejenige war, die geopfert wurde. Aber das, was sie aus dem Heft behalten hat, ergibt bis jetzt wenig Sinn. Sie wird andere Hinweise brauchen, um der Sache auf den Grund zu gehen. Félicité wird sie erst dann sagen, was sie weiß, wenn es das letzte Teil ist, das zum Ganzen fehlt. Das letzte Gebiet auf der Karte, die ihnen zeigen wird, wohin sie gehen müssen. Nicht vorher.

Das wird Félicité ausnahmsweise lehren, nicht immer zu bekommen, was sie will, nur weil sie Félicité ist.

Ein säuerlicher Geruch nach Entrüstung durchzieht die Schäferei. Die Ältere betont jede Silbe, als hätte sie es mit einem besonders dummen Kind zu tun:

»Wenn du mir nicht sagst, wo ich sie suchen soll, kann ich deine Frage nicht an sie weitergeben.«

»Und wenn ich dir sage, was ich weiß«, erwidert die Jüngere im gleichen Ton, »wirst du allein nach ihr suchen gehen.«

Félicité versucht, sich nicht aufzuregen. Sie versucht es wirklich. Sie hat die Wutausbrüche ihrer Zwillingsschwester nicht vergessen. Aber jetzt, angesichts dieser geballten Böswilligkeit, kriegt sie Lust, ihre Stahlabsätze gegen harte, brüchige Flächen zu schleudern. Sie ist es nicht mehr gewohnt, dass man sich ihr widersetzt, und Agonie weiß das, und Agonie amüsiert sich.

Félicité atmet einmal tief durch, dann holt sie einen phantofassbaren Löffel aus ihrem Koffer und reicht ihn ihrer Schwester. Sie will sich nützlich machen? Sehr gut.

»Nimm den mit in die Berge. Zu den Weiden, auf denen sie oft gewesen ist. Falls sie noch da ist, wird sie dir vielleicht bis hierher folgen. Wir treffen uns in einer Stunde.«

Zu diesem Zeitpunkt hofft Félicité noch, Carmine ohne größere Schwierigkeiten zu finden. Sie irrt sich natürlich, sonst würde meine Geschichte Sie nicht einen ganzen verregneten Nachmittag lang hier festhalten.

Mit großen Schritten eilt sie zurück ins Dorf. Vielleicht hat ja der Schatten ihrer Mutter, dieser überdimensionale, vielgestaltige Schatten, überlebt und wird sie zu den Antworten führen, nach denen sie suchen. Aber an den rissigen Hauswänden sind nur rostige Fensterläden zu sehen.

Als sie sich dem Dorfplatz nähert, steigt ihr der Gestank in die Kehle. In der Mittagshitze hat sich der Kadavergeruch verstärkt und ist zäher geworden. Er lockt die ersten Fliegen an. Mit ihrem Schal vor der Nase nähert sie sich der Leiche. Jetzt, da sie genauer hinschaut, entdeckt sie in der Nähe von Carmines schwer zugerichtetem Kopf mehrere zerbrochene Flaschen. Das Blut hat sich mit Pastis, Limoncello und Génépi vermischt. In Carmines rechter Hand entdeckt sie eine Scherbe. Tiefe Schnitte am linken Handgelenk.

Niemand hat sich die Mühe gemacht, hier heraufzukommen, um in einem verlassenen Dorf einer alten Frau mit einer Flasche den Schädel einzuschlagen. Und niemand hat ihr dann auch noch die Pulsadern aufgeschlitzt, damit es schneller geht. In der Nachricht auf dem Anrufbeantworter waren keine anderen Stimmen zu hören.

niemand hört mir zu ich möchte nein du kannst nicht sagen was es uns kostet

Wenn man mit über fünfzig noch immer in derselben engen Haut feststeckt, will man sich zwangsläufig irgendwann selbst abschlachten. Aber in diesem Fall war da noch etwas anderes. Das spürt Félicité.

Ich habe es geschafft zu fliehen. Ich habe es geschafft rauszukommen.

Im Blusenausschnitt ihrer Mutter entdeckt sie zwei an einer Goldkette hängende Schlüssel. Sie geht zum Hydra. Die mit Staub und alten Werbeflyern überzogenen Regalbretter im Bistro wurden durchwühlt. Fußboden und Bänke sind mit zerbrochenen Flaschen übersät. Ihr penetranter Geruch erlöst Félicité ein bisschen vom Gestank draußen auf dem Platz.

Hinter dem Tresen findet sie unter dem Waschbecken einen Gummihandschuh, der sich anfühlt wie eine trockene

Zunge, und zieht ihn an. Dann holt sie einmal tief Luft und verlässt mit angehaltenem Atem das Bistro. Wenn sie weiter diesen Leichengestank riecht, wird er sich auf ewig in ihrer Kehle festsetzen, und sie wird nie wieder etwas anderes riechen können, weder die Blumen vom Cours Saleya noch die dampfende Socca noch das Salz der Strandkiesel. Félicité rennt also auf den Dorfplatz und tastet, ohne hinzuschauen, mit ihrer rosa Hand nach Carmines Herz.

Die Fliegen, die sich nicht weiter stören lassen, setzen sich auf den Gummihandschuh, den sie für ein unverhofftes nagelneues, bislang verborgenes Stück Aas halten. Unter Carmines Kleidung, das weiß Félicité, beginnt es schon von Maden zu wimmeln. Noch sind es nur Larven ohne Augen und Beinchen. Sie bleiben dort, wo sie als Eier abgelegt wurden.

Zwischen den fliegenden und kriechenden Insekten greift Félicité nach den Schlüsseln und versucht, die Halskette über Carmines Kopf zu ziehen. Sie will dabei nicht zu genau hinschauen und hat auch nur eine Hand zur Verfügung – mit der anderen hält sie sich die Nase zu. Ihre Lunge pocht gegen ihre Brust, wird sie bald im Stich lassen, dann müssen eben Blumen, Socca und Kieselsteine dran glauben. Sie beeilt sich, so gut sie kann, aber das Schmuckstück rutscht ihr aus den Fingern, die dick und weich sind wie rohe Würstchen. Während sich ihr Brustkorb verkrampft und nach mehr Luft verlangt, reißt sie mit einem Ruck die Kette ab und läuft zurück zum Bistro.

Erst als sie drei Schritte in den Raum getan hat, atmet sie wieder.

Die beiden Schlüssel an der Halskette sind völlig verschieden. Der eine ist goldfarben und winzig, der andere, ein schweres braunes Teil, hat am Ende zwei Zähne, groß wie Schneidezähne. Hier im Dorf gibt es nur ein einziges Gebäude, dessen Türen groß genug sind, um solche Schlösser zu haben.

Als Félicité jünger war, erschien ihr das Rathaus von Bégoumas viel zu imposant für ein so kleines Dorf. Inzwischen ist das Zitronengelb der Fassade kaum noch unter den schwarzen Witterungsspuren zu erahnen. Am Giebel hängen zwei mottenzerfressene Fahnen.

Um in das Gebäude zu gelangen, muss Félicité mit dem Absatz dreimal gegen die Tür treten, deren Scharniere festsitzen. Mit einem Ruck gibt das Türblatt nach. Während mehrere Vögel davonflattern, hallt unter der mittleren Kuppel noch das Echo des letzten Fußtritts nach. Von der Gewölbemalerei dort oben sind nur ein paar Wolkenfetzen und Mariannes nackter Fuß übrig. An den Wänden schlummern unter Staub und Vogelkot die Porträts früherer Bürgermeister.

So oder so, ob mit oder ohne Schlüssel, wäre Félicité hierhergekommen. Die Erfahrung hat sie gelehrt, mit ihren Recherchen entweder bei den Banken anzufangen – allerdings hat ihre Mutter ganz sicher keine finanziellen Spuren hinterlassen – oder beim Gemeindearchiv.

Das Archiv von Bégoumas hätte in Nizza untergebracht werden müssen wie alle Archive von Gemeinden mit weniger als zweitausend Einwohnern. Aber seltsamerweise ist es im Archiv des Départements nie jemandem gelungen, es umzulagern. Die Bürgermeister von Bégoumas haben nicht gerne hergegeben, was sie als ihren Besitz betrachteten. Hätte man ihnen ein krankes Schaf wegnehmen wollen, um es zum Tierarzt zu bringen, hätten sie genauso reagiert. Selbst der Postbote hatte Mühe, die zu versendenden Briefe mitzunehmen.

Manchmal muss Félicité bei ihren Nachforschungen gar nicht mehr anderswo suchen, wenn sie alles, was sie braucht, im Gemeindearchiv findet, eine Geburtsklinik, eine Anmeldebescheinigung fürs Gymnasium oder eine Mietquittung. Ganz offizielle Orte, an denen sich verborgene Erinnerungen mit den sie begleitenden Reuegefühlen und Geheimnissen verbinden. Vermutlich haben Sie Ihre schlimmsten Abscheulichkeiten in einem Wohnungsflur von sich gegeben oder Ihre übelsten Demütigungen in einer Schulkantine ertragen. Es sind die sich in der Verwaltung öffnenden Türen zum Privaten, denen die auf Spukwesen spezialisierte Detektivin auf der Spur ist. Sie versteht es, mit Hilfe von Zertifikaten und notariell beglaubigten Urkunden die Orte ausfindig zu machen, die für die ewige Wohnstatt in Frage kommen.

Sie umrundet den Schreibtisch aus Kiefernholz, der im Empfangsbereich steht wie die letzte Statue eines vergessenen Museums. Keine seiner Schubladen hat ein Schloss, in das einer der beiden Schlüssel passt.

Dahinter führt die doppelläufige, geschwungene Treppe hinauf in den ersten Stock. Auf den marmornen Treppenstufen klacken die Absätze der Schleuserin und hallen im ganzen Gebäude wider. Oben angekommen, braucht sie nicht mal nach der richtigen Tür zu suchen: Nur eine einzige ist verschlossen. Der große braune Schlüssel gleitet ins Schloss, der Zylinder klickt, die Tür öffnet sich.

Der Boden des Archivs ist mit Fetzen abgeblätterter Farbe und welken Blättern übersät. An zwei Seiten des Raumes stehen Schränke voller quadratischer Schubladen wie riesige, an der Wand lehnende Schachbretter, vom Spielen müde. Sie tragen Schildchen mit seltsamen Codes: *AB-AL, AM-BE, BI-BO, BR-CH, CH-DA*. Félicité zieht auf gut Glück an einem der Griffe: Eine schmale, tiefe Schublade rollt ihr entgegen. Zwischen den beiden Laufschienen stehen Hunderte von Karteikarten in Habachtstellung und warten darauf, jemandem zu Diensten zu sein. Die ältesten sind vergilbt, ihre Ränder ausgefranst, andere noch weiß, zu Päckchen gebündelt. Sie scheinen weder nach Jahren geordnet zu sein noch nach Familiennamen. Hier hatte niemand wirklich einen. Man begnügte sich mit dem Vornamen oder einem Spitznamen, das reichte völlig aus, um sich wiederzuerkennen.

In der Abteilung *CA-* füllen mehrere Vornamen die Schublade: Camille, Carla, Cassandra, Caterina, Catherine, Carmen, Carole, Caroline, Carmine. Manche sagen ihr gar nichts, was ihr komisch vorkommt in dieser Gegend, wo fast nie neue Namen auftauchten, weil seit jeher immer nur die Namen der Tanten und Großmütter vergeben wurden. Andererseits kann sie auch nicht behaupten, dass sie die Leute von hier wirklich gekannt hat.

Die Blätter, auf denen der Name Carmine steht, breitet sie auf dem Boden aus. Es handelt sich um von ihrer Mutter unterzeichnete Gemeinderatsberichte, Wählerlisten, allesamt von Carmine angeführt, und eine Heiratsurkunde.

Mittwoch, den 8. Februar des Jahres der großen Hitze, erschienen um 16 Uhr Monsieur Germain, von Beruf Schäfer, und seine Verlobte, Mademoiselle Carmine, vor dem Bürgermeister von Bégoumas-sous-Mont, um den Bund der Ehe zu schließen.
Mit ihrer Zustimmung und ohne jegliche Einwände hat der Bürgermeister Monsieur Germain und Mademoiselle Carmine zu Mann und Frau erklärt.

An jenem Mittwoch, das weiß Félicité, weil ihre Mutter es ihr erzählt hat und das Archiv es bestätigt, war es warm wie mitten im Mai, der Thymian trieb seine violetten Knospen, mit denen man Salate dekorierte, und die Kinder badeten im See, in dem der Schnee schmolz.

Félicité greift in eine andere Schublade und zieht ihre eigene Geburtsurkunde hervor. Unterschrieben von Mireille, der Hebamme. Unter ihrem Namen steht ein Wort, das sie zuerst nicht entziffern kann, dann aber erinnert sie sich an das, was ihre Zwillingsschwester gemurmelt hat. Egonia. Diesen erfundenen, wie eine Blume klingenden Namen hat sie also von der Geburtshelferin bekommen.

Als Félicité mit der Hand tiefer in die Schublade greift, um zu prüfen, ob auch kein Blatt nach hinten weggerutscht ist, stößt sie auf das Schmuckkästchen.

Es ist versteckt zwischen den unter *Carmen* eingeordneten Dokumenten, genau neben dem Fach *Carmine*. Es erinnert an eine von einer Riesenauster ausgespuckte Perle, über deren schillernde Oberfläche bogenförmige Streifen schwarz verfärbten Goldes laufen. Problemlos gleitet der zweite Schlüssel in das Schloss in der Mitte des Kästchens.

Innen ist die Schatulle mit Spiegelscherben ausgekleidet, die Félicités Gesicht hundertfach zurückwerfen. Alle ihre Spiegelbilder beugen sich über den Inhalt des Kästchens, einige besorgt, andere neugierig.

Zwischen Münzen einer nicht mehr gebräuchlichen Währung liegt ein Trauring mit zwei eingravierten Buchstaben: G und C. Außerdem findet Félicité zwischen Geldscheinen, auf denen ein ihr unbekanntes Profil abgebildet ist, ein braunes Blatt Papier, das so oft zusammen- und auseinandergefaltet wurde, dass es sich an den Knickstellen auflöst. Die Schrift darauf ist voller feiner Haarstriche, *m* und *n* unterscheiden sich kaum und *t* und *g* laufen in Kringeln aus. In diesem Geflecht aus verblasster Tinte, in dem auch italienische und provenzalische Wörter vorkommen, kann Félicité Folgendes entziffern:

Im Jahr des großen Frosts und des Erdrutsches am Berggipfel erschienen im Standesamt Monsieur Gabriel, von Beruf Soldat, und Mademoiselle Carmine
da keinerlei Einwände vorgebracht wurden und die Ehe-schließenden ihre Zustimmung gegeben haben und unbe-schränkt geschäftsfähig sind
haben wir sie am heutigen 9. August um 11 Uhr im Rathaus von Bégoumas-sous-Mont zu rechtmäßig verbundenen Ehe-leuten erklärt

Félicité war normalerweise nicht leicht aus der Fassung zu bringen.

An diesem Tag aber musste sie sich auf den morschen Parkettfußboden des Gemeindearchivs setzen.

Im Dorf gab es nur eine einzige Carmine. Und in beiden Urkunden heiratet ein und dieselbe Frau.

Eine Taube kommt durchs Fenster hereingeflattert und setzt sich auf den Schrank.

Zuerst weigert sich Félicité zu glauben, was sie liest. Sie vergleicht die Heiratsurkunden, die beide die gleiche Unter-schrift tragen, als wäre sie durchgepaust. Sie versucht sich einzureden, dass die ältere eine Fälschung ist. Dass eine an-dere Carmine hier gelebt und sich als ihre Mutter ausgege-ben hat. Dass es sich nur um eine fehlerhafte Abschrift ein und derselben Heiratsurkunde auf einem empfindlicheren Papier handelt. Dass man Germain und Gabriel leicht ver-wechseln kann, dass es in jenem Februar viel zu warm war und der Bürgermeister sich im August wähnte.

Aber immer wieder führen ihre Gedanken sie zurück zur

Wahrheit. Im Leben ihrer Mutter gab es einen gähnenden Abgrund, verdeckt von einer Lügenfalle. Sie ist soeben hineingetappt.

Wieder muss sie an ihren letzten Klienten denken und stellt sich die etwas absurde Frage, ob sich jetzt auch auf ihrem Gesicht dieser Ausdruck eines verlorenen Kindes zeigt.

Das Kästchen birgt noch weitere Geheimnisse. Félicité findet darin ein Büchlein, nicht größer als ihre Hand, mit einem Lederumschlag, auf dem PHOTOALBUM steht. Als sie es öffnet, knackt und knirscht es.

Pappseite für Pappseite entdeckt sie ein sonderbares Universum, eine Welt, die ihr vertraut vorkommt mit ihren Häusern und ihren Geranien, ihren Straßen und Fensterläden, die aber nicht ganz die ihre ist. Auf den kleinen scharfen Schwarzweißaufnahmen posieren die Modelle würdevoll, selten ein Lächeln, Sonntagsstaat. Félicité erkennt keines der Gesichter wieder, auch wenn einige von ihnen sie vage an etwas erinnern, und doch weiß sie, dass diese ausgewählten, aus der Realität aussortierten Momente – es gibt ja durchaus Lebendiges vorher und nachher, die Mutter, die ihre Kinder bittet, mit Spielen aufzuhören, den großen Bruder, der seine Schwester heimlich kneift, den Fotografen, der sie alle zusammentrommelt und beruhigt wie ein Schäfer seine Schafe, auf dem Foto aber ist nichts mehr davon übrig, nichts als eine ernste Familie und ein glattgestrichener Schnurrbart –, dass all diese Momente hier im Dorf eingefangen wurden. Die Fassaden stehen noch, die Pflastersteine liegen noch ordentlich in Reih und Glied, nirgends ragen Baumstämme aus eingestürzten Dächern. Aber es ist eindeutig hier. Neben jedem Foto hat eine Hand mit dem Füllfederhalter etwas auf den mit Pflanzenmotiven verzierten Karton geschrieben:

Familie Verdier an einem Sonntag in Bégoumas,
im Jahr der trockenen Oliven

Gemeinderat, Ende der wöchentlichen Sitzung,
im Jahr der großen Wolfsjagd

Monsieur Marius, Arzt im Anzug, und seine Frau.
Zweiter Tag eines neuen Jahres, noch ohne Katastrophen,
nach dem Jahr mit den drei Ertrunkenen

An einem der Bilder bleiben Félicités Augen hängen. Es
zeigt das Waschhaus mit seinen Wasserbecken, zeigt Frauen
und Stoffberge. Eine der Wäscherinnen, die mit vollgepack-
ten Körben unter den Armen vor einem Becken posieren,
ist eine kleine, schmale Person, deren schwarze Locken ein
herzförmiges Gesicht mit runden Wangen und spitzem
Kinn einrahmen. In ihrem Blick aber liegt nichts Puppen-
haftes. Man erahnt darin Grimmigkeit und Schalk, mit einem blitzenden Gold in seinen Grautönen, er scheint sich
über den Fotografen lustig zu machen und gehört, wie Félicité feststellt, ihrer Mutter.

Wäscherinnen nach der Arbeit,
Jahr der fleischfressenden Blumen

Auf der letzten Seite taucht abermals Carmine auf. Diesmal
stehend, in einem schlichten Kleid, Margeritenkranz im
Haar, Nelkenstrauß in der Hand. An ihrem Arm ein schwarz
gekleideter Bräutigam, der sie anschaut und so lächelt, wie
kein anderer Mann auf den Fotos lächelt, wie kein anderer
schaut: verzückt, betört, versklavt und glücklich. Sein Gesicht unter der Baskenmütze ist dunkel und sanft.

Gabriel & Carmine
Gesegneter Tag unserer Hochzeit
Jahr des großen Frosts und der eingestürzten Schluchten

Félicité hält die Vermutungen, die unter ihrer Schädeldecke herumschwirren und sich überschlagen, am Kragen fest. Unmöglich. Weder sie noch ihre Schwester sahen jemals diesem untersetzten Mann mit den schwarzen Augen ähnlich. Félicité ist groß und schlank wie ihr Vater. Germain. Sie weiß es, sie ist mit seinem Geist groß geworden.

Außerdem ist es Unsinn. Sie war zu jung. Wäre Carmine schon einmal verheiratet gewesen, hätte sie es ihr erzählt, sie haben ja alles miteinander geteilt, alles, sogar ihre geheimsten nächtlichen Träume.

Zumindest Félicité hat alles mit ihr geteilt. Jetzt, wo sie darüber nachdenkt, fällt ihr ein, dass ihre Mutter oft behauptet hat, sie würde sich nicht mehr an ihre Träume erinnern.

Félicité sieht sich von weit oben, wie durch die Augen der Taube, und bedauert, dass sie bereits sitzt. Sie hätte gern die Möglichkeit gehabt, noch weiter hinabzusteigen. Ihr Verstand stürzt ab und entgleitet ihren Händen, ohne dass sie ihn wieder einfangen könnte.

Die Spiegelbilder im Kästchen werden lebendig, jedes in seinem Stückchen Spiegel, wie zwischen den Vorhängen eines winzigen Theaters. Félicité beugt sich vor, um ihre Bewegungen genauer zu erfassen – sie spielen Szenen aus ihrer Kindheit nach. Jeden dieser Momente erkennt sie wieder, erinnert sich sehr gut daran, sieht sie aber plötzlich in einem grelleren Licht.

Ein Abend. Félicité ist acht Jahre alt. Seit sie von der Schule zurück ist, spielt sie mit ihrer Schwester in ihrem

Versteck im Wald, als es plötzlich zu regnen beginnt. Es ist schon fast dunkel. Sie hatte es gar nicht bemerkt. Im peitschenden Regen rennt sie über den matschigen Boden zurück zur Schäferei. Sie stolpert, fällt auf einen Stein, schürft sich das Knie auf. Als sie zu Hause ankommt, durchgefroren, triefend, das Bein voller Blut, steht ihre Mutter nicht von ihrem Stuhl auf, sondern bleibt am Feuer sitzen. Sie hat rote Augen und feuchte Wangen. »Du solltest um sechs zu Hause sein«, murmelt Carmine. »Ich habe mir Sorgen gemacht.« Nach langem Schweigen, das nur von den über das Dach fegenden Regenböen und den aus Félicités Haar fallenden Tropfen unterbrochen wird, dreht Carmine sich zu ihr um und legt sich eine Hand aufs Herz. »Die meisten Leute fühlen das, was sie erleben und bekämpfen, hier, und von hier kommen auch ihre Tränen oder ihre Lieder. Aber ich«, und mit ihren heißen Händen ergreift sie Félicités eiskalte, »ich fühle alles da, in diesem kleinen Körper, der aus meinem gekommen ist.« Ihr bricht die Stimme. Félicité, vor Kälte zitternd, streichelt ihrer weinenden Mutter die Wange. Plötzlich schreckt Carmine auf. »Du musst ja ganz durchgefroren sein, mein armer Schatz! Und dein Knie!« Den ganzen Abend verarztet und wärmt sie Félicité, macht ihr Bratäpfel mit Honig, hüllt sie in Handtücher und Zärtlichkeiten und Geschichten, die sie zum Lachen bringen. Félicité freut sich, dass sie sich das Knie aufgeschürft hat und im Regen nach Hause gelaufen ist. Noch nie hat sie sich so liebevoll umsorgt gefühlt. Wie eine Puppe, die von ihrer entzückten Besitzerin verwöhnt wird.

Der Tag der roten Haarfarbe. Sie ist zehn Jahre alt. Als Carmine entdeckt, dass Félicités Schopf vollkommen weiß geworden ist, küsst sie sie in Wirklichkeit nicht auf die Stirn. Zuerst reißt sie den Mund auf und stößt einen stummen

Schrei aus, rutscht auf dem Fußboden zurück, auf Hintern und Ellbogen. Félicité versucht, ihren Kopf mit den Händen zu verbergen, schafft es aber nicht ganz mit ihren kleinen Mädchenfingern. Sie will nicht, dass Maman sich dermaßen aufregt, Maman, die jetzt die Augen schließt und so hektisch atmet, als hätte ihre Tochter sich vor ihren Blicken in eine lebende Leiche verwandelt. »Es tut mir leid«, sagt Félicité. Carmine hört sie nicht. Sie rennt zum Spiegel, malt sich die Lippen rosa an, kämmt sich ihre Locken, zupft ihr Kleid zurecht und verlässt, ohne ihre Tochter anzuschauen, das Haus.

Ein Samstagvormittag. Félicité ist dreizehn Jahre alt. Während bei beiden die Farbe ins Haar eindringt, betrachtet ihre Mutter sich im ovalen Spiegel. Carmine hat ihre Kleider ausgezogen, damit sie keine Farbflecke abbekommen. In Unterwäsche mustert sie, sich hin und her drehend, ihre Figur, von hinten, von vorne, von der Seite. Félicité findet sie sehr hübsch, so hübsch und beeindruckend, dass sie selbst sich nicht traut, ihr Kleid auszuziehen, weil sie, wie Maman immer wieder sagt, zu mager und zu ungelenk ist. »Du denkst bestimmt, ich bin furchtbar hässlich«, murmelt Carmine angewidert, ohne ihr Spiegelbild aus den Augen zu lassen. »Mit meinen Falten und meinem von der Schwangerschaft verunstalteten Bauch. Wahrscheinlich sagst du dir, dass du eines Tages genauso aussehen wirst. Alt und hässlich. Das habe ich jedenfalls selbst immer gedacht, wenn ich meiner Mutter im Badezimmer beim Umziehen zugeschaut habe.« Félicité versteht nicht. Alle finden Maman doch so schön, deshalb schafft sie es ja sogar, beim Bäcker zweimal mehr Brot zu bekommen als die anderen und trotzdem weniger zu bezahlen. Später, als Carmine weg ist, betrachtet Félicité sich selbst im Spiegel. Dabei entdeckt sie Hässlichkeiten, die sie vorher nie bemerkt hat.

Ein Mittag im Hochsommer. Sie ist fast fünfzehn Jahre alt. Sie hat auf die Ergebnisse gewartet, und jetzt sind sie da: zugelassen. Soeben hat der Postbote ihr den Brief überbracht, der es bestätigt. Sie hat es geschafft. Sie wird in Nizza aufs Gymnasium gehen. Tränen steigen ihr in die Augen, vor Freude, denkt sie zunächst, bevor ihr klarwird, nein, das ist nicht ganz richtig. Auf das Blatt Papier prägt sich das Bild ihrer Mutter. Ihrer Mutter, die beim Abschied viel zu breit lächeln wird, die ihr nachschauen wird, wie sie in ihr neues Leben davongeht, und die noch lange lächeln, noch lange nach ihrem Fortgang winken wird, weil sie sicher sein will, dass Félicité sich nicht noch einmal umdreht, um ihr ein letztes Mal zum Abschied zu winken, und die, viel später, wenn Félicité endgültig hinter einer Straßenbiegung verschwunden sein wird, die Tür schließen und sich erst jetzt erlauben wird, ihr Lächeln aufzugeben. Félicité wischt sich die Tränen von den Wimpern. Sie wird Maman nicht sagen, dass sie nach Nice gehen wird. Nicht sofort. Das kann warten.

Eine Winternacht. Félicité ist neunzehn Jahre alt. Sie ist mit Marine, ihrer Teelogielehrerin, in Vietnam. Bald ist es so weit, und sie werden endlich den Strauch mit dem Feentee finden, nach dem sie seit zehn Tagen im Dschungel suchen. Vielleicht morgen. Aber in dieser Nacht erwacht Félicité schweißgebadet. »Wieder deine Mutter?«, fragt Marine verschlafen. »Musst du zurück?« Es ist nicht das erste Mal, dass Félicité eine Reise mit der Teelogin abbricht. Seit drei Jahren ist Nanie verschwunden, Maman geht es schlecht. Sie ist nicht mehr sie selbst – zumindest nicht jeden Tag. Sie will nicht wegziehen aus dem menschenleeren Bégoumas. Letztes Mal, als Félicité aus China zurückgekommen ist, hat sie eine völlig niedergeschlagene und unterernährte Carmine vorgefunden. Vor der Reise hatte sie ihr Essensvorräte gebracht, doch dann hat sich ihr Rückflug verzögert. Das Bild der blassen, abgemagerten, wegen ihrer Abwesenheit halb toten Mutter wird Félicité nicht mehr los. Seitdem verreist sie nicht mehr so oft. Und wenn, dann unruhiger. Bald wird sie es gar nicht mehr tun. Und statt Teelogin zu werden, statt fremde Kontinente zu bereisen und dort nach kostbaren Teepflanzen zu suchen, wird Félicité Geister schleusen. Sie wird sich ein Leben mit festen Gewohnheiten und einem geregelten Tagesablauf zulegen. Um in Nizza zu bleiben. Um sich um Maman zu kümmern.

Ein Dienstag. Félicité ist vierundzwanzig. Dreißig. Siebenunddreißig. Fünfundvierzig. Die einzige Reise, die sie noch unternimmt, ist die ins Gebirge zu den Ruinen von Bégoumas. Dort oben wird sie von ihrer Mutter erwartet oder von dem, was von ihr noch übrig ist. Nicht viel. Eine Silhouette, eine Stimme. Manchmal ein Streit, wenn Carmine Félicité nicht wiedererkennt. Wenn sie sie mit Konservendosen bewirft, um sie aus dem Dorf zu jagen. Wenn sie sie beschimpft, weil ihre Tochter ihr Tee kochen will. Von Zeit zu Zeit, ganz selten, findet Félicité ein paar warmherzige Minuten lang ihre Mutter so wieder, wie sie in ihrer Erinnerung lebt.

Oder in einem Teil ihrer Erinnerung. Dem Teil, der die glänzende, glatte Seite ihres Gedächtnisses einnimmt.

Diese Medaille hat sich soeben umgekehrt.

»Deine Mutter nimmt dir alles und gibt nichts«, hatte Agonie ihr in der Nacht, in der die Welt Risse bekam, ins Gesicht geschleudert. »Oder gerade genug, um dich in ihrer Nähe zu behalten. Eine echte Drogensüchtige, der man ein bisschen Stoff schenkt, ein ganz kleines bisschen, damit sie bleibt und weiter schuftet. Und vor allem weiter danke sagt.«

Während Félicité den Ehering, das Fotoalbum und die beiden Heiratsurkunden einsteckt, betrachtet sie ein letztes Mal auf den Innenwänden des Schmuckkästchens ihre hundert Spiegelbilder mit den großen Augen und den bleichen Wangen. Sie haben aufgehört, ihre kleinen Sketche zu spielen.

Sie klappt den Deckel zu und wird ihn nicht wieder öffnen.

DER STURMFLÜSTERER-SCHÄFER

Fragen und Wut sind doch praktisch, oder? Die helfen einem, seinen Kummer zu vergessen.

Also nimmt Félicité sie mit, hängt sie sich auf ihrem Weg zurück zur Schäferei um den Hals wie ein Paar Boxhandschuhe. Ihre Wut und ihre Fragen trampeln alles Übrige in ihr nieder, und dieses Zertreten, das nicht mal eine Antwort erwartet, ist ihr willkommen, weil es einfacher ist, sich zu fragen, bis wohin sich die Geheimnisse und Lügen auftürmen, bis wohin diese Geschichte reicht, bis wohin sie ihre Wurzeln und ihre Rätsel ausstreckt, bis wohin und bis wann.

Nicht so weit, Félicité.

Nicht weit, aber sehr tief.

Ihre Schwester hat natürlich nicht den kleinsten Geist aus den Bergen mitgebracht. Sie hat es nur geschafft, den phantofassbaren Löffel zu verbiegen, so wie sie es schafft, alles zu verbiegen. Ohne ein Wort an sie zu richten, wischt Félicité mit dem Handrücken den Staub vom Tisch und stellt ihr kleines Köfferchen darauf ab.

Im hinteren Teil des Raumes, an der mit einer Distel geschmückten Tür, taucht ein Kopf auf. Der Kopf ihres Vaters.

»Komm und hilf mir. Die Montauciel wird bald werfen, der Lämmerstall muss mit Stroh ausgelegt werden.«

»Guten Tag, Papa.«

»Ja, komm, wir haben keine Zeit.«

Nacheinander holt sie Tassen, Löffel, Untertassen aus dem Köfferchen. Sofort beruhigt sich der Geist. Er kommt mit dem ganzen Körper durch die Tür.

»Hast du Lust, mit uns Tee zu trinken?«

Er nickt und schaut mit großen Augen auf das Teeservice. Félicité stellt ihren tragbaren Gaskocher auf den Tisch, holt einen alten Kessel aus einem Schrank und füllt ihn an der Wasserpumpe. Sie muss ungefähr zehnmal drücken, bis Wasser fließt, und weitere zehnmal, bis es klar ist.

»Papa«, beginnt Félicité, während das Wasser sich langsam erhitzt, »ich möchte dir ein paar Fragen zu Maman stellen.«

»Aha.«

»Würdest du sie mir beantworten?«

»Ich muss aber gleichzeitig die Ohren offenhalten, weißt du. Meine Tiere müssen ja vor Wölfen und Dieben geschützt werden und vor den Jungs aus dem Dorf, die sie zum Spaß mit Steinen bewerfen.«

Bald singt das Wasser genau den Ton, auf den Félicité gewartet hat. Sie gibt ein wenig Tee aus dem Tal der Wunder und etwas Tee vom Lac de Veillos in die Kanne, die geformt ist wie ein Reiter auf seinem Pferd. Dann nimmt sie den bebenden Kessel vom Kocher und gießt das Wasser auf die Teeblätter. Würziger Dampf verströmt seinen Duft in der Schäferei. Félicité legt die Hände um die Teekanne und schließt die Augen.

Wenigstens das bleibt ihr, denkt sie. Wenigstens die Wärme zwischen ihren Handflächen, der wirbelnde Dampf, der Duft. Wenigstens der Tee.

Als der Tee genug gezogen hat, gießt sie die heiße Flüssigkeit in die Tasse ihres Vaters.

»So, du kannst trinken.«

»Danke. Der schmeckt gut.«

Sie lässt ihn das brennende Gefühl an seinen Händen, auf seinen Lippen, zwischen den Zähnen, auf der Zunge und in der Kehle, bis tief hinab in seinen Magen genießen, der seit fast einem halben Jahrhundert nichts mehr aufgenommen hat.

Ihr Vater hat nie den Wunsch geäußert, die Welten zu wechseln. Letztlich ist die Ewigkeit in einer Schäferei nicht schlechter als anderswo.

»Gestern hat Maman geschrien. Hast du sie gehört?«

»Ich habe es gehört, ja.«

»Danach hat sie plötzlich geschwiegen. In der Telefonkabine auf dem Dorfplatz. Stimmt's?«

»Ich dachte, sie käme hierher zu mir, nach all den Jahren. Aber sie ist nicht zurückgekommen. Jetzt bin ich wirklich allein. Sogar die Tiere sind fort.«

Der Tee tut seine Wirkung. Für kurze Zeit ist ihrem Vater bewusst, in welcher Zeit er sich tatsächlich befindet. Die Jungs aus dem Dorf gibt es nicht mehr. Die Schafe sind tot.

»Weißt du, was sie sagen wollte?«

»Nein. Ich habe sie nur schreien gehört, aber keine einzelnen Wörter verstanden. Kann ich noch Tee haben?«

»Später vielleicht.«

Félicité atmet tief durch, bevor sie ihre nächste Frage stellt.

»Als ich klein war, ist Maman oft verschwunden. Sie war dann ungefähr zwei Wochen weg, mehrmals im Jahr. Hat sie das vor unserer Geburt auch schon gemacht? Einfach so wegzugehen?«

»Ja. Aber ich bin ja auch jedes Frühjahr weggegangen, in die Berge, auf die Almen.«

»Weißt du, wohin sie gegangen ist?«

»Ich habe nie versucht, es herauszufinden. Sie kam immer mit feuchten Kleidern zurück. Also habe ich mir gesagt, sie fährt bestimmt irgendwohin, wo es viel regnet. In die Bretagne vielleicht oder in die Nähe des Ozeans. Oder weiter hoch ins Gebirge, wo es die ganze Zeit schneit. Aber was sie da gemacht hat, das ...«

Félicité muss Geduld haben. Die Befragung fortsetzen, wie sie es gewohnt ist. Gewohnheiten haben ihr Gutes, auch wenn die Gräfin etwas anderes behauptet. Wenn Félicité sie beibehalten hat, dann weil sie sich bewährt haben.

»Denk an Maman. An Carmine. Sag mir, was dir als Erstes einfällt, wenn du an sie denkst. Euer Zusammenleben, wie ihr euch kennengelernt habt, was sie dir von ihrer Vergangenheit erzählt hat, irgendein Erlebnis, an das du dich erinnerst ... Egal was. Alles, was dir in den Sinn kommt.«

Die Fotos zeigt sie ihm noch nicht. Falls ihr Vater nichts von der ersten Heirat weiß, will sie ihn lieber verschonen. Wenigstens solange der Tee für ihn alles spürbarer und wahrer macht.

Er hält die Tasse in den Händen wie einen zarten Spatz.

»Du weißt doch, was die Leute hier über Schäfer sagen. Sie haben mich nicht gehasst, aber auch nicht geliebt. Ich konnte nützlich oder gefährlich sein, also haben sie mich von weitem gegrüßt, ohne mir näher zu kommen. Der Konditor kam von Zeit zu Zeit hoch wegen der Milch, die Spinnerin wegen der Wolle, das war's. Aber Achtung, ich beklage mich deswegen nicht. Wenn man Schäfer wird, weiß man, dass die Leute einen für einen Hexer, einen Wettermacher und Sturmflüsterer halten werden. Und sie haben recht. Das will ich gar nicht leugnen. Ich habe es geschafft, Gewitter von meinen Herden fernzuhalten und Regen zu meinen Weiden zu lenken, damit dort saftiges Gras wächst.

Im Grunde ist es ganz einfach, jeder kann es lernen. Die Leute glauben immer, wenn sie gegen den Wind anheulen, wenn sie den Himmel bestürmen, würden sie etwas erreichen. Überhaupt nicht. Hättest du es gern, wenn man dich anschreit, dass du abhauen sollst, wenn man dich bekniet, zu verschwinden? Also. Mit den Wolken ist es genauso. Im Grunde wie mit den Menschen: Man muss sie kennenlernen. Sie häufig aufsuchen, ohne zu verlangen, dass sie einem Gesellschaft leisten. Sich mit ihnen anfreunden. Von klein auf im klebrigen Regen ausharren, Tage und Nächte, vor allem ohne sich zu beschweren, denn Meckern ändert gar nichts. Dem Sturm bei seinem wilden Pfeifen zuhören, ohne ihm jemals zu antworten, ohne ihn zu verwünschen oder zu verfluchen. Sich die Haut vom grellen Sonnenlicht verbrennen, die Arme bräunen und die Haare ausbleichen lassen. Fast schon Wurzeln schlagen, so dass man für einen Baum gehalten wird und den Blitz auf sich zieht, falls man so weit gehen muss, um die Tiere zu schützen. So lernt der Himmel dich nach und nach kennen. Er weiß, wo er dich findet, kennt den Rhythmus deiner Schritte, die Beschaffenheit deiner Haut, den Klang deiner Stimme. Und da du in all diesen Jahren um nichts gebeten hast, da du zugelassen hast, dass er sich über dir ergießt, dass er stürmt, brennt, heult, wird er, wenn du eines Tages leise und unaufdringlich sagst, ich hätte bitte gern etwas weniger Wind, dir diese Bitte nicht abschlagen. So wirst du Sturmflüsterer. Geduld und Stille. Zeit ohne Dach, ohne Ziegel oder Schiefer zwischen dir und dem Himmel. Das ist alles.

Aber das kann man den Leuten noch so oft erklären, sie hören einfach nicht zu. Als ich hier ankam, war ich zwanzig Jahre alt und hatte mich nie länger als eine Viertelstunde mit jemandem unterhalten – ich meine, außer mit den Schafen.

Ich habe die Schäferei übernommen, weil sie leer stand und weil wegen der fleischfressenden Blumen niemand sie übernehmen wollte. Im Dorf haben die Leute sich gefreut, dass es wieder Käse und Wollschals gab. Deswegen haben sie sich zwar trotzdem nicht länger mit mir unterhalten, ach was, aber wenigstens gehörte ich zu etwas dazu, selbst aus der Ferne. Ich bin dann noch zwanzig Jahre länger geblieben.

Und eines Abends, mitten in der Lammzeit, hat es gegen meine Tür getrommelt. Zuerst dachte ich an ein unverhofftes Märzgewitter. Ich habe die Tür geöffnet. Da stand, in dieser Nacht ohne Unwetter, ein Mädchen. Sie trug Himmel- und Wiesenfarben. Wohnen Sie hier, hat sie mich gefragt. Ich habe genickt. Gesprächig war ich ja sowieso nicht, aber auf einmal erschienen mir selbst die Worte ja und nein zu kompliziert. Ich komme trotzdem mal rein, hat sie gesagt.

Das traf sich gut, ich brauchte Hilfe bei den Schafen.

Das Mädchen hat sofort seine beiden großen Taschen im Haus abgestellt, hat an der Wasserpumpe eine Wanne gefüllt und sich die Hände gewaschen. So als würde sie hier wohnen und ich wäre ihr Gast. In jenem Frühjahr haben wir gemeinsam acht Lämmer auf die Welt geholt. Die ersten acht.

Sie hat mir keine Fragen gestellt, also habe ich sie auch nichts gefragt. Ich habe sie nicht oft angeschaut, nur wenn sie es nicht merkte. Sie kam mir vor wie eine Fee, und jeden Morgen beim Aufwachen dachte ich, dass sie höchstwahrscheinlich nicht mehr da ist und ich nie wissen werde, ob ich nur von ihr geträumt habe oder einfach verrückt bin und deshalb angefangen habe, im Stall auf dem Stroh zu schlafen und meine Matratze einem Trugbild zu überlassen.

Aber sie ist geblieben. Sie hat den Lämmern Namen gegeben. Wir haben zusammen Löwenzahnsalat und Rosmarinbouillon gegessen. Sie hat die Tiere geschoren und gemolken. Sie hat mir erzählt, sie hieße Carmine, und noch vieles mehr. Wenn ich Flöte oder Tamburin spielte, hat sie vor dem Feuer getanzt. Sie hat mich eingeladen, mich zu ihr auf meine eigene Matratze zu legen.

Manchmal wurde Carmine von Wutanfällen gepackt. Wegen eines blauen Flecks auf dem Oberschenkel, einer Bemerkung, die man auf dem Markt über sie gemacht hatte, kam sie ins Haus gelaufen, ohne die Tür hinter sich zu schließen, rollte sich zusammen, blieb auf dem Boden liegen und knirschte mit den Zähnen. Sie weinte nicht, sie schrie nicht. Das tat der Himmel für sie. Gewitter und Regengüsse, wie sie nur der Mont Bégo zu entfesseln vermag. Gewaltige, krachende Blitze, die in einen Berggipfel einschlugen, Lärchen, die heulten, als würden sie entwurzelt, als risse man ihre Beine aus der Erde, und dazu wie ein Echo das Blöken der Tiere, die hinter der Wand bockten und panisch um sich traten. Vor allem aber diese heftigen, den Berg spaltenden Blitze. Vielleicht, habe ich gedacht, blieb Carmine ja wegen des Sturmflüsterers in mir, damit ich die Donnerschläge von ihr fernhielt. Aber selbst wenn ich den Himmel bat, ihre Wut zu besänftigen, gab es doch kein besseres Mittel, als die Kleine an mich zu drücken und ihr Dinge ins Ohr zu flüstern, schöne Carmine, meine hübsche Carmine. Sie wiederholte: schöne Carmine, hübsche Carmine. Carmine, mein kleiner Schatz. Ihre Stirn kühlte sich ab. Ihr Kiefer entspannte sich. Sie atmete ruhiger, und das Unwetter legte sich.

Als ich eines Tages nach Hause kam, saß sie am Feuer, ihr gegenüber ein Mann in einem schwarzen Gewand mit weißem Kragen. Dieser Herr wird uns trauen, sagte sie. Das ist gut, habe ich geantwortet und es auch wirklich gedacht.

Am Hochzeitstag, als ich sie mir so anschaute mit ihrem

Tannenkranz, ihrem Rock aus gewebter Wolle, ihren Sommersprossen auf Nase und Wangen, da war mir, als würde ich einen Waldgeist heiraten.

Ich verstand nicht, warum Carmine, die kleine, zierliche Carmine, die hundertmal schöner und zwanzig Jahre jünger war als ich und so zart, von den Fußsohlen bis zu den Augenlidern, so dunkel und rosig und hübsch – habe ich dir gesagt, wie hübsch sie war? – bei einem unscheinbaren, schweigsamen, rauen Schäfer blieb. Ich habe mich nie getraut, ihr diese Frage zu stellen. Ich hatte Angst, sie würde sich dasselbe fragen.

Ich wurde immer älter, immer faltiger, und sie, sie blieb immer zwanzig. Schon am Anfang haben die Leute sie für meine Tochter gehalten, bald aber wurde ich sogar gefragt, ob sie meine Enkelin sei. Mich hat das nicht gekümmert. Solange sie blieb und solange es auch sie nicht kümmerte, war es mir wirklich völlig egal.

Nicht lange vor meinem Tod begann sie zuzunehmen und sah auch so sehr hübsch aus. Geburten hatte ich ja weiß Gott einige erlebt, aber noch nie so ein Chaos.

Carmine hasste Mehrfachgeburten. Schon beim Anblick der dicken, schwächlichen Mutterschafe mit den unförmigen Zitzen, die unter dem Gewicht der Jungen umherwankten, bebte sie vor Abscheu und wandte den Blick ab. Wenn sie aber aus den Augenwinkeln sah, wie aus ein und demselben Bauch zwei Schnauzen hervorlugten, stand uns wieder eine stürmische Nacht bevor. Deshalb kannst du dir denken, warum sie es nicht ertragen hat, dass ihr eigener Körper von Kämpfen erschüttert, von Bissen und Faustschlägen malträtiert wurde. Unwetter auf Unwetter, kalter Nordwind, Lombarde und von Blitzen durchzuckte Nächte. Selbst Mireille wollte nicht mehr zu uns hoch kommen.

Um Carmine die Schwangerschaft zu erleichtern, sagte ich die geheimen Schutzformeln auf, die mein Vater mir beigebracht hatte, Worte, die allein den Schäfern gehören. Ich malte mit der Gänsefeder Kreuze an die Wand. Ich nagelte Disteln an die Türen, um Hexen und Schatten zu vertreiben. Aber nach neun Monaten ist nichts passiert. Sie hat nicht entbunden. Sie ist nur noch dicker geworden.

Tja, und dann, dann gab es diesen Vorfall. Das war so: Auf der Suche nach einem meiner Schafe, das sich verlaufen hatte, bin ich nur leicht ausgerutscht und mit der Schläfe gegen die Kante eines Steins gestoßen. Es hat nicht mal weh getan. Aber als ich abends vor meiner Suppe saß, drehte sich plötzlich alles, und mir wurde speiübel, und dann nichts mehr.

Die Fortsetzung kennst du ja, weil du dabei warst.

Mehr habe ich nicht zu erzählen, außer dass sie oft im Fieberwahn von Wüste und Sand, von einem vergessenen Krieg, von roten Felsen und von Statuen geredet hat. Wie du siehst, lauter wirres Zeug. Ich kann mich auch erinnern, dass sie im Fieber manchmal nach einer gewissen Gabrielle rief, aber soweit ich weiß, hatte sie weder eine Schwester noch eine noch lebende Mutter oder Tante. Sie war eine Waise und hatte keine Freunde, nirgends auf der Welt. Außer mir, glaube ich. Also, hoffe ich.

»Ist noch Tee da?«

Als Félicité den Namen Gabrielle hört, möchte sie ihn am liebsten in die Arme nehmen. Sie streckt ihre Hand aus, die seine Schulter durchdringt, ohne sie drücken zu können.

»Du weißt also nicht, womit sie beschäftigt war, bevor sie an besagtem Abend hier aufgetaucht ist? Wohin sie immer ging und woher sie kam, warum sie sich dieses abgelegene Dorf ausgesucht hat und wer ihre Eltern waren?«

»Die waren schon lange tot«, antwortet ihr Vater verträumt. »Gemeinsam in Nizza begraben, oben auf dem Hügel. Adélaïde und Zacario. Sie selbst hat die beiden Vornamen nie erwähnt, ich habe sie nur am Tag unserer Hochzeit gehört. Ihren Familiennamen habe ich aber nicht behalten. Mehr weiß ich nicht. Und ich sag dir was, Félicité: Mehr würde ich auch gar nicht wissen wollen, wenn ich noch mal zurückkehren müsste. Wenn man vierzig ist, doppelt so viele Schafe hat und niemanden, den man lieben kann, und dann eines Nachts eine Waldfee an die Tür klopft und einen heiraten will, dann stellt man keine Fragen. Die Wahrheit ist eine Schmierseifenblase. Wenn man versucht, sie zu packen, besteht die Gefahr, dass sie zerplatzt.«

DIE LEICHE
UND DIE RABEN

»Félicité«, habe ich an diesem Punkt ihres Berichts zu ihr gesagt, »die Geschichte, die Sie mir erzählen, finde ich spannend, gar keine Frage, aber das Problem ist, sie spielt sich dreißig Jahre nach den Ereignissen ab. Im Archiv wird man deshalb anfangen, mir Fragen zu stellen.«

Félicité hat ihre Tasse abgestellt, ganz sanft, ohne gegen die Untertasse zu stoßen. Sie hat ihr Kinn auf ihre gefalteten Hände gestützt, in etwa so, hat mir mit ihren metallischen Augen tief ins Hirn geschaut und geantwortet:

»Ach ja?«

Ich habe den Tee, den ich im Mund hatte, heruntergeschluckt. Sie hat weitergeredet.

»Noch heute wirst du, wenn du nach Bégoumas hochfährst, mitten auf dem Dorfplatz oder dem, was davon übrig geblieben ist, ein Quadrat mit bestialischen Blumen vorfinden, die größer sind als du selbst.

Bevor wir an jenem Abend das Dorf verlassen haben, hat Egonia auf den Boden gestampft, und für einen kurzen Moment habe ich gedacht, die Sonne wäre mit einem Schlag untergegangen. Ein Rabensturm ist über das Dorf gekommen. Die Vögel haben so kräftig auf dem Kopfsteinpflaster herumgehackt, dass innerhalb weniger Minuten zwischen dem Bistro und dem Friseursalon ein drei Meter großes Loch entstanden ist. Dann haben sie die unter den Trümmern und Glasscherben liegende Leiche meiner Mutter herangeschleppt, sie mit ihren Schnäbeln in das Loch gelegt und mit den Flügeln das Grab zugeschaufelt. Alles ging so schnell, dass ich, als sie Maman vorbeitrugen, nicht mal Zeit hatte, noch mal den Leichengeruch zu riechen oder mich von ihr zu verabschieden. Egonia hat auf den Schutthaufen gespuckt, und sofort sind diese riesigen, dunkelviolett, purpurrot und golden schimmernden Blumen mit den spitzen Fangzähnen in die Höhe geschossen.

Maman hätte sie wahrscheinlich verabscheut.

Aber das war immerhin besser, als sie in den Trümmern der Telefonkabine verwesen zu lassen.«

DEN TEE VERSCHÜTTEN

Auf der Fahrt ins Tal verströmt Agonie von der Rückbank aus ihren nach Pilzen riechenden Atem im Wagen und weigert sich, sich anzuschnallen. In jeder Gebirgskurve schlägt Félicité ihr vor, das Fenster zu öffnen, in diesem halb beschwichtigenden, halb besorgten Ton, den sie schon als Kind immer anschlug, um Agonie von ihren Wutausbrüchen abzuhalten. Sie will sich lieber nicht vorstellen, was die Galle ihrer Schwester mit ihren Ledersitzen machen würde.

Als die Straße nicht mehr ganz so kurvenreich ist, schaut sie in den Rückspiegel und sagt:

»Du hast kein Recht, es für dich zu behalten, weißt du. Sie war meine Mutter. Und wenn du sie wiederfinden willst, musst du mir so oder so früher oder später sagen, was in dem Heft stand.«

Agonie klammert sich mit ihren krummen Fingern an die Vordersitze, den Blick gebannt auf die vorbeiziehende Landschaft gerichtet, unfähig, zum Horizont zu schauen. Sie ist noch nie in ihrem ganzen Leben in ein Fahrzeug gestiegen, nicht einmal auf einen Esel. Aus Mitleid oder vielleicht aus Ekel lässt Félicité schließlich selbst das Fenster herunter. Die in den Schluchten der Vésubie gefangene kalte Abendluft strömt herein.

»Später. Vielleicht«, murmelt Agonie. Der Wind schnappt sich die zwei schwarzen Insekten, die aus ihrem Mund flattern.

Zurück im oberen Stockwerk ihres Palais, schaltet Félicité am Eingang das Licht ein, zieht ihre Stiefel aus, legt die Schlüssel neben das Telefon. Ihre Schwester bleibt im Flur stehen. Félicité seufzt und schiebt sie wie einen großen Einkaufswagen Richtung Dusche.

Vor der Badezimmertür zögert Egonia einen Moment. Beim bloßen Anblick des Waschbeckens steigen ihr Mango- und Orangendüfte in die Nase. Aber sie gehorcht der Vernunft. Die Tür hat kein Schloss. Und ihre Mutter ist nicht mehr da, um sie einzusperren.

Nachdem sie ihr gezeigt hat, wie sie die Wasserhähne auf- und zudreht, die Temperatur regelt und das Shampoo benutzt, geht Félicité in die Küche.

Mit Geschirrspülmittel reibt sie sich Wangen und Lippen ein, lässt lange kaltes Wasser über ihre Zunge laufen. Dann greift sie nach dem rauen Lappen, der am Herd hängt, und fährt sich damit über Gesicht, Hals und Arme, über alles, wo Wasser draufgetropft ist. Der Leichengeruch ist fast verschwunden. Aber die Erinnerung nicht und auch nicht die Lügen.

»Félicité?«, ruft Angèle-Victoire aus dem Wohnzimmer. »Den Tee, den Sie mir heute Morgen zubereitet haben, habe ich fast ausgetrunken. Jetzt sind Sie schon seit einer Viertelstunde wieder hier, und ich höre immer noch nicht den Wasserkocher brodeln ...«

Sich mit beiden Händen auf den Spülbeckenrand stützend, schaut die Geisterschleuserin zu den Regalbrettern rechts von ihr und wandert mit dem Blick an den aufgereihten Dosen entlang.

»Ich habe uns einen schönen stärkenden Tee gemacht.«

Sie verkündet es laut, als die Hexe aus dem Badezimmer

kommt und sich feucht, dampfend und mit gerötetem Gesicht ins Wohnzimmer wagt. Ihre dreckigen Klamotten, die bei jeder Bewegung scheppern wie ein Müllschlucker, hat sie wieder angezogen, aber sie stinkt jetzt etwas weniger. Félicité zieht einen Stuhl heran und bedeutet ihr, sich zu setzen.

Egonia versteift sich. Früher hat Félicité ihren Tee nie mit ihr geteilt. Nur ein einziges Mal. Außerdem steht auf dem Tisch ein ganz anderes Service als das, das sie an diesem Nachmittag ihrem Vater hingestellt hat. Die Teekanne ist aus Gusseisen, die Tassen sind aus dickem Holz. Robust. Wertlos.

»Komm, Nanie, setz dich.«

Dieser übertrieben freundlich klingende Befehl erinnert sie an andere Befehle. An Verbote, irgendetwas anzufassen. An Aufforderungen, in ganz kleine Räume zu gehen, aus denen sie dann nicht mehr herauskommen konnte.

»Hier, nimm eine Tasse.«

Egonias Krallen bohren sich in ihre Handflächen.

»Trink, solange er heiß ist.«

Egonia springt auf und schlägt mit der Faust auf den Tisch. Die gusseiserne Teekanne macht einen Satz.

»Beruhige dich, Nanie … «

Mit dem Handrücken schleudert sie die hölzerne Tasse gegen die Wand, der dampfende Tee spritzt aufs Parkett, auf die Anrichte, die Tapete und die Gräfin.

Félicité überhört die entrüsteten Schreie des Geistes. In ruhigem, beinahe sanftem Ton, der viel sanfter ist als ihr Blick, sagt sie:

»Du hast gerade einen kostbaren und seltenen Tee vergeudet.«

»Einen Tee, der diejenigen, die ihn trinken, zum Reden bringt.«

Sofort läuft Félicité hinter den zehn Schmetterlingen her, bis sie zum Fenster hinausgeflogen sind, dann dreht sie sich außer Atem zu ihrer Schwester um.

Keine von beiden sagt etwas. Nicht nötig.

Sie brauchen nicht zu reden, um Wort für Wort den inneren Monolog der anderen lesen zu können.

Und mal ehrlich, was gäbe es denn zu sagen,

nachdem man sich ein Leben lang ignoriert hat,

nachdem man als Einzelkind und Niemandskind gelebt hat?

Was soll man sich dreißig Jahre, nachdem man sich getrennt hat, noch sagen?

Unter den Lumpen meiner Schwester
     denkt Félicité
unter ihren Lumpen sehe ich
einen Haufen in dem sich
genau
all die Schlacken auftürmen die ich
auf der Schwelle meines Palais
zurückgelassen habe
nichts Leuchtendes nur die Hässlichkeit
nichts Kraftvolles nur die Übelkeit
der Ekel den sie bewusst verströmt
um die Welt zu nerven und ihren Hass zu verdienen
darin zu schwelgen
denn wenn man schon verletzt werden muss
dann kann man sich auch aussuchen mit welchem Dolch
ihn selbst herstellen
ihn jeder Hand in Reichweite anbieten
um sich nach den Stichen
weiterhin vorzumachen

die Wunde würde nicht bluten
da man ja diese Verletzung
im Grunde selbst inszeniert hat
Unter den Silberstoffen und den glatten Haaren
denkt Egonia
erkenne ich einen Schatten
den Schatten der anderen die ich hätte werden können
eine Betonfrau zementiert aus Gewissheiten
gewappnet mit Gewohnheiten
aufrecht
ohne Risse
so sicher verschanzt hinter ihren Mauern
in diesem Revier in dem sie
Stahlstiefel gefärbtes Haar und hübsches goldenes Porzellan
anhäuft
so dass dort nichts anderes mehr Platz hat
außer sie selbst
in dieser Festung
ist kein Raum vorgesehen für Unordnung
für Abfälle und für Wut
also
schluckt die Betonfrau Müll und Zorn
und versteckt alles was hinter den Mauern
aus Masken und Einwegspiegeln
hervorschaut

Hinter den Mauern und unter den Lumpen glauben natürlich beide, recht zu haben.

Die eine, weil sie schon immer mit der Wahrheit lebt, die andere, weil sie weiß: Die Leute, die am wenigsten zweifeln, sind zwangsläufig die, die sich am meisten irren.

VERWELKTES NIZZA

Als Félicité die zehn schwarzen Insekten ihrer Schwester aus dem Fenster jagt, sind ihr die Pflanzen der Nachbarn schnuppe.

Am nächsten Morgen aber haben sich die Bewohner ihres Viertels gefragt, warum ihre Balkongewächse, ihr Basilikum und ihre Bougainvilleen über Nacht verwelkt sind. Das hat damals für große Aufregung gesorgt. Man warf der Stadtverwaltung vor, zu viele Insektenschutzmittel einzusetzen. Der Verein »Blühendes Nizza« hat auf dem Cours Saleya demonstriert. Der Bürgermeister musste sich öffentlich entschuldigen.

In einem von Amateuren veröffentlichten Käseblatt schrieb ein selbsternannter Journalist, ihn erinnere das alles stark an Hexerei. An den Theken der Bistros haben die Leute darüber gelacht und sind später im Dunkeln ängstlich nach Hause geschlichen.

DER FRIEDHOF
AUF DEM SCHLOSSHÜGEL

Wenn Sie Nizza ein wenig erkunden, werden Sie schnell feststellen, dass auf unserem Schlosshügel gar kein Schloss steht. Jedenfalls seit drei Jahrhunderten nicht mehr. Ich behaupte ja, der Name ist Betrug. Als ob wir den bräuchten, um Touristenscharen anzulocken. Er taugt nur dazu, die Urlauber zu enttäuschen, die anschließend nach Hause fahren und überall herumerzählen, die Nizzaer seien dies und jenes und auf ihrem Schlosshügel stünde gar kein Schloss, und nett sind sie auch nicht, im Norden jedenfalls haben wir zwar keine Sonne am Himmel, aber dafür im Herzen, diese Art von Blödsinn.

Aber na ja, so ist es nun mal. Und auch ohne Festung ist der Hügel schön. Sonntags geht man dort zwischen Kinderwagen und Hunden spazieren, oberhalb der Bucht, die auf der Meeresseite blau und auf der Seite mit den Dächern staubig rosa ist. Im Gegenlicht macht man vor dem großen Wasserfall Familienfotos, auf denen immer ein Trottel die Augen schließt, und geht weiter zum Friedhof. Beim Blick über die Stadt, der denen vergönnt ist, die dort oben beerdigt sind, denkt man unweigerlich, dass es manchen Toten besser geht als vielen Lebenden.

Der Bereich außerhalb des Friedhofs hat sämtliche Farben aufgesaugt. Jenseits seiner Mauern wachsen nach Ambra duftende Zypressen, stehen sand- und honigfarben verputzte Glockentürme; innerhalb der Mauern gibt es nur Weiß, Grau und Schwarz. Von der Sonne geblendete Engel ohne Pupillen ragen auf ihren Marmorpalästen in die Höhe. Die Stille wird nur vom Kies unter den Schuhen zerkratzt.

Zum dritten Mal läuft Félicité an diesem Samstagmorgen den Hügel hinauf, um dort oben nach ihren Großeltern zu suchen. Adélaïde und Zacario. Zwei nackte Vornamen ohne Nachnamen darüber, die sie bekleiden, muss sie zwischen den zweitausendachthundert Gräbern suchen, die sich in einem vierzehntausend Quadratmeter großen makellosen Irrgarten aneinanderreihen. Ohne Familiennamen und ohne Geburts-, Todes- oder Hochzeitsjahr braucht sie erst gar keinen Gedanken ans Archiv zu verschwenden, da werden sie nichts ausrichten können. Sie braucht also ein Grab, und das sucht sie seit drei Tagen.

Wenn sie wenigstens auf die Hilfe ihrer Schwester zählen könnte.

Sie hatte dieses klebrige Gefühl vergessen, das immer mit Agonies Gegenwart einhergeht. In der Kindheit spürte sie, wie ihre großen Augen sie überall in der Schäferei verfolgten, sie vom Dachstuhl aus vor Neid verschlangen. Damals hat sie es ihr nicht übelgenommen. Sie hätte sich nicht gern im Dachgebälk verstecken müssen, um den Wutausbrüchen ihrer Mutter zu entkommen. Das Drücken im Bauch hielt die kleine Félicité für Mitleid, für Traurigkeit, weil sie wusste, dass ihre Schwester dort oben ganz allein war. Sie entfernte sich nie gern weit von Nanie, weil Nanie sie brauchte.

Die erwachsene Félicité versteht das alles besser. Was ihr im Nacken saß, war das inständige Verlangen ihrer Zwillingsschwester, ihr die Haut zu stehlen, um sich ein Kostüm daraus zu machen. Dadurch wurde jede zärtliche Geste von Carmine unangenehm, war von Scham und dem Kratzgeräusch der schwesterlichen Fingernägel auf dem Holz der Dachbalken begleitet.

Dreißig Jahre später bleibt nur das Unbehagen. Und obwohl Félicité kein Kind mehr ist, wagt sie noch immer nicht, diesen an ihrem Arm festgesaugten Blutegel mit Gewalt und ein für alle Mal abzuschütteln. Wenn sie abends ins Bett geht, dann inmitten des Lärms, den Agonie im Wohnzimmer veranstaltet. Wenn sie morgens wach wird, ist Agonie bereits auf und verteilt mit den Fingerspitzen Speicheltropfen auf den Möbeln, um dort ihre Monsterblumen zu pflanzen. Zur Teestunde beugt sich Agonie über die Teedosen wie ein von den getrockneten Blättern angelockter Geist. Ihre Vorräte an Kuriosi-Tees verstaut Félicité möglichst weit weg von Agonies Mund. Vor allem den Tee aus dem Val de la Masque, den stärksten von allen, der hundertvierzehn Jahre lang gealtert ist. Den hat sie ganz hinten im Schrank versteckt.

Dieser Schrank bräuchte – wie eigentlich alle Möbel – eine doppelte Rückwand. Félicité weiß nicht mehr, wo sie all das verstecken soll, was für sie von besonderem Wert ist und von ihrer Schwester aus Spaß zerstört wird. Anfangs hat sie die Schränke mit Vorhängeschlössern versehen, aber die Insekten haben sich darauf niedergelassen und sie so stark verrosten lassen, dass sie abgefallen sind. Ihr schönstes Seidentuch, das Marine ihr aus Suzhou mitgebracht hat, existiert nicht mehr. Die Falter haben es geschafft, durch die Ritzen im Kleiderschrank zu schlüpfen.

Schließlich hat sie alles in der Wohnung abgedeckt, Parkett, Möbel, Wände, Zimmerdecken. Doch selbst jetzt muss sie noch zwanzig Mal am Tag die Kriechwurzeln abreißen, die Agonie überall spuckend verteilt.

Wenigstens Angèle-Victoire freut sich. Endlich gibt es etwas, das die Gewohnheiten ihrer Gastgeberin ein bisschen durcheinanderbringt. Noch nie hat sie so gegackert wie an dem Tag, als Félicité im Imkeranzug ins Wohnzimmer kam, um sich vor den Schmetterlingen zu schützen, die ihrer Schwester aus dem Mund flogen. Als sie dann aber begriffen hat, dass die Geisterschleuserin ihr mit diesen Handschuhen nie eine einzige Tasse Tee würde zubereiten können, hat sie aufgehört zu lachen.

Agonie dagegen hat weiter gegrinst.

In Félicités Kopf überschlagen sich die Fragen – wofür versuchst du mich zu bestrafen, ich habe dreißig Jahre lang auf Nachricht von dir gewartet, ich dachte, du wärst tot, ich wollte es lieber glauben, dann tauchst du wieder auf, siehst völlig anders aus als meine Schwester und machst alles kaputt –, aber sie schweigt. Seit dem verschütteten Tee haben sie nicht mehr oder fast nicht mehr miteinander geredet.

Sie konzentriert sich vielmehr auf die Blumenwurzeln, die Schmetterlingsnetze und den Schutzschild aus Wut hinter ihren Schläfen.

Schnellen Schrittes läuft sie durch die schmalen Gassen der Altstadt von Nizza in Richtung Friedhof. Dicht gefolgt von Agonie.

An den beiden vergangenen Tagen durfte Egonia ihr nicht folgen. Ihre große Schwester nimmt sie bei sich auf. Erlaubt ihr zu baden. Warme Mahlzeiten zu essen. Sogar in einem Bett zu schlafen. Deshalb glaubt Félicité, Egonia werde brav bleiben. Höflich sein. Vor allem schweigen.

Aber das wird niemals genügen. Egonia weiß es. Nur zu gut riecht sie den von Félicité ausgehenden säuerlichen Geruch der Verzweiflung.

Die Hexe spuckt, versprüht ihren Speichel, redet Unsinn, bringt den Geist der Gräfin zum Lachen, nur um der Älteren auf die Nerven zu gehen. Und auch damit ihre Schwester aufhört, sie, wenn sie morgens aus dem Haus geht, hinter rostfreien Riegeln einzusperren.

Zwei Tage hat Félicité durchgehalten.

Am dritten hat sie endlich eingewilligt, sie aus dem Haus zu lassen. Unter der Bedingung – die hat sie zwanzigmal wiederholt, deshalb erinnert sich Egonia daran – dass sie schweigt oder sich einen Maulkorb besorgt. Andernfalls wird eben nichts aus dem Heft, aus den Hinweisen. Dann wird sie ihre Mutter alleine suchen, und Agonie kann dahin zurückgehen, wo sie hergekommen ist.

Wenn sie richtig verstanden hat, suchen sie nach Carmines Eltern. Also nach ihren Großeltern. Seltsam. Die Familie, die sie hat, reicht ihr völlig. Was soll sie mit Vorfahren, die ihrer Mutter ähneln?

Atemlos erreicht Félicité den Gipfel des Hügels. Bevor sie den Friedhof betritt, lehnt sie sich an die Balustrade und verschnauft, schaut den Fähren dabei zu, wie sie Narben durch die Bucht ziehen.

Am ersten Tag hat sie sich an den Friedhofswärter gewandt, um einen Lageplan und möglicherweise einen Hinweis zu erhalten. Aber der Wärter, der in seinem Büro unter einem Kronenadler saß, hat diesen Beruf gewählt, weil die Toten ihn in Ruhe seine Sudokus lösen lassen. Nicht um von Touristen bedrängt zu werden, die sich einbilden, er würde sämtliche auf den zweitausendachthundert Gräbern des Friedhofs eingravierten Namen auswendig kennen.

Lächelnd hat Félicité ihm mitgeteilt, wo sie wohnt. Palais Caïs de Pierlas. Oberstes Stockwerk. Der Wärter hat nicht gleich begriffen, warum sie ihm ihre Adresse nennt. Drei Sekunden später hat er die Augen aufgerissen und zum Telefonhörer gegriffen.

»Bitte entschuldigen Sie, Madame«, hat er beim Auflegen kleinlaut gesagt. »Selbst im Rathaus wissen sie nichts. Ohne Datum und ohne Familiennamen ...«

Sie beginnt wieder, an den marmornen Grabplatten entlangzulaufen. *Plateau de la Poudrière*, *Allée du Brûloir* und *Allée du Bon Docteur*, jüdischer und protestantischer Bereich, Urnenhalle – jede einzelne Grabplatte schaut sie sich an, auch die, die zu alt oder zu jung sind, um in Frage zu kommen, und für jede gelesenen Inschrift schreibt sie sich einen Namen mit einem Kreuz dahinter in ihr Heft. Die Statuen auf den Dächern der Mausoleen beobachten sie, folgen ihr mit ihren weißen Augen durch die Alleen, kennen alle Antworten und sind unfähig, ihr eine einzige zu geben.

Agonie versucht natürlich, ihr zu helfen, aber sie braucht eine ganze Minute, um eine kleine Zeile zu entziffern. Und auf jeden Fall muss Félicité immer noch mal alles nachprüfen. Wenn sie nur einen Namen auslässt, muss sie wieder ganz von vorne anfangen.

Bisher trägt keines der zweitausend gelesenen Gräber die Namen, die sie sucht – es gibt drei Adélaïdes, sieben Adèles, achtzehn Zacarios, die meisten auf dem jüdischen Friedhof, aber nie beide nebeneinander. Bald bleiben nur noch zwei Alleen übrig. Félicité versucht die Hoffnung nicht aufzugeben und konzentriert sich auf ihre Aufgabe. Grabinschrift lesen. In ihr Heft eintragen. Ankreuzen.

Ihr gegenüber sind Sie allerdings im Vorteil: Sie wissen bereits, dass sie an diesem Tag endlich etwas finden wird, denn sonst würde ich Ihnen nicht von diesem Tag erzählen.

In der Ferne ertönt ein Kanonenschuss. Es ist zwölf Uhr mittags. Die Sonne zwingt Félicité, ihre Jacke auszuziehen, und sie hat immer noch nichts gefunden. Nach wie vor staunt sie, dass die Eltern ihrer Mutter sich hier oben eine Grabstelle leisten konnten, auf diesem Friedhof, wo die Toten Anspruch auf königliche Gedenktafeln und absurde Schlösschen haben.

Sie müssen hier sein. Ihr Vater hat es ihr unter dem Einfluss des Kuriosi-Tees gesagt. Das Gemeindearchiv hat über den Friedhofswärter bestätigen lassen, dass im Lauf des letzten Jahrhunderts kein Grab mit diesen beiden Namen weiterverkauft wurde. Sie sind hier irgendwo, sagt sich Félicité wieder. Man muss nur suchen.

Sie erreicht das Ende der *Allée Alpini*, die ganz hinten an der beschädigten Mauer, die den Friedhof begrenzt, entlangläuft. In ihr Heft trägt sie die Grabsteinnummer zweitausendachthundert ein und macht dahinter ein Kreuz.

Sie setzt sich auf die nächstbeste Grabplatte. Ein kleines, sehr altes Kindergrab mit einem kaum noch lesbaren Namen.

Etwas weiter weg in derselben Allee bleibt Agonie reglos vor der Mauer stehen. Félicité wischt sich über die Stirn. Kein Wunder, dass ihre Schwester so langsam vorangekommen ist, wenn sie die Zeit damit verbringt, Mauern zu bewundern.

Agonie winkt sie zu sich. Komm mal gucken.

Nicht im Traum. Es ist viel zu heiß, um sich zu bewegen. Erst recht, um sich eine alte Mauer anzuschauen.

Da hebt Agonie eine Hand und fährt mit ihrem gelben Fingernagel die Kerben und Löcher in der Steinfläche nach. Von weitem erkennt Félicité vage die Umrisse eines Buchstabens. Dann noch eines. Und eines dritten. Sie steht auf und geht zu Agonie. An der Wand bilden Dutzende, Hunderte von Buchstaben Tausende Namen, die im Lauf der Jahrzehnte eingraviert wurden und mit der Zeit unter einer die Steine bedeckenden grünlichen Schicht verblasst sind.

Félicité runzelt die Stirn.

»Das hat nichts zu bedeuten.«

Selbst wenn sie es schaffen würden, die gesamte Mauer zu entziffern, stehen die Vornamen, die sie suchen, vielleicht gar nicht dort. Oder wurden überschrieben. Und mal angenommen, sie würden sie finden, ohne Nachnamen und Datum würde sie das kein bisschen weiterbringen.

Egonia zieht die Augenbrauen hoch. Als ob sie eine Wahl hätten.

DER GRABLESERVEREIN

Wenn Sie sich mal, einfach so, einen Nizzaer oder eine Nizzaerin vorstellen sollten, was käme Ihnen dann in den Sinn? Na los. Nur zu, keine Angst. Ich werde nicht beleidigt sein. Schließlich brauchen Sie nur mich anzuschauen, um sich ein erstes Bild zu machen – na ja, wenn man den Tee und die Spitzendeckchen mal weglässt.

Gut, Sie sind etwas schüchtern oder zu höflich oder ein Heuchler, also werde ich Ihnen auf die Sprünge helfen. Ein echter Nizzaer hat einen dicken Schnurrbart, einen runden Bauch, ein Glas Ricard in der einen und eine Boulekugel in der anderen Hand und auf der Zunge Sätze wie: »Du Schlappschwanz, siehst du das Schweinchen nicht, das ist doch so groß wie eine Menton-Zitrone, worauf wartest du denn noch, vielleicht dass man dir mit der Mittagskanone das Startzeichen gibt?«

Also, diese Beschreibung trifft genau auf Maurice, den Vorsitzenden des Nizzaer Grableservereins, zu. An diesem Sonntagmorgen ausnahmsweise ohne Pastis und ohne Boulekugel.

Es ist sieben Uhr, und in der heißen Luft singen schon die Zikaden. Trotzdem ist Félicité kaum außer Atem, als sie den Friedhof erreicht und mit großen Schritten bis zu dessen Ende läuft, zur *Allée Alpini*.

Dort erwartet Maurice sie mit einem Koffer.

»Unglaublich, was du mir da bietest, Félicité!«

Seine drei hinter ihm stehenden Gefolgsleute nicken bekräftigend. Der eine sieht aus wie ein Möbelpacker – schmuddeliges weißes Unterhemd und Bräunungsstreifen auf den Oberarmen –, die Frau erinnert an Königin Elizabeth – unechte Perlen und Dauerwelle. Der Dritte, ein ungepflegter Dreißigjähriger, schaut lächelnd zu Félicité wie ein Fan, der hofft, von seinem Idol bemerkt zu werden. Alle vier tragen ein Schildchen mit der Abkürzung ANiLisT auf der Brust.

»Ich habe zwei Veteranen gebeten mitzukommen. Und na ja, den Kleinen hier, der unbedingt mithelfen wollte. Schließlich muss eine große Fläche gelesen werden. Außerdem müssen wir uns beeilen, bevor die Uni, das Stadtplanungsamt oder wer sonst noch den Bereich abriegeln, sobald sie von der Entdeckung erfahren.«

Im selben Augenblick stößt die Hexe zu ihnen, von Schrottgeklapper begleitet.

»Ah, Félicités Schwester«, sagt Maurice erfreut. »Ist ja witzig, ihr gleicht euch wie zwei Boulekugeln.«

Ich könnte Ihnen nicht sagen, was Félicité mehr beleidigt hat: dass man sie mit einer Boulekugel vergleicht oder mit ihrer Schwester. Ich weiß nur, dass Egonia es mir erzählt und Félicité behauptet hat, sich überhaupt nicht mehr daran zu erinnern.

»Jedenfalls wird Ihre Entdeckung bei den Grablesern für Aufsehen sorgen, Madame. Wie ist Ihr Name?«

»Egonia.«

Sie fängt das flatternde Insekt ein, das aus ihrem Mund geflogen ist. Diese Fremden haben einen sonderbaren Geruch an sich.

»Gefällt mir, hört sich an wie ein Blumenname. Originell. Hab ich jedenfalls noch nie auf einem Grabstein gelesen. Los, ihr Faulpelze, an die Arbeit, bevor uns die Sonne verbrennt.«

Die vier Vereinsmitglieder holen Flaschen aus Maurices Koffer und beginnen, die Mauer zu besprühen. Unter der Flüssigkeit wird das grüne Moos schwarz, unter ihren Fingern löst es sich auf.

»Sie können mitmachen, wenn Sie wollen«, bietet die Dame mit den Perlen an.

»Ich werde Ihnen helfen«, sagt Félicité. »Meine Schwester wird am Ende der Allee bleiben ... und nach dem Wärter Ausschau halten.«

Egonia unterdrückt ihre Wut. Nicht Félicité, sondern diesen Leuten zuliebe. Diesen Fremden, die anders riechen als alles, was sie kennt.

Das Schlimme ist, dass ihre Schwester recht hat. Wie immer. Egonia könnte die Mauer zerstören, so wie sie das Heft zerstört hat. Letzteres bereut sie allerdings nicht: Das, was sie in dem Tagebuch gelesen hat, ist alles, was sie besitzt. Endlich etwas, was Félicité nicht hat.

Plötzlich stößt Maurice einen Schrei aus: Er ist soeben auf eine Grabnische gestoßen, eine in den Stein eingelassene Marmorplatte. Er fragt Félicité, ob ihre Großeltern reich waren, vielleicht sogar Adlige. Sie hat keine Ahnung. Bei ihrer Suche geht es ihr ja gerade darum, Aufschluss zu bekommen.

Mit der Taschenlampe in der Hand und unter einer schon grausamen Sonne wenden sich die Grableser gemeinsam der Wand zu. Das Entziffern beginnt.

Damit also verbringen diese alten Nizzaer ihre Rentenjahre und der junge Mann seine Sonntage. Sie entziffern die verwaschenen Beschriftungen der Gräber, die niemand mehr liest, die Namen der Toten, denen keiner mehr Blumen bringt. Verklärt steht jeder vor seinem Stück Mauer. Ihre Gesichter sind die von Menschen, die sich in mühevoller, langwieriger Arbeit an den Füßen der Giganten zu schaffen machen. Man wirkt immer wie ein Eroberer oder wie ein Verrückter, wenn man dem Tod und den Jahrhunderten des Vergessens die Stirn bietet.

Die Grableser murmeln die Buchstaben, die sie erkennen, um ihnen Form zu verleihen. Wenn sie die Augen schließen, um mit den Fingern zu lesen, sieht es aus, als würden sie beten. Sie halten ihre Lampen schräg, um die Umrisse der Gravuren besser erkennen zu können. Manchmal ziehen sie eine Lupe aus der Tasche, rufen einander leise irgendetwas zu, um sich ein Wort bestätigen zu lassen. Bei dem pausenlosen *ksskskss* der Zikaden hört man sie kaum.

Auf der Bank am Ende der Allee hält Agonie nach einem Wärter Ausschau, der nicht kommen wird. Die Dame vom Cours Saleya hat ihm ein Sudoku-Heft geschenkt. Er ist beschäftigt.

Félicité setzt sich zu ihr auf die Bank, weil es die Einzige ist, die noch im Schatten steht, und das immer noch besser ist, als seinen Hintern auf ein Kindergrab zu pflanzen. Von weitem beobachtet sie Maurice und fragt sich, ob er und seine Jünger irgendetwas finden werden. Da er zwischen ihr und Agonie eine Familienähnlichkeit erkennt, fragt sie sich, wie es um seine Sehkraft bestellt ist.

Auch Egonia muss wieder daran denken, was der Mann gesagt hat. Als sie klein war, hat sie von so einem Satz geträumt. Du gleichst deiner Schwester. Jetzt würde sie lieber allen anderen gleichen als ihrer Zwillingsschwester.

In der Allee fluchen die Grableser weiter auf die Steine.

»Ich habe nie an unsere Großeltern gedacht.«

Félicités Worte richten sich an niemanden. Sie kommen

einfach aus ihrem Mund, werden von der Müdigkeit und der flüssigen Hitze, die an deren Stelle in sie einsickern, herausgedrückt.

»Ich habe nicht mal daran gedacht, dass sie tot sein könnten. Ich habe überhaupt nicht an sie gedacht. Als wäre Maman nie jemandes Kind gewesen oder hätte schon immer gelebt. Ein Waldgeist, hat Papa gesagt. Bei einem Waldgeist kommt man nicht auf die Idee, dass jemand ihm mal die Windeln gewechselt und die Nase geputzt hat.«

Und erst recht nicht, dass ihre Mutter, die schon mit zwanzig die Witwe des Schäfers Germain war, bereits vorher jemanden geheiratet hatte, von dem niemand etwas weiß.

An den vergangenen Abenden hat Félicité bedauert, dass der ovale Spiegel oben in der Schäferei zurückgeblieben ist. Sie hätte ihn gern bei sich. Nicht um ihn vor dem Einschlafen wie eine Reliquie zu berühren. Sondern um ihn so lange auf dem Boden mit ihren Absätzen zu malträtieren, bis glänzender Sand aus ihm geworden ist.

»Carmine hat also gelogen. Überraschung.«

Die fünf Schmetterlinge fliegen davon, und niemand fängt sie ein. Schade. Auf dem Friedhof gab es noch ein, zwei Blumensträuße, die weder verwelkt noch unecht waren.

»Warum bist du gekommen?«

Félicité dreht sich zu Agonie.

»Ich werde dir sagen, was ich glaube. Ich glaube, ohne Maman hast du niemanden mehr, den du verantwortlich machen kannst für das, was du bist. Für diese Hässlichkeit und für diesen Gestank, den du überallhin mitschleppst wie eine Rüstung, die dir kaum Sicherheit gibt und niemandem Angst macht. Ich glaube, du suchst jemanden, um deine Mutter ersetzen und weiterhin denken zu können, dass nichts von alldem deine eigene Schuld ist. Also bin ich jetzt die neue Angeklagte. Guck mal, ich sitze sogar schon auf der Anklagebank. Ich bin aber nicht die Einzige, die hier sitzt. Und weißt du was, Agonie, diesen Gefallen werde ich dir nicht tun. Ich werde mich nicht als Sündenbock für dein Unglück zur Verfügung stellen. Du kannst loslegen. Tu dir keinen Zwang an. Erinnere mich an irgendwas von Maman, egal an was. An ihre Lügen, an das, was ich für sie geopfert habe, weil ich nicht auf dich hören wollte. Versuch nach Lust und Laune meinen Hass zu provozieren. Du wirst ihn nicht bekommen. Wenn ich dich so sehr verabscheuen würde, wie du es hoffst, wärst du schon über alle Berge. Ich habe nicht deine Macht, aber ich habe die Mittel, mir Gehorsam zu verschaffen. Nein, ich werde dir die Wahrheit sagen. Du weißt ja, dass ich das immer tue. Die Wahrheit, kleine Schwester, ist, dass ich einfach nur wahnsinniges Mitleid mit dir habe.«

Von den Dächern ihrer Mausoleen nicken die Engel sanft mit ihren von Schmerz und Anteilnahme gebeugten Köpfen. Mitleid ist ihnen vertraut. Den ganzen Tag sehen sie Lebende bei ihren Toten verweilen.

Félicité streicht sich ihre Bluse glatt.

»Ich werde weiter nach dem Geist meiner Mutter suchen. Du hast nämlich recht, sie hat mich belogen, und ich will verstehen, warum. Ich will auch wissen, ob ich es war, die sie getötet hat, mit dem, was ich kurz vorher zu ihr gesagt habe, und was sie versucht hat, mir im Moment des Todes mitzuteilen. Warum du sie suchst, weiß ich immer noch nicht, nicht mal, ob du sie wirklich finden willst. Ich bitte dich nur um eines: Wenn du bleibst, dann hilf mir wenigstens.«

Egonia würde ihr am liebsten ins Gesicht spucken.

Das wäre ein interessanter Anblick, eine hungrige Blume, die sich im Kopf ihrer Schwester verwurzeln und schwarze

Blätter aus ihren Augen wachsen lassen würde. Stattdessen spuckt sie auf das trauernde Engelchen, das den Grabstein ihr gegenüber ziert. Wie ein absurder Hut wächst eine Pflanze auf seinem Kopf. Von ihren Wurzeln eingeschnürt, bricht sein Hals.

Sie hat Félicité ja bereits geholfen. Und nicht nur ein bisschen. Die Mauer, das war sie. Ohne die hätten sie jetzt nichts. Keine einzige Spur. Könnte sie gut lesen, so wie Leute, die als Kinder mit ihrem Schulranzen in die Schule gegangen sind, hätte sie nach Worten gesucht. Nach sinnvollen Sätzen. Aber sie kann nur Striche erkennen, die so ähnlich aussehen wie Buchstaben. In ihrem Wald erinnert die Form eines Zweiges sie manchmal an ein E oder ein Teich an die Kurven eines B. Das ist alles. Es dauert eine Weile, bis sie sie zusammengefügt hat. Bis sie sie so kombiniert hat, dass sich ein Sinn daraus ergibt. Vielleicht haben fünf- oder sechsjährige Kinder, die an dieser Mauer vorbeigelaufen sind, während sie auf das Ende von Opas Beerdigung gewartet haben, auch schon gesehen, was Egonia gesehen hat, weil sie gerade erst anfangen, ein G von einem C zu unterscheiden und noch ganz fest an den kleinen Strich über der Kurve denken müssen, um den Unterschied zu erkennen, und keiner hat ihnen zugehört. Möglich wäre es. Sie aber wird bleiben.

Félicité hatte ihr Leben lang Zeit, sich mit ihrer Mutter zu unterhalten. Ihr sämtliche Wörter zu sagen, die sie wollte. Jetzt ist sie, Egonia, an der Reihe, mit Carmine zu reden. Um dem verängstigten Mädchen aus der Schäferei, das zu den Schatten unter dem Dach verbannt wurde, endlich Antworten zu geben.

Als die Mittagskanone ertönt, machen die Grableser eine kurze Pause, um ein Pan Bagnat zu verdrücken, dann setzen sie sich einen Hut auf den Kopf und nehmen ihre Entzifferungstätigkeit wieder auf. Der Wärter schiebt seinen Kopf ein Stückchen in die Allee, um aus der Ferne zu beobachten, was im Gange ist, aber ohne näher zu kommen. Ganz hinten steht eine Art Vogelscheuche, die auf ihn noch abschreckender wirkt als auf die Vögel. Und die Mauer am Ende des Friedhofs, die er schon seit einer ganzen Weile nicht mehr geputzt hat, kommt ihm auf einmal sehr sauber vor. Er wird sich also nicht beschweren. Wenn es diesen Leuten Spaß macht, den ganzen Friedhof zu reinigen, sollen sie sich nur nicht abhalten lassen. Vor allem, wo er jetzt ein neues Sudoku-Heft auszufüllen hat.

Schweißtropfen laufen Félicité über den Rücken, von den Schulterblättern bis zu den Nieren. Die Bank steht nicht mehr im Schatten. Maurice kommt ohne ihre Hilfe aus, und der Gestank ihrer Schwester erdrückt sie mindestens genauso wie die Hitze. Sie steht auf und geht zur Kapelle am Friedhofseingang.

Das kleine Kirchlein mit seinen ockerfarbenen Rundungen und seinen mit grünen Ziegeln gedeckten Dachkuppeln gleicht einem altersschwachen Riesenkürbis. An den Pfeilern und rings um die Fensterläden blättert die Farbe ab. Vor der Tür verkündet ein Aushang:

Messen Gebete Begräbnisse für Ihre Verstorbenen
Gräbersegnungen Religiöse Aufnahme eines Leichnams
Beisetzung Beweihräucherung Jahrestage und
Sechswochenämter
Verkürzung der Fegefeuerzeit
Stoßgebete übernimmt ein Priester der Gemeinde
St-Martin-St-Augustin Tel.: 93 55 34 29

Würde man ihr so einen Zettel in die Hand drücken, würde es sie an die Werbeflyer der Marabouts von Nizza erinnern. Aber die Marabouts von Nizza wissen, dass die Schleuserin sie nicht braucht.

Die Pforte der Kapelle ist geschlossen. Gerade will Félicité den Wärter um den Schlüssel bitten, als sie hinter sich jemanden über den Kies laufen hört. Es ist der junge Grableser.

»Madame Félicité ...«, ruft er schwitzend und außer Atem. »Wir haben etwas gefunden ... an der Mauer ...«

Sofort folgt sie ihm zur *Allée Alpini.*

»Sieh mal«, sagt Maurice, als sie näher kommt. »Da, das Z von Zacario, siehst du es? Es ist der Buchstabe, den man am besten erkennen kann. Und jetzt, wo du es gesehen hast, schau dir mal die Umgebung an. Hier hast du das Und-Zeichen und hier das Trema von Adélaïde. Ganz bestimmt sind die beiden hier bestattet. Außer diesen zwei Vornamen sind hier noch Hunderte andere irgendwie von Hand in den Stein geritzt worden. Schief und krumm und nicht sehr tief, manche nicht mal vollständig. Sicher ist aber, dass auf der Steinplatte ursprünglich nur Adélaïde und Zacario standen. Die anderen sind später dazugekommen.«

Eine halbe Stunde später haben die Grableser unter den Vornamen ein Datum, ein Kreuz, vier Wörter und ein Gedicht rekonstruiert:

ADÉLAÏDE & ZACARIO

13.01.1875 †

Orakel-Amme – Hausdiener-Kartograph

Ich habe euch getauft mit Namen
die ihr nie getragen habt

und euch Regionen eröffnet
die ihr nie betreten habt
Ich nehme heute meinen Abschied
ohne Strahlenkranz ohne Kanonen
ein wenig Asche in den Paillon
und Schleier über die Spiegel

GEHEIMARCHIV

Félicité hat Maurice gebeten, nochmals das Datum auf dem Stein zu überprüfen. Mehrmals. Vielleicht hat er eine 8 mit einer 9 verwechselt, aber nein, da ist er sich ganz sicher und die drei Grableser ebenfalls. Die beiden sind am selben Tag gestorben, im Januar 1875.

Deshalb ist sie am Montag noch einmal nach Bégoumas gefahren, um es sich bestätigen zu lassen. Ihr Vater hat fest behauptet, er habe wirklich Carmines Eltern gemeint. Nicht ihre Großeltern oder Urgroßeltern. Er hat noch einmal Tee getrunken und es wiederholt. Adélaïde und Zacario. Gemeinsam in Nizza auf dem Schlosshügel bestattet. Vater und Mutter von Carmine. Auch wenn er vieles nicht genau weiß, das weiß er.

Ihre Schwester wirkt nicht sonderlich verwundert.

Félicité kann ihr noch so oft erklären, dass ihre Mutter nicht zwanzig Jahre alt war, als sie beide geboren wurden, sondern hundert, und bei ihrem Tod fast anderthalb Jahrhunderte, Agonie schnäuzt sich trotzdem weiter auf den Boden und lässt ihre überdimensionalen Blumen das Haus belagern. Félicité vermutet, dass sie es nicht versteht. Die Arme hat nie wirklich rechnen gelernt. Ja, so wird es sein, sagt sie sich, Agonie begreift nicht, dass sich gerade ein gähnendes Loch aufgetan hat. Eine unfassbare, absurde Lüge, weit größer als das Gefallenendenkmal am Quai Rauba-Capeù, nur ohne den damit verbundenen Ruhm.

Was für eine Ironie. Ihre Mutter ist viermal im Jahr verreist, ohne eine Adresse oder irgendeine Erklärung zu hinterlassen, hat zweimal so lange gelebt, wie sie vorgegeben hat, und trotz allem die Kühnheit besessen, Félicité einzureden, ohne sie an ihrer Seite würde ihr nichts bleiben.

Sie erinnert sich an Carmines Sätze, als sie von ihren ersten Reisen mit der Teelogin nach Bégoumas zurückgekehrt war: Du hast mir gefehlt, ich bin so glücklich, wieder den Klang deiner Stimme zu hören, schau mal, mein Liebling, ich habe dir deine Leibspeise gekocht. Nach und nach haben sich die zärtlichen Worte in Ketten verwandelt, die sie daran hinderten, wieder wegzugehen. Worte wie: Du wirst mir fehlen, wann kommst du wieder, warum bleibst du denn nicht bis Weihnachten, das würde mich so glücklich machen, oh, drei Wochen, das ist wirklich lang, ich brauche dich doch bald in der Lammzeit, das schaffe ich nicht alleine, ich werde langsam müde, manchmal bereite ich Mahlzeiten zu, die du gern isst, und dann fällt mir wieder ein, dass du ja weg bist, also esse ich sie ohne dich, und du, was kochst du dir so, ach deshalb kommst du immer ein bisschen fülliger wieder, nein, Félicité, Carmine ist gerade nicht da, ich bitte Sie, Madame, gehen Sie wieder, Félicité, wo warst du, ich hatte Hunger und du bist nicht gekommen.

Diese dreißig Jahre des Verzichts wird niemand ihr zurückgeben. So etwas passiert, wenn man jemand Unvollkommenem sein Leben schenkt. Man bekommt es wieder, dieses Leben, das man für so wertvoll hielt, wie ein Stück zusammengeknülltes Papier.

Félicité greift nach ihrer Tasche und nimmt ihre Schlüssel heraus.

»Ich gehe zu einer Freundin«, sagt sie zu der vom Fernseher hypnotisierten Agonie. »Du kannst hierbleiben oder an die frische Luft gehen, wie du willst, aber fass nichts an.«

Als sie die Tür hinter sich zuzieht, will sie sich lieber nicht fragen, in welchem Zustand sie die Wohnung bei ihrer Rückkehr vorfinden wird.

Um die vier Kilometer zurückzulegen, die sie von ihrem Ziel trennen, verbringt Félicité in ihrem Panther eine Stunde damit, auf der Promenade zu hupen, zu bremsen, die anderen Autofahrer zu beschimpfen, dann noch zwanzig Minuten ungeduldige Warterei hinter einem Lieferwagen, der in dritter Reihe parkt. Sie schert aus, überholt von rechts einen Begriffsstutzigen, der das gesamte Département vorbeilässt, obwohl er Vorfahrt hat, fährt halb über den Bürgersteig und biegt, endlich frei, in die Avenue Fabron ein. Wenig später stellt sie den Wagen im Parkhaus einer hässlichen grauen Wohnanlage ab.

Nur drei Arten von Menschen wissen von der Existenz des Stadtarchivs von Nizza. Die, die dort arbeiten, die, die dort wohnen, und Félicité.

Ringsherum ragen Wohngebäude wie Mauern in die Höhe. Zehnstöckige Häuserblocks, verkleidet mit gestreiften Markisen, damit die Armen glauben, sie würden dieselbe Luft atmen wie die Leute, die an der Strandpromenade wohnen. Wenigstens genießen sie den Blick von oben auf die Villa, in der sich das Archiv befindet. Ein ganz kleiner Palast aus Marmor, Kronleuchtern und Stuckverzierungen, mitten in dieser vertikalen Festung versteckt. Mit seinem Park, den hier und da Statuen und Brunnen zieren, sieht er aus wie eine Perle in einer Betonschatulle.

Hierhin begibt sich Félicité. Sie hat nicht gelogen, sie besucht tatsächlich eine Freundin. Nur dass diese Freundin Archivarin ist und Félicité ihr ganzes Wissen über Kuriosi-Tees ihr zu verdanken hat.

DIE TEELOGIN-ARCHIVARIN

»Auf Marine bin ich gestoßen«, hat Félicité mir erzählt, »wie man auf sein erstes weißes Haar stößt. Ungewollt und natürlich zu früh.

In dem Jahr, als ich fünfzehn wurde, hat man mir in der Schule von Bégoumas mitgeteilt, dass ich meine Abschlussprüfung unten in Tende ablegen müsse und dass ich, falls ich sie bestehen sollte, in der Stadt aufs Gymnasium käme. Maman wollte ich nichts davon sagen, bloß nicht. Ich glaube, ihr war noch nicht mal in den Sinn gekommen, dass ich eines Tages weggehen und ein anderes Leben führen könnte als das einer Schäfertochter – dazu noch der Tochter eines toten Schäfers. Ich übrigens auch nicht. Hätte man mich nicht in der Schule darauf gebracht, wäre ich bis heute dort oben geblieben.

Was ich gemacht hätte? Tja, keine Ahnung. Wahrscheinlich im Hydra Tee serviert. Du siehst, es hätte letztlich nicht viel geändert. Jedenfalls bin ich nach Tende gegangen und habe meine Prüfung bestanden. Mit Glückwünschen der Jury.

Als ich den Brief mit dem Ergebnis erhalten habe, eine Woche später als alle anderen, weil der Postbote nicht oft nach Bégoumas kam, war das ein Schock für mich. Ich habe den Umschlag geöffnet, den mir der Postbote an der Tür überreicht hatte. Ich brauchte gar nicht alles zu lesen. Ehrlich gesagt, hätte ich es auch nicht gekonnt. Ab *Wir freuen uns, Ihnen mitteilen zu können* ist vor meinen Augen alles verschwommen.

Maman ist nach Hause gekommen. Ich habe den Brief versteckt und heftig mit den Augenlidern geklimpert. Den ganzen Abend hat sie mich gefragt, was denn los sei, ich sei so komisch. Nichts, habe ich gesagt, gar nichts, mir habe nur den ganzen Nachmittag die Sonne ins Gesicht geschienen und davon sei ich müde. Das stimmte sogar: Seit neun Uhr morgens hatte ich vor der Tür auf den Briefträger gewartet. Aber vor allem wollte ich früh ins Bett, um den Brief heimlich noch mal zu lesen, allein, in dem Bett, das ich mir mit ihr teilte.

Noch nie hatte ich ein Geheimnis für mich behalten und es nicht meiner Mutter erzählt. Nicht mal mit Nanie habe ich darüber gesprochen.

Während meine Mutter noch unten am Feuer saß und meine Schwester hinter der Wand, da, wo früher die Schafe schliefen, habe ich im Halbdunkel des Zwischenbodens das Schreiben hervorgeholt. Ich habe es so oft gelesen, dass ich dir den Text noch heute aufsagen könnte. Für mich bedeutete er, dass es irgendwo unter den Abermillionen Möglichkeiten, die die Zukunft für mich bereithielt, eine gab, die strahlender war als alle anderen, eine Zukunft, in der ich nicht mehr die kleine Félicité wäre, die Tochter von Carmine und einem Schäfergeist, die mit ihrer Langeweile und ihrer Zwillingsschwester auf einem kalten Berg festsaß. Während ich den Brief las, sah ich mich wie in einem Kinofilm, in dem ich in einem Teesalon voller Bücher und Kannen Tee servierte. Sah mich in einem großen Sessel sitzen, vor mir ein Geist, der seine Tasse hebt und mit mir Tee trinkt.

Woher ich wusste, dass es ein Geist war?

Weil er meinem Vater ähnelte. Ich meine nicht äußerlich, sondern in seinem Verhalten. Geister haben im Grunde die gleiche Gestalt und die gleichen Farben wie du und ich, sie sind nicht durchsichtig, schweben nicht über der Menge und all dieser Quatsch. Sie haben nur ... ich weiß nicht, wie ich es sagen soll, so eine Art, als würden sie neben sich herlaufen. Mehr mit dem Schauspiel der Erinnerungen beschäftigt, das in einer Endlosschleife in ihrem Kopf abläuft, als mit dem, was sich vor ihren Augen regt und tut. Auch manche Lebende haben ja so eine Art. Manchmal halte ich sie für Geister. Die Welt um sie herum übrigens auch.

Diese mögliche Zukunft, diese Vision, die hat mich nicht mehr losgelassen. Die ganze Zeit habe ich davon geträumt. Nachts neben meiner Mutter, tagsüber am See, in dem die Kinder badeten, die ganze Zeit, so dass ich selbst fast zum Geist wurde.

Meine Schwester hat es irgendwann kapiert. Sie hat mich gezwungen, ihr zu sagen, was los ist. Auch für sie war es ein Schock, zu erfahren, dass ich weggehen würde. ›Und ich, was wird aus mir, ganz allein mit Maman?‹, hat sie gefragt. Ich wusste nicht, was ich antworten sollte. Ich habe ihr versprochen, sobald es ginge, an den Wochenenden und wenn ich Ferien hätte, nach Hause zu kommen. Ich hätte sogar geschworen, ich würde ihr Briefe schreiben, aber sie hätte sie ja nicht lesen können. Schließlich hat sie sich damit abgefunden: ›Also, wenn du oft nach Hause kommst, wenn du mir aus Nizza Bonbons mitbringst und auch gute Noten und wenn du mich beim Kartenspiel ab und zu gewinnen lässt, dann verzeihe ich dir vielleicht. Vielleicht.‹

Bis zum Ende des Sommers habe ich meine Nachmittage damit verbracht, mit ihr zusammen unser Versteck im Wald neu zu dekorieren und beim Kartenspielen absichtlich zu verlieren.

Meiner Mutter davon zu erzählen war komplizierter.

Zuerst hat sie nichts gesagt. Sie hat nur gelächelt und mir übers Haar gestrichen. Als ich abends nach Hause kam, hat sie mir den Rücken zugewendet und mit belegter Stimme gefragt, wie mein Tag denn so gewesen sei. In der Nacht hörte ich sie schniefen, auch in den folgenden Nächten. Morgens wachte sie mit roten Augen auf und sagte, sie müsse wohl gegen irgendwas allergisch sein. Wenn sie mich in die Arme nahm, dauerte es länger als sonst, bis sie mich wieder losließ. Sie drückte mich fester.

Ende August habe ich angefangen, meine Sachen zusammenzusuchen und in zwei kleine Koffer zu packen. Je mehr ich hineintat, umso leerer wurden sie. Verschiedene Sachen verschwanden aus den Koffern. Bücher, die mir der Lehrer geliehen hatte, Unterhosen, ein bemalter Vogelschädel, den meine Schwester mir geschenkt hatte. Schließlich habe ich beide Koffer mit Vorhängeschlössern versehen.

Da hat meine Mutter angefangen, mir von Nizza zu erzählen. Samstagsmorgens, während sie mir die Haare färbte, als wäre nie was passiert. Sie hat mir die Stadt in den übelsten Farben geschildert ... ›Auf den Gehwegen überall Hundescheiße, die hast du dann an den Sohlen‹, hat sie gesagt, ›Autos, die sich drängeln, sich anhupen, sich gegenseitig rammen, Metall gegen Metall, genau vor deiner Nase, oder sogar noch schlimmer, auf deiner Nase, und vorbei ist es mit dir, und dann erst die Leute, Tausende, ganze Menschenmassen, die sich durch die Straßen schieben und lärmen, und wenn du stolperst, hilft dir niemand auf die Beine, die Leute laufen über dich hinweg, und dazu all die Geister, oh, du Arme, wenn du meinst, in Tende seien es schon viele gewesen, also ehrlich, dann bist du für Nizza nicht gewappnet, da gibt es nämlich zwei Menschenmengen, die sich überlagern, die der Lebenden und die der Toten, und wenn du da spazieren gehst, werden sie sich mit ihren Geisterhänden an deine Kleider klammern.‹

Ich habe sie gefragt, woher sie das denn alles wisse, wo sie doch nie weiter weg gefahren sei als nach Belvédère oder ob sie jedes Mal in Nizza sei, wenn sie an die Küste fahre. ›Ganz und gar nicht‹, hat sie geantwortet. ›Ich weiß es eben. Lernt ihr das nicht in der Schule? Ah, na klar, solche Sachen lernt man nicht für den Schulabschluss. Man muss ein bisschen raus aus der Schule, nicht wahr, mein Schatz, um die Welt kennenzulernen, die wahre.‹

Auch wenn ich merkte, dass sie übertrieb, war ich dennoch beunruhigt.

Drei Tage vor meiner Abreise hat Maman sich die Hand verbrannt, als ihr ein Topf mit kochendem Wasser umgekippt ist. Sie hat trotzdem versucht, das Abendessen zuzubereiten, aber alles rutschte ihr aus den Händen und fiel auf den Boden, die Holzlöffel, die Töpfe, das Gemüse unter ihrem Messer. Fast hätte ich meine Abreise gestrichen. Was soll's, habe ich mir gesagt, dann verpasse ich eben den ersten Monat im Gymnasium. Oder, falls ich deswegen abgemeldet werde, vielleicht auch das erste Jahr. Ich werde Maman nicht alleinlassen, wenn sie es nicht schafft, sich eine Suppe zu kochen.

Am nächsten Tag hat Nanie mich angeschrien. ›Wenn du nicht gehst‹, hat sie mir geschworen, ›dann gehe ich an deiner Stelle nach Nizza. Und ich, ich komme nicht zurück. Maman wird sehr gut zurechtkommen‹, hat sie gesagt, ›keine Sorge, sie hat zwar einen dicken Verband gemacht, aber das ist nichts Ernstes. Und weißt du was?‹, hat sie noch hinzugefügt, ›Ihre Hand hat sie absichtlich in den Kochtopf gesteckt. Ich hab's gesehen. Ich saß oben auf meinem Balken.‹

Ich wollte ihr nicht glauben, habe dann aber trotzdem beschlossen wegzugehen.

Am Tag, als ich Bégoumas verlassen habe, bin ich zuerst zu unserem Versteck gegangen, um mich von ihr zu verabschieden. Sie saß auf unseren zwei Stühlen, die wir aufeinandergestapelt hatten, und als ich ankam, hat sie den Bäumen ringsum eine Ansprache gehalten: ›So, jetzt bin ich die wahre Königin des Mont Bégo! Die Thronräuberin gibt sich geschlagen! Aber ich bin großzügig und werde ihr einen Platz am Fuße meines Thrones anbieten, wenn sie es in den nächsten Ferien wagt, wieder hierherzukommen. Und wenn sie mir aus Nizza Geschenke mitbringt.‹

In der Schäferei dagegen ist meine Mutter stumm geblieben, hat an ihrem Porträt gemalt, ohne auf meine Abschiedsworte zu antworten. Mein Magen hat sich so verkrampft, dass ich dachte, ich muss mich übergeben. Ich habe meine Koffer genommen und bin langsam den Weg hinuntergegangen. Plötzlich habe ich meine Mutter rufen gehört: ›Warte! Félicité!‹ Mit einem kleinen Päckchen in der Hand kam sie auf mich zugerannt. ›Hier‹, hat sie gesagt, als sie völlig außer Atem vor mir stand. ›Haarfarbe. Ich weiß nicht, ob sie in Nizza so eine Farbe haben. Ich werde meine Haare zur selben Zeit färben wie du, Samstagsmorgens, einverstanden? So als wären wir zusammen. Ich gebe dir auch meinen ovalen Spiegel mit, ich weiß ja nicht, ob es in den Zimmern im Internat Spiegel gibt. Und einen kleinen Schafskäse mit Thymian. Bestimmt haben sie in der Kantine keinen so frischen Käse wie den hier.‹

Sie hat mich ganz fest gedrückt, dann ist sie eilig zur Schäferei zurückgelaufen.

Am 1. September jenes Jahres stand ich am Eingang des Gymnasiums. Damals war es eine ziemliche Reise, um dorthin zu gelangen, noch anstrengender als heutzutage. Wollte man nicht hetzen, musste man mindestens zwei Tage einplanen. Erst zu Fuß bis nach Belvédère, dann mit dem Esel nach Tende, weiter mit dem Pferdewagen, der einen entlang der Vésubie kutschierte, und zum Schluss noch mit einer ganzen Reihe grüner und cremefarbener Busse.

Da stand ich also mitten in Nizza und wusste nichts von der Stadt außer dem, was meine Mutter mir erzählt hatte.

Es war Schuljahresbeginn, viele Leute liefen am Gymnasium vorbei. Aber ich hatte genug Luft zum Atmen. Niemand ist in mich reingelaufen. Kein Geist hat sich an mich gehängt. Und ich habe immer schön nach unten geschaut, um mir meine Schuhsohlen nicht dreckig zu machen.

Ja, es stimmt, das Gymnasium war einschüchternd. Mit seinen weißen, kerzengeraden Steinen, seinem quadratischen Turm, auf dem eine hübsche Ziegelpyramide thronte, und darunter den vier Turmuhren mit Zeigern, die größer waren als ich. Bis dahin hatte ich die goldene Uhr meines Lehrers beeindruckend gefunden. Rings um die ebenfalls riesigen Fenster mit den blauen Fensterläden formten der Stuck und die Mosaike Blütenblätter und andere Gebilde, deren Namen ich nicht kannte.

Ich dachte an die Schäferei, an die Löcher in den Mauern anstelle von Fenstern, an den rohen Stein. Und dann habe ich plötzlich gemerkt, dass hier ein Geruch fehlte: der nach Stroh und Schafen. Da habe ich mich geschämt. Ich habe heimlich an meinem Ärmel gerochen, um zu sehen, ob ich noch diesen Tiergeruch an mir hatte. Dann habe ich den Käse meiner Mutter aus der Tasche geholt und ihn in die nächste Mülltonne geworfen.

Hinterher habe ich mich geschämt, dass ich mich schämte. Dass ich das Gymnasium noch nicht einmal betreten hatte und schon die Strohmatratze, auf der ich bisher geschlafen hatte, das Holzbesteck, mit dem ich gegessen hatte, und den lächerlich kleinen Platz mit seiner Bank und seinen zwei Laternen, den wir Großer Platz nannten, armselig fand. In der folgenden Zeit sollte es viele solcher Erlebnisse geben. Die Hemden der Lehrer, neben denen die Kleider meiner Mutter wie Spüllappen aussahen. Wörter, die ich sagte und über die die anderen lachten, obwohl sie gar nicht witzig waren.

So habe ich also, einen Koffer und meine Scham in jeder Hand, zum ersten Mal das Lycée Masséna betreten.

Ich hatte das Gefühl, in die molligen Armen einer Nonne zu laufen. Das Gymnasium mit seiner Atmosphäre eines italienischen Klosters, seinen Bögen und Gängen hieß mich in einer weniger kalten Welt willkommen. Es war riesig, ein Labyrinth, aber da waren diese lilafarbenen, an den Säulen entlangraschelnden Glyzinien. Diese sonnenbemalten Gänge. Diese über die Fassaden verteilten Balkone, wie in einem Dorf. Als ich meinen ersten Zug Gymnasiumluft eingeatmet habe, ist etwas in mir aufgeblüht. Was genau, könnte ich dir nicht sagen. Ich war eine ausgetrocknete Muschel, die seit langem verstaubt auf einer Kommode gelegen hatte und endlich dem Meer zurückgegeben wurde.

Man hat mir den Schlüssel und die Nummer meines Internatszimmers gegeben, und ich bin losgezogen, um meine Sachen hinzubringen. Zuerst habe ich mich natürlich verlaufen. Zu viele Flure, die alle gleich aussahen. Durch halb geöffnete Türen hörte ich, wie sich die Schüler mit Hilfe ihrer Familien einrichteten. Ich habe mich nicht getraut, sie nach dem Weg zu fragen. Ich bin in den Gängen und Fluren herumgeirrt, an Türen und noch mehr Türen, Dutzenden blauer Türen vorbeigekommen, bis ich meine eigene gefunden habe. Ganz am Ende eines Flurs, am weitesten entfernt von den Gemeinschaftstoiletten. Ist mir recht, habe ich gedacht, dann laufen nicht so viele Schüler bei mir vorbei. Ich habe die Tür aufgeschlossen und meine beiden Koffer im Zimmer abgestellt.

Eine Matratze auf einem Bettgestell. Ein Schreibtisch, ein Stuhl, eine Waschschüssel, ein Kleiderschrank. Und ein Schloss. Mit einem Schlüssel.

Das hatte ich noch nie gehabt, ein Zimmer nur für mich allein.

Durchs Fenster sah man den Uhrenturm, die Glyzinien und in der Ferne, hinter den Dächern und Glockentürmen, den großen Wasserfall, der auf dem Schlosshügel einen glänzenden Vorhang bildete. Ich habe den ganzen Nachmittag am Fenster gestanden, habe dem von unten heraufdringenden Stimmengewirr der Schüler und den sich auf den Dachziegeln streitenden Möwen gelauscht. Bis abends habe ich mir das alles angeschaut, bis der Mond aufging und den Himmel schwarz, die Glockentürme grau und den Wasserfall weiß färbte.

Da erst fühlte ich mich bereit, das Gymnasium richtig zu erkunden. Um diese Zeit war es vermutlich leer. Wenigstens würde ich niemandem begegnen, der sich über meinen Aufzug oder meinen Geruch lustig machen könnte – ich fragte mich nämlich immer noch, ob meine Kleidung nach Schaf stank oder nicht.

Der Mond schien so hell, dass man keine Taschenlampe brauchte. Ich habe mir einen Wollschal um die Schultern geschlungen und bin auf Zehenspitzen den Flur entlanggelaufen.

Wie ein Schatten bin ich durch die Gänge geschlichen, bin die breite Holztreppe mit den knarrenden Stufen hinuntergegangen, habe durch die Fenster in die Klassenräume geschaut. Spuren abgewischter Kreide schlängelten sich wie japanische Wellen über die Wandtafeln. Dutzende aneinandergereihter Tische warteten brav auf den nächsten Morgen, wie Boote, für die Nacht vertäut.

Unter den üppig mit Glyzinien bewachsenen Bögen bin ich durch den Hof gegangen – und erschrocken. Auf einem Stück Rasen lag ein junger Mann, die Arme im Nacken verschränkt, und schaute in den Himmel. Als ich sah, wie er gekleidet war, habe ich mich entspannt: Er schien einer Fotografie vom Anfang des Jahrhunderts entsprungen. Sein Geist winkte mir abwesend zu und kehrte zu seinen Sternen zurück.

Gegenüber, am Fuß des Turms, öffnete sich eine Tür auf eine schwarze Treppe. Leise bin ich hinaufgestiegen, mich an der kühlen Wand entlangtastend. Oben angekommen, stand ich in einem Raum, der mein Herz höherschlagen ließ. Ich hatte noch nie eine gesehen, aber ich erkannte sofort, dass es eine war. In der Schule von Bégoumas hatte man mir von ihren großartigen Geheimnissen erzählt.

Eine Bibliothek.

Was eine Bibliothek ist, muss ich dir ja nicht beschreiben. Für dich gibt es nichts Selbstverständlicheres. Aber du darfst nicht vergessen, woher ich kam. Stell dir vor, wie man ins Phantasieren gerät, wie man erschaudert, wenn man zum ersten Mal zwischen all den Regalen voller genähter, geklebter, leinenbespannter, gepanzerter und broschierter Buchrücken steht, die im nächtlichen Mondlicht allesamt grau aussehen, von Geistern ganz anderer Art überquellen und einen schweren Tabak-Vanille-Duft verströmen.

Ich bin über eine Kordel gestiegen, die zwischen zwei Regalreihen gespannt war. Dahinter wirkten die Bücher noch braver, noch älter. Jeder Lederband trug auf dem Rücken eine andere goldene, teekannenförmige Verzierung.

›Hat man dir nie gesagt, dass die Nacht zum Schlafen da ist?‹

Ich bin so heftig zusammengezuckt, dass ich mich an einer Regalkante gestoßen habe. Davon hatte ich noch Wochen später einen großen blauen Fleck an der Seite.

Vor mir stand eine Frau, die Hände in die Hüften gestemmt. Und diese Hüften waren das, was mich als Erstes überrascht hat. Sie passten kaum zwischen die Regale. Ich habe mich gefragt, warum ich sie nicht hatte kommen hören. Als Zweites überraschten mich ihre Haare. Ich meine, dass sie fehlten. Ihr glatter Schädel war mit tätowierten Kringellocken überzogen – oder vielmehr, wie ich später entdeckt habe, mit Qualmwölkchen, die aus einer im Nacken tätowierten Teekanne aufstiegen. Ich, die ich jeden Samstag mein rasend schnell wachsendes weißes Haar färbte, fand es sehr verstörend, fast unhöflich, dass sich jemand so unverfroren seiner Haare entledigte.

An dieser Frau ist was faul, dachte ich. Na ja, nicht wortwörtlich. Du weißt ja, wie das so läuft, wenn man das Gesicht eines Menschen zum ersten Mal sieht. Irgendetwas in einem reagiert noch schneller als man selbst, eine übereifrige Etikettenverteilerin, die den Leuten, bevor man sie überhaupt richtig gesehen hat, einen Aufkleber auf die Stirn pappt. Seit meiner Kindheit habe ich meine Gesten, meine Stimme, meine Haare immer genau justiert, um von jedem einen Zettel mit der Aufschrift ›angenehm‹ zu bekommen. Ganz offensichtlich scherte sich diese Frau kein bisschen um die Wertung, die man ihr an den Kopf klebte.

Und das fand ich unerhört.

Wie alle Bibliothekarinnen war sie in einen Schal gehüllt. An den Ohren hingen große goldene Ringe, und sie trug eine Brille mit runden Gläsern, die oben bis über die Augenbrauen und unten bis zur Mitte der Wangen reichten.

›Und bei so einer dicken Kordel hast du dir nicht gedacht, du solltest lieber dahinter bleiben?‹

Das hat sie nicht in einem wütenden Ton, eher neugierig gefragt, als wollte sie wirklich eine Antwort bekommen. Also habe ich ›Nein‹ geantwortet.

Mir hatte man nämlich nie verboten, irgendwo raus- oder reinzugehen, ganz egal wann. Was hätte es meiner Mutter schon ausmachen sollen, ob sich in der Schäferei mein Körper diesseits oder jenseits der Mauer befand. Und was hätte es meinen Lehrer kümmern sollen, ob ich beim Lesen auf meiner Bank saß oder auf einer Bergwiese im Gras lag? Ich habe mir noch nicht mal vorgestellt, man könnte gezwungen sein, irgendwo zu bleiben oder irgendwo hinzugehen. Hätte man mir verboten, Fingernägel zu haben, die wachsen, hätte mich das genauso wenig gekümmert. Verstehst du, wie naiv ich war?

Sie hat mich durch ihre riesige Brille hindurch gemustert. Ich hatte Angst, sie würde mich bestrafen oder etwas über meinen Aufzug sagen – mein Haar war strubbelig, und ich trug Nachtwäsche –, aber sie schaute mir bloß in die Augen. Sie warf nicht mal einen Blick auf meinen Schlafanzug. Wahrscheinlich dachte sie, ich würde mein Verbrechen gar nicht begreifen, denn sie hat langsam genickt und ist bis zum Ende des Raums gegangen. Dort hat sie eines der Bücherregale zur Seite geschoben. Es öffnete sich wie eine Tür, und dahinter kamen Steinstufen zum Vorschein. Dann hat sie sich zu mir umgedreht.

›Bleib nicht wie angewurzelt da stehen, komm‹, hat sie gesagt.

Ich habe mich beeilt, ihr auf der Wendeltreppe zu folgen, deren Stufen so schmal waren, dass man wie eine Ente hochsteigen musste.

Oben angekommen, hat sie mich gebeten, Platz zu nehmen. Ich habe mich auf den Rand eines Sessels gesetzt und mich umgeschaut. Der winzige quadratische Raum kam mir sehr hoch vor. Mit Ach und Krach passten mein Sessel, ein zweiter, riesiger, mit verkrumpeltem Lederbezug und ein rundes Tischchen hinein, das zwischen den beiden stand. Hoch über uns befanden sich statt einer Decke Hunderte sich im Halbdunkel drehende und ratternde Zahnräder.

Die Bibliothekarin verschwand kurz unter einer Falltür und kam mit einem Wasserkessel und einem Silbertablett zurück. Darauf stand das gesamte Teeservice meiner Kindheit in Echtgröße. Sie stellte alles auf das Tischchen. Dann pfiff sie plötzlich wie ein exotischer Vogel, klatschte in die Hände und schaute dabei zur Decke. Völlig verrückt, dachte ich. Ich habe ja echt Glück, dass ich mitten in der Nacht auf eine Alte stoße, die nicht ganz richtig im Kopf ist. So alt war sie gar nicht, höchstens fünfunddreißig, aber wenn man selbst erst fünfzehn ist, kommen einem zwanzig Jahre wie ein steinzeitmäßiger Zeitabstand vor.

Drei Sekunden später fiel ihr eine Teekanne in die Hände. Ja, wirklich, sie fiel aus der Luft wie Taubenschiss, *plop*, und genau zwischen ihre Finger. Ich habe nach oben geschaut. Was ich vorher noch nicht bemerkt hatte: Über die Wände verteilt, bis hoch zu dem Räderwerk, das sich in der Dunkelheit verlor, schlummerten Dutzende Teekannen in allen möglichen Formen und Farben, jede auf ihrem eigenen kleinen Regalbrett. Man hatte fast das Gefühl, in einem Teekannenmuseum zu sein, das nur schwebend besucht werden kann oder indem man in der Horizontalen an den Wänden entlangläuft.

›Diese kleinen Biester muss man becircen‹, hat sie lächelnd gesagt. ›Wenn man gelernt hat, sie zu zähmen, geht es leichter.‹

Von wegen. In den folgenden Monaten habe ich es versucht. Nächtelang habe ich mit den Fingern geschnipst, mit der Zunge geschnalzt, gepfiffen, geträllert, gepiept wie eine Schwachsinnige und dabei die Hände ausgestreckt in der Erwartung, dass endlich eine Teekanne herunterfällt. Nichts. Keine einzige hat mir gehorcht. Marines Teekannen haben mich nie gemocht. Meine eigenen übrigens jahrelang auch nicht.

Die, die gerade auf ihre Aufforderung reagiert hatte, glich einem Schwanenhals. Am Henkel goldfarben, ansonsten ganz weiß. Die Bibliothekarin hat ein wenig kochendes Wasser in die Kanne gegossen, den Inhalt einer Untertasse hineingekippt, das restliche Wasser aus dem Kessel drübergeschüttet und beide Hände auf das Porzellan gelegt. In dieser Position hat sie lange mit geschlossenen Augen geatmet, endlos lange, wie mir schien – das Rattern des Räderwerks über uns, der Dampf, der aus der Tülle der Kanne aufstieg, ihr langsames Ausatmen –, aber im Grunde war es, wie ich bald verstehen sollte, genau die richtige Ziehzeit für den Tamaryokucha, den sie mir gerade aufgegossen hatte. Dann hat sie die Augen wieder aufgeschlagen.

›Du kommst von da oben‹, hat sie gesagt, während sie den nach Mandarinen duftenden Tee in die Tassen goss. ›Aus dem Tal der seltsamen Dinge.‹

Ich habe zu Boden geschaut. Bestimmt hatte sie meinen Schäferinnengeruch wahrgenommen.

›Ich meine nicht nur, dass du dort geboren bist‹, hat sie hinzugefügt und die Teekanne abgestellt. ›Ich meine, dass du von dort oben bist, so wie die Steine mit den Gravuren, die Spiralen auf den Felsen und die von ihnen ausgelösten Unwetter. Du trägst diesen Ort, der Türen zwischen Toten und Lebenden öffnet, mit dir herum. Deine Vorfahren wussten es, die am Anfang der Welt durch dieses Tal gekommen sind, und sie sind so beständig dort geblieben, dass einige von ihnen selbst zu Türen geworden sind. Du wahrscheinlich auch. Wie heißt du?‹

›Clémentine.‹

Frag mich nicht, warum ich ihr diesen Vornamen genannt habe. Vielleicht weil der Tee, den sie mir eingegossen hatte, nach Zitrusfrüchten duftete. Außerdem brauchte ich an einem neuen Ort auch einen neuen Namen. Einen Namen, der weder nach obligatorischem Glück noch nach Stall und Heu roch, einen saureren und saftigeren, der zwischen den Zähnen aufplatzt. Da ist mir Clémentine eingefallen.

Aber ich konnte ja nie richtig lügen.

›Ist diese Lüge wahr?‹, hat sie mich schmunzelnd gefragt, und ich habe den Kopf geschüttelt.

›Eigentlich ist es ja auch egal, wenn dir der Vorname gefällt. Clémentine klingt schön. Und fängt außerdem mit *clé* an: Schlüssel. Das passt gut zu einem Mädchen, das unfähig ist, in seinem Internatszimmer zu bleiben.‹

Jetzt musste ich meinerseits lächeln. Auch ich fand ihn schön.

›Ich heiße Marine. Trink jetzt deinen Tee, er hat gerade die richtige Temperatur erreicht.‹

Ich habe nach der Tasse gegriffen. Als ich sie berührt habe, bin ich zurückgezuckt.

›Oh, tut mir Leid, Clé, ich habe vergessen, dich vorzuwarnen: Im Porzellan dieses Teeservice steckt Knochenasche. Das mag einem komisch vorkommen, wenn man wie du empfindlich auf alles reagiert, was aufgehört hat zu leben.‹

Und ohne zu verstehen, ob es an dem dampfenden Tee mit dem Duft nach meinem neuen Namen lag, an den in der Tasse steckenden Knochenresten oder an dem merkwürdigen Ort, habe ich in diesem Moment etwas begriffen: Nämlich, dass ich die letzten Worte von Geistern aussprechen und ihnen helfen konnte, leichter zu sterben, dass ich sie außerdem sehen und mit ihnen reden konnte. Es war, wie soll ich sagen ... eine absolute und alles andere als überraschende Entdeckung. Wie wenn man ein Kleidungsstück wiederfindet, das irgendwann hinter einen Schrank gerutscht ist und vergessen wurde, das man früher oft getragen hat und das wieder neu wird, obwohl es das gar nicht ist.

Erst dreißig Jahr später habe ich dank mehrerer Geister und einiger Lebender das Warum dieser Nacht des 1. September erfasst. Den Schlüssel zu einem alten Wissen, das plötzlich in meinem Gedächtnis aufgetaucht war. Damals aber, in diesem eckigen Uhrenturm, habe ich erfahren, wer ich war: die Geisterschleuserin.«

TEERARIUM

»An jenem Samstag habe ich mir in einer Schale Haarfarbe angerührt. Zur selben Zeit hat meine Mutter oben im Gebirge wahrscheinlich die gleichen beruhigenden Handgriffe ausgeführt. Ich habe mir ein Handtuch um die Schultern gelegt und die Haare zusammengebunden. Ich habe den ovalen Spiegel aufs Fensterbrett gestellt und den Pinsel in die Schale getunkt. Doch als ich die Paste auf meinen weißen Haaransatz auftragen wollte, hat mein Spiegelbild mich irgendwie verwundert angeschaut. Da überkam mich eine unglaubliche Trägheit, und ich hatte Lust, lieber alles andere zu tun, sogar die Aufsätze zu schreiben, die ich für Montag aufbekommen hatte, alles lieber, als ganze dreißig Minuten damit zu verbringen, mir die Haare zu färben.

Also habe ich das ganze Zeug so, wie es war, im Waschbecken liegen lassen, habe das Handtuch von meinen Schultern genommen und bin zum eckigen Turm gegangen. Um mich selbst zu bestrafen, habe ich mir vorgestellt, wie meine Mutter gerade zärtlich ihre Locken kämmt, davon überzeugt, ihre Tochter würde unten an der Küste gemeinsam mit ihr das gleiche Ritual vollziehen, obwohl die andere Seite des Spiegels nur ein leeres Zimmer zurückwarf.

In der Bibliothek habe ich Ausschau gehalten nach Marine mit ihren stämmigen Beinen, ihrer großen Brille, ihren großen Ohrringen und ihrem großen Tattoo auf dem Kopf, habe sie aber nirgends gesehen. Also bin ich auf den jungen

Mann an der Rezeption zugegangen, der kaum älter war als ich, und habe mich sehr höflich nach ihr erkundigt: ›Guten Tag, Monsieur, verzeihen Sie bitte, dass ich Sie störe, aber ich suche Marine.‹

Mit gerümpfter Nase hat er mich von oben bis unten angestarrt. Der Schal um seine Schultern glich dem von Marine; wahrscheinlich hatte sie ihn gestrickt. Das hat mir überhaupt nicht gepasst, auch wenn ich mir nicht erklären konnte, weshalb. Er hat sofort das Etikett Wichtigtuer von mir bekommen.

›Am Wochenende ist Marine nie da.‹

Eine riesengroße Enttäuschung überkam mich, so schwer wie die hinter der Kordel stehenden Zauberbücher und umso vernichtender, als ich überhaupt nicht auf dieses Gefühl gefasst war.

›Und Sie sind …?‹, hat er mit seiner näselnden Stimme gefragt.

Ich habe gezögert. Dann habe ich mir einen Ruck gegeben:
›Clé.‹

›Oh. Gut. In dem Fall habe ich Anweisung von Marine, dass Sie sich ein Buch aus ihrem persönlichen Magazin ausleihen dürfen. Ein einziges. Warum gerade Sie, weiß ich nicht; offenbar hat sie ein Faible für Hinterwäldler.‹

Den letzten Satz hat er nicht gesagt, aber er hat ihn so laut gedacht, dass ich ihn gehört habe. Seufzend ist er aufgestanden und hat die Kordel losgemacht.

›Kommen Sie, trödeln Sie nicht. Ich gebe Ihnen zwei Minuten zum Aussuchen, und dann raus mit Ihnen.‹

Unter Zeitdruck und erstaunt, dass ich diesen verbotenen Ort betreten durfte, ich, die gerade erst gelernt hatte, dass es verbotene Orte gibt, habe ich nach dem erstbesten in Reichweite befindlichen Buch gegriffen und es aus dem

Regal gezogen. Als ich damit die Bibliothek verlassen habe, ächzend, weil es riesig und sehr schwer war, hat der Junge vom Empfang hinter mir hergerufen:

›Morgen Abend an Marine zurückgeben, sobald sie wieder da ist. Nicht später. Sonst zahlen Sie eine Strafgebühr. Verstanden?‹

Ich hatte keine Ahnung, warum und weshalb. Aber bei dem Gesicht, das er machte, schien das eine ernst zu nehmende Drohung zu sein.

Zurück in meinem Zimmer, habe ich das Buch auf mein Bett fallen lassen. Draußen war sonniges Strandwetter. Die anderen Schüler waren alle nach Hause zu ihren Eltern gefahren oder rausgegangen, um das Ende des Sommers auf der Promenade zu genießen.

Ich habe mein Fenster weit geöffnet, um die Möwen schreien zu hören, meine Tür abgeschlossen und mit der Hand über das Buch gestrichen. Unter der Handfläche habe ich den rauen Stoff gespürt und bin mit den Fingerspitzen die großen in den Buchdeckel geprägten Lettern entlanggefahren:

Lyn Sun, Lehrbuch der Teelogie, Band XVII

AUFGUSSMETHODEN UND ZIEHZEITEN
VON BLAUEN TEES,
GEORDNET NACH IHRER WIRKUNG AUF GESCHMACK,
AROMEN UND FARBEN DER FLÜSSIGKEIT
& IHREM EINFLUSS AUF DEN GEIST
DERER, DIE SIE TRINKEN.

*In die Sprache Frankreichs übersetzt von Joséphine Ribotti
im Jahr des Herrn MDCCLXXXVII*

Als am Sonntagabend die Sonne unterging, wusste ich alles, was man über den ein-, drei- oder zwanzigfachen Aufguss jedes einzelnen blauen Tees wissen kann, bis zu welcher Temperatur das Wasser gemäß dem Aussehen der Blätter zu erhitzen ist, kannte die Ziehzeiten, die notwendig sind, damit sich die vier Geschmacksrichtungen des Tees entfalten können, und die hundert Arten, wie man die Herkunft einer Ernte bis auf sieben Meter genau orten kann.

Dabei hatte ich erst ein Zehntel dieses Buchs gelesen, das nur eines unter Hunderten war.

Als ich von meinem Zimmer aus in der lilafarbenen Dämmerung die Fensterläden des Turms aufleuchten sah, bin ich unter die Uhren zurückgekehrt.

Im quadratischen Salon habe ich Marine ihr Buch wiedergegeben. Sie roch frisch, nach Wind und nach etwas, das mich an zu Hause erinnerte. Dabei fiel mir ein, dass ich meiner Mutter versprochen hatte, ihr zu schreiben, und es völlig vergessen hatte.

›*Das* Buch hast du dir unter all denen im Magazin ausgeliehen?‹, fragte Marine erstaunt.

›Man hat mir keine Zeit zum Aussuchen gelassen, da habe ich nach dem Buch gegriffen, das ich als Erstes gesehen habe.‹

›Was sagst du zu dem Kapitel über die Wirkungen des dreizehnten Aufgusses des Da Hong Pao?‹

›So weit bin ich nicht gekommen ...‹

›Schade, das ist der interessanteste Teil.‹

Sie schlug das Buch auf einer der letzten Seiten auf. Die Ränder waren beinahe schwarz, von oben bis unten mit einer dichten Schrift überzogen. Entsetzt hielt ich mir beide Hände vor den Mund.

›Das war ich nicht, ich schwöre Ihnen ...‹

Marine hat angefangen zu lachen.

›Diese Bücher sind faszinierend. Und sogar unentbehrlich. Aber nicht ausreichend, wenn man Teepflanzen aus dem Tal der seltsamen Dinge anbaut ... Glaub mir, der Tee, der im Tal der Wunder wächst, setzt sich über alle Regeln hinweg, die du in dem Buch findest. Deshalb habe ich mir zur Ergänzung ein paar Notizen gemacht.‹

Mein Blick fiel auf ein paar mit Blättern gefüllte Jutebeutel hinter ihrem Sessel.

›Waren Sie seit gestern oben?‹

›Musste ich wohl. Man merkt es zwar nicht, wenn man sich eine Prise Teeblätter in die Tasse tut, aber sich um die Pflanzen zu kümmern und sie zu ernten, macht viel Arbeit. Wie alles, was es sich zu trinken oder zu betrachten oder zu erleben lohnt.‹

Während sie sich ihre Schuhe und ihre Jacke auszog, nahm ich ihr gegenüber Platz.

›Wenn jemand anders die Arbeit für einen erledigt, denkt man, sie ist bestimmt einfach. Bei den Schuhen an unseren Füßen‹, sagte sie und streckte mir einen völlig schlammverkrusteten entgegen, ›denkt man nie an all die Leute, die die Samen und die Böden ausgewählt haben, um die Kuh zu ernähren, die den passenden Stier ausgesucht haben, auf die Geburt des Kalbs gewartet haben, um es zu schlachten, die sein Fell zurechtgeschnitten, gegerbt, gehämmert haben, an die Männer, die von ihren Eltern gelernt haben, wie man das Leder zurechtzieht, damit es die Form unserer Fersen bekommt, ganz zu schweigen von denen, die die Holzsohle oder die Schnürsenkel gefertigt haben, oder vom Lastwagen, der sie bis hierher gebracht hat. Tausende von Leuten, nur damit wir nicht barfuß laufen. Beim Tee ist es genauso – nur dass ich da allein arbeite. Nächsten Samstag nehme ich dich mit. Dann wirst du sehen, auf was für Gedanken du danach kommst, wenn du siehst, wie sich die rote Farbe des Tees in deinem Wasser ausbreitet. Jetzt komm erst mal mit ins Tee-rarium. Ich zeige dir, wie man den Tee behandelt, nachdem er geerntet wurde.‹

Das Einzige, was ich in dem Moment behalten habe, war, dass sie mich mitnehmen würde. Hätte sie zu mir gesagt: Ich habe zwei Eintrittskarten für Disneyland, morgen fliegen wir nach Kalifornien, wäre ich weniger aufgeregt gewesen.

Ich bin hinter ihr her die Leiter unterhalb der Falltür hin-abgestiegen. Unten haben sich meine Augen langsam an die Dunkelheit gewöhnt.

Alte Lampen mit fransenbehangenen Schirmen warfen Lichtflecken auf Metallkessel, gestapelte Tassen, Bleche vol-ler grüner und schwarzer Teeblätter und beleuchteten die Wände, an denen entlang sich etliche mit Tee gefüllte Holz-kisten aneinanderreihten.

Mitten in diesem Durcheinander stand ein Tisch. Eine riesige, aus einem einzigen rohen Steinblock gehauene Platte, bei der man sich fragte, wie Marine sie hierherge-bracht hatte. ›Das ist da, wo du herkommst‹, sagte sie und zeigte auf die Platte. Als ich nähertrat, begriff ich, was sie meinte. In die Tischplatte war das Tal der Wunder gemeißelt worden. Eine dreidimensionale Landkarte mit sämtlichen Bergen, Flüssen und Seen, mit Schäfern und mit in die Fel-sen geritzten Spiralen. Ich hatte all das bisher nur aus der Nähe gesehen, aus der Perspektive eines jungen Mädchens, erkannte aber sofort die Landschaftskonturen, wie man sie sich aus der Vogelperspektive vorstellen konnte. Eine der Lampen flackerte, und ich glaubte, den Schatten einer Schafherde zu sehen, der sich wie eine Sandspur über die Weiden zog.

Ich schaute auf und ließ meinen Blick durch das Teerarium schweifen. Hier unten roch es nach Gras, Algen und Feuer.

›Ja, das ist da, wo ich herkomme.‹

An diesem Abend begann meine Ausbildung.

In den folgenden Monaten habe ich mir die dreißig Bände des *Lehrbuchs der Teelogie* zu Gemüte geführt, den *Tee-Klassiker* auswendig gelernt, die *Tausend Teelogischen Reisen der Lady Garway* gelesen und vor allem die Unmengen an Notizen, die Marine auf die Ränder der Buchseiten gekritzelt hatte. Mit ihren Wörtern allein verdoppelte sich die Summe der übrigen. Ich habe meine Abende dort verbracht – und manchmal auch meine Tage, Tage, an denen ich hustete und mir die Augen rieb, bis sie so rot waren, dass ich nicht zum Unterricht gehen musste. Marine zwang mich, wenigsten in den Chemie- und Naturwissenschaftsstunden anwesend zu sein. Sie fand, Naturwissenschaften seien wichtig, wenn man verstehen wolle, wie der Wind die Samen auf die Berghänge trägt, wie sie entsprechend dem dort fallenden Regen ihren Boden wählen, welche Winde dort wehen und welche Menschen darüber gelaufen sind und dort ihr Blut vergossen haben, wie die Erde die Samen aufnimmt und nährt, um daraus Wurzeln, Triebe, Stämme und Äste zu formen, wie anschließend Farbe in Blätter und Knospen gelangt und in welcher Zeit des Jahres man sie pflücken muss, damit sie sämtliche aus den Böden des Tals der Wunder gewonnenen Kräfte ins Wasser abgeben.

Und wie du dir denken kannst, war Chemie wichtig im Zusammenhang mit dem Aufguss. Denn man kann das beste Blatt im ganzen Tal pflücken, wenn man es in kalkhaltigem Wasser ertränkt, in siedendem Wasser zerkocht, zwanzig Minuten lang in der Kanne vergisst, kurzum, wenn man sich in Sachen Chemie vertut, taugt der Tee nur noch für die Glyzinien.

Und in der Tat habe ich sehr oft nachts im Dunkeln auf dem Hof des Gymnasiums den Glyzinien Tee serviert.

Marine hegte und pflegte jedes ihrer Blätter, schlimmer als eine Mutter, die meint, immer genau zu wissen, wann ihre Sprösslinge frieren. Ich musste höllisch aufpassen, dass ich beim Rollen kein Blatt zerriss, dass ich das Wasser nicht auch nur ein Grad zu heiß werden ließ oder die falsche Teekanne benutzte. Zuerst hatte ich Angst, sie könnte dann Wutanfälle kriegen wie meine Mutter. Aber Marine hat mir nie den geringsten Vorwurf gemacht. Sie wurde nur ganz traurig wegen der gepflanzten, gewachsenen, gegossenen, gepflückten, fermentierten, gerollten, getrockneten Blätter, die nun endeten wie gekochter Spinat, ihres leuchtenden Moments beraubt. Es kam mir dann jedes Mal so vor, als hätte ich einem eben erst aus seinem Kokon geschlüpften Schmetterling die Flügel ausgerissen.

Marine roch schon von weitem, wenn der Tee verbrannte. Vom Teerarium aus hörte sie die zu hohe Dichte des Wassers, das ich eine Etage über ihr in die Kanne goss. Wenn sie vergeudeten Tee in ihren Händen hielt, lag ein düsterer Ausdruck auf ihrem Gesicht. Abgetriebener Tee, nannte sie ihn. Ich folgte ihr nach draußen in die schwarze oder blaue Nacht, und wir durchquerten den Hof, um in die Dunkelheit der Glyzinien einzutauchen. Dort, unter den anthrazitfarbenen Blütentrauben, gruben wir mit den Fingernägeln ein Loch ins Gras und beerdigten den abgetriebenen Tee. Die Geister des Gymnasiums schauten uns wehmütig zu, während Marine schniefte und leise betete. Bevor wir kehrtmachten, tätschelte sie mir die Schulter, und auf dem Rückweg redete sie von etwas ganz anderem.

Du kannst dir also vorstellen, dass ich immer erst eine Weile überlegte, bevor ich einen Tee aufgoss.

Im Teerarium sprach sie mit jeder noch so kleinen Schachtel, als sei darin die Seele ihrer Großmutter verwahrt, ehrfürchtig und sanft – in diesem Raum war es verboten, Parfum zu tragen und lauter als im Flüsterton zu sprechen. Wenn wir Teeblätter rollten, bevor wir sie anschließend trocknen ließen, hörte ich nur das Rascheln der Blätter unter unseren Fingern. Und darüber ein Gemurmel, wenn Marine mir Legenden aus dem Tal der Wunder erzählte.

In diesen Nächten und diesen Monaten hat sie mir auch ein Wissen vermittelt, das sich nicht aufschreiben lässt, das kein Buch lehren könnte. Ich habe gelernt, die Wassertemperatur am Pulsieren der Bläschen zu erkennen. Ich habe mir die alten Melodien gemerkt, die man während des Pflückens singen soll, um den Pflanzensaft zu beruhigen und das Gedächtnis der gekappten Knospen zu bewahren. Ich habe die sich kräuselnden Dämpfe beobachtet, die sich an der Oberfläche des Tees entwickeln, um zu erkennen, welche Fragen gestellt werden müssen. Ich habe ganze Herden wilder Teekannen gezähmt. Marine hat mir gezeigt, wie man zwei Menschen über ihre Teetassen so miteinander in Verbindung bringt, dass sie darin Wörter austauschen können, die nur für sie beide lesbar sind. Alle vierzehn Tage habe ich den Tee aus dem Val de la Masque, der einen langsamen Fermentierungsprozess durchlaufen muss, in seiner feuchten Dose durchgemischt. Drei Generationen von Teelogen haben ihn weitergegeben, und angeblich benötigt er noch zwei Jahrzehnte, um seine volle Kraft zu entfalten. ›Diesen Tee‹, hat Marine mir erklärt, ›musst du alle vierzehn Tage vierzehnmal in die eine und vierzehnmal in die andere Richtung umrühren, alles klar? Vergiss es nicht, es ist sehr wichtig, man stellt in seinem Leben nur einen einzigen Tee dieser Art her, wenn überhaupt. Wenn der hier fertig ist, werde ich mit einem neuen anfangen, und den gebe ich dir dann.‹ Also habe ich gerührt und dabei immer laut gezählt, um mich nicht zu vertun.

Und vor allem habe ich in meiner inneren Kartographie den genauen Verlauf der Erhebungen im Tal der seltsamen Dinge festgehalten. Die wilden Teepflanzen, die dort oben wachsen, wurzeln in der kraftvollen Erde des Tals der Wunder. Die Kraft steigt hoch bis in ihre Knospen und entfaltet sich im Wasser.

Bei Marine gab es nur drei strikte Verbote: parfümiert in ihren Turm zu kommen, jemandem einen Kuriosi-Tee zu servieren, der keinen will, den Standort der Teepflanzen und die zugehörigen Wirkungen schriftlich festhalten. Mehr als alles andere fürchtete sie, man könnte sie dazu verpflichten, ihre Blätter in Polizeirevieren und Gerichtsgebäuden zu verwenden, um Angeklagte zum Reden zu bringen.

Was den dritten Punkt betrifft, gestehe ich, ihr nicht gehorcht zu haben. Wenn man genügend über das Gedächtnis weiß, verlässt man sich nicht mehr auf das eigene.

Denn genau da liegt ja die Macht der Kuriosi-Tees: Sie beleben die Erinnerungen, sie lösen die Zungen. Sie füllen die Lücken und die Momente des Schweigens aus, in die sich Hirngespinste, Albträume und Rachegelüste einschleichen. Kurzum, sie lassen die Wahrheit aufkeimen.

Im Internat habe ich also heimlich in meinem Heft die Liste der Tees durch ihre jeweilige Wirkung ergänzt.

Lac des Millefonts – *Enthüllung vergessener Geheimnisse*
Pas des Ladres – *Geständnis von Verbrechen und Diebstählen*

Lac Autier – *Erinnerung an reine Fakten, ohne Stolz noch Unaufrichtigkeit*

Les Gravières – *Ewige Bindung zwischen zwei Menschen. (Rücken an Rücken die Hälfte des Tees trinken – die Tassen tauschen – den Rest trinken. Auseinandergehen, ohne sich anzuschauen. Teeblätter und Tassen zwecks Austauschs von Nachrichten aufbewahren.)*

Pont du Countet – *Einordnung jeder Erinnerung in ihre Zeit*

Tête de la Lave – *Redefluss aus wortkargen Mündern*

Lac de Fenestre – *Öffnung des Geistes für andere Wahrheiten als die eigene*

Col du Diable – *Erinnerung an die winzigsten Details*

Lac du Tremblement – *Linderung von Ängsten, die am Reden hindern*

Col de la Couillole – *Zusätzlicher Mut, um die Wahrheit zuzugeben*

Le Pin Pourri – *Überwindung einstigen Grolls und alter Differenzen*

Lac Petit – *Erwachen von Erinnerungen aus der Zeit vor der Geburt bis zum Alter von sechs Jahren*

Col de Veillos – *Unterscheidung zwischen Träumen und echten Erinnerungen*

Val de la Masque – *Bündelt und vervielfacht die Kräfte aller Kuriosi-Tees. Notwendige Fermentierungszeit: hundertvierzehn Jahre.*

Mont Bégo, Lac des Merveilles – *Unbekannte Wirkung. Einziger Tee ohne Effekt?*

Ich war viel zu beschäftigt, um meiner Mutter zu schreiben oder daran zu denken, meine Haare zu färben. Die wuchsen, waren schließlich bis zum Kinn weiß und vom Kinn bis zu den Schultern rot. Dieser zweifarbige Haarschopf, den mir der ovale Spiegel in meinem Zimmer zeigte, gefiel mir immer weniger. Schließlich habe ich mir die Haare abgeschnitten. Mein Kopf war wieder weiß.

Es war wie in den Märchen, wo eine Kreatur unter einem Wasserfall hindurchgeht, der den bösen Flüchen ihre Wirkung nimmt und ihr die Gestalt zurückgibt, die sie vor der Verwünschung besessen hat.

Derweil lachten unten vor dem Turm die Schüler in der Sonne, überlegten, wie sie am besten schummeln konnten, und verliebten sich. Ich zog den Halbschatten des Teerariums vor, den grünen Duft der Teeblätter und Marines Zauberbücher.«

VOGELFUTTER

»Eines Freitagsabends, das weiß ich noch, hat Marine uns einen Tête de la Lave serviert, der uns so gesprächig gemacht hat, dass wir gar nicht mehr aufhören konnten zu reden. Sie hat mir die Geschichte jeder einzelnen ihrer Teekannen erzählt und auch von den Wollhüllen, die manche von ihnen wie Jacken trugen, von ihren Reisen nach China und Vietnam, von den acht abgelehnten Hochzeitsanträgen, und ich habe gelacht, gestaunt, ihr von den beim Bäcker geklauten Bonbons erzählt, vom Geist meines Vaters und habe uns Tee nachgegossen. Oder es vielmehr versucht: Ihre Teekannen weigerten sich nämlich immer noch, mir zu gehorchen. Wenn ich sie rief, musterten sie mich von oben, wo sie mit herablassender Miene auf ihren Regalbrettern standen, ohne zu reagieren. Wenn ich sie benutzte, waren sie widerspenstig und spritzten überall Wasser hin.

An diesem Abend hatte Marine die Baronin heruntergeholt. Eine Teekanne mit einem Frauenarm als Tülle, einem Unterrock als Gefäß, Brust und Kopf als Deckel. Als ich mir Tee eingießen wollte, beschloss die Frau Baronin, sich an der Nase zu kratzen. Die kochend heiße Flüssigkeit lief mir über die Knie. Wütend habe ich die Teekanne angeschaut, die ganz unschuldig tat.

›Also, morgen früh vor meinem Italienischunterricht gehe ich zum Trödelmarkt am Gerichtsgebäude‹, habe ich zu Marine gesagt, ›und kaufe mir eine Teekanne. Eine eigene Teekanne. Eine, die mir gehorcht und die ich benutzen kann, ohne dass sie mich zu verbrühen versucht.‹

Im Grunde wollte ich schon lange eine, die mir gehört, die Baronin hatte mir dafür soeben eine hervorragende Ausrede geliefert. Aber Marine hat sich vorgebeugt, ihre Ellbogen auf die Knie gestützt und einen Zeigefinger auf mich gerichtet.

›Also, hör mir mal gut zu, Clé. Von mir aus kannst du dahin gehen, aber hör mir zu. Du musst äußerst vorsichtig sein. Adoptiere nicht zum Spaß die schönste Teekanne vom Trödelmarkt. Weißt du, was sonst passiert? Du wirst ein unkontrollierbares Biest mitbringen, das, nur um dich zu ärgern, deinen Tee kalt werden lässt und ihn jedes zweite Mal neben die Tasse gießt. Und wenn du nicht aufpasst, sitzt du bald mit einer Herde wilder Teekannen da.

Deine erste Teekanne ist nämlich die wichtigste. Die Mutter-Teekanne. Sie ist diejenige, die anschließend die gesamte Herde anführt und ihrem Willen unterwirft. Wie der Hund bei den Schafen, verstehst du?

Du musst dir also eine von denen aussuchen, die dich an sich heranlassen. Sie sind ganz leicht zu erkennen. Du packst sie fest am Henkel und neigst sie nach vorne, als wolltest du Tee servieren. Wenn sie Widerstand leisten, stellst du sie ab und vergisst sie. Auch dann, wenn sie versuchen, dich mit bunten Motiven und rundlichen Formen rumzukriegen, okay? Lass dich nicht zum Narren halten. Hübsche Teekannen gibt es massenhaft auf der ganzen Welt. Liebenswürdige, kooperative Teekannen sind viel seltener.

Die mit dem besten Gedächtnis sind zugleich auch am schwersten zu zähmen – die gusseisernen ohne Emaille, die aus Ton, alle, die die Erinnerung an vergangene Tees in ihren Wänden bewahren. Wenn ich dir einen guten Rat geben darf, begnüge dich am Anfang mit den gedächtnislosen, denen aus Metall, Porzellan oder Glas.

Sobald du die richtige gefunden hast, nimmst du sie mit nach Hause.

Alles Übrige sage ich dir schon mal für später, wenn du deine eigene Herde haben wirst. Stell eine neue Teekanne nicht zu weit weg von den anderen hin, damit sie einander kennenlernen, aber auch nicht zu nah, um sie nicht zu drängen. Dann wartest du ab. Du siehst, ob sie sich verstehen oder sich zanken. Nach und nach rückst du die Kanne etwas näher heran, jeden Tag ein Stückchen, bis du sie schließlich zusammen mit den anderen unterbringen kannst. Und zum Schluss der ultimative Test: Vor der ganzen Herde servierst du mit der neuen Kanne Tee. Aber Achtung, dabei musst du sachte vorgehen, sie im Auge behalten, um sicher zu sein, dass sie nicht rebelliert, weil sie begreift, wie ihr Schicksal aussieht. Manchmal begreifen bestimmte Kannen nicht, dass sie Hauskannen geworden sind, und fangen an zu buckeln, aufzustampfen, zu springen. Ein bisschen wie Kinder, die am Morgen des ersten Schultags ganz brav sind und am nächsten Tag begreifen, dass sie wieder zur Schule müssen.

Und natürlich musst du auch auf die Teekannen achten, die zuschauen. Sie könnten sich betrogen fühlen und versuchen, ihrem Leben ein Ende zu machen, indem sie sich von ihrem Regalbrett stürzen. So habe ich einmal wegen eines kollektiven Eifersuchtsanfalls auf einen Schlag meine ganze Herde verloren. Schrecklich. Seitdem lege ich immer eine Matratze auf den Boden, bevor ich ein neues Mitglied teste.

Allerdings, so schrecklich ist es auch wieder nicht, wenn eine Teekanne kaputtgeht. Man darf nur keine der Scherben verlieren. Nur wenn sie in tausend Stücke zerspringt, ist es aus. Aber solange du alle Teile hast und kein einziges fehlt, kannst du die Kanne reparieren. Du kannst daraus sogar die wertvollste von allen machen, eine noch bedeutsamere als die Mutter-Teekanne. Schau mal.‹

Ohne zu pfeifen oder zu klatschen oder sonst was, hat sie ihre Hand ausgestreckt, mehr nicht. Sofort ist eine kleine Teekanne von ganz oben im Turm genau zwischen ihre beiden Handflächen gefallen. Die hatte ich noch nie gesehen. Sie war elegant, mattschwarz und von goldenen Narben durchzogen.

›Kintsugi. Das bedeutet, etwas Totem neues Leben einhauchen, ihm Adern schenken, durch die Blut aus Gold fließt. Diese Teekanne bewirkt bei mir mehr als jeder Kuriosi-Tee: Das Wasser, das sie ausgießt, repariert mich. Weil zuerst ich sie repariert habe, sorgfältig und behutsam, und weil ich ihre Risse in Kostbarkeiten verwandelt habe.‹

Sie hat die Kanne zwischen uns gestellt und sie wie eine Katze gestreichelt.

›Eines Tages werde ich dir die langsamen, geduldigen Arbeitsschritte des Kintsugi zeigen, den Umgang mit Goldpulver und Lack, das Zusammenfügen der Teile, das lange Warten, bis die Risse sich schließen. Also, das waren die Ratschläge, die ich dir geben wollte. Kurzum: Sei vorsichtig, Clé. Bring keine wilde Teekanne mit nach Hause. Wähle die Mutter-Teekanne mit Bedacht.‹

Als am nächsten Morgen die Sonne Nizza zu wärmen begann, habe ich bei den Trödlern, den Bouquinisten und den Kunsthändlern einen Herrn kennengelernt, der Vogelfutter verkaufte.

Seine Samen und Körner bot er in allen möglichen Behältern an, in Körben, Gießkannen, Fässern, Käfigen, Töpfen – und in Teekannen. Bei ihm habe ich meine Teekanne gekauft, meine allererste, obwohl sie gar nicht zum Verkauf stand. Sie war unglaublich sympathisch, fröhlich, rundlich, aus Kupfer, und man konnte sie auch als Wasserkessel benutzen. Etwas Robustes eben. Jahrelang habe ich sie auf meinen Forschungsreisen überall hin mitgenommen. Und damals in meinem Internatszimmer habe ich sie auf den Knien gehalten, wenn ich durchs Fenster auf die Dächer und Glockentürme schaute. Um Marine nachzuahmen, habe ich sie auch gestreichelt.

Als ich später weitere Teekannen adoptiert habe, hat sie sich allerdings als sehr schlechte Mutter-Teekanne erwiesen. Sie drängte die anderen an den Rand des Regals und war beleidigt, wenn ich für einen Aufguss nicht sie auswählte. Ihretwegen hat mir die restliche Herde nie richtig gehorcht. Es mag dir lächerlich erscheinen, aber ich habe lange darunter gelitten. Eine Teelogin, die es nicht mal schafft, mit ihren Teekannen klarzukommen, ist ein bisschen wie ein Schäfer, der von seinen eigenen Schafen schikaniert wird. Da grinsen die Leute und schnaufen. Auch diesbezüglich habe ich über dreißig Jahre gebraucht, um zu verstehen, wo es hakte.

Den Vogelfutterverkäufer kannte ich nur unter dem Namen Lucien. Erst bei seiner Beerdigung habe ich erfahren, dass er Julien hieß. Er selbst mochte den Namen nicht. So eine typische Koketterie eines alten Nizzaers. Bei Beerdigungen erfährt man ja die verrücktesten Sachen. Besonders über die Lebenden und das, was sie sich so erzählen, um zu vergessen, dass sie selbst bald diejenigen sein werden, die mit verschränkten Armen und geschlossenen Augen die auf sie gehaltenen unverdienten Lobeshymnen nicht hören werden. Jedenfalls habe ich ihn auf diesem Trödelmarkt kennengelernt, und er wurde mein Lieferant für phantofassbare Gegenstände.

Durch Lucien habe ich schließlich begriffen, warum sich

an manchen Abenden die Geister der Schüler gemeinsam mit uns um das Teeservice scharten. Marine ahnte natürlich nichts von ihrer Anwesenheit, aber ich sah sie durch die Wände des Turms kommen, sich um das kleine Tischchen herum auf den Boden setzen und stundenlang mit großen Augen die Teekanne betrachten. Wären sie lernfähig gewesen, wüssten sie heute genauso viel wie ich über Kuriosi-Tees.

Eines Nachts habe ich, nur testweise, eine bei Lucien gekaufte Trinkschale auf den Tisch gestellt. Er hatte mir versichert, der Gegenstand sei phantofassbar. Und er hatte nicht gelogen: Kaum hatte ich die Schale aus meiner Tasche geholt, folgten mir die sechs Geister des Gymnasiums überallhin.

Ich habe Marine gebeten, mir den Tee in dieser Schale zu servieren. Sie hat erst die Augenbrauen hochgezogen, dann die Schultern, und schließlich hat sie es getan. Der Geist, der in seiner alten Schuluniform dabeistand, hat seine Hände um die Schale gelegt und sie angehoben. Marine hat aufgeschrien, ist dann hastig durch die Falltür nach unten gestiegen und mit einer Dose aus dem Teerarium zurückgekommen, die ich gut kannte: die mit dem Tee vom Lac des Merveilles. Dem einzigen, der am Mont Bégo wächst, vor allem aber dem einzigen, dessen Wirkung Marine einfach nicht herausfinden konnte.

Sie hat gepfiffen. Hatte im nächsten Moment eine neue Teekanne in der Hand – die Wundertal-Teekanne. Ein üblerer Charakter ist mir nie begegnet. Außerdem passte ihr Name überhaupt nicht zu ihr, sie war potthässlich, quadratisch, knallbunt, grün und rot und sah aus wie ein Lebkuchenhaus. Aber sie war sich ihrer Bedeutung bewusst, weil sie dem geheimnisvollsten der Kuriosi-Tees vorbehalten war, und das nutzte sie aus. Sie öffnete ihre Miniaturtür genau dann, wenn man sie füllte, sie weigerte sich, von ihrem Regalbrett herunterzukommen, sie ließ sich bei der geringsten Gelegenheit zu Boden fallen ... eine echte Diva. Aber als Marine sie an diesem Abend benutzte, um den Tee aus dem Tal der Wunder zu servieren, hat sie sich nicht gemuckst. Sie hat die Vorhänge geöffnet, die ihre kleinen Fenster schmückten, nur einen Spalt, um besser zu sehen, was vor sich ging. Marine hat die Augen geschlossen und dem Klacken des Räderwerks über uns gelauscht. Und schließlich hat sie die Flüssigkeit eingegossen.

Der Geist hat gelächelt. Die Uhren sind stehengeblieben.

Ihre Armlehnen umklammernd, hat Marine zugeschaut, wie sich die Schale hob. Sich zu einem unsichtbaren Mund neigte. Und leer auf das Tischchen zurückkehrte.

›Er sagt, der Tee schmeckt ausgezeichnet.‹

Du kannst dir vorstellen, wie stolz ich war, diese Mitteilung weitergeben zu können.

In den folgenden Wochen haben wir uns nächtelang mit den Mischungen befasst, die Marine testen wollte. Sie glaubte, die richtige Zusammenstellung bestimmter Tees aus dem Tal der Wunder mit anderen Varianten könnte auf die Geister die gleiche Wirkung haben wie auf die Lebenden, man wäre dann also in der Lage, ihre Erinnerungen wachzurufen und sie über eine für die Sterblichen unerreichbare Zeit sprechen zu lassen.

Und genau das ist passiert. Seither habe ich bei jedem meiner Aufträge den Tee aus dem Tal der Wunder, vermischt mit anderen Kuriosi-Tees, aufgegossen und konnte meine Liste vervollständigen.

Mont Bégo, Lac des Merveilles – ~~Unbekannte Wirkung.~~
~~Einziger Tee ohne Effekt?~~ *Einziger bekannter phantotrink-*
barer Tee

Jeden Samstag verließen Marine und ich das Gymnasium,
um ins Hinterland zu fahren, wo wir die Kuriosi-Teepflan-
zen anbauten. Sie hatte ein eigenes Auto und fuhr selbst.
Das fand ich absolut großartig. Ich wachte sehr früh auf,
noch vor den Möwen, und sie legte ihre tanninbefleckten
Hände auf das Lenkrad. Wir nahmen die Straße entlang der
Vésubie, die ich heute besser kenne als meinen Balkon, die
aber damals den Kitzel einer exotischen Expedition bei mir
auslöste. Überdies hatte Marine in ihrem Wagen ein Auto-
radio, bei den damaligen Fahrzeugen eine Seltenheit. Meine
Aufgabe bestand darin, das Radio einzuschalten und am
Knopf für die Sendersuche zu drehen. Marine sang aus vol-
lem Halse, erstaunlich richtig und mit derselben schlichten
Präzision, die sie auch beim Teezubereiten bewies. Irgendwann habe ich angefangen, auf den Fahrten mit ihr zusammen zu singen. Wenigstens bis wir die Vésubie erreichten,
denn in den Schluchten gab es keinen Empfang mehr. Von
da an war man im steinigen Gebiet der Flüsse und Nadel-
bäume. Kein Platz für die Innovationen des Jahrhunderts. In
diesem Auto habe ich, umgeben von kalten Bergen, sams-
tagmorgens Gespräche geführt, von denen ich dir nicht erzählen werde.

Im Auto zu reden kann noch hilfreicher sein, als Tee
zu trinken. Könnte man die Geister auf einem Beifahrer-
sitz durch die Gegend fahren, hätte ich nicht Teelogin zu
werden brauchen. Man schaut geradeaus durch die Wind-
schutzscheibe, die Person neben einem genauso, und sich
nicht zu sehen und gemeinsam in der Stille des Innenraums

festzusitzen zwingt einen zum Erzählen. Es genügt, dass man dir die richtigen Fragen stellt und dich reden lässt.

Wenn ich es mir recht überlege, war Marine die Einzige, die mir zuhörte, ohne von sich selbst zu reden. Ich habe nur wenige Leute wie sie kennengelernt. Leute, die nicht den unwiderstehlichen Drang haben, sich pausenlos selbst zu beschreiben und darzustellen.«

Félicité hat weggeschaut, zum Fenster hinaus, als sie sagte:

»Und du weißt ja, ich bin nicht der Typ, der andere in höchsten Tönen lobt, aber auch du gehörst dazu. Seit einer ganzen Weile schon rede ich drei Nachmittage pro Woche mit dir, und ich weiß nichts oder nur ganz wenig über dich. Ich habe dir keine Fragen gestellt. Dabei war das doch mein Beruf. Aber ich schätze, nach einer gewissen Zeit macht es einfach müde. Wie eine Katze zu füttern. Man kümmert sich gerne um sie, aber ab und zu hat man das Gefühl, man ist der Depp, der ständig streichelt und verhätschelt, ohne etwas zurückzubekommen.

Marine hat mir zum ersten Mal das Recht zugestanden, ein bisschen Katze zu sein.«

Ich habe mich sehr gefreut, aus Félicités Mund dieses Kompliment zu hören, nämlich dass ich zuhören kann. Wenn ich so darüber nachdenke, glaube ich nicht, dass sie mir noch weitere Komplimente gemacht hat.

DIE BEMALTEN SCHÄDEL
UND DER SCHLAF

Unterdessen hat Carmine darauf gewartet, dass ihre Tochter sie besucht.

Anfangs hat sie immer freitagsabends nach ihr Ausschau gehalten, weil sie dachte, Félicité würde hin und wieder übers Wochenende nach Hause kommen.

Als sie nicht auftauchte und keine Briefe kamen, hat sie auf die Herbstferien gewartet. Félicité ist nicht zurückgekommen.

Sie hat Weihnachten verstreichen lassen. Félicité hat ihr eine Karte mit Festtagswünschen geschickt, ist aber nicht nach Hause gekommen.

Carmine hat ihr nicht geschrieben. Vielleicht um sie nicht zu belästigen, vielleicht weil sie hoffte, sie würde ihrer Tochter fehlen. Oder weil sie dachte, Schweigen sei die beste Waffe. Ich weiß es nicht. Verstehe, wer mag, was wirklich in Carmines übervollem Kopf vorging.

Auf dem Mont Bégo hat es geschneit. Zum ersten Mal waren vor der Schäferei keine Iglus und keine Schneeballschlachten zu sehen.

Der Schnee und Carmines Hoffnung sind geschmolzen.

Das Wasser in den Seen und Agonies Wut sind gestiegen.

Zuerst hat Agonie sich Sorgen gemacht. Sie hat nicht verstanden, warum ihre Schwester an Allerseelen nicht da war. Möglicherweise war ihr etwas zugestoßen, irgendetwas. Und ihre Mutter versuchte nicht mal, es herauszufinden … Sie konnte nicht schreiben, nicht weggehen, also hat sie gewartet. Tagelang hat sie zwischen den bemalten Vogelschädeln und den trockenen Bäumen endlose Solitärpartien gespielt.

Dann hat sie eines Morgens, an Weihnachten, die Glückwunschkarte in den Händen ihrer Mutter gesehen. Und hat begriffen. Félicité würde ihr Versprechen nicht halten.

Sie hatte gerade noch Zeit, zum Versteck hochzulaufen, bevor sie explodiert ist. Danach gab es keine bemalten Schädel, keinen Thron, keine Spiele mehr. Alles war verbrannt.

Agonie hat die Schäferei verlassen, Carmine hat es nicht mal bemerkt. Sie hat sich in einer leerstehenden Bruchbude am Rande des Dorfes eingenistet. Halb eingestürzte Treppe, moosüberzogene Dachziegel, nichts, was durch sie noch mehr verkommen konnte, sehr praktisch. In dieser Zeit hat sie ihren wahren Namen entdeckt, den, der im Rathaus gemeldet war, den die Leute im Dorf benutzten, wenn sie von ihr sprachen. Egonia.

Sie ist Egonia geworden. So war es einfacher. Egonia lebte nicht von oben bis unten mit Ruß überzogen, da ihr der Weg ins Haus durch den Kamin erspart blieb. Sie wurde nicht mit Wutausbrüchen traktiert. Und außerdem erwartete sie nichts von ihrer Schwester. Sie wusste, dass Félicité im Grunde genauso wenig die Wahrheit sagte wie alle anderen.

»Im Lauf jenes Jahres war ich oft in der Nähe von Bégoumas«, hat Félicité mir gestanden. »Eigentlich jeden Samstag. Wenn ich mit Marine im Tal der Wunder Kuriosi-Tees pflückte, sah sie, wie ich mich nervös nach allen Seiten umschaute. Um mich zu necken, hat sie mich gefragt, ob ich Angst hätte, von einem Wolf angefallen zu werden.

Damals ist es mir im Sommer auf unseren Reisen gelungen, mich zu entspannen. Als das Schuljahr zu Ende war, bin ich mit ihr losgezogen, um auf fernen Kontinenten nach kostbaren Tees zu suchen, und ich bin erst Mitte August nach Bégoumas zurückgekehrt. Weil Marine an noch weiter entfernten Orten, an die sie mich nicht mitnehmen konnte, einiges zu erledigen hatte.

Auf dem Mont Bégo dagegen konnte ich mich unmöglich entspannen. Und das Gefühl nicht loswerden, beim Hinaufsteigen zu schrumpfen und mich zu versteifen.

›Ja, genau‹, habe ich Marine geantwortet und so getan, als würde ich Spaß machen. ›Ich habe Angst vor dem großen, bösen Wolf.‹

Die Tiere, die mir wirklich Angst machten, besaßen die Umrisse meiner Mutter und meiner Schwester. Meiner Schwester, weil sie mich im Zusammensein mit Marine gestört hätte. Meiner Mutter, weil ich ihr mein Fernbleiben nicht hätte erklären können. Nicht so, dass sie es verstanden hätte.

Ich widmete mich ganz und gar der Teelogie, den Nächten, in denen ich Teeblätter auswählte und Aufgüsse zubereitete, den würzigen Büchern der Bibliothek, der Freundschaft mit Marine, die mich in die Geheimnisse ihrer Wissenschaft einführte. Ich wurde Teelogielehrling und Geisterschleuserin, derweil die Schäfertochter in einen tiefen Schlaf fiel. Und ich hatte Angst, jene Félicité mit den vom Kummer der anderen niedergedrückten Schultern, mit ihren nach Schafen riechenden Kleidern und ihren nach Scham stinkenden Augen aufzuwecken.«

IM MARMORPALAST

Als Félicité drei Jahrzehnte später den Parkplatz überquert und den Marmorpalast betritt, sieht sie aus wie ein Pfeil mit scharlachroter Spitze, der soeben aus dem Bauch eines Tieres gezogen wurde.

»Leserinnenkarte.«

Guten Tag, Patrick. Wie geht es dir, Patrick? Sehr erfreut, dich wiederzusehen, Patrick.

Er hat den Ort und die Frisur gewechselt, aber nicht die Stimme. Marines Assistent, der seinen Schnurrbart aus den Fünfzigerjahren gegen eine Vokuhila eingetauscht hat, bewahrt sich seine Verachtung, wie andere die Ringe ihrer Ahnen an den Fingern behalten.

Das Pappkärtchen, das Félicité ihm reicht, mustert er misstrauisch, hält es dabei so dicht vor die Augen, wie es ihm der riesige, um seine Schultern geschlungene Wollschal erlaubt. Endlich ist er gewillt, es ihr zurückzugeben, und legt mit einer Hand – die andere hält eine Tasse, in der wässriger Kaffee kalt wird – einen Schlüssel auf die Theke.

»Fach 12.«

Er hat recht: Sie könnte einen Auszug aus dem Standesamtsregister in ihrer Tasche verstecken. Oder eine Landkarte aus dem 12. Jahrhundert mit Filzstift kolorieren. Weil Félicité so etwas ja liebend gerne macht: Archive zerstören. Das ist doch allgemein bekannt. Trotz allem legt sie ihre Sachen ins Fach.

»Nach dieser beachtlichen Anstrengung«, sagt sie zu Patrick, »brauchst du gewiss eine Pause, aber könntest du wohl trotzdem Marine Bescheid sagen, dass ich hier bin, falls es den Rahmen deines Tätigkeitsbereichs nicht allzu sehr überschreitet?«

Patrick seufzt, als hätte sie ihn gebeten, zwölf Kartons Archivmaterial aus dem Stockwerk mit den Magazinen herunterzuholen. Im Regen. Ganz ohne Hilfe.

Er greift nach dem Telefonhörer, der das Gewicht eines toten Esels zu haben scheint.

»Ja, Marinouchette, ich bin's, Pat. Hier ist jemand für dich. Ich weiß nicht. Am Empfang. Okay. Super, so machen wir es, danke, Marinouche, Küsschen. Sie kommt. Bitte warte im Lesesaal, hier ist nicht genug Platz für zwei.«

Patrick teilt sich mit Agonie das Siegerpodest der wenigen Menschen auf der Welt, die es schaffen, Félicité innerhalb von nicht einmal fünf Sekunden aus der Fassung zu bringen.

Die Räume mit der Wandvertäfelung, durch die sie läuft, dämpfen die Geräusche der Stadt. Überall ist es still. Félicité kommt an einem alten italienischen Aufzug vorbei, dunkles Holz und Schmiedeeisen, der zu einem Schrank umfunktioniert wurde. Sie erreicht die prunkvolle Halle voller marmorner Säulen und Treppen, durch die es zum Lesesaal geht. Fleckige Spiegel und ausgeblichene Gemälde verdecken den Grünspan an den Wänden, der bis hinauf an die Decke reicht. Zwischen den Fenstersprossen sieht man die Springbrunnen des Parks glitzern. Man kommt sich vor wie im Boudoir einer einstmals reichen Witwe.

Zwei alte Leute wühlen an langen Tischen in Papieren. Weiter hinten fotografiert eine Frau Dokumente.

In einer Tür am Ende des Raums taucht, seit drei Jahrzehnten unverändert, die Silhouette von Marine auf. Breite

Hüften, imposante Ohrringe, große Schädeltätowierung. Hinter den runden Brillengläsern sind nur ein paar zusätzliche Falten zu sehen. Sie drückt auf jede von Félicités Wangen einen geräuschvollen Kuss.

»Du kommst gerade richtig«, sagt sie, »ich muss mit Théodore sprechen.«

Wenige Jahre nach Félicités Schulabschluss hat Marine das Gymnasium verlassen. Der neue Schulleiter fand sie, so seine eigenen Worte, »zu erfahren für den Posten«. Aber alle kennen die Wahrheit: Marine war eine schreckliche Bibliothekarin. Glauben Sie mir, in ganz Europa hat es nie eine bessere Teelogin und eine schlechtere Bibliothekarin gegeben. Wahrscheinlich kann man nicht in allem gut sein. Erst recht nicht, wenn man seine Nächte damit verbringt, Tee zuzubereiten statt zu schlafen, und seine Tage damit, Schriften zur Teelogie zu lesen, statt die Bibliotheksbestände zu aktualisieren.

Also hat man Marine, da sie trotz allem beliebt war und für die Stadt arbeitete, zur Leiterin des historischen Archivs befördert, wo sie nicht viele Leute störte, und hat ihr erlaubt, Patrick mitzunehmen.

An dem Morgen, als Marine ankam, ist ihr Vorgänger, Théodore, besorgt hin und her gesprungen, so sehr beunruhigte ihn der Gedanke, noch am selben Abend in den Ruhestand zu gehen, ohne seine Nachfolgerin richtig eingearbeitet zu haben. Übrigens ist er dermaßen herumgesprungen, dass sein Herz schlappgemacht hat. Pünktlich um 16 Uhr 30, genau vor dem von seinem Team angesetzten Abschiedsumtrunk.

Und stellen Sie sich vor, trotz dieses Unglücks war Marine ihren neuen Kollegen sofort sympathisch. Ich wette mit Ihnen, bei jemand anderem hätten sie von einem Fluch gesprochen. Was zeigt, dass man einfach nicht umhinkonnte, sie zu mögen. Wie einen Welpen, der auf den Teppich pinkelt und den man eigentlich ausschimpfen will, aber stattdessen mit zärtlichen Worten überschüttet.

Später, als sie im Rentenalter war, hat man nicht mal versucht, sie zum Aufhören zu zwingen. An jenem Montag im Juli 1986, als Félicité Marine besucht hat, hätte diese ihren Platz eigentlich schon seit einigen Jahren jemand anderem überlassen müssen. Aber niemand hatte Lust, sie daran zu erinnern. Oder niemand hat sich getraut.

Auch Théodore mochten alle Leute gern. Schmächtig, wie er war, nahm er fünfmal weniger Platz ein als Marine. Seine runde Brille war kaum größer als seine Pupillen. Aber ansonsten hatte er Ähnlichkeit mit ihr. Genauso flink, hilfsbereit und freundlich. Seine Kollegen hatten ihm aufrichtige, rührende Glückwünsche auf die große Karte geschrieben, die sie ihm in dem Moment überreichen wollten, in dem sie vorhatten, den extra von seiner Frau zum feierlichen Anlass hergestellten Zitronenwein zu öffnen.

Doch der Clou der Geschichte ist der, dass Théodore gerade dabei war, Marine zu erklären, wie sie die zweimal monatlich stattfindenden Führungen durchführen solle, als er tot umgefallen ist. Mitten im Satz.

Sie haben mich verstanden.

Er hätte sich jeden beliebigen Ort seines Lebens aussuchen können, um dort die Ewigkeit zu verbringen, aber er hat beschlossen, im Archiv zu bleiben. Es gibt eben Leute, die ihren Beruf über alle Maßen lieben, so ist das nun mal. Und ein Glück, dass Théodore da ist, denn wenn man Marine eine Frage stellt, die nicht das Teehändlerregister betrifft, ist sie nicht in der Lage, Auskunft zu erteilen. ›Ich melde mich so schnell wie möglich wieder bei Ihnen‹, sagt

sie dann immer. Was so viel bedeutet wie: Ich werde Sie be-
nachrichtigen, sobald Félicité Ihre Frage Théodore gestellt
hat, Théodore ihr geantwortet und sie seine Antwort an
mich weitergegeben hat.

›Komm, Clé. Ich habe einen ungewöhnlich feinen Pu Erh
bekommen – und sag mir nicht, er würde erdig schmecken,
sonst ärgere ich mich.‹

Im ersten Stock, am Ende der großen Marmortreppe,
hinter den Säulen und den geschnitzten Türen, schlummern, vor Blicken verborgen, Tausende von Dokumenten
des historischen Archivs. Der gesamte Papierkram, der das
Nizzaer Leben der vergangenen fast tausend Jahre beschreibt
oder das, was davon übriggeblieben ist, überwintert in diesem Irrgarten aus aneinandergereihten Kartons.

Marines Schal dirigiert Félicité durch das Labyrinth.
Im Grau der Tunnel folgt sie der bunten Wolle wie einem
schwebenden, wendigen chinesischen Drachen, der ihr den
Weg weist entlang der Regale, durch die Gänge, vorbei an
den Regalbrettern, die alle gleich aussehen, und an den sich
bis zur Decke stapelnden Kartons.

Plötzlich schiebt sich vor ihren Augen etwas in diese frag-
mentierte Welt.

Die Hütte im Palast

Das Schild ist von Hand beschriftet und mit Efeu umrankt.
Es lehnt an kreisförmig angeordneten Büchertürmen. Auf jeder Säule dieses wackeligen Miniaturkolosseums thront eine
Teekanne oder eine Lampe mit ausgeblichenem Schirm. In
der Mitte des Kreises stehen zwei Sessel einander gegenüber,
dazwischen der dem Tal der Wunder nachgebildete Teetisch
in seiner ganzen groben Massigkeit. Darüber schweben bunt

bemalte Stoffe, wodurch der Ort einem kleinen Zirkuszelt gleicht.

Marine ist sehr stolz auf ihre Teehütte mitten im Archiv. Théodore findet sie natürlich nicht gut: Die Dämpfe könnten die Dokumente angreifen. Félicité hat ihre Gräfin, die Teelogin hat Théodore. Durch die Kuriosi-Tees, die sie die ganze Zeit serviert bekommen, sind die beiden Frankreichs wachste Geister.

Gerade taucht der ehemalige Bibliotheksleiter hinter einer Kartonreihe auf. Marine hat eine Frage an ihn, die sie an Félicité weitergibt, und diese stellt sie dem Geist.

»Sie hält mich wirklich für ihren Assistenten. Na ja, ehrlich gesagt, freut mich das ja. So fühle ich mich wenigstens nützlich. Und Sie? Kann ich Ihnen etwas heraussuchen, wo ich schon dabei bin, die Magazine zu durchstöbern?«

Félicité holt ihr Heft hervor und erklärt: die beiden Vornamen, die Grabstätte, das Todesdatum.

»Und was genau brauchen Sie?«

»Alles, was Sie dazu finden können.«

Der Geist schiebt seine winzige Brille hoch, nickt und verschwindet hinter einer Regalreihe.

Der Pu Erh, den Marine serviert, löst keinerlei seltsamen Effekte aus. Er bewirkt nur das gleiche Wunder wie alle Tees, die seit dem ersten Tee des Kaisers Shennong serviert und getrunken wurden: Während Félicité das Wasser im Kessel rauschen hört, Marine dabei beobachtet, wie sie die Teeblätter übergießt, zuschaut, wie das heiße Wasser auf die Gravuren des Tisches tropft, den aus ihrer Tasse aufsteigenden Dampf einatmet und die Keramik ihre Hände wärmt, verliert der Zyklon der letzten Tage zunehmend an Kraft, legt sich schließlich ganz und entfernt sich aus dem Hüttenkreis.

Sie kostet den Tee.

»Gut«, murmelt sie. »Hat nichts Erdiges.«

Marine strahlt, triumphierend, dann lässt sie sich, wieder ernst, in ihren Sessel sinken.

»Du hast diese Falte über der Nase, wie damals, als du den Tee verbrannt hast. Versuch nicht zu leugnen, in fünf Minuten wirst du wieder zugeben müssen, dass ich recht habe. Los. Ich höre dir zu.«

Und da Félicité weiß, wie intensiv Marine ihr zuhört, gestattet sie sich zu reden. Sie erzählt ihr von dem brutalen, dämlichen Tod ihrer Mutter mitten im Telefongespräch, von der Wiederbegegnung mit ihrer Zwillingsschwester, denn ja, das hat sie ihr zwar nie gesagt, aber so ist es: Sie hat eine Schwester, von der sie seit dreißig Jahren glaubte, sie sei verschwunden, früher ein ungewöhnliches Mädchen, das sich nicht mit ihrer Mutter verstand – was noch milde ausgedrückt ist – und deren heutiger Anblick furchterregend ist. Dabei war sie als kleines Mädchen so hübsch, und Félicité begreift nicht, wie man erst ein Engelsgesicht und dann das Gesicht einer Märchenhexe haben kann, aber sie wagt nicht, ihre Schwester danach zu fragen, denn Agonie ist sehr, sehr sensibel, sie bekommt Wutausbrüche, die ein ganzes Haus verwüsten können, deshalb beleidigt man sie möglichst nicht, selbst wenn sie provoziert und absolut unerträglich ist. »Aber warten Sie, das ist nicht das Schlimmste, ich habe nämlich entdeckt, dass meine Mutter, von der ich dachte, sie sei irgendwann zwischen den beiden Weltkriegen geboren, also, dass ihre Eltern, passen Sie auf, dass die beiden 1875 gestorben sind – ja, Sie haben richtig gehört, 1875 –, und ich verstehe nicht, wie man eine derartige Lücke in seinem Leben haben kann, ohne der eigenen Tochter auch nur ein Wort davon zu sagen.«

Marine setzt ihre Tasse auf dem Teetisch ab und ergreift Félicités Hand.

»Das tut mir leid, Clé.«

Und als diese die Stirn runzelt, ergänzt sie:

»Für deine Mutter.«

»Oh.«

Félicité hatte mit Verwunderung gerechnet. Mit einer Art übertragener Wut vielleicht. Mit erstaunten Fragen zu all diesen Rätseln – aber nicht mit Mitleid. Beinahe hätte sie jetzt Lust, sich zu ärgern.

Marine greift wieder nach ihrer Tasse, trinkt einen Schluck.

»Ich habe dir nie von dem Tag erzählt, an dem ich mir den Kopf rasiert habe.«

Diese Ankündigung beruhigt Félicité schlagartig. Seit dreißig Jahren fragt sie sich insgeheim, was es mit Marines rätselhafter Tätowierung auf sich hat, ohne dass sie je gewagt hätte, sie danach zu fragen.

»Du weißt, dass ich acht Heiratsanträge abgelehnt habe. Aber es gab noch einen neunten, den habe ich angenommen. Von einem Mann, den ich in Sri Lanka kennengelernt hatte. Er war etwas Besonderes, unheimlich lieb, nie schlechter Laune, aber auch nie albern, sondern witzig und weniger dumm als die meisten. Witwer, mit einem sechsjährigen Mädchen. Um den beiden zu gefallen, habe ich mir immer Jasmin- und Kokosöl in die Haare gerieben – die waren damals lang, gingen bis zu den Hüften. Seine Tochter hat sie mir immer abends vor dem Schlafengehen geflochten. Ich wollte so unbedingt die Zuneigung der Kleinen gewinnen. Da habe ich lieber vergessen, dass ich durch das süße Öl viele Düfte schlechter wahrnehmen und Teesorten nicht mehr so gut erkennen konnte. Dabei war mir klar, dass man sich nicht parfümieren kann, wenn man sich rühmt, Teelogin zu sein. Es schwächt den Geruchssinn und verzerrt die Sinneswahrnehmung, man kann nichts mehr richtig riechen.

Egal, habe ich gedacht, Hauptsache sie nennt mich bald Maman.

Und dann wurde sie krank.

Ich habe mich auf die Suche nach den Pflanzen gemacht, die ich brauchte, um ihr Aufgüsse zuzubereiten. Die Details erspare ich dir: Ich habe sie getötet. Nicht mit Absicht, aber trotzdem. Wegen der Öle in meinem Haar habe ich den Unterschied zwischen Beliane und duftendem Medon nicht gerochen. Gleiche Farbe, gleiche Größe, gleiche Blätter, alles ist gleich, außer zwei Dingen: der Duft und die Wirkung.

Als ich den plötzlich ganz schweren Kopf des Kindes zwischen den Händen hielt und den Speichel aus seinem Mund laufen sah, bin ich weggerannt. Am nächsten Tag habe ich mir auf dem Schiff nach Madagaskar den Schädel rasiert.

Am selben Tag ist die frühere Marine, die arrogante Marine mit den langen Haaren gestorben. Endgültig.

Ich erzähle dir das, damit du verstehst. Man ist im Leben nicht nur eine einzige Person, Clé. Manche werden dir sagen, dass man sich nach Belieben Masken aufsetzt. Ich dagegen sage dir, dass man die Haut, das Fleisch, das Knochengerüst und das Blut wechselt. Es bedeutet nicht, dass man lügt, wenn man das tut, sondern dass man sich wandelt. Man vergisst die Frauen, die zuvor den eigenen Körper bevölkert haben, und bevorzugt neue Frauen. Weisere. Oder molligere oder vorsichtigere, je nachdem, was die früheren Frauen für ein Schicksal hatten.

Ich war schon viele Frauen, bevor ich dich kennengelernt habe, und ich werde vielleicht noch viele mehr sein. Sieh dich nur selbst an und sag mir, ohne zu lügen, dass du nicht gnadenlos mit der Schäfertochter abgerechnet hast, der ich vor dreißig Jahren begegnet bin.«

Die Tasse in Félicités Händen ist lauwarm geworden. Aus der Teekanne dampft es nicht mehr.

Was Marine nicht weiß, ist, dass in Carmines Fall die einstigen Bewohnerinnen geblieben sind. Alle.

Zwischen zwei Archivkästen taucht Théodores Gesicht auf.

»Ich habe Ihre Akte gefunden, Mademoiselle. Absolut erstaunlich. Woher kennen Sie diese Leute?«

»Welches Regal, welche Reihe?«, fragt Félicité und springt von ihrem Stuhl auf.

»Warten Sie, ich habe zwar ›Ihre Akte‹ gesagt, aber es ist nicht nur eine, es sind viele, über mehrere Gänge verteilt. Sie werden es mir nicht glauben, es ist wirklich ulkig. So etwas Seltsames habe ich noch nie …«

»Verdammt nochmal, Théodore, rücken Sie mit der Sprache raus!«

Leicht gekränkt verschränkt der Geist die Arme vor der Brust.

»Diese Adélaïde, nach der ich suchen sollte … Also, zwischen ihrer Geburt und ihrem Tod liegen über drei Jahrhunderte.«

VERSIEGELTE ERINNERUNG

Unter den grünen Lampen des Lesesaals liegt alles ausgebreitet da. Ein Blatt für jede Freude und zwölf für jedes Unglück. Die Geburts- und Sterbeurkunden, die Heiratsurkunden, die wechselnden Adressen. Das ist das, was hinterher von einem übrigbleibt. Der Papierkram ist letzten Endes, selbst wenn wir ihn unser Leben lang meiden, unsere einzige Spur auf Erden.

Die ersten, ältesten Dokumente wurden vor vier Jahrhunderten ausgestellt. Fünfzehnhundert und so und so viel. Von den knisternden Seiten voll mit unleserlicher Schnörkelschrift und sonderbaren Abkürzungen bis hin zu den lesbareren Familienbüchern vom Ende des 19. Jahrhunderts, immer wieder taucht ein und derselbe Name auf: Adélaïde, Orakel-Amme aus der Provence.

Die Schreibweise ändert sich, aber alles andere stimmt überein. Ihre Geburt im Dorf Rocabiera, das später zu Roquebillière wurde. Ihre fünfte Eheschließung in Nizza im Alter von zweihundertsiebzig Jahren mit Zacario Zamora, einem jungen, neunundzwanzigjährigen spanischen Hausdiener. Ihr gemeinsamer Tod in ihrem Haus in Nizza, fünfunddreißig Jahre später – ohne Angabe einer Ursache. Die zwei Dutzend Entbindungen, dokumentiert in dem von Adélaïde geführten Heft, bis zur letzten im Jahr 1850, der Geburt von Carmine in Nizza.

Genau vor dieser Seite fehlt im Heft ein Blatt. Übrig ist

nur sein eingerissener Rand, wie der Rest eines schlecht ab-
geschnittenen Etiketts in der Naht eines Kleidungsstücks.
Dieses Blatt ist nicht verschwunden. Man weiß, wo es sich
versteckt: versiegelt in einem Karton mit dem Namen einer
mathematischen Gleichung, irgendwo zwischen den verbotenen Kisten. Um es dort herauszuholen, bräuchte man eine
Erlaubnis, und zwar von einer hochgestellten, sehr wichti-
gen Person, die nichts derart Unbedeutendes unterzeichnet,
erst recht nicht für das historische Archiv, das es nie eilig
hat, da es in seinen Papieren um Tote und untergegangene
Städte geht.

Von Carmine dagegen findet sich außer auf der letzten
Seite der Zeitung, in der ihr Geburtsdatum steht, im gesamten Archiv keine einzige Spur. Théodore kommt zu einem
eindeutigen Ergebnis. Carmine ist zwar 1850 in Nizza geboren, hat dort aber nichts vollbracht, was es verdient hätte, im
Archiv festgehalten zu werden.

BALD WEGGEHEN

»Verstehst du, was das bedeutet?«

Die Glockentürme von Nizza färben sich langsam rosa-rot, der Himmel geht von Platin in Gold über, die Auto-fahrer hinter ihren Lenkrädern klappen die Sonnenblenden herunter. Das ist die Tageszeit, zu der die Fassade des Palais Caïs de Pierlas für einen kurzen Moment ihre ursprüng-lichen gelblichen Farbtöne zurückzubekommen scheint.

Ganz oben hinter den Fenstern des obersten Stockwerks sitzt eine Hexe in der Küche auf einem Stuhl mit Plastik-überzug.

Félicité hat ihr die im Archiv ausgeliehenen Dokumente nicht gezeigt. Es wäre zu ärgerlich, wenn sie enden würden wie Carmines Tagebuch. Aber das Wesentliche hat sie ihr erklärt. Zweimal.

»Das bedeutet, dass Maman am Tag unserer Geburt ...«

»Neunzig Jahre alt war, ja, ja, hab's kapiert. Na und?«

Félicité legt das Gemüsemesser weg, greift seelenruhig nach dem Staubsauger, der an der Arbeitsplatte lehnt, und bewegt sein Rohr so lange durch die Luft, bis es alle Schmet-terlinge ihrer Schwester verschluckt hat.

Sie schaltet das Gerät aus und stellt es wieder weg. Bevor sie antwortet, schiebt sie sich die granatroten Haare mit den silbernen Ansätzen hinter die Ohren – seit Agonies Ankunft hat sie sie noch nicht wieder gefärbt.

»Na und? In diesen neun Jahrzehnten kann Maman überall auf der weiten Welt gelebt haben und herumgereist sein, überall. Irgendwo. Ihr Geist könnte sonst wo sein.«

Félicité fängt wieder an, die Tomaten zu schneiden, *tschack, tschack, tschack,* energischer als nötig. Hackt die Basilikumblätter. *Tschakatschack.* Köpft die grünen Bohnen. *Tschack, tschack.*

Egonia, die hinter ihr sitzt, schaut ihr dabei zu, wie sie die Pistou-Suppe vorbereitet. Seit ihrer Ankunft hat Félicité ihr schon viele leckere Dinge gekocht. Jedenfalls denkt sich das Egonia. Noch bevor das Essen ihren Gaumen berührt, ist zwischen ihren Lippen alles verdorben. Ihre Mutter hat ihr immer nur die Obst- und Gemüseschalen und alten Brotkrusten überlassen. Egonia hat verstanden, warum. Es wäre ja blöd gewesen, Essen zu vergeuden. Im Grunde war es auch egal.

Aber Félicité macht das nicht. Sie kauft ihr nicht das eklige Zeug aus der Dose und macht die Suppe nur für sich selbst. Nach wie vor kocht sie für sie beide Gerichte, deren Geschmack Egonia nie kennenlernen wird. Am liebsten würde sie ihrer Schwester sagen, mach dir keine Umstände, hast du nicht das Gefühl, Musik für taube Ohren zu spielen, ich werde ja sowieso nichts schmecken.

Aber selbst wenn sie taub wäre, würde sie sich freuen, wenn man Musik für sie spielen würde. Oder ihr vom Meer erzählen würde, wenn sie blind wäre.

Beim Anblick des Rückens ihrer Schwester, die ihr trotz allem Essen zubereitet, muss sie plötzlich, wer weiß warum, an den Wald denken. Hier steht in einem Umkreis von hundert Kilometern keine einzige Tanne. Beton, Kieselsteine, Wasser. Und Plastik. Überall in der Wohnung. Dickes, durchsichtiges Zeug, das jeden Quadratzentimeter bedeckt. Natürlich wegen ihr. Sie darf sich nicht beklagen.

Trotzdem mag Egonia Bäume lieber.

Außerdem hat sie es langsam satt, Félicité zu ärgern. Es hat ihr zwar Spaß gemacht, ihr in alle Ecken der Wohnung Blumen zu spucken und überall Schmetterlinge herumfliegen zu lassen. Aber ständig Wut vorzutäuschen, macht auch müde. Manchmal hat man einfach nur Lust zu schlafen oder zu sagen: Mir fehlt mein Wald. Oder: Warum hast du mich mit unserer Mutter alleingelassen?

Vielleicht wird es Zeit, diesen Geist zu finden und wieder nach Hause zu gehen.

Egonia bewegt sich auf ihrem Stuhl, und es klimpert zwischen ihren Kleiderschichten. Sie holt tief Luft.

»Mach den Staubsauger wieder an«, flüstert sie. »Ich muss dir was sagen, das uns zu Carmine führen könnte. Nicht um dir zu helfen, sondern weil ich bald weggehen will.«

Das Messer bleibt auf halbem Weg über einer Bohne in der Luft stehen. Félicité dreht sich mit gezücktem Staubsaugerrohr um.

»Schieß los. Laut, damit ich dich trotz des Lärms höre.«

Es dröhnt in der ganzen Wohnung. Vom Wohnzimmer aus beschwert sich der Geist der Gräfin, aber die Zwillinge beachten sie nicht.

»Also. In dem Buch. Ich meine, in dem Tagebuch …«

Félicité würde Agonie am liebsten schütteln, damit die Worte schneller aus ihrem Mund springen, aber sie beherrscht sich. Sie hält das Staubsaugerrohr dicht vor das Gesicht ihrer Schwester und beugt sich zu ihr vor, um ihre Worte besser zu verstehen. Wer weiß, wann sie sich wieder zum Reden entschließen wird.

»Also, in dem Heft stand … Spanien. Oder spanisch. Mehrmals. Und auch Wüste. Wüste, da bin ich mir sicher. Aber vielleicht hat es nichts zu sagen … Ich weiß nicht.«

Das hat Félicité schon irgendwo gehört … Von ihrem Vater. Ja, ihr Vater hat sich daran erinnert, dass Carmine einmal, als sie fieberte, die Wüste erwähnt hat. Sie stellt den Staubsauger aus.

»Siehst du, wenn du dir Mühe gibst, ist alles plötzlich einfacher.«

Erneut herrscht Stille.

»Danke«, sagt Félicité noch.

Und dann:

»Trotzdem, Spanien und Wüste, damit haben wir immer noch keinen genauen Punkt auf der Landkarte.«

Dann:

»Aber das ist wenigsten etwas. Ja, das ist gut. Jetzt weiß ich zumindest, welche Fragen ich Adélaïde und Zacario stellen muss, wenn ich …«

Agonie schaut zu ihr hoch.

»Dann wissen wir«, korrigiert sie sich, »welche Fragen wir stellen müssen, wenn wir ihre Geister finden. Wir werden sie fragen, ob ihre Tochter in Spanien war oder in einer Wüste. Ist es dir so lieber?«

Agonie deutet ein Nicken an.

»Ja, ist mir lieber.«

Sie schnappt die vier Insekten, die wegzufliegen versuchen, mit dem Mund auf, beißt die Zähne zusammen und bewegt nur ihre Lippen:

»Nervig, diese Schmetterlinge. Gib mir mal den Staubsauger.«

Félicité unterdrückt ein Lächeln, während sie sich wieder der Arbeitsfläche zuwendet.

Sie muss gestehen: Das Zusammenleben mit ihrer Schwester ist zwar die Hölle, aber Agonie erweist sich als recht nützlich. Zuerst hat sie das Grab entdeckt. Und was das Tagebuch betrifft … Auch wenn sie etwas anderes vorgibt, fehlen ihr offensichtlich Teile des Inhalts. Sie konnte nie richtig lesen. Die Worte, die sie nicht verstanden hat, musste sie mühsam entziffern. Agonie könnte beim Erinnern gut Hilfe gebrauchen, wenn sie nur genug Demut und gesunden Menschenverstand besäße, um darum zu bitten.

Während sie, *plof plof plof,* das Gemüse in die Brühe fallen lässt, verkündet Félicité so locker wie möglich:

»Ich bin mir sicher, dass wir Maman bald finden werden. Ich spüre es. Wir sind ganz nah dran. Und da du jetzt hier bist … Ich meine, mich stört es nicht besonders, wenn du noch ein bisschen länger bleibst. Solange du aufhörst, überall Blumen hinzuspucken, die mich zu beißen versuchen.«

Im Wohnzimmer entrüstet sich der Geist der Gräfin.

»Sogar ich, meine Liebe«, ruft sie, »in meiner ewigen Halbruhe, finde es anstrengend, euch beiden beim Leben zuzusehen.«

Félicité ist froh, dass Agonie die Geister nicht hört.

Jetzt ist sie sich sicher, dass ihre Schwester ihr nicht absichtlich verschweigt, was sie weiß. Sie traut sich nur nicht, es zu gestehen, so einfach ist das. Félicité weiß es, weil auch sie sich nicht traut, ihr alles zu sagen. Und weil sie schließlich immer noch Zwillinge sind.

Wie nebenbei nimmt sie aus dem Schrank zu ihrer Rechten eine der mit Japanpapier umwickelten Dosen – die besondere Dose, die den Tee aus dem Val de la Masque enthält, den stärksten unter den Kuriosi-Tees, den, der hundertvierzehn Jahre alt ist und dessen letzte Blätter Marine ihr anvertraut hat.

»Die Suppe ist fertig, Nanie.«

Vier. In der Metalldose liegen noch vier Blätter des kostbaren Tees vom Val de la Masque.

»Übrigens, ich wollte dir sagen ...«

Sie gibt in beide Teller je eine Kelle voll dampfender Suppe und schaut kurz zu Angèle-Victoire hinüber. Der Geist hinten im Wohnzimmer hat angefangen, allein auf dem Parkett Walzer zu tanzen.

»... es war gut, dass du den Maulkorb weggeschmissen hast. Der Staubsauger ist praktischer.«

DIE SAMTWEICHE HEXE

Doch, doch, Sie können ruhig eine neue Kanne Tee bestellen. Nur Mut. So mürrisch ist sie gar nicht.

Das Bild, das ich Ihnen von Egonia zeichne, ist doch auch nicht so schlimm ... Im Übrigen ist sie heute, verglichen mit der Zeit, von der ich Ihnen erzähle, ungefähr so weich wie der Samt, mit dem der Sessel unter Ihrem Hintern bezogen ist. Dagegen war sie vor fast fünfzig Jahren, als ihre Mutter starb, eine richtige Hexe. Nicht nur in ihrer Erscheinung, auch in ihrem Charakter.

Na gut, dann bestelle ich den Tee für Sie. Keine Sorge. Ich bin es gewohnt.

Wollen Sie einen Beweis, was Egonia betrifft? Schauen Sie mal. Irgendwo muss ich ihn haben ... Hier. Lesen Sie. Dann werden Sie schnell begreifen.

nice-matin   Dienstag, 29. Juli 1986

DIE FÜHRENDE TAGESZEITUNG MIT ALLEN INFORMATIONEN FÜR DEN SÜDOSTEN UND FÜR KORSIKA

NIZZA-ALTSTADT:
MYSTERIÖSE RIESENBLUME TAUCHT ÜBER NACHT AUF
Vandalismus oder Werbung?

Die Floristen in der Altstadt von Nizza haben seit heute Morgen zusätzliche Konkurrenz bekommen. Am Morgen erwachte das Dach des seit langem leerstehenden Palais Caïs de Pierlas durchbohrt von einer gigantischen Blume mit Blütenblättern in grauenvollen Farben. Die Händler behaupten, weder deren Art noch Herkunft zu kennen, und weigern sich, die Fragen unserer Reporter zu beantworten. Handelt es sich womöglich um eine künstliche Riesenblume, die unerlaubt zu Werbezwecken auf das Dach montiert wurde, um mehr Touristen auf den Blumenmarkt zu locken? Unter den Anwohnern wird eifrig spekuliert.

→ *Unsere Informationen S. 11*

Rennquartett: Ergebnis auf S. 15
Todesanzeigen: S. 18

IN DIE SUPPE SPUCKEN

Inzwischen ist ihre Mutter seit einer Woche tot.

Auf Marines Teetisch fährt Félicité mit den Fingerspitzen über die Bergrücken des Mont Bégo. Draußen hört man den Regen wie einen Wasserfall auf das Dach des Archivs prasseln.

Eine Hand vor dem Mund, die andere auf dem Herzen, unterdrückt Marine den Drang zu weinen. Oder aber zu brüllen. Félicité versteht sie. Auch sie schwankt zwischen beidem.

»Dein ganzer Vorrat? Wirklich der ganze?«

»Nicht ein Blatt, das man noch aufgießen könnte. Nur Staub ist noch da, und der taugt nicht mal, um in Tüten gefüllt zu werden.«

Marine schüttelt langsam den Kopf.

»Es tut mir so leid, Clé. Komm, trink noch eine Tasse. Erzähl mir, wie das passiert ist.«

Félicité schlägt die Beine übereinander und sinkt tiefer in ihren Sessel.

»Komm schon«, Marine lässt nicht locker. »Willst du ein bisschen Couillole-Tee, damit es leichter geht. Davon habe ich eine ganze Dose. Ich kann noch mal Wasser aufsetzen.«

»Ach nein, nicht nötig, es ist nichts Interessantes. Nur mal wieder meine Schwester, die beschlossen hat, ihre Insekten in meinen Teeschrank zu lassen.«

»Aber ... warum denn?«

»Wenn Sie glauben, dafür braucht sie einen Grund, verstehen Sie nicht wirklich, von wem ich spreche.«

Marine hat sich vorgebeugt, liebevolle Besorgnis im Blick.

Félicité kratzt sich die Handflächen. Inzwischen weiß sie, wie es sich anfühlt, mit jemandem Mitleid zu haben, von dessen Schicksal erschüttert zu sein und dreißig Jahre später festzustellen, dass man zum Narren gehalten wurde. Wenn es einen Menschen gibt, dem sie eine solche Enttäuschung unbedingt ersparen will, dann ist es Marine.

Jetzt aber entdeckt sie in Gegenwart dieser Mentorin, die ihr so viel Vertrauen schenkt, ein neues Gefühl. Die ungeheure Angst, die einen angesichts der Wahrheit beschleicht, wenn diese die bequemen Etiketten abzureißen droht, die man sich auf die Stirn geklebt hat.

Treue Schülerin. Geniale Teelogin. Integre Frau. Sie will nicht, dass Marine ihr einen anderen Stempel verpasst.

Aber eigentlich ist sie das alles nicht mehr. Außerdem schafft sie es sowieso nicht zu lügen.

Marine schaut sie von der anderen Seite des Teetisches an, eine heiße Tasse in den Händen, den Schal um die Schultern, die große Brille im runden Gesicht. Die Bücher und Kästen des Archivs erheben sich um sie beide wie eine Mauer, die die Stimmen dämpft und das Flüstern anschwellen lässt.

Da holt Félicité Luft, schließt die Augen und erzählt.

»Gestern Abend habe ich den letzten Rest Tee vom Val de la Masque in die Pistou-Suppe gebröselt. Und ich habe sie meiner Schwester serviert, ohne es ihr zu sagen.

Agonie hat es gemerkt. Ich hatte vergessen, dass diese Frau alles riechen kann. Vor allem den in der Luft liegenden Geruch von Verrat und Argwohn. Natürlich hat sie sich geärgert. Sie hat mir vorgeworfen, ich hätte sie nicht nur im

Stich gelassen, sondern würde sie auch noch belügen. ›Im Stich gelassen?‹, habe ich geantwortet. ›Du warst es doch, die weggegangen ist!‹ Sie ist damals verschwunden, und ich musste daraufhin alles opfern, mich alleine um eine Mutter kümmern, die mich nicht mehr erkannt hat, die hinter ihren zahllosen Masken verschwunden war, während meine Schwester seelenruhig in der Gegend herumgehüpft ist, ohne sich Gedanken darum zu machen, was aus mir werden würde. Ohne jemals mit Hilfe der Tasse Kontakt zu mir aufzunehmen. Ich dachte, sie sei tot. ›Ich dachte, du bist tot‹, habe ich zu ihr gesagt.

›Du hast ja auch nie daran gedacht, die Tasse zu benutzen‹, hat sie mir geantwortet.

›Stimmt‹, habe ich gesagt, ›aber ich habe jeden Tag hineingeschaut. Monate und Jahre habe ich darauf gewartet, dass am Boden der Tasse ein Wort auftaucht. Schließlich warst du ja diejenige, die gegangen ist, also war es an dir, zurückzukommen. Du hättest dich zur Rückkehr entschließen müssen. Aber du bist lieber weit weggeblieben. Weit weg von Maman, okay, aber weit weg von mir? Indem du das Band durchtrennt hast, hast du auch alles andere abgeschnitten. Also habe ich die Tasse hinten in den Schrank geräumt.‹

Da sie schwieg, dachte ich, sie hätte mich verstanden. Aber dann ist sie noch mal zum Angriff übergegangen: ›Was abgeschnitten?‹ hat sie gefaucht. ›Da gab's nichts abzuschneiden, Félicité. Es war ja schon alles im Eimer. Oh, danke für die Essensreste, danke für die Krümel. Danke für deine enorme Großzügigkeit, heilige Félicité … Geopfert? Du hast überhaupt nichts geopfert. Das bisschen, das du mir zuliebe getan hast, hast du heimlich getan. Ständig mit dem Arsch zwischen zwei Stühlen. Also bin ich gegangen. Bin aus diesem Zwei-Wespen-Nest abgehauen. Und wenn man bedenkt, was für eine Hornisse aus dir geworden ist, habe ich das Richtige getan.‹

Dann hat sie in die Suppe gespuckt, dreimal. Und ist gegangen.

Alles hat angefangen zu beben. Eine riesige Blume hat auf dem Tisch ihre Wurzeln ausgestreckt, die dann an den Beinen entlang und durch den Fußboden in die Etage darunter gewachsen sind. Gleichzeitig wurde der Stängel immer länger, ist durch die Decke gebrochen, und die Blume hat in der Dunkelheit ihre Blüte mit den riesigen, im Mondlicht zitternden Zahnreihen geöffnet. Vom Gebrüll der Gräfin ist mir schier der Schädel geplatzt.

Heute Morgen ging es auf dem Cours Saleya nur noch um diese sonnenschirmförmige Riesenblume, die das Dach des Geister-Palais durchbohrt hatte. Unten auf der Straße waren sie allerdings gar nicht so unglücklich darüber. Sie haben jetzt eine Gratiswerbung für ihren Markt. Ich musste zwei Holzfäller rufen, um diese Fälschung einer magischen Bohnenranke aus dem Zimmer entfernen zu lassen. Im Dach ist jetzt ein richtig großes Loch, ausgerechnet heute, wo es in Strömen regnet! Ich musste meine Teekannen mit einspannen. Die haben wie üblich gemurrt. Sie tun mir ja auch leid, die Armen, sie müssen den kalten Regen auffangen, der in die Wohnung prasselt.«

Marine nimmt die Brille von der Nase. Ohne die Gläser wirken ihre Augen klein. Auf dem Dach trommelt der Regen jetzt stärker.

»Du hast jemanden zum Trinken gezwungen, ohne ihn zu fragen.«

Das ist also alles, was bei ihr hängenbleibt?

»Diesen Tee, der über ein Jahrhundert gereift ist, der über

drei Generationen von Teelogen an mich weitergegeben wurde, hast du an eine Suppe vergeudet. An eine Pistou-Suppe. Eine Suppe, Félicité!«

Dreißig Jahre lang hat Marine sie immer nur Clé genannt.

Ihre Stimme bebt, wahrscheinlich vor Wut. Oder vor Enttäuschung.

»Du fragst mich jetzt bestimmt, warum ich sauer auf dich bin, obwohl es deine Schwester war, die meine Arbeit zerstört hat. Und bestimmt wirst du mich auch fragen, ob ich deinen Teeschrank neu auffüllen kann. Zunächst werde ich dir antworten, dass ich sauer auf dich bin, weil du den Tee kennst, weil du das Tal der seltsamen Dinge kennst und trotzdem beschlossen hast, diesen Tee in einer Suppe ziehen zu lassen. Nicht aus Versehen, nicht weil du ihn mit Lorbeerblättern verwechselt hast, nein, aus reiner Missgunst. Und dazu noch vorsätzlich ...«

»Sie hatte Lust, es mir zu sagen!«, unterbricht Félicité sie. »Das konnte man sehen, Marine, ich schwöre es Ihnen! Sie hat es nur nicht geschafft, sie hat sich nicht getraut, sie brauchte nur ...«

»Hör auf. Ich dachte, dass du begreifst ... Ich hätte vorsichtig sein sollen. Seitdem deine Mutter tot ist, bist du keine Clé, kein Schlüssel mehr, sondern eine Brechstange. Du erträgst es nicht, dass dir die Tür zwischen der Welt der Toten und der Lebenden ausnahmsweise ein wenig Widerstand leistet, also versuchst du, sie aufzubrechen. Man braucht keine Metallabsätze, um Türen einzutreten und Schlösser aufzubrechen. Es genügt eine stählerne Seele, eine Seele ohne Geduld und ohne Zärtlichkeit, ohne Mitgefühl für die Langsameren, für die Schwestern, die nicht richtig lesen können, für die, die ein schlechtes Gedächtnis haben, die, die keine

Lust haben zu reden oder Tee zu trinken, für die Geister, die sich nicht schnell genug entdecken lassen, ohne Gnade oder Nachsicht mit anderen Menschen außer mit sich selbst und dem eigenen kleinen Unglück. Und dann werde ich dir antworten. Du solltest nämlich nicht glauben, ich sei so ergriffen, dass es mir dir Sprache verschlägt, keineswegs, ich weiß sehr gut, worauf ich hinauswill und was ich dir zu sagen habe. Ich werde dir also antworten, dass dein Schrank leer bleiben wird, solange du nicht die Seele gewechselt und dir eine sanftere zugelegt hast. Bereinige die Sache. Erst danach kannst du wieder zu mir kommen. Bring bei der Gelegenheit deine Schwester mit. Ich muss mit ihr reden.«

Die Teelogin gießt sich eine Tasse ein und stellt die Kanne mit einer energischen Bewegung auf den Tisch zurück.

»Bis dahin«, sagt sie, die Augen fest auf den zwischen ihren Händen aufsteigenden Dampf gerichtet, »schlag dich auf deine Weise mit deinen Geistern herum, aber komm nicht wieder.«

Wäre der Teetisch nicht so schwer, Félicité würde ihn umstoßen. Leider, und das ist schade, ist der Stein wuchtiger als ihre Wut.

Sie steht erst auf, als ihre Beine sie wieder tragen können. Sie sucht Marines Blick, aber die lässt ihren Tee nicht aus den Augen.

Félicité tritt aus der bunten Hütte, ihre Tasse wird auf dem Teetisch erkalten.

Zwischen den Regalen verläuft sie sich. Sie erkennt nichts mehr wieder. Noch nie hatte sie gemerkt, dass es in diesem Papierlabyrinth so kalt ist. Sie schlingt ihre Arme um ihre Schultern; sie hat ihren Wollschal vergessen.

»Guten Tag, Théodore. Könnten Sie mir sagen, wo es zum Ausgang geht …«

Doch der Geist, der den Wortwechsel zwischen ihr und Marine mit angehört hat, entfernt sich durch die Gänge, ohne das Wort an sie zu richten.

Lange Zeit irrt Félicité durch die kaleidoskopischen, mit Kisten gekachelten Tunnel. Vielleicht, denkt sie, vielleicht werde ich mich total verlaufen, mich zwischen zwei Regale setzen, eine graue Frau zwischen grauen Kisten, bis ich selbst eine Kiste werde. Man wird mich am Boden finden und mich in ein Regalfach stellen. Ich würde gern eine Kiste werden. Eine einfache graue Kiste, die an nichts denkt, zwischen Tausenden anderer grauer Kisten, die an nichts denken.

Wie erholsam muss es sein, dort zu stehen. Auf einem Metallboden. Zu schlafen. Nur zu schlafen. Grau und reglos zu bleiben, an nichts zu denken und die Geister zu vergessen.

ZERBROCHENE SPIEGEL

Sie ist nach Hause zurückgekommen, wo nichts mehr ist. Keine Schwester. Kein Tee. Nur eine große Leere, die das Dach aufreißt, der hereinströmende Regen und der Geist der Gräfin, der, vom Wasser durchnässt, auf dem Sofa ein Nickerchen macht.

Auf einmal findet sich Félicité überhaupt nicht mehr furchterregend.

Ihr Sessel hat sich in einen dicken mit Wasser vollgesogenen Schwamm verwandelt. Sie setzt sich auf den kalten Stoff, der ein schmatzendes Geräusch von sich gibt und sich an ihren Rücken und ihre Beine klebt. Der Nieselregen übersät ihre perlgraue Kleidung mit anthrazitfarbenen Sprenkeln. Aus den Augenwinkeln entdeckt sie einen Stapel feuchter Briefumschläge neben der Tür. Noch ein paar Stunden, und sie werden zu einem nassen Papierbrei zusammengepappt sein. Umso besser.

Sie betrachtet das Chaos, und das Chaos erschreckt sie nicht. Sie ist sogar froh, dass es da ist.

Wer hat schon Lust auf Ordnung und Sauberkeit, wenn innen alles durcheinandergeraten ist.

Angèle-Victoire wird sich freuen, wenn sie aufwacht. Sie wollte ja immer, dass Félicité mal ihre Gewohnheiten ändert. Vielleicht wird sie begreifen, dass es im Grunde gar nicht so schlecht ist, etwas zu haben, woran man sich festhalten kann, wenn alles Übrige sich verbiegt und verzerrt und zersplittert wie das eigene Bild in einem zerbrochenen Spiegel.

Die Hütte im Palast: zerbrochener Spiegel.

Ein Schrank voller Kuriosi-Tees zum Schleusen von Geistern: zerbrochener Spiegel.

Jemand, der sie an einem Tisch mit einer Teekanne empfängt und Clé nennt: zerbrochener Spiegel.

Ihre Zwillingsschwester, die inmitten von bemalten Vogelschädeln, mit Karten und Bonbons in der Hand auf sie wartet.

Zerbrochener Spiegel.

Das Praktische am Regen ist, dass man davon strähnige Haare bekommt, dass einem die Nase läuft und die Wangen blass werden, und weil man dann so mies und elend aussieht, merkt keiner, dass man weint.

EINE HERDE
WILDER TEEKANNEN

Auch die Teekannen sind verschwunden.

Félicité kann es ihnen nicht übelnehmen. Für eine aus-
erwählte, verhätschelte Herde ist es beleidigend, als Regen-
auffangbehälter dienen zu müssen. Vor allen Dingen, wenn
sie keine Mutter-Teekanne haben, die sie aufmuntert wie ein
General, der seinen Soldaten einredet, es sei ehrenvoll, für
den Wahnsinn eines anderen zu sterben, die Wunden voller
sandigem Wasser.

Wahrscheinlich haben sich die Teekannen mit erhobenen
Tüllen angeschaut und sich gesagt, dass ihnen wenig am
Opferbringen liegt. Ich stelle mir vor, wie sie die Treppen
hinuntergehüpft und in den Straßen von Nizza verschwunden sind. Eine ganze Herde wieder wild gewordener Teekannen ist über das Kopfsteinpflaster gehopst und gescheppert.
Ohne Mutter, ohne Schäferin. Kurzum: frei.

DER HAUSDIENER-KARTOGRAPH

Es dauert mehrere Tage, bis Félicité die Kraft findet, sich aus ihrem Sessel zu erheben.

Unterdessen hält der Monat August Einzug mit seinen Sonnenschirmen, seinen Kühlboxen und seinen Touristen, die noch lauter sind als die im Juli. Man hört sie bis hier oben, jetzt, wo das Dach ein Loch hat. Wenigstens trocknet die durch die Öffnung eindringende Hitze ein wenig die regennassen Tassen, die aufgequollenen Bücher, die leeren Regalbretter.

Am achten Morgen verlässt Félicité das Haus. Die Gräfin, die schon zu lange keinen Tee mehr getrunken hat, hält sie für ein Dienstmädchen.

Félicité geht dorthin, wohin sie, wie sie seit acht Tagen weiß, gehen muss: zu ihren Großeltern.

Das zumindest hat sie mir erzählt.

Und Achtung, es ist keine Lüge, aber sagen wir, es fehlt ein Stückchen Wahrheit. Allmählich lernen Sie sie kennen. Sie wollte mir nicht im Einzelnen erzählen, was alles schiefgegangen ist, bevor sie Erfolg hatte. Mir von jenen Tagen mitten im Sommer zu erzählen, in denen sich eine Sackgasse an die nächste reihte, in denen sie Hinweisen nachging, die keine waren, Tote ohne Geister verfolgte oder Geister, die Carmine nicht kannten, Tagen, in denen sie von oben bis unten und in allen Winkeln die Ruinen von Roquebillière-Vieux durchsucht hat, wo die wenigen Geister zwar von

Adélaïde redeten, o ja, überall von Adélaïde, aber nie von Carmine.

Sie erzählt mir also von diesem achten Tag. Dem Tag, an dem sie beschließt, sich im Zuge ihrer Suche zur Adresse ihrer Großmutter in Nizza zu begeben.

Unwillkürlich malt sie sich aus, was sie sagen würde, wenn Agonie im Auto neben ihr säße. Wie stellst du dir unsere Großeltern vor? Glaubst du, sie sind Geister geworden? Also, man lebt doch nicht dreihundert Jahre, um dann einfach so zu sterben … Wenn man sich die Mühe macht, drei volle Jahrhunderte auf den Beinen zu bleiben, dann bedeutet das, man hängt sehr am Leben. Aber glaubst du, sie wissen etwas über Spanien?

Sie stellt sich vor, dass Agonie den Kopf aus dem Fenster streckt, um besser atmen zu können, dass sie auf ihrem Sitz Geräusche wie von aneinanderstoßenden Tassen macht und in etwa so antwortet: Auf jeden Fall sind es bestimmt reizende Leute, wenn man bedenkt, was für eine Mutter sie uns hinterlassen haben.

Allein, ohne Tee und ohne Schwester, erreicht Félicité die Stelle, wo laut Archiv Adélaïde Da Rocabiera in der zweiten Hälfte ihres langen Lebens gewohnt hat.

Das verlassene Haus steht an einer Straßenecke hinter dem Negresco, das ihm Schatten spendet. Es hat vor dem Luxushotel existiert und wird es überleben. Die ockerfarbene Fassade mit den falschen Säulen hat sich schwarz verfärbt, ihre Stuckleisten sind zerbröckelt. Der verglaste Teil des Daches ist vor lauter Vogelkot undurchsichtig. Ein rostiger Zaun, über den trockene Palmzweige hinausragen, umgibt das Haus.

Trotz des Verfalls wirkt hier alles selbst nach hundertfünfzig Jahren voller Spinnen und Regen so edel und pompös, so großbürgerlich, dass Félicité sich fragt, wie es sein kann, dass ihre Mutter hier geboren wurde und als Schäferin auf einem Wind und Stürmen ausgesetzten Berg gelebt hat.

Ein Geist lehnt am Tor und raucht, den Blick in der Ferne verloren. Hinter Tod und Krähenfüßen hat seine jugendliche Schönheit ihn nicht ganz verlassen. Er hat glänzend schwarze Augen und eine holzschnittartige Nase. Er zieht mit so großartiger Lässigkeit an seiner Zigarette, dass die Palmblätter, die ihn von oben heimlich beobachten, auf einen Schlag wieder ergrünen könnten.

Félicité versteht, warum ihre Großmutter diesen Mann als letzten Ehegatten gewählt hat.

Als sie näher kommt, fragt der Geist sie mit rollendem R und gesungenen Vokalen:

»Sehen Sie die große Tanne da hinten?«

Mit dem Kinn deutet er auf die Berge in der Ferne, die in der hitzeflirrenden Luft wie große graue Geister aussehen.

»Ein bisschen Moos an den Füßen, drei Spatzen rings um den Stamm. Das ist gut, wissen Sie? Die Tanne habe ich zur Geburt meiner Tochter gepflanzt. Sie wird bald hundertsechsunddreißig Jahre alt. Sie ist schön, nicht wahr?«

Félicité will den Geist gerade fragen, ob sein Akzent aus Spanien stammt, da zuckt er zusammen und ruft eine Warnung. Nur die Stille antwortet ihm. Er seufzt.

»Ich höre, wie das Gestein da oben Tag für Tag weiter zerbröckelt. Ein Stück Felsen wird abrutschen. Ich sage immer wieder, dass man dort nicht entlangfahren darf, aber die Leute hören nicht zu. Ich muss meine Karte wieder auf den neusten Stand bringen. Sie ist überholt. Ständig überholt. Nie fertig.«

Félicité kennt Geister gut genug, um zu wissen, dass dieser hier will, dass man ihm eine Frage stellt.

»Was für eine Karte?«

Ohne sie anzuschauen, noch immer auf der Hut, betet er seine Antwort herunter:

»Die, auf der alle Wege, Pflanzen, Steine verzeichnet sind, die Tiere, die dort leben oder gelebt haben, sich dort befinden oder befunden haben, im Gebiet zwischen der italienischen Grenze im Osten, dem Beginn des Tals der Wunder im Norden und den Alpillen im Westen. Alles außer den Menschen. Man muss alles auf Karten festhalten, immer, das Winzige und das uns Überragende, die mörderischen Winde und die, die einem das Haar zerzausen, wir müssen sie benennen, wir müssen sie bekleiden, sie unserem Gedächtnis einprägen, all diese Dinge aufschreiben und zeichnen und fotografieren, damit sie uns ein wenig gehören, sonst erdrückt uns ihr Zuviel an Schönheit und tut uns Gewalt an. Es ist zu viel. Zu viel für mich. Also bringe ich alles auf die Karte, sonst quellen die Schönheiten über und verschwimmen und ...«

Er legt einen Zeigefinger schräg über seine Lippen. Félicité bewegt sich nicht. Nach einer langen Pause entspannt er sich und spricht weiter:

»Die Leute können nicht still sein. Wissen Sie, die Hirschkuh mit den elf Flecken, die vor zwei Jahren zur Welt gekommen ist, die schönste des Jahres ... die hat unter der gespaltenen Tanne, die den Ton Gis pfeift, wenn die *Tramontana* weht, ihre Jungen geboren. Es regnete, der Boden war mit Wasser vollgesogen, ein Schlammbach. Mit ihren Hufen hat sie eine Menge Regenwürmer und Nacktschnecken zertreten; siebenunddreißig, glaube ich. Nein, achtunddreißig. Der letzte Regenwurm, fett und sehr lang, sechzehn Zentimeter, der hätte eine Menge Erde aufwühlen und etliche Spannen Wald fruchtbar machen können ... Nun gut. Die Hirschkuh hat gelitten. Zu sehr. Weil sie zwei Junge im Bauch hatte. Das kommt fast nie vor, eine Hirschkuh mit zwei Kälbern. Weil immer eines die Oberhand gewinnt, wissen Sie? Das Erste kommt also raus, ganz mit rötlich-weißem Schleim überzogen, und beginnt auf seinen zittrigen Beinen zu laufen, schwach, wie es ist, man denkt, gleich fällt es hin. Unter seinen Schritten knacken die Dornen, es entdeckt das Rauschen der Tannen, den Geruch der Erde, es sorgt sich nicht mal um die Schmerzen der Mutter, die noch seinen Bruder austreiben muss und keine Zeit hat, es abzulecken. Die Hirschkuh keucht, außer Atem, Schnauze und Stirn schweißgebadet. Ein Blaukehlchen beobachtet es von oben mit schiefgelegtem Kopf. Und schert sich auch nicht darum, dass die Hirschkuh leidet. Es schaut nur zu, weil es nichts anders zu tun hat. Der Baum, auf dem es sitzt, riecht nach Harz, und dieser würzige Duft gibt der Hirschkuh ein bisschen Kraft.«

Zacario – denn er ist es, Félicité erkennt jetzt die schwarzen Locken und den Himbeermund ihrer Mutter – schüttelt den Kopf, Wutfalten auf der Stirn.

»Diese Hirschkuh von meiner Karte zu streichen war sehr hart für mich. Mit etwas Stille und dem Harzgeruch hätte sie am Leben bleiben können. Aber die ganze Nacht sind Autos hoch ins Gebirge gefahren und wieder heruntergekommen, überall, ohne langsamer zu werden. Überall um die Stadt herum hallte das Dröhnen der Motoren und das Kreischen der Bremsen von den Bergen wider. Und die Hirschkuh, der die Stille fehlte, ist gestorben. Als das zweite Kalb erst zur Hälfte aus ihrem Bauch gekommen war. Das erste, das keine Mutter mehr hatte, die es säugen konnte, ist am nächsten Abend gestorben. Deshalb sage ich, man muss still sein. Irgendwo ist immer eine gebärende Hirschkuh.«

Sein Blick schweift wieder in die Ferne. Er schnippt die Asche von seiner Zigarette und raucht weiter.

»Ich bin gekommen«, beginnt Félicité, »um Adélaïde Da Rocabiera zu besuchen, falls sie da ist.«

Zacario mustert sie.

»Wir kennen uns, oder?«

»Noch nicht.«

Erneut stößt er Tabakqualm aus.

»Und wo ist das Kind?«

»Welches Kind?«

»Sie kommen doch, um einem Baby einen Namen zu geben, stimmt's? Sie kann nicht arbeiten, ohne es zu sehen.«

Da holt Félicité einen phantofassbaren Löffel aus gedrehtem Silber und von der Form einer Lilie aus ihrem Köfferchen. Sofort runzelt Zacario die Stirn. Aber seine Augen weiten sich nicht. Sein Blick bleibt nicht wie der Blick der anderen Geister an dem Gegenstand hängen.

Er wirft seinen Zigarettenstummel auf die Erde, tritt ihn mit dem Absatz aus und geht durch die Gitterstäbe des Tors, ohne es zu öffnen.

»Kommen Sie. Adélaïde ist im Haus. Aber stören Sie sie nicht zu lange, sie erwartet die Rückkehr unserer Tochter.«

UND SCHLEIER
ÜBER DEN SPIEGELN

Félicité stößt das verrostete Tor auf und steigt die drei Stufen hoch, die zum Hauseingang führen. Die Tür ist verriegelt, mit Brettern vernagelt, darauf ein Schild:

PRIVATGRUNDSTÜCK
WIDERRECHTLICHES BETRETEN
WIRD STRAFRECHTLICH VERFOLGT

Sie wirft einen Blick über die Schulter; auf dem Bürgersteig läuft gerade niemand vorbei. Dreimal tritt sie mit dem Absatz gegen die Tür, die krachend auffliegt. Dahinter taucht ein im Dunkel liegender Raum auf.

Zwischen den vor die Fenster genagelten Brettern sickern ein paar Sonnenstrahlen herein und lassen eine Landschaft aus Schatten, alten Gemälden und großen Laken erkennen. Eine Versammlung von Geistern, könnte man meinen, wenn man nie einen gesehen hat.

Unter Félicités Schritten ächzt der Fußboden, als sie auf einen mit einem weißen Stoff verhängten Bilderrahmen zugeht und einen Zipfel anhebt.

Erschrocken lässt sie ihn los. Etwas hat sich bewegt.

Sie hebt den Stoff noch einmal an, vorsichtiger, mit ausgestrecktem Arm – und schaut dabei zur Decke, von der die Farbe abblättert. Es ist kein Gemälde, es ist ein Spiegel.

Was sie erschreckt hat, war ihr eigenes Spiegelbild. Mit dem Kopf, der wie vor dreißig Jahren im Lycée Masséna wieder zweifarbig ist. Unten rotes, am Ansatz weißes Haar. Halb-halb. Die letzten Tage sind viel zu schnell vergangen für ihre Haare, die in rasendem Tempo wachsen. Sie hat das Färben vergessen.

»Alles riecht verschimmelt.«

Das sagt sie laut, um den Raum zu füllen, als könnte der Klang ihrer Worte ihm ein wenig Leben einhauchen. Hinter den Laken, die sie fast alle abnimmt, tauchen lauter Spiegel auf, übersät mit schwarzen und silbernen Flecken.

»Alles ist verschimmelt.«

Hier könnte Nanie plaudern, so viel sie wollte. Sie bräuchte keinen Maulkorb und keinen Staubsauger. Das ist der Vorteil von vergammelten Orten.

Hier also ist ihre Mutter geboren. In dieser Villa, zwischen Gemälden und Spiegeln, weit weg von Schafen, weit weg vom Gebirge. Mitten in dieser Stadt, deren Gerüche, deren Menschenmassen und deren Lärm sie verabscheute.

Félicité entdeckt eine Treppe und steigt im Dunkeln – das übrigens immer dunkler wird, je weiter sie sich von den Erdgeschossfenstern entfernt – die Stufen hinauf. Nichts ist zu hören, kein Lärm von der Straße, die direkt am Haus vorbeiführt. Die Finsternis verschluckt die Geräusche.

Wäre Nanie hier, würde sie sagen: Man sieht so viel wie im Arsch einer Ziege. Sie hätte nicht unrecht.

Blind durchwühlt Félicité ihre Tasche und findet schließlich eine Streichholzschachtel. Sie schiebt sie auf, holt ein Streichholz heraus, reißt es an der Reibefläche an.

Im Schein der Flamme taucht unmittelbar vor ihr ein Gesicht auf.

DIE ORAKEL-AMME

Félicité, das habe ich Ihnen ja gesagt, hatte vor nichts Angst. Aber als sie an diesem Tag ihrer Großmutter gegenüberstand, hätte sie beinahe das Haus in Brand gesteckt. Man muss allerdings dazusagen, dass dieser Geist unter allen, die der Schleuserin je begegnet sind, die Siegestrophäe in Sachen Scheußlichkeit davontrug.

Nein, Adélaïde war nicht im Geistersinne hässlich. Kein gewaltsamer Tod, keine verstümmelten Gliedmaßen, nichts dieser Art. So was war Félicité ja gewohnt. Sie kam vielmehr so lautlos auf einen zu, dass man eine Gänsehaut bekam. Und fixierte einen reglos, nur die Augen bewegten sich in ihrem von Puder zugekleisterten Gesicht.

Félicité begrüßt sie und stellt sich so ruhig wie möglich vor.

Adélaïde mustert sie, die winzigen Hautfältchen unter dem rot-weißen Haar. Langsam schnuppert sie an ihrem Hals, steckt ihr die Finger in die Augen – und Félicité, deren Körper schon von so vielen Geistern durchdrungen wurde, spürt zum ersten Mal ein eisiges Beben zwischen ihren Rippen. Aber sie lässt sich betrachten, ohne mit der Wimper zu zucken. Der Moment der Angst ist vorüber. Sie weiß, dass die Lebenden mehr zu fürchten sind als die Toten.

Dann zucken die Schultern der Alten mehrmals krampfartig: Sie lacht. Ihr Gesicht entspannt sich. Mit gebieterischer, erstaunlich warmer Stimme verkündet sie:

»Würde mein Beruf gelehrt, wäre Ihr Extraname ein Fall fürs Lehrbuch. Kommen Sie mit, ich muss wieder hochgehen und Ausschau halten. Ich erwarte die Rückkehr meiner Tochter.«

Im Schein eines zweiten brennenden Streichholzes folgt Félicité ihr mehrere Stufen hinauf. Und erreicht hinter einer halb geöffneten Tür die Terrasse mit der gläsernen Überdachung.

Zwischen dem Vogelkot sickert ein wenig Licht durch das gesprungene Glas. Die mit Moos und Unkraut überzogenen Wände machen die Dachterrasse zu einem vergessenen Gewächshaus, einem Miniaturwald über der Stadt. Hier erwartet sie Zacario, die ewige Zigarette zwischen den Lippen.

Adélaïde setzt sich auf einen verrosteten Metallstuhl, wie man sich auf einem Thron niederlassen würde. Ihr geschlitztes Geisterseidenkleid enthüllt zwei in einer weißen Strumpfhose steckende Oberschenkel. Lilafarbene Handschuhe überziehen ihre schlaffen Arme bis unterhalb der Schultern. Hinter dem Fluss aus Amethysten, der ihr Dekolleté schmückt, lässt sich eine fleckige, welke Haut erahnen. Ihr Gesicht ist mit einer übertrieben dicken Schicht aus Paste und Puder überzogen, weshalb es aussieht wie eine zu oft überarbeitete Skulptur.

Das Scharlachrot ihrer Frisur dagegen ist alles andere als fremd.

Früher sah Adélaïde nicht aus wie eine geflickte Puppe. Das zumindest hat Zacario Félicité versichert, die es stark bezweifelte. Sie selbst war der Meinung, dass man die Menschen, wenn sie erst einmal tot sind, lebendiger in Erinnerung hat, als sie es mal waren.

Die beiden Geister schauen auf den Löffel, den Félicité auf den Tisch gelegt hat, und scheinen nicht im mindesten beeindruckt. Adélaïde faltet die Hände auf ihren Oberschenkeln.

»Diese Art von Besteck gehört normalerweise zu einer bestimmten Sorte von Tasse, Teekanne und Tee. Nicht wahr?«

Als Adélaïde Félicités überraschtes Gesicht sieht, lächelt sie. Ein triumphierendes, beinahe grausames Lächeln, das die Schleuserin an das Lächeln erinnert, das ihre Mutter früher aufsetzte, wenn sie Nanie unter ihren Blitzen zittern sah.

Unzählige Male hat Félicité Geister befragt, um einen Namen, einen Ort, eine Erinnerung herauszubekommen. Aber nie ohne Kuriosi-Tee. Im Archiv gibt es diese Tees in derartigen Mengen, dass man schon nicht mehr weiß, was man damit anfangen soll, und sie steht hier ohne ein einziges Teeblatt und zückt ihren armseligen phantofassbaren Löffel in der Hoffnung, die Aufmerksamkeit ihrer Ahnen zu gewinnen und sie zu entwaffnen, wenigsten ein bisschen, um ein paar Antworten zu bekommen.

Anscheinend war sie zu optimistisch.

»Diese Dame ist nicht wegen eines Extranamens hier, Caro. Sie ist da, um uns unsere Geheimnisse zu entlocken. Deshalb sind Sie ja wohl hergekommen, oder? Interessieren Sie unsere schmutzigen kleinen Erinnerungen, die nur uns gehören und niemandem sonst?«

Plötzlich, als erlebte sie eine Offenbarung, gibt Adélaïde ihr geheimnisvolles Getue und ihren grausamen Blick auf und schaut Félicité mit großen Augen offen an.

»Warten Sie mal, sind Sie nicht zufällig von mir?«

Endlich, denkt Félicité, die Alte hat's geschnallt.

»Also, weil, Sie müssen entschuldigen, aber ich habe Sprösslinge in ganz Europa. Und da Ihr Aussehen mir irgendwie bekannt vorkommt, frage ich mich, ob Sie nicht ein bisschen von mir sind, das ist alles.«

»Nicht nur ein bisschen. Ich bin die Tochter von Carmine.«

Bei dem Namen Carmine versuchen die beiden Ahnen trotz der fehlenden Konsistenz ihrer Körper einander zu umklammern, als hätte soeben das ganze Haus geschwankt.

»Du bist die Tochter von Carmine?«, stammelt Zacario. »Bist du da unten in Spanien geboren?«

Félicité beschließt, nicht zu antworten. Wenn die Alten Lust haben zu glauben, dass sie aus Spanien kommt, dann sei es so. Ohne Tee, der die beiden zum Reden bringen könnte, muss sie sich zwangsläufig eine andere Methode überlegen.

»Setz dich um Himmels willen, setz dich doch. Caro, mach ihr Platz, lass deine Enkelin sich setzen, hol ihr die Kekse, die ich gestern gebacken habe, leg sie auf den weißen Teller, du weißt schon, den schönen mit den Stockrosen am Rand, ja, den, mach schon und komm schnell zurück.«

Zacarios Geist verschwindet auf der Treppe, während der von Adélaïde aufgewühlt und ziellos unter dem Glasdach hin und her läuft.

Zacario findet keinen einzigen Keks. Ein Jahrhundert lang hatten sie Zeit zu vergammeln. Er kommt aber trotzdem mit dem Teller mit den gelblichen, rissigen Blumen zurück und präsentiert ihn, als wäre er voll.

»Danke, Caro. Ist er nicht ein guter Hausdiener, mein Zacario? So habe ich ihn damals kennengelernt. Ich brauchte einen Assistenten, jemanden, der mir hilft, die Leute zu empfangen, sie auf die Warteliste zu setzen, meinen Zeitplan zu erstellen, meine Namen und meine Extranamen zu notieren … Das schaffe ich nämlich nicht allein, ich bin oft kränklich oder ein wenig schwach, da ist es mir lieber, wenn mir jemand hilft. Also ist er aus Andalusien gekommen.

Am Anfang kannte er nicht ein Wort unserer Sprache, aber schlau, wie er ist, hat er schnell gelernt, fast perfekt französisch zu sprechen.

Na ja, ich gebe zu, wenn man so einen gutaussehenden Hausdiener hat, widersteht man nicht lange. Dabei gab es so einige schöne Burschen, die mir den Hof gemacht haben. Das genügte mir natürlich nicht, um sie zu heiraten, aber, mal ganz ehrlich, ein Vorteil ist es schon.

Zacario besaß noch etwas anderes: einen eigenen Namen, einen, den nicht ich ihm gegeben hatte, und außerdem einen Extranamen, den ich entdecken musste. Die Schönheit, weißt du, braucht ein kleines Geheimnis, damit sie lange bleibt. Meine früheren Ehemänner hatte ich zur Welt kommen und brüllen sehen, ich hatte ihnen Namen und Extranamen gegeben, ich kannte sie also durch und durch. Wenn man will, könnte man sogar sagen, ich habe sie von ihrer Geburt an für mich reserviert. Sie sorgfältig gepflanzt, damit sie gewissermaßen in mich verliebt heranwuchsen und eine Vorstellung von Schönheit entwickelten, die genau meinen Gesichtszügen entsprach.

Zacario dagegen fand mich schön und hat mich geliebt, ohne dass ich es selbst eingefädelt hätte. Eine solche Liebe verjüngt die Seele, wenn man zweihundertsechzig Jahre alt ist. Ehrlich gesagt hat mich das so überrascht, dass ich es zuerst kaum glauben konnte. Sicher kannst du dir meine Freude vorstellen, als wir nach zwanzig Jahren Ehe Carmine bekommen haben, unsere hübsche, wunderbare, bezaubernde Carmine mit den schwarzen Locken und der perfekten Nase meines Zacario! Du gleichst deiner Mutter übrigens nicht besonders. Außer, wie gesagt, dein Auftreten und vielleicht die Farbe deiner Augen, dieses blasse Grün mit einem Stich ins Silberne statt ins Goldene ... Aber ansonsten nicht. Deshalb hatte ich Mühe, dich zu erkennen. Gewiss verzeihst du mir das.«

Nie hat eine Entschuldigung in Félicités Ohren so sehr wie eine Beleidigung geklungen.

»Und dann mussten wir sie weit weg bringen. Nach Spanien, zu einem Onkel von Zacario. Sie war damals acht Jahre alt. Es hieß, es werde Krieg geben, weißt du. Wir waren ja Provenzalen, Savoyarden, fast Spanier, Franzosen, Sarden gewesen, und jetzt wollte man uns wieder zu Franzosen machen. Uns war das egal, solange wir Nizzaer blieben. Aber in dieser Situation wollte Zacario Carmine lieber nach Spanien schicken, zu seiner Familie, wo sie keiner Gefahr ausgesetzt wäre. Es war die richtige Entscheidung. Stimmt's, mein Caro, das haben wir doch richtig gemacht? Es war deine Idee, oder?«

Zacario nickt traurig.

»Wissen Sie, ob sie wiederkommen wird?«

Er stellt seine Frage leise und so bedrückt, dass Félicité in eine andere Richtung schauen muss. Sie kann ihm ja nicht ›Nein, Zacario‹, antworten, ›Ihre Tochter wird nicht wiederkommen.‹ Und etwas anderes kann sie ihm auch nicht sagen. Also sagt sie gar nichts.

»Wir warten hier auf sie«, sagt er, »unter dem Glasdach, weil man von hier aus den besten Blick über die Stadt hat. Damit wir sie kommen sehen, verstehen Sie, für den Fall, dass sie sich verläuft ... dass sie nach der langen Zeit, die sie in der Ferne verbracht hat, das Haus nicht mehr wiederfindet. Ich kenne hier in der Gegend sämtliche Straßen, Bäume und Hirsche, aber ich würde es nicht merken, wenn meine eigene Tochter sich nähert.«

Hinter den beiden entdeckt Félicité auf einem verstaubten Möbelstück ein sepiafarbenes Porträt in einem goldenen

Bilderrahmen. Darauf ist ihre Mutter zu sehen. Vor einem Bett sitzend, das Félicité nicht wiedererkennt, das nicht in der Schäferei steht, und neben einem Mann, der nicht ihr Vater ist, denn dieser hier lebt und hat nicht die hohe, schmale Statur eines Reihers, die Félicité geerbt hat. An ihrer Brust hält ihre Mutter ein graues Pummelchen, weder sie noch Agonie, denn es ist ein einzelnes Kind.

Ein vielleicht in Spanien geborenes Kind.

Félicité tritt näher an das Bild heran und nimmt es in die Hand.

»Dieses Foto ist alles, was uns von ihr geblieben ist«, bemerkt Adélaïde. »Carmine hat es uns ohne eine Nachricht und ohne Briefmarke geschickt. Aber jetzt wissen wir, dass du das Kind warst ... Du bist doch das Baby auf dem Bild, stimmt's?«

Das Porträt hypnotisiert Félicité. Sie kann sich ihm nicht entziehen. Ein Mädchen ist dort zu sehen, eine Tochter ihrer Mutter. Eine Schwester. Eine zweite Schwester, die nicht ihre Zwillingsschwester ist.

Sie schüttelt den Kopf.

»Nein. Nein, das bin ich nicht. Das ist ... meine Schwester.«

»Ihre Schwester? Gütiger Gott, aber ... gibt es denn noch andere? Andere Kinder?«

Adélaïde scheint außer sich. Sie ist aufgestanden und verheddert sich mit den Füßen im Seidenstoff ihres Kleides.

»Ja. Meine Zwillingsschwester.«

»Und wie heißt sie?«

Félicité überlegt einen Moment, was sie antworten soll. Ihre Schwester hatte schon so viele Namen. Sie blinzelt und wendet den Blick von dem Foto.

»Egonia. Sie heißt Egonia.«

Die Großmutter klatscht in die Hände und hüpft dabei auf der Stelle wie ein kleines Mädchen vor einem Karussell.

»Aber ja! Egonia, fast wie Begonie … Ein perfekter Extraname, Carmine liebte Blumennamen, ihre beiden Puppen hat sie Zyklamen und Hortensie genannt. Erinnerst du dich noch, Zacario?«

Etwas regt Félicité auf. Sie weiß nicht genau, was es ist. Wahrscheinlich diese ältere Schwester, von der sie nichts wusste. Sie hätte es ahnen müssen. In den neunzig Jahren vor ihr hatte ihre Mutter Zeit … Aber jetzt dieses idiotische kleine Gesicht zu sehen, das ihr auf dem Foto zulächelt, diese arrogante Unschuld …

Sie knallt den Rahmen gegen das Möbelstück. Aufgescheuchte Staubflocken fliegen durch die Luft.

»Ich habe Ihnen doch gerade gesagt, dass Egonia der Name meiner Schwester ist. Verstanden? Ihr Name. Nicht ihr Extraname oder sonst irgendeine Erfindung.«

Adélaïde lacht schallend. Ein junges Lachen, fast wie das eines Kindes, das im Mund eines so alten Geistes nichts zu suchen hat.

»Ein Extraname, liebe Enkelin, macht und lenkt deine gesamte Person. Er ist für deine Seele das, was das Blut für deinen Körper ist. Deinem Extranamen kannst du nicht entkommen: Er ist das Etikett, das auf deinem Schicksalsfläschchen klebt.«

DIE EXTRANAMEN

So also hätte Adélaïde Da Rocabiera, Orakel-Amme aus der Provence, Ihnen erklärt, was ein Extraname ist.

Der Name Adélaïde taucht in keinem Buch über die Geschichte der Provence auf. Sie braucht so etwas nicht. Sie besitzt ihren Namen voll und ganz. Er gehört nur ihr allein.

Jeder in der Region kennt Adélaïde, und sie kennt die Namen derer, die sie kennen. Das ist doch normal, werden Sie sagen, da ja sie es ist, die den Leuten ihren Namen gibt. Und Sie werden recht haben. Denn in den drei Jahrhunderten, die Adélaïde Da Rocabieras Leben gedauert hat, ist hier kein einziges Kind geboren, dem sie nicht einen Namen gab.

Zu Adélaïdes Zeiten hat man selbstverständlich alle Kinder getauft. Aber die eigentliche Taufe vollzog sich bei ihr, am Kamin ihres grauen Hauses am Ortseingang von Rocabiera, im Herzen des Vésubie-Tals, und später in ihrer Villa in Nizza. Jedem Kind verlieh Adélaïde bei sich zu Hause einen Namen – einen Extranamen. Keine Mutter hätte es je gewagt, ihr Baby anders zu nennen, als es die Orakel-Amme befahl.

Die armen Priester wussten das und hätten lieber Namen aus dem Kalender ins Geburtenregister eingetragen. Aber auch sie waren von der alten Adélaïde getauft worden. Und die hatte ihnen natürlich ganz bewusst einen Namen – und einen Extranamen – gegeben, der sie davon abhalten würde, sie zu hintergehen.

Während die schöne Adélaïde Ihnen das alles erklären würde, würde sie Sie von oben herab betrachten, mit einem Blick, eiskalt wie die Tramontana, und mit dem Selbstbewusstsein einer Herrscherin über die Namen. Und da sie auch Ihnen Ihren Namen aufgezwungen hätte, würde sie Sie von Kopf bis Fuß mustern, mit erhobenem Kinn, aber ohne Stolz, sie, die Königin in ihrem Reich, und während Zacario geschäftig um sie herumliefe, ihr einen Schal über die Schultern legen und eine Fußstütze unter ihre Knöchel schieben würde, würde sie Sie mit ihrer gebieterischen Stimme fragen:

»Hörst du mir zu?

Gut. Die Sache ist einfach.

Wenn ein Mensch geboren wird, hat er keinen Namen. Er ist ein Buch voller unbeschriebener Blätter. Einen Roman aber kann man nicht schreiben, bevor man ihm nicht einen Titel gegeben hat. Und alles, was man anschließend zu Papier bringt, wird durch diesen Titel bestimmt. Wusstest du das nicht? Jetzt weißt du es. Kein Titel, keine Erzählung. So. Aber wie findet man einen Titel für ein Buch oder einen Menschen?

Gute Frage. Darauf gibt es drei Antworten.

Zuerst kann man sich Vorgängernamen anschauen und sie übernehmen, damit ihr Erfolg sich wiederholt beziehungsweise ein Misserfolg ausbleibt. Solche Namen passen gut zu Leuten ohne Phantasie und ohne Zukunft. Man jubelt ihnen den Vornamen eines Ahnen unter, entweder weil man ihn geliebt hat oder weil der Alte es so erwartet. Das ist ja auch bei Königen und Päpsten üblich, und na ja, du siehst ja, wohin es sie gebracht hat.

Danach kann man anderswo suchen. Die große weite Welt ist voll von Millionen bedeutungsleerer Silben, die ihrerseits Namen bilden, die jeder wiedererkennt. Hier zum

Beispiel zwei Wörter aus einer exotischen Sprache: *altavantha* und *amativya*. Eines der beiden ist ein Vorname, das andere bedeutet ›Schubkarre‹. Welches wohl? Und? Du weißt es nicht! In deiner eigenen Sprache dagegen weißt du sogar bei einem Vornamen, den du noch nie gehört hast, dass es der Name einer Person ist und nicht ›Ziege‹ oder ›Mist‹ bedeutet … Diese Namen bilden den Ursprung der meisten Schicksale. Allerdings muss man wissen, wo und wie man im Gewimmel der zahllosen Namen den richtigen suchen soll.

Ganz selten kommt es vor, dass kein einziger bereits existierender Name zu passen scheint. In so einem Fall spüre ich, dass das Kind Träger einer großen Macht werden könnte. Also denke ich mir selbst einen Namen aus. Aber nicht irgendeinen. Es handelt sich dabei um eine ernste Angelegenheit. Von diesem Titel wird der gesamte Inhalt des Buchs abhängen. Ich kann mir nicht hier einen Buchstaben, da eine Silbe rauspicken, sie zusammenkleben und schauen, was dabei herauskommt, wie es manche Leute ausprobiert haben. Nein. Es geht dabei um eine sorgfältige Suche, um ein regelrechtes Ritual. Wenn es gut läuft, kommt ein perfekter Name dabei heraus, der klingt, als habe er schon immer existiert. Der absolut eingängig ist, der auf der Zunge liegt wie ein Geschmack, der zugleich vertraut und neu ist. Dann weiß ich, dass der Vorname gelungen ist.

Jetzt verstehst du, warum die Leute zu mir kommen, um ihren Kindern einen Namen zu geben. Man darf sich nicht vertun, einen zu engen Namen für einen Eroberer auswählen oder aber zu weite Namen vergeben, in denen die Banalen sich verlieren könnten.

Zumindest glauben die Leute das. Die Wahrheit ist, dass die Kinder, die sie zu mir bringen, nichts anderes sind als das, was ich mir wünsche, als das, was ich ihnen an Leidenschaften und Herrlichkeit auferlege. Ich suche keinen Namen für sie aus, damit er sich ihnen anpasst. Mit den Namen, die ich vergebe, forme ich Schicksale. Verstehst du?«

An diesem Punkt ihrer Ausführungen hätte Adélaïde Sie gebeten, sich noch einen Keks zu nehmen – sie war zwar eine miserable Bäckerin, aber glauben Sie mir, Sie hätten nicht abgelehnt.

»Na ja. Das alles erklärt noch nicht, was ein Extraname ist.«

Sie würde weitersprechen und sich vergewissern, dass Sie ihre zu trockenen Kekse auch mit Genuss verzehren.

»Es genügt nicht, einen Fluss so zu erschaffen, dass er in die richtige Richtung fließt, man muss ihm auch ein Flussbett geben, das die tobenden Fluten im Zaum halten kann. Oder falls dir das lieber ist: man muss das Licht mit einem Schatten umgeben, damit es seine Form und seine Substanz annimmt. Der Extraname, den ich jedem Kind gebe, ist untrennbar verbunden mit dem Namen, den Eltern, Bürgermeister und Priester auf allen Dokumenten eintragen werden. Er vereint in sich alle vom Licht geworfenen Schatten, das ganze Flussbett, durch das kein Wasser fließen wird. Ich flüstere ihn dem Neugeborenen ins Ohr, nur ihm allein, damit sich das, was es nie sein wird, tief in sein Gedächtnis einprägt.

Lass es mich erklären.

Frage dich mal, was du nicht weißt. Was du dich weigerst, zu glauben, zu kennen, zu sehen. Was dir entgleitet und du nicht einzufangen versuchst. All diese Leben, die du nicht geführt hast. Diese Zwillinge deiner selbst, die du durchdrungen hast. Die anderen, die dir zuwider sind und zu denen du in deinen Träumen wirst. Das, was in deinen

Nächten auftaucht und du am nächsten Morgen vergisst, dieses Abbild deiner Seele, das du verleugnest und eines Tages entsetzt im Spiegel entdeckst.

All das macht dich aus. Genauso wie das, was für die Welt sichtbar ist.

Und das alles steckt in deinem Extranamen.

Du kennst deinen nicht? Sag lieber, dass du ihn noch nicht wiedergefunden hast.

Manche erinnern sich nie an ihn. Ihr ganzes schlichtes, leuchtendes Leben lang haben sie keine Ahnung von ihren Schatten. Und manche erinnern sich eines Tages an ihn, oft an der Schwelle des Alters.

Es gibt Menschen, die daran sterben, in derartige Tiefen zu blicken.

Es gibt Menschen, die für verrückt gehalten werden, weil sie beschließen, dass der Fluss ihrer Seele nicht länger zwischen engen Ufern eingezwängt bleiben soll. Für den Rest der Menschheit ist das unerträglich. Zuzuschauen, wie sich jemand bereitwillig von seinem eigenen Wahnsinn überfluten lässt, ohne etwas dagegen zu unternehmen. So entsteht das riesige Volk der Spinner, glücklichen Narren und Entrückten.

Es gibt Menschen, die, ohne es zu wissen, eines Tages die Schranken ihres Extranamens durchbrechen, quasi zufällig oder weil man ihnen einen falschen gegeben hat. Eines Tages, wer weiß warum – ich weiß es selbst nicht –, tut man etwas, das zur Kehrseite der eigenen Seele gehört. Man spricht ein Wort aus, das im Schatten hätte bleiben müssen, man lässt zu, dass das eigene Spiegelbild einen Fuß aus dem Spiegel setzt. Dann breitet sich die Seele in alle Richtungen aus, zerrissen, ohne Form und Konturen.

Man wird dir sagen, dass diejenigen, die das tun, schon

vorher gestört waren. Vielleicht. Aber ich sage dir: Sie sind nur deswegen verrückt geworden, weil sie mit dieser verbotenen Tat die Barriere ihres Extranamens eingerissen haben.

Und dann gibt es Menschen, denen man ihren Extranamen verrät und die ihn auch annehmen und ihn wie eine Socke umdrehen, um sich einen Namen daraus zu machen. Einen richtigen Namen, unter dem ihre Umgebung sie kennt. Wenn jemand Sie laut bei Ihrem Extranamen nennt und dieser Name Sie beim Eindringen in Ihr Ohr nicht zerreißt, wenn er Ihre Seele nicht so beschädigt, dass sie sich ausbreitet, dann kann fortan nichts mehr Sie zu irgendetwas zwingen. Die Macht, die Sie in sich haben, entfaltet sich dann wie ein Blatt, das man glattstreicht.

Das ist es, was ich meinem Zacario geschenkt habe: Ich habe ihm seinen Extranamen Caro verraten. *Liebster, Teuerster,* in der hiesigen Sprache *Caro*. Als er ihn hörte, als ich ihn bei diesem geheimen, plötzlich ans Licht gekommenen Namen gerufen habe, begannen seine Sinne, die zuvor nur bis zu den Grenzen seiner Haut gereicht hatten, sich in der ganzen Gegend auszubreiten, und er ist nach und nach selbst zur Landkarte der Region geworden.

Was für eine schöne Fähigkeit er in sich trug, mein Caro.«

Vielleicht hätten Sie sie dann in einem Anflug von Vertrautheit, nachdem sie Ihnen immerhin schlechten Tee und noch schlimmeres Gebäck angeboten hatte, gefragt, ob sie denn ihren eigenen Extranamen kennt – und sogar Ihren, warum nicht.

»Deinen? Natürlich, falls du nach der Geburt durch meine Hände gegangen bist. Ich nehme alle Kinder, die zwischen der italienischen Grenze und den Alpillen bis unterhalb des Mont Bégo das Licht der Welt erblickt haben. Nein? Du bist aus Perpignan? Na, dann eben Pech für dich.

Du hättest genau wie alle anderen hier in der Gegend zur Welt kommen müssen.

Aber du hast natürlich einen Extranamen. Da kannst du dir sicher sein. Nur dass niemand sich die Mühe gemacht hat, ihn dir zu geben, deshalb wird es dich etwas mehr Mühe kosten, ihn wiederzufinden. Allerdings bin ich die einzige Orakel-Amme, die noch ihren Beruf ausübt. Früher, in einem anderen Jahrhundert, gab es eine in Paris. Ich habe sie kennengelernt.

Ich sehe jünger aus, als ich bin? Wirklich? Das ist ja reizend. Ach, nimm doch noch etwas von dem Gebäck.

Die andere Orakel-Amme war übrigens ein alter Drache. Kleidete sich wie ein Scheuerlappen und hatte eine hässliche, wirklich richtig hässliche Figur, die an einen Geier erinnerte – und dazu noch sah sie wirklich so alt aus, wie sie war. Sie hockte einfach so auf dem Pont-Neuf und verteilte Namen an die Passanten, die am Seineufer entlangliefen, sogar an die, die gar keinen wollten, die hatten eben Pech, sie zwang ihnen ihren Namen, ihren Extranamen, ihr Schicksal und alles andere auf. Ich glaube, irgendwann hat ein Professor von der Sorbonne, dem sie einen falschen Namen verpasst hatte, sie in die Seine gestoßen. Mir würde so etwas Schreckliches nie passieren … Schon allein, weil ich niemandem einen falschen Namen gebe. Außerdem erlaubt man sich bei hässlichen Vogelscheuchen Sachen, die man hübschen Damen nicht anzutun wagt.

Willst du deinen Extranamen herausfinden? Ich würde dir davon abraten. Nicht jedem bekommt es, seine eigenen Schatten zu entdecken. Es bedeutet, man hebt einen Felsbrocken an, der schon zu lange an einer Stelle gelegen hat. Darunter findet man dann eher ein Gewimmel von Asseln und Würmern als einen Goldbarren.

Na ja, wenn dir wirklich daran liegt, dann schau dir erst einmal deinen Namen an. Er enthält zwangsläufig auch deinen Extranamen. Caro zum Beispiel steckt in Zacario. Kombinationen gibt es etliche, man muss nur die richtige finden – und das muss man unbedingt. Du würdest ja dem Fluss deiner Seele nicht einen falschen Namen als Staudamm aufzwingen wollen. Damit würdest du riskieren, dass er über die Ufer tritt.«

»Aber«, hätte sie zu Ihnen gesagt, »falls es dich beruhigt: An deinem Gesicht sieht man sofort, dass du zu denen gehörst, deren Extraname so banal ist, dass er ihnen nie wieder einfällt. Du kannst im Grunde bis zum Ende deiner Tage beruhigt sein. Entspann dich.

Was meinen betrifft: Erstens geht dich das nichts an.

Zweitens gehöre ich zu den wenigen Frauen auf der Welt, die keinen Extranamen bekommen haben, weil sie solche Namen für andere und nicht für sich selbst bilden. Es gab da diese Verrückte in Paris und noch ein paar andere, aber nur eine Handvoll, mehr nicht.

Und dann gibt es Carmine. Meine geliebte Carmine, der ich dieses Geschenk gemacht habe.

Auch ohne Extraname breite ich mich nicht aus. Werde ich nicht von mir selbst überflutet. Denn, weißt du, ich habe nichts an mir von einem Fluss, der ein Bett braucht. Ich bin der Ozean, in den die Flüsse strömen. Nichts von mir verbirgt sich im Schatten. Alle Möglichkeiten, die in meiner Seele sprudeln, liegen in Reichweite. Nichts lenkt mich, nicht kanalisiert mich, nichts unterwirft mein Schicksal.«

Sie hätte Ihnen noch Tee nachgegossen, und Sie hätten sich gefragt, wie eine ozeangleiche Macht, die über das Schicksal aller Kinder in dieser Gegend entscheidet, nur so schlechte Kekse backen kann.

Als Adélaïde nach über dreihundert Jahren starb, hat man ihre und Zacarios Asche wie Salz in den Paillon gestreut. Sie brauchte einen Fluss, der zum Meer fließt.

Es kamen Menschen aus der ganzen Region, um ihrer zu gedenken, um ihren Namen – und diejenigen, die ihren Extranamen wiedergefunden hatten, auch diesen – auf dem Schlosshügel rings um die Marmorplatte zu ritzen, auf der ihr letztes Gedicht stand.

Adélaïde fehlt den Leuten, ganz bestimmt, selbst wenn sie sie vergessen haben. Der beste Beweis dafür ist, dass inzwischen manche Eltern eigene Namen für ihre Sprösslinge erfinden, Namen, die sie von wer weiß wo herhaben, die nichts bedeuten, die an keine Erinnerung anknüpfen, Namen ohne Wurzeln noch Blätter, Namen, die nach keinem Geheimritual geschmiedet wurden, die zu kurz sind, um ihren eigenen Schatten in sich zu tragen. Staubnamen ohne jedes Erbe, ohne jede Bestimmung, ohne vorgezeichneten Weg. Allein. Flüchtig. Oder vielleicht frei. Wer weiß.

Noch heute irrt die Orakel-Amme durch ihr Haus in Nizza, aber die Geisterschleuserin ist nicht mehr da, um sie an Ihrer Stelle zu konsultieren. Adélaïdes Geist wartet noch immer auf ihre Tochter und erfindet von morgens bis abends Namen für Kinder, die sich ihr entziehen, für Neugeborene, die sie nicht sehen wird.

Die schöne Adélaïde taucht in keinem Geschichtsbuch auf, und alle, die ihren Namen und ihre Schönheit kannten, sterben nach und nach in ihrem Gefolge.

NEONRÖHRENFRAGEN

Félicité hört sich, genau wie Sie es getan hätten, die Erklärungen der Orakel-Amme an und durchstöbert die Buchstaben ihres Namens, um ihren Extranamen aufzuspüren.

»Du zum Beispiel, Kleine, wo bist du geboren?« fragt ihre Großmutter. »Und in welchem Jahr? Vielleicht habe ich dich benannt.«

Das ist der Nachteil bei Geistern ohne Kuriosi-Tee. Ständig vergessen sie ihren Zustand und stellen unangenehme Fragen. Wenn Félicité ohne Hilfe von Tee Adélaïde daran erinnert, dass sie tot ist, wird sie zuerst einen Angstanfall bekommen, dann werden Wutgeschrei und Tränen der Enttäuschung folgen, eine kurze Depression und erneutes Vergessen.

Also überhört Félicité die zweite Frage und antwortet:

»In Bégoumas-sous-Mont im Tal der Wunder. Kennen Sie den Ort?«

Adélaïde verschränkt die Arme und rutscht auf ihrem Stuhl zurück. Eine ihrer Geisterschultern durchdringt die zerbrochene Rückenlehne.

»Aha, tatsächlich? Du bist auf dem Mont Bégo geboren?«

An der Art, wie sie es sagt, mit spitzen Lippen und vorgerecktem Kinn, merkt Félicité, dass ihr der Gedanke, eine Enkelin zu haben, die von da oben kommt, nicht sonderlich gefällt. Und da Adélaïde es gewohnt ist, dass die Welt ihr zu Gefallen ist, dass sie sich ganz nach ihren Launen dehnt und ausbreitet, hat sie Mühe, es zu glauben.

»Ja, das versichere ich Ihnen. Meine Mutter, also Ihre Tochter – Carmine – hat es mir erzählt. Und ich habe es in meiner Geburtsakte gelesen.«

Adélaïdes alter Geist beschnuppert sie von weitem, schaut sie sich von der Seite an, wie man ein Glas mit Milch untersucht, die womöglich sauer geworden ist. Hinter ihr raucht Zacario weiter. Das gold- und grüngebadete Glasdach umgibt beide wie eine Gemäldekulisse.

»Na gut. Wenn du es sagst. Möglich ist es. Aber wenn man dich so sieht, würde man es nicht ahnen. Stimmt's, Caro? Man merkt es ihr nicht an. Ist doch wahr! Nimm es als Kompliment ... Félicité, richtig? Félicité, du bist die Nachfahrin von Adélaïde und Zacario. Die Tochter von Carmine. Der Mont Bégo hat keinen Einfluss auf dich gehabt. Außer auf deine Haare – die solltest du färben, bald wirst du älter aussehen als ich. Das sage ich dir, weil du ein hübsches Gesicht hast, es wäre doch schade, es zu verhunzen.

Aber du hast eine gerade, stolze Haltung wie deine Mutter, wie deine Großmutter, elegante Bewegungen, Katzenaugen – übrigens habe ich dich vorhin an deiner anmutigen Erscheinung erkannt. An der Eleganz. Siehst du, das ist es, was den Leuten fehlt, die da oben geboren sind, bei den Felsgravuren und den Schafen. In diesem Gebirge ist etwas, ich weiß nicht, was es ist, etwas, das ... die Gemüter verkümmern lässt.«

»Das sie verdirbt?« ergänzt Zacario, von einer Rauchwolke umhüllt.

»Ja, das ist es. Ganz genau. Die Leute aus dem Tal der seltsamen Dinge haben sich verderben lassen. Da sind zu viele Schäfer vorbeigezogen, zu viele Schafe. Zu viele primitive Wesen haben da ihre blödsinnigen Gravuren hinterlassen, ihre Spiralen, die nicht mal richtig rund sind, ihre gehörnten Tiere ohne Augen, ohne Tiefe, nichts. So viel Einfalt, das hinterlässt Spuren in der Luft und im Boden. Sie lagert sich im Lauf der Jahrhunderte ab, wird zu Felsen und Bergen, schwimmt im Wasser, das man trinkt und mit dem man die jungen Tomatenpflanzen gießt, und man kann gar nichts dafür, man trinkt, man isst und wird selber einfältig. Kurzum, betört.«

»Ihre Bergregion gehorcht nicht denselben Gesetzen«, bestätigt ihr Mann. »Auf meiner Karte sind die Tiere und Pflanzen und der Himmel im Tal der Wunder ein großer schwarzer See. Ein ständiges Unwetter, das von keinem Wind wegfegt wird.«

»Eigentlich«, fährt Adélaïde fort, als hätte Zacario gar nichts gesagt, »richtet ein wenig Einfalt ja nichts Schlimmes an. Es ist ja nicht ihre Schuld, die Armen. Aber sie sind auch nicht wie die Städter. Sie sind einfach anders. Erstens essen sie zu viel: Sie haben nicht gelernt, sich zu beherrschen. Das ist schlimm. Man bietet ihnen ein Stück Kuchen an, und sie beißen sofort hinein ... Ohne wenigstens so zu tun, als würden sie ablehnen ... Stell dir mal vor. Es kümmert sie überhaupt nicht, was man tut und was man nicht tut. Das wird ihnen da oben in den Bergen nicht beigebracht. All diese Dinge, die uns so natürlich erscheinen.«

Félicité hört Adélaïde zu. Sie hört sie ihre Wörter plappern und sieht sie mit ihren Handschuhen gestikulieren. Und je länger sie ihr zuhört und je länger sie sie sieht, umso mehr findet sie, ihr Geist gleicht dem einer Truthenne mit knallroter Perücke auf dem Kopf, die sich mit einem Stück lilafarbener Seide verkleidet hat. Sogar die Haut am Hals, unter der Kette, sieht aus wie rote Fleischlappen, die in Trauben unter ihrem Schnabel baumeln.

»Außerdem«, fährt Adélaïde fort, »haben sie nicht die geringste Ahnung, was schön und was ordinär ist. Über ihre Kleidung, tja, da gäbe es viel zu sagen. Am schlimmsten sind die Frauen. Ob dick oder mager, alle ziehen sich gleich an. Niemals kämen sie auf die Idee, sich zu fragen, ob die Welt um sie herum unbedingt das weiße Fett ihrer Arme und die purpurroten Venen ihrer Waden zu sehen bekommen muss ... Und die meisten können nicht mal lesen. Vor einem oder zwei Jahrhunderten, na gut, aber heute ... Nein, also entweder sie wollen nicht oder sie sind einfach unfähig, das ist alles. Ich glaube mal lieber, dass sie es nicht hinkriegen, denn es sind ja gute Seelen.

Auf jeden Fall, ob gut oder nicht, ich weigere mich, sie zu benennen. Bloß nicht. Erstens kommen sie nicht zu uns runter. Offenbar macht die Stadt ihnen Angst. Ja, stell dir vor, das hat man mir gesagt. Die Stadt ist ihnen zu groß und zu schön. Das Leben hier sind sie nicht gewohnt, sie denken, sie wären im Paradies gelandet, kriegen Herzflattern und fangen an zu phantasieren. Aber ja, ich schwöre es dir, sie fangen an zu phantasieren und sich ihre Jacken zu zerreißen, wenn sie die Kathedralen und Paläste sehen! Stell dir das mal vor ...

Jedenfalls würde ich nicht da raufgehen. Da setze ich keinen Fuß hin. Anderen mag es da oben gefallen, aber ich persönlich finde, es fehlt dort zu sehr an, wie soll ich sagen, an ...«

»Eleganz?«, beendet Félicité den Satz.

Die Großmutter streckt beide Hände aus, als wollte sie sagen: Genau! Du nimmst mir das Wort aus dem Mund!

»Also, du«, sagt die Alte, »du hast es geschafft, wegzukommen. Du kannst dankbar sein, dass unter deiner Haut das Blut der Orakel-Amme fließt. Es hat dich vor so manchem Elend geschützt. Du verstehst es wenigstens, deine

Kleidungsstücke gut zu kombinieren, und Gebäck, das man dir anbietet, abzulehnen. Du bist zwar ein bisschen mager, aber du kommst nach deiner Mutter, Félicité, das ist eindeutig. Und wie sie, wie meine Carmine ...«

Die Tote erhebt sich. Langsam kommt Adélaïde auf Félicité zu, nimmt das Gesicht ihrer Enkelin in ihre körperlosen Hände und murmelt:

»... bist du perfekt.«

In der darauffolgenden Stille glaubt Félicité ein Geräusch zu hören. Es kommt aus der Tiefe ihres Gedächtnisses – ein atemloses Quietschen.

Es ist ihre Schwester, die kichert.

Und Félicité, die immer weiß, wo sich die Wahrheit befindet, begreift, dass sie genau da liegt. Die ganze Wahrheit liegt da, in diesem japsenden Husten, der einem Lachen ähnelt. Egonias ausgelassenes Fiepen wandert an ihrer Stirn hinunter, steckt ihre Wangenknochen an, presst ihre Lippen zusammen, erfasst ihre Kehle.

Ihr Lachen explodiert unter dem Glasdach.

Ich habe Félicités Lachen nicht oft gehört. Trotzdem erinnere ich mich daran. Hell wie Eiswürfel, die in ein Glas fallen. Hell wie zerspringendes Glas.

»Perfekt!«, ruft Félicité, als sie sich wieder beruhigt hat. »Natürlich, Félicité ist perfekt. Félicité muss es sein, denn es steckt ja in ihrem Namen, nicht wahr?«

Wieder hebt Adélaïde die Hände, um das Selbstverständliche zu bestätigen. Sie versteht nicht, was jetzt kommt.

Zacario legt zum ersten Mal seine Zigarette ab. Vom Aschenbecher steigt der Rauch in einer dichten, undurchsichtigen Säule auf, bevor er verschwindet. Ganz anders, bedauert Félicité, als der sich in weiten Schwüngen ausbreitende Qualm, der die transparente Oberfläche der Tees vernebelt. Den Blick auf den weißen Rauch gerichtet, der von der Zigarettenkippe aufsteigt, immer noch mit einem schwachen Lächeln auf den Lippen sagt sie:

»Ich hatte Kontakt zu den Kindern, die auf dem Mont Bégo geboren sind, und zu den einfachen Schäfern, die durch das Tal der Wunder ziehen. Es stimmt, Sie haben recht. Diese Leute müssen mit dem zurechtkommen, was man ihnen gelassen hat. Mit Stürmen, die es zu bändigen gilt, mit Schafen, die man suchen muss, wenn sie sich verirrt haben. Mit den Felsgravuren eines vergessenen Volkes als einziges Museum. Mit einer Schule ohne Bibliothek, voller Bücher, die die Leute aus der Stadt nicht mehr haben wollten. Nie ein neues Buch mit festem Rücken, eins, das knistert, wenn man es zum ersten Mal aufschlägt. Na und? Sie können ja sowieso nicht lesen. Das Einzige, was sie lesen, ist die Richtung, in die vor einem Gewitter die Wolken ziehen, und die Zukunft im Kot der Tiere, nicht wahr? Übrigens, den Kindern da oben klebt der Kot am Körper, man riecht sie sogar schon von weitem mit ihrem Geruch nach Stroh und Wolle. Mit ihrem Geruch nach dem Käse, den sie sonntags auf den Märkten verkaufen und montags, wenn sie sich der Stadt nähern, in den Müll werfen, damit die Leute von da unten, die ihnen den Käse abgekauft haben und ihnen Bücher schicken, aus denen sich schon die Blätter lösen, nicht die Nase rümpfen. Um so zu tun, als wären auch sie es gewohnt, aus Stein gemauerte Schulen mit Glasfenstern, Türmen und Säulen zu besuchen. Aber ihre Jacken, verzeihen Sie, wenn ich Sie enttäusche, die zerreißen sie nicht, denn die haben sie sich extra gekauft. Dabei haben sie genug Jacken, und ihre Schränke sind voll mit robusteren und dickeren Mänteln, selbstgeschneiderten, die mit Nadelstichen genäht wurden, von denen Ihre Schneiderin noch nie etwas gehört hat, aber man hat ihnen gesagt, um runter in die Stadt zu gehen, müssten sie empfindsamer aussehen. Weniger widerstandsfähig, weniger zäh. Flüssiger, um in der Masse mitzufließen. Das wundert sie, das finden sie unglaublich bescheuert, und auf den Cafébänken lachen sie darüber, aber sie fügen sich. Denn selbst wenn sie es noch so sehr hassen, dass die Leute da unten sie von oben herab angucken, können sie einfach nicht anders, als ihnen gleichen zu wollen.

Und dabei betrifft das, was ich Ihnen erzähle, ja nur die Kinder, die man in die Schule schickt. Manchmal vergisst eine zu beschäftigte Schäferin, ihr Kind dort anzumelden, also geht das Kind in den Wald. Es lernt, was es kann, aus der Ferne. Aus den Echos. Es bleibt so lange im Wald, dass es dem Wald irgendwann ähnelt. Rau und unvorhersehbar und wild. Dann kommt ihm sogar das Bergdorf fremd vor, genau wie die Städte, die es nie gesehen hat, wie die gut gekleideten Leute, die dort herumspazieren, und es verabscheut diese Schönheit, die man ihm als Perfektion verkauft. Es wartet auch nicht darauf, dass man ihm Kekse anbietet, um sie abzulehnen, es nimmt sie sich oder findet sie, grapscht sie einfach von den Emailletellern und läuft damit weg und verschlingt sie noch im Laufen, für den Fall, dass man es einholen sollte. Die Leute im Dorf haben Mitleid mit ihm oder Angst vor ihm, je nachdem, und sie schauen es so an, wie sie selbst von den Leuten aus der Stadt angeschaut werden.

Dazu noch voller Scham.

Dieser Scham, über die niemand spricht, aber die alle verspüren, weil sie wissen, dass dieses Kind, das nicht in die Schule geht, nicht mal in eine ohne Bibliothek, das nicht so gekleidet ist, wie es sich gehört, in seinem viel zu dicken Leder, das nicht lesen kann, nicht mal ein abgegriffenes Buch, dass dieses Kind aus ihrer Mitte kommt. Und sie können noch so sehr versuchen, sich vor dem Gang in die Stadt hübsch zurechtzumachen, sich eine neue Jacke zu kaufen, ihren Käse wegzuschmeißen, perfekte Trottel zu werden, an einer Sache können sie nichts ändern: Dieses Kind gleicht ihnen.«

Adélaïde hat nicht einen Moment zugehört.

Sie hat die Ringe an ihren Handschuhen betrachtet, hat ihre Haare gelöst und wieder hochgesteckt, hat die Beine gerade nebeneinandergestellt und wieder übereinandergeschlagen, die Seide auf ihren Oberschenkeln glattgestrichen und die Edelsteine an ihrer Kette gestreichelt. In ihrem zugekleisterten Gesicht haben ihre Augen unruhige Blicke hinunter auf die leeren Straßen geworfen.

Zacario hat lediglich die Arme verschränkt. Auch er überwacht die Umgebung. Aber jedes Mal, wenn seine dunklen Augen sich davon abwenden, richtet er sie auf seine Enkelin.

Es ist beinahe zwölf Uhr mittags. Die Sonne ist am Himmel hochgeklettert, steht jetzt genau über ihnen und heizt die Dachterrasse auf wie eine Backstube.

Félicité hat inzwischen große Lust, zu gehen. Muss Luft schnappen. Muss irgendwo ihre Abscheu vor diesen beiden in ihren idiotischen Gewissheiten feststeckenden alten Geistern loswerden. Aber zuerst braucht sie die Antworten, deretwegen sie hergekommen ist. Möglichst schnell.

»Ich muss Ihnen ein paar Fragen stellen.«

Die beiden Geister schauen sie an, diesmal mit erstaunten Gesichtern. Félicité, wieder ganz Detektivin, holt aus einer Innentasche ihrer Jacke das Familienstammbuch hervor, das sie im Archiv gefunden hat.

»Zum Beispiel«, sie öffnet es an der Stelle mit dem fehlenden Blatt. »Was stand auf dieser Seite? Wer hat sie herausgerissen und warum? Waren Sie das, Adélaïde?«

Adélaïde antwortet nicht.

Sie hört auf, herumzuzappeln und sich selbst zu bewundern. Sie schaut auf das, was Félicité ihr zeigt. Ihre Unterlippe beginnt zu zittern.

Zacario streckt den Arm aus, um nach dem Heft zu greifen, aber sein Arm durchdringt das Papier. Plötzlich verhärtet sich sein Gesicht. Er stellt sich zwischen die beiden Frauen, mit dem Rücken zu Félicité, beugt sich über seine Gattin und flüstert ihr beschwichtigende Worte zu.

»Ich muss es wissen. Es ist sehr wichtig«, sagt Félicité mit Nachdruck und übertönt mit ihrer Stimme die ihres Großvaters.

Adélaïde zittert jetzt am ganzen Körper. Zacario versucht, sie an den Schultern festzuhalten; seine Hände gleiten durch sie hindurch.

Félicité schaut hoch zum sonnenbeschienenen Dach. Ohne Kuriosi-Tee, der die Zungen löst und die Erinnerungen belebt, haben ihre Fragen natürlich nicht die Sanftheit einer leuchtenden Kerze, der man gern bis ans Ende eines dunklen Weges folgt. Sie stören die Unterhaltung wie das Flackern einer Neonröhre in einer Krankenhausnacht. Hart, ohne Wärme.

Pech. Sie muss es trotzdem versuchen.

»Bitte, Zacario. Wenn Sie etwas wissen, könnte ich … Ihre Tochter, Carmine …«

Sie zögert, dann verkündet sie:

»Carmine ist tot. Ich muss verstehen, woher sie kommt, um ihren Geist wiederzufinden.«

Im nächsten Moment ist Zacarios Nase zwei Zentimeter vor ihrer. Sie hat nichts Holzschnittartiges mehr. Seine

Gesichtszüge sind von einem so glühenden Zorn verzerrt, dass Félicité ihn sogar außerhalb dieses pulslosen Körpers pulsieren spürt.

»Siehst du nicht, *chica tonta*, du dummes Mädchen, was du angerichtet hast?«

Mit dem ausgestreckten Zeigefinger weist er hinter sich auf Adélaïde, die wie Espenlaub zittert. Ihr immer noch leerer Blick ist auf einen unsichtbaren Punkt gerichtet. Zacario möchte ihre Hand streicheln, sie in die Arme nehmen. Die beiden Körper überlagern sich, ohne einander zu berühren.

»Ich habe noch eine andere Frage«, fährt Félicité fort, die sich nicht so leicht aus der Ruhe bringen lässt. »Sie haben auf Ihre Tochter gewartet, aber wohin ist sie gereist? Nach Spanien? Wohin genau in Spanien? Und warum hat sie Sie verlassen?«

»*¡Cállate!* Sei still!«

Zacario hat ihr zu schweigen befohlen, aber es ist zu spät. Schon steigt aus Adélaïdes Kehle ein ohrenbetäubendes, sich in Félicités Schädel bohrendes Heulen auf.

Zacario hebt die Arme, um seinen Kopf zu schützen. Félicité macht es ihm gleich, gerade noch rechtzeitig.

Was von dem Glasdach noch übrig ist, explodiert. Die Splitter fliegen in alle Richtungen, glitzern kurz in der Mittagssonne und fallen krachend auf den staubigen Parkettboden. Durch die beiden Geister fliegen sie zwar hindurch, aber Félicité treffen sie mit aller Wucht. Gleichzeitig schwillt Adélaïdes Schrei weiter an, steigert sich zu markerschütterndem Gebrüll, durchdringt gellend die ganze Stadt, so dass den Leuten die Ohren bluten.

Es ist zwölf Uhr mittags. Am ersten Mittwoch im August. Die Nizzaer auf den Märkten heben die Köpfe, die Badegäste am Strand erstarren. Alle halten in ihren Bewegungen inne, wundern sich, dass der Probealarm lauter klingt als üblich, und kehren schließlich zurück zu ihren Zucchiniblüten und ihren Sandburgen.

Die Glassplitter rutschen in Félicités Nacken, in ihre Ärmel, zerstechen und zerschneiden sie überall. Gekrümmt rennt sie zu dem kleinen Tisch, greift nach dem Bilderrahmen, in dem Carmine und ihr erster Mann mit dieser unbekannten Schwester posieren, unerschütterlich, und rennt zum Ausgang.

Zacario unternimmt nichts, um sie zurückzuhalten. Seine Wut hat ihn verlassen. Auf seinem Gesicht liegt nur noch grenzenlose Traurigkeit. In der Ecke, in die er geflüchtet ist, kauert er auf dem Boden und streckt eine Hand nach der Fotografie aus, die Félicité mitnimmt, wie ein Bettler, der um eine Münze bittet.

Wortlos fleht er sie an, trotz des Todes und der zu vielen Jahrhunderte endlich diese Tochter wiederzufinden, die er zwischen den Falten, Schatten und Hügeln seiner riesigen inneren Landkarte verloren hat.

WANDERNÄCHTE

Sie macht zwei Schritte auf dem Bürgersteig. Der Schrei dort oben ist verstummt.

Glasstücke fallen zu Boden, als sie weitergeht. Langsam, steif. Bei jeder Bewegung dringen ihr die Splitter tiefer in die Haut.

Die Perlseide ihres Schals ist mit Tropfen übersät. Sieht hübsch aus, denkt sie. Fast wie ein Mohnblumenfeld. Sie fasst sich an den Hals. Ihre Finger werden feucht und kupferrot.

Félicité achtet nicht auf die Leute, die stehen bleiben, als sie an ihnen vorbeigeht, die sie fragen, ob sie Hilfe braucht, oder die die Augen niederschlagen und sich an der Mauer entlangdrücken. Sie weiß jetzt, welche Blicke ihre Schwester aushält, wenn sie scheppert und rasselt.

Schritt für Schritt geht sie die Straße hinunter bis zum Negresco, durchquert den wuchtigen Schatten des Luxushotels und erreicht die Promenade. Weißes Licht, der Lärm der Wellen und der Autos. Das Glitzern der Sonne auf dem Wasser und auf den blauen Metallstühlen blendet sie so stark, dass ihr schwindelig wird. Die Palmen, die das Meeresufer säumen, bieten keinerlei Abkühlung.

Sie folgt ihnen langsam, Palme für Palme, wie Schildern, die ihr den Weg in die Altstadt weisen, zum Cours Saleya, zu ihrem überschwemmten Palais.

Sie geht an einer Palme vorbei. Der Schweiß klebt ihr die Bluse an Rücken und Bauch.

Zweite Palme. Sie bereut es nicht. Sie hofft, dass Adélaïde lange leiden wird. Die alte Truthenne verdient ihren Schmerz.

Drei. Wenigstens weiß sie jetzt, dass sie nach Spanien fahren muss. Spanien ist groß. Sie wischt sich den mit Blut vermischten Schweiß ab, der ihr in den Nacken tropft.

Vier. Diese Palme lässt sie innehalten, sie weiß nicht, warum. Ihr Stamm sieht sonderbar aus. Vorsichtig schaut sie zum Himmel, eine Hand über den Augen. Zwischen den glühenden Sonnenstrahlen sind die Palmblätter vertrocknet. Bräunlich.

Langsam lässt sie den Arm sinken und dreht sich zur Küste. Überall sind die blauen Stühle mit Meeresblick von sonnenölglänzenden Rentnern belagert. Hier sind sie leer.

In der Mitte steht ein Stuhl, der verrostet ist und dessen Farbe abblättert. Im Gegenlicht zeichnet sich darauf eine hohe Silhouette ab.

Mit ihrem Gang einer lebendigen Toten, weder Frau noch Geist oder beides zugleich, geht Félicité auf sie zu und setzt sich in Zeitlupe und mit einem Stuhl Abstand neben ihre Schwester.

Minutenlang betrachten beide schweigend die Tausenden warmer Körper am Strand, die sich bewegen oder bequem daliegen, baden und verbrennen, sich mit rauem Sand vermischte Sonnencreme auf die Haut schmieren, ihre Bäuche unter den elastischen Badeanzügen einziehen und Kinder trösten, die Salzwasser geschluckt haben.

Egonia und Félicité wissen, dass sie nie zu dieser bunten Menschenmenge gehören werden. Nichts erwartet sie in dieser funkelnden Welt. Sie, die Zwillinge vom Mont Bégo, sind der Rabe und die schwarze Katze, die nur abends herauskommen, wandernde Stücke Nacht, Löcher im Licht, um die man lieber einen Bogen macht, weil man vergessen will, dass es noch etwas anderes gibt als Sonne und Kindergeschrei.

»Du bist in Nizza geblieben.«

»Ja«, antwortet Egonia, ohne die Badenden aus den Augen zu lassen.

Ein purpurrot und grün glänzender Schmetterling flattert zur Palme hinter ihnen.

»Ich dachte, du wärst gegangen. Endgültig diesmal.«

Können Sie sich die beiden vorstellen, Seite an Seite, nach dreißig Jahren voller Groll, der gerade über einem zerborstenen Dach in einem wahnsinnigen Maul zerplatzt ist?

Sie müssten miteinander reden, ja. Da haben Sie sicher recht.

Aber um sich was vorzuwerfen?

Ein zerbrochenes Teeservice?

Ein nie erklärtes Verschwinden?

Ein dreißigjähriges Schweigen?

Worüber sollen sie eigentlich reden? Über die Bitterkeit, die Einsamkeit und das Bedauern, die ihnen seit jener einen Nacht nur unruhige Nächte beschert haben?

Ach was. Die beiden Schwestern brauchten sich nie so viel zu erzählen.

Sie stammen aus ein und demselben Körper, aus ein und demselben Gedächtnis.

Was würde es nützen, wenn sie sich in Geplauder ergingen?

Jede versteht genau, welche Erinnerungen ihre Zwillingsschwester beschäftigen

als ob auf den Kieseln am Strand
vor ihnen

ein Gitarrenspieler beschlossen hätte, sie ihnen
in einem Konzert für zwei am Ufer vorzusingen

Eingepackte Geschenke habe ich mitgebracht,
erinnert sich Félicité
Bunte Stifte, im Gebirge unbekannt
Samen, um in unserem Nest die Amseln zu füttern
                    Du hattest versprochen, erinnert sich Egonia
                                du hattest versprochen
                        ich wartete auf dich und aß täglich
                    eine blaue Perle um die Tage zu zählen
                    alle meine Perlen habe ich aufgegessen
                            du bist nicht zurückgekommen
                        da habe ich aufgehört zu zählen
an diesem Tag im August war meine Haut
vom Sommer des Reisens und Teepflückens gebräunt
und mein Herz war schwindelig
nach einem Jahr Abwesenheit endlich meine Schäferei
                dort unten warst du mit vielem beschäftigt
                        das spannender war als ich
                                deine Abwesenheit
                                meine Schwester
            deine Abwesenheit tat weh wie der Phantomschmerz
                        eines abgerissenen Körperteils
                jeden Samstag horchte ich auf deine Schritte
                        ob du heraufkämst vom Meer
            jedes Mal schmeckte die Stille an meinem Gaumen
                                salzig, bitter, leer
meine Schwester meine Mutter endlich dachte ich erfreut
doch in meinen Gedanken wurde eure lächelnde
Offenheit
schon zum Vorwurf

wie sollte ich euch alles erklären
den Tee den quadratischen Uhrenturm
die Bücher die Glyzinien
die Nacht
so fern von euren Schafen eurer Lärchenpracht
kurz nach deiner Abreise ging ich ins Dorf
und suchte mir ein leeres Haus
es war dreckig feucht und dunkel
aber es war mein eigenes
und vor allem ohne Balken unterm Dach
wovon ich berichten wollte musste ich gut auswählen
von Marine würde ich Maman auf keinen Fall erzählen
ich verschwieg Marine ihr Name glich dem ihren viel zu sehr
bisweilen hab ich ja Marine aus Versehen Maman genannt
wie ein Kind, das sich beim Rufen der Lehrerin vertut
dir aber
meiner Schwester wollte ich erzählen von Abenteuern
auf fernen Kontinenten und von den Schätzen
die wir raubten an den Grenzen
und für euch beide
würde ich gute Ausreden haben
vernünftige plausible
das Studium die Prüfungen die Hausaufgaben
ich wollte glauben dass ihr sie mir glaubt
als Egonia war ich im Dorf bekannt
so hat man mich als ich kam genannt
da ist in meinem Innern
etwas aufgeblüht
ich kann es nicht erklären
ich war plötzlich nicht mehr Agonie
oder konnte beide Frauen gleichzeitig sein
Egonia das klingt schön

fast wie ein Blumenname
Blumen bekam ich von den Burschen im Dorf
jeden Tag lagen Lilien vor meiner Tür
bis meine Schönheit sich in Alter wandelte
mit Blumengeschenken war es nun aus
lieber verbrannten sie mir
mit Fackeln das Haus
als ich ankam sank schon das Tageslicht
ich hatte vergessen wie lang es dauert bis ins Gebirge
von der Küste bis nach Bégoumas
später aber vergaß ich es nicht
ich dachte mein Hexengesicht
würde sie besänftigen
o nein nach Rache strebten sie
sie hatten mich begehrt
jetzt zwangen sie mich in die Knie
wie eine Herde kamen sie

Hinter den Fenstern brannte gelbes Licht
schöner als ein Dorf aus Krippenfiguren
dieser winzige Ort an dem mein Leben begann
war hundertzwanzig Meter breit mehr nicht
weniger Einwohner als Schafe
und weiter oben hinter einem großen schwarzen Loch
aus Nacht
die Schäferei
an der Tür wusste ich schon du bist fort
so wie man Kälte oder Wärme spürt
Maman saß reglos im Haus sprach kein Wort
sah wie eine Schlafende aus
dann fiel mein Blick auf ihr Porträt es stand
vor dem Sessel in dem sie weinte

ich bin zurück, Maman
    sie regt sich nicht
verzeih dass ich nicht früher gekommen bin
ich bleibe jetzt zwei ganze Wochen
    sie sagt kein Wort
was ist denn los mit dir?
geht es dir gut Maman?
ja antwortet sie es geht mir gut
mein Schatz meine Félicité mein Lebensquell
jetzt bist du endlich wieder hier
komm her ich will dich umarmen

ich nähere mich im Licht des Kamins, in dem ein Feuer
brennt
sogar im Sommer
denn die Kälte
vergisst ihn nie
den Mont Bégo
ihr schönes Gesicht wird plötzlich leichenblass
offener Mund erhobene Hände was ist das
wie eine Greisin
in den letzten Zügen siehst du aus
und da begreife ich
mein weißes Haar ich hatte es vergessen
    ich roch ihren Hassgestank ihr Entsetzen
      diese Gerüche kannte ich nur zu gut
        sie holten mich ein
        wie sie es am Ende
          immer tun
        diese Art von Düften
      lassen sich nicht vertreiben

das Entsetzen in ihrem Gesicht wurde zu Ekel
und dann zu etwas noch Härterem
Enttäuschung
oder Verletzung
        also hast du
hat Maman gestammelt
deine Haare gar nicht gefärbt
samstagsmorgens vor dem ovalen Spiegel
in den ich unsere beiden Namen
hatte eingravieren lassen
        ich antwortete nicht
in meinem Spiegelbild suchte ich
deine Gesten dein Gesicht
wenn ich unsere feierlichen Rituale vollzog
waren wir im Spiegel einander nah
als streckte ich den Arm aus dem Fenster und hielte
deine Hand
obwohl ich alleine war
alleine vor meinem Spiegel
und du
woanders
wo ich nicht war
        ich antwortete nicht
wenn du in deinem Haar kein Rot mehr hast
was hast du dann noch ausgelöscht
was hast du noch vergessen von diesem Berg von dem du
kommst
        ich antwortete nicht
na ja ich werde dich
        sie hat den Kopf geschüttelt und gelächelt
mit meinen Tränen nicht belästigen
es ist ja nur natürlich

mein Liebling
nicht mehr an die zu denken die dich nährte
wir Mütter warten eben
endlos darauf dass dieser Leib
den wir geboren haben zurück nach Hause kommt
der Leib der unser Turm und unser Kerker
und dessen Fehlen wie ein Winter ist
eine Teekanne ohne Tee

        ich schloss die Tür des Hauses das
        feucht dreckig und dunkel gewesen war
        das aber länger als ein Jahr
        mein eigenes gewesen war

ich habe meine Mutter angeschaut
ihr Kindergesicht ihre glatte Haut
so wie meine mit knapp sechzehn Jahren
ihr breites Lächeln ihren flehenden Blick
da ist etwas
in meiner Brust zerbrochen
es gab einen Knacks, einen Riss in den Knochen
ich sah Bilder von ihr
allein
morgens vor ihrem Spiegel
allein
abends am Kamin mit Blick
zu den leeren Fenstern
während ich fröhlich und grausam
sie gern vergaß
liebend gern
während ich meine Scham und meinen Berg
einem Uhrenturm mit seinem Duft nach Gras
und Zimt
zu Füßen legte

wo nicht von rotem oder weißem Haar
von schlanker Taille oder hässlicher Figur die Rede war
von Jacken aus Leder oder Wolle
dort existierten nur der Tee
die Bücher
die Nacht
mit ihrer Glyzinienpracht
Marines Geschichten
und die Geister
die niemanden brauchen
                        vor mir war nur noch Nacht
                    hinter mir lautes Geschrei im Wind
                eilig habe ich mich auf den Weg gemacht
Ich habe die beiden Koffer abgestellt
die ich noch immer in den Händen hielt
als ihr Leder den Boden berührte
wusste ich
wusste sie würden Nizza nicht mehr wiedersehen

wieder hinunter zum Gymnasium gehen
um doch hierher zurückzukommen
jedes Mal als Preis meiner Abwesenheit
dieses Lächeln und diese Tränen sehen
dieses Messer in meiner Lunge spüren
diesen Druck auf meiner Seele
        Abreise
        Rückkehr
Tränen
        Abreise
        Rückkehr
Messer
jede Abreise schwerer als die vorherige Rückkehr

nein
so nicht mehr
wer liebt seinen Schmerz genug um ihn so oft sich anzutun
und dann wieder zu gehen wozu
alles verlöre seinen Geschmack und würde bitter
wie Tee gekocht im faden Wasser meiner Mutter
die jetzt allein ist
mit ihrem von Flammen geröteten Porträt

dabei habe ich's versucht
hab immer seltener
mir einen Flug gebucht
hab immer seltener frohgemut
den Hafen verlassen um über die Meere zu fahren
und heimzukehren mit dem immer gleichen Gedanken
an jenen Abend im Kopf
das ist es also was uns bleibt
von dieser Freiheit die man uns wie einen Schatz
beschreibt
die Wahl zu haben
danke aber
es wäre mir lieber gewesen ein anderer hätte für mich
einen der beiden Ausgänge aus diesem Labyrinth
der bedrückenden Schuldgefühle gewählt
entweder
fortgehen ins grausam-fröhliche Vergessen und die Bande
endgültig kappen die Haut wechseln und den Namen
weit weg zwischen Kamelien wiedergeboren werden
ohne Erinnerungen ohne Mutter ohne Wurzeln
ohne Heimat ohne Spiegel
oder bleiben
um bis zum Schluss ihren Tee zu trinken

wenn ich hinaufgehe
dachte ich
zur Schäferei verfolgen sie mich nicht
all meine Peiniger fürchten Carmine
aber keiner so sehr wie ich
wisch deine Tränen ab Maman
so toll ist's nicht da unten sag ich dir
jedenfalls zerreißt man seine Jacke nicht dafür
nichts ist so schön wie unsere Bäume
nichts wärmer als der abendliche Kamin an dem ich träume

wirklich, Félicité?
du bleibst?
wirklich
sag, wirst du deine Haare färben?
wenn du willst
du gehst nicht ins Gymnasium? Meldest dich nicht an?
nein kein Gymnasium
ich möchte dich nicht zwingen
du zwingst mich nicht
versprich es mir
versprochen
Maman
ich geh nie mehr so lange fort von dir
ich bin zu diesem
Haufen Steine hochgelaufen
keuchend
zu meinem Waisenhaus unter der Leitung meiner Mutter
sie griff nach meiner Hand
atmete wie aus dem Meer gerettet und zurück an Land
und ich hab Wasser aufgesetzt
ich hab gegen die Tür getrommelt

im Haus bin ich erschrocken
würden sie mich sehen wär es aus mit mir
dein Hämmern an der Tür hat dich verraten
hinter der Tür hab ich geschrien Ich bin es ich
Agonie
lass mich herein ich bitte dich
ich werde auch nicht bleiben
versprochen
ich brauche nur ein Dach für diese Nacht
Maman ist aufgesprungen und ihr Sessel
umgekippt
im Haus hat sie gebrüllt ich solle schweigen
dich draußen vor dem Haus zu wissen
ließ sie erbeben
dann hörte ich wie deine Stimme sagte
Maman beruhige dich ich bin ja da es ist nichts
da wusste ich
wusste dass alles gut ausgehen würde
mein Zwilling dieser Teil von mir endlich erreichbar
für mich
zurückgekehrt
ein bisschen spät aber zurückgekehrt
und ihr Versprechen hat sie gehalten
du hast mich von draußen gerufen
Félicité, öffne die Tür
die Leute im Dorf
die verfolgen mich
oder noch besser komm raus
befreie dich
wir gehen hier weg seit Monaten denke ich daran
jetzt erst verstehe ich warum du nicht
früher gekommen bist

die Leute hier langweilen sich
verbringen ihre Zeit mit Boshaftigkeit
komm gehen wir fort wir sind zu groß für Bégoumas
du und ich
ich möchte Nizza sehen und seine Häuser und seine
Touristen
ich werde auf dem Boden schlafen
neben deinem Bett im Internat
und meinen Maulkorb tragen
ganz sicher fall ich keinem auf
und sonntags nehmen wir ein Bad
im Wasser
weiß
und blau

ich stand da mitten im Raum
links von mir Maman
ich war verzweifelt dass ich sie schon jetzt belog und
wieder verlassen würde
hinter den Fensterläden spürte ich
die vielen Schmetterlinge flattern
rechts von mir kam durch die Tür
deine Stimme die der meinen glich
gedämpft
verlockend
warum eigentlich nicht
ich hätte meine Schwester, Marine und Masséna
und meine Reisen in die Länder der Teegewächse
komm lass uns fortgehen
all diese Leute all diese Farben
statt meiner Mutter
nicht erst in einer Stunde und nicht morgen
der ich soeben geschworen hatte

lass nicht noch einen Tag vergehen
ich lasse deine Hand nun nicht mehr los
du antwortetest nicht
im Haus hat deine Stimme Trost gemurmelt
für deine Mutter
für deine Schwester aber
die vom Tod bedroht war
nichts
nur Schweigen
Gleichgültigkeit und dann
Geflüster hinter der Tür

Nanie
ich kann nicht

verlass Carmine
bist du denn wirklich blind
sie macht das gleiche wie mit der verbrannten Hand
siehst du das nicht

vielleicht
aber was willst du
bei mir klappt es ja
nimm mich nach Nizza mit Félicité ich bitte dich
oder lass mich ins Haus wenn sie mich finden
werden sie mich

Nanie
das ist unmöglich
und ich wenn ich mir extra die Hände verbrenne
versorgst du dann meine Wunden
oder ist Mutterhaut die einzige deren Schmerz
du spürst

da sah ich durch den Kamin
zwei schwarze Flügel
langsam

ins Zimmer flattern
größer als Rabenschwingen
die Flügel eines Riesenschmetterlings
der landen will
                    Stille zwischen uns und
                        nach drei
                      Herzschlägen
                       der Lärm
Maman hat geschlagen geworfen geschrien hat alles
zerschmissen zerrissen
                wie ein zwischen den Möbeln tobender riesiger
                                        Ziegenbock
um in ihrer Panik dem besoffenen Insekt zu entkommen
dessen tollpatschiger Flug zu sagen schien
schlag du nur um dich
versteck dich wo du willst
bewirf mich wenn's dir Spaß macht mit deinen Pfannen
ich habe alle Zeit der Welt
ich kriege dich
ich warte
                ich glaubte, ihre Wut würde dich treffen
                    ich habe deinen Namen gebrüllt
während sie alles kleinschlug
langsam verfolgt von diesem Schmetterling
habe ich schnell aus dem Regal zwei Tassen geholt
und den Tee von Les Gravières
                    endlich hat sich die Tür geöffnet und
                            ich dachte
                            aber nein
                du hast die Kette nicht abgenommen
ich hab das heiße Wasser eingegossen
dir durch den Türspalt eine Tasse Tee gegeben

du hast gesagt
mit angsterfüllter Stimme
so eine Stimme hattest du noch nie
stell dich schnell mit dem Rücken zur Tür
und trink die Hälfte
ich hab getrunken
es schmeckte milde und beinah zu heiß
gib sie mir wieder
dann nimmst du meine
und trinkst den Rest
wir tauschten unsere Tassen und ich trank
selbst da noch
selbst als Betrogene
selbst ohne zu begreifen
hatte ich noch Vertrauen dachte dass bald
wenn sich Carmine beruhigt hat
behalte meine Tasse
hast du geflüstert durch den Spalt
jetzt geh schnell weg behalt die Blätter
benutze sie als Tinte schreib mir und vor allem
sieh mich nicht an
wenn du jetzt gehst
die Tür ging zu
um sich nicht mehr zu öffnen
das schmale Licht erlosch
ringsum war nur noch Finsternis
und das Geschrei des Windes
ein Rabe krächzte klagend im Geäst
da bin ich fortgerannt
in dieser Nacht habe ich nicht geschlafen
und auch nicht in den folgenden

Ich hab
immer wieder
in die Tasse geblickt
du hast mir keine Nachricht geschickt
                    vom Wald bekam ich dieses Haus
                        bemalt mit hübschen Gestalten
        auf Wandgemälden stinken Menschen nicht nach Hass
zuerst hab ich gedacht
das Wasser hat zu lang gekocht
der Tee hat schlecht gezogen
der Les Gravières hat nicht funktioniert

                                dir schreiben
                        doch was sollte ich dir sagen
                            zu spät Schwester
                                viel zu spät
                        nichts war mehr da
                                als Galle
                                als Stille
                    und das moosbewachsene Haus
du hast ja nie gesehen was mit Maman
nach dieser Nacht geschah
sie wurde alt
auch ihren Namen vergaß man bald
das Dorf in dem sie bleiben wollte hatte sich geleert
ich habe ihr erklärt
sehr oft
und immer wieder
dass ich von Zeit zu Zeit fortgehen müsse
es gab ja hier nichts mehr
kein Brot und keine Menschen auf der Straße
                            warum den Schutz der Bäume
                                ringsum verlassen

wenigstens hatte hier niemand Angst
vor meinen dummen Zaubersprüchen
bis ich die Tasse weggeräumt hab
verging ein ganzes Jahr
es kam nicht mehr zu Wutausbrüchen
bald hatte ich auch wieder rotes Haar
da meine Mutter mir
warum denn nur
den Namen Agonie gegeben hat
wie man ein Kind benotet ohne dass
man seinen Aufsatz gelesen hat
meine Mutter ist zersplittert verblasst
warum nur dieser Name
ein Name wie ein Fluch
warum bloß
und meine Zwillingsschwester lebt nicht mehr
sonst käme sie ganz sicher her
um nachzusehen wie es mir geht
ich habe meine Jugend hinter mir gelassen
mir wurde alles genommen in einer Nacht
bitterer Groll hat mich oft um den Schlaf gebracht
ich gab einer anderen die Schuld für meine
Schwächen
meine früheren Versprechen
meinen Kummer meine schlaflosen Nächte
wenn meine Schwester
mir geöffnet hätte
mir geschrieben hätte
wenn meine Schwester zurückgekommen wäre
wenn meine Schwester ihre Mutter gesehen hätte
schwach und gealtert
gewalttätig

zerbrechlich harmlos

                                        pervers

verletzlich gebrochen

                                        falsch

wenn meine Schwester gesehen hätte wie einsam ich
war
ein Waisenkind
mit hungernder Seele ein Geist beinah
hätten wir diese Last zu zweit getragen
wären zusammen gewesen in jenen Tagen
was wäre geworden
aus mir
etwas anderes als diese gezähmte Wilde
dieses Albtraumgebilde
etwas anders als ich
doch wer genau
weiß keiner
am Abend als wir sechzehn wurden schloss sich die
Tür
vor diesem Leben aus Dampf
dessen Wirbel den Yao Berg hätten zeichnen können
vor der Zeit der Feldarbeit
Dunst der sich als Perlen auf einer Silberknospe
sammelt
Düfte des Sencha auf dem Uji-Fluss
oder auf dem Mittelmeer an großen Feiertagen
weiß
und blau
voller Kinder Cousins und Spiele vielleicht
oder ganz anders
wer weiß das schon
diese verirrten Dämpfe

dieses Und-Wenn
dieses Vielleicht
haben uns schließlich
nur ihre Geister
zurückgelassen

·

ZÄHMUNG

Die wellengepeitschte Luft beginnt nach Wind und Gewitter zu riechen. Als die Schwimmer unten am Strand große Wolken vom Horizont herangaloppieren sehen, sammeln sie ihre Handtücher und ihre Kinder ein.

Aber es kommt kein Unwetter.

Die Wut ist vorbei. Es bleibt nur Müdigkeit. Eine so große Müdigkeit, dass man sich auf die heißen Kieselsteine legen und endlich die Geister vergessen möchte.

Als sie klein waren, gingen Nanie und Félicité hinaus, wenn ein Wolkenbruch nahte, wenn die Vögel sich in den Schutz der Lärchen flüchteten. Sie liebten Unwetter. Es war wie die Gegenwart einer Mutter ohne den Schmerz der Blitze.

Dunstiger Nieselregen setzt ein. Fast nichts, gerade genug, um das Blut von Félicités Händen zu waschen.

»Du blutest«, sagt Egonia nur.

»Ich habe unsere Großeltern getroffen«, antwortet Félicité, immer noch den Blick aufs Meer gerichtet, das die Farbe von altem Kupfer hat. »Du hättest sie wunderbar gefunden.«

Da hebt Egonia einen gekrümmten Hexenzeigefinger. Mit der Spitze ihrer Kralle zeichnet sie die Umrisse von Félicités Verletzungen an Fingern, Handgelenken, Hals und Gesicht nach. Unter ihrem Fingernagel altert die Haut im Zeitraffer, die Glassplitter fallen zu Boden, die Wunden schließen sich und vernarben. Als sie ihre Hand wieder zurückzieht, ist die Haut ihrer Schwester um ein paar Tage gealtert und geheilt.

Von Félicité kommt ein kurzes »Danke«.

Als der Regen stärker wird, steht sie auf. Wechselt den Stuhl, um sich neben ihre Zwillingsschwester zu setzen. Und öffnet einen großen schwarzen Regenschirm über ihren Köpfen.

»Ich habe etwas für dich.«

Beide haben gleichzeitig geredet. Félicité zieht eine Augenbraue hoch, Egonia eine Schulter.

»Ich zuerst.«

Félicité holt das Foto von Carmine und der Familie, die nicht ihre ist, aus der Tasche. Den Beweis für das weit zurückliegende heimliche Leben, zu dem sie nicht gehören. Die drei Gesichter verzerren sich unter den sie vergrößernden Regentropfen. Egonia nimmt den Fotorahmen und murmelt:

»Vor mir aus könnten zwölf oder dreitausend Mädchen vor uns geboren worden sein. Was kümmert uns das? Ich habe gesehen, wie sie dich angehimmelt hat. Auf ihre seltsame, miese Art hat sie dich geliebt. Punkt. Ob mehr oder weniger als die da, keine Ahnung. Aber was ändert das?«

Die Insekten, die in Trauben aus ihrem Mund geflattert sind, fliegen zwischen den Regentropfen Slalom Richtung Meer. Es sieht aus, als hätten sie zu tief ins Glas geschaut.

Schon seit ein paar Minuten betrachten die beiden Schwestern gemeinsam das Foto, da tippt Egonia plötzlich mit ihrem gelben Fingernagel auf das Glas. Genau an der Stelle ist ein Stempel mit drei winzigen, ineinander verschlungenen Buchstaben zu erkennen: *JPA.*

Félicité greift nach Egonias Arm.

»Stehen die drei Buchstaben in dem Heft, Egonia? Oder ein Name mit diesen Initialen?«

Augenblicklich bereut sie ihre Frage. Wie konnte sie nur das Heft erwähnen, wo sie sich doch gerade erst wiedergefunden haben? Aber ihre Schwester schaltet nicht auf stur.

Félicité hat sie Egonia genannt.

Zum ersten Mal, seit sie nebeneinandersitzen, begegnen sich ihre Blicke. In diesem Austausch geschieht so viel, allerdings ohne Worte, weshalb ich es Ihnen nicht wiedergeben kann, so viel, dass Egonia schließlich mit den Augen zwinkert und zum dunstigen graublauen Horizont schaut. Von einer Wolke winziger Falter umgeben, flüstert sie, sie könne sich eigentlich nicht an vieles erinnern. Sie habe ja nie richtig lesen gelernt. Nur eine Handvoll Wörter habe sie behalten, nicht mal ganze Sätze, nichts Wichtiges. Gerade so viel, dass etwas in ihr aufgelodert sei, das die Seiten des Hefts in Brand gesetzt habe.

Félicité hat es geahnt, ist aber trotzdem enttäuscht. Und noch ein bisschen verzweifelter.

Ihre Mutter ist jetzt seit zwei Wochen tot. Normalerweise macht Félicité Geister immer innerhalb weniger Stunden ausfindig, im schlimmsten Fall innerhalb eines Tages. Bisher haben ihre Intuitionen und ihr Tee sie nie im Stich gelassen. Aber bei ihrer Mutter hat sie mit jeder neuen Antwort, mit jeder sich öffnenden Tür den Eindruck, auf hundert weitere zu stoßen, jede einzelne mit einem anderen Vorhängeschloss verriegelt.

»An eine Sache erinnere ich mich aber«, ergänzt Egonia. »Nein, nicht an die drei Buchstaben. An ein anderes Wort, das ich gelesen habe.«

Félicité macht nichts. Sie erstarrt nicht, sie erschrickt

nicht. Wie ich mit dem Kätzchen, das letztes Jahr durch meinen Garten gelaufen ist. Ein ganz graues, ganz kleines. Jedes Mal, wenn ich die Tür geöffnet habe, rannte es davon. Ich hätte mir gewünscht, dass es hereinspaziert und mir Gesellschaft leistet, wie ein Nachbar, der nachmittags zum Tee kommt. Also habe ich Näpfe mit Milch auf die Veranda gestellt. Und habe gewartet, dass es sich herantraut. Nach und nach habe ich die Tür weiter geöffnet, und es ist nicht mehr weggelaufen. Und an dem Tag, als es endlich in mein Haus und zu mir in die Küche kam, habe ich ganz bewusst nichts unternommen. Ich habe ganz normal weitergemacht mit dem, was ich gerade tat. Um es nicht zu erschrecken. Um so zu tun, als wäre es schon immer da gewesen, und damit es das selbst auch ein bisschen glaubt.

Als ihre Schwester kurz davor ist, ihr zu verraten, was sie im Tagebuch ihrer Mutter gefunden hat, macht Félicité dasselbe wie ich: gar nichts. Sie tut so, als hätten sie dieses Gespräch schon tausendmal geführt. Aber ich kann Ihnen versichern, unter ihrer gerade erst reparierten Haut sind sämtlichen Nerven angespannt.

»Carmen.«

»Carmen?«

»Genau. Carmen. Im Tagebuch. Daran erinnere ich mich.«

»Bist du sicher, dass du nicht Carmine falsch gelesen hast?«

Die Verwunderung in ihrer Stimme grenzt an Entrüstung. Egonia ignoriert sie.

»Ich habe auch was für dich«, sagt sie.

Inmitten von ausgiebigem Geschepper wühlt die Hexe in den Falten und Taschen ihrer Stoffschichten herum. Nach zwei vollen Minuten Sucherei zieht sie eine verrostete Metalldose daraus hervor. Als sie sie ihrer Schwester reicht, klingen die Klappergeräusche darin klarer und schärfer, nicht mehr durch Kleiderschichten gedämpft. Und Egonia scheppert nicht mehr.

Ein wenig Gewalt ist nötig, um den festklemmenden Deckel aufzubekommen. Als die Dose offen ist, entdeckt Félicité darin lauter Scherben, die wie Perlmutt schimmern. Die Teile einer winzigen Teekanne. Von einem explosiven Kind zerbrochen in einer Zeit und einer Landschaft, die nicht mehr existieren.

Félicité braucht nur eine einzige Scherbe zu berühren.

Sofort stellt sie sich vor, wie in ihren Händen goldene Linien die Spalten ausfüllen, die Bruchstücke zusammenhalten, die Risse nachzeichnen, das Porzellan reparieren und zugleich alles, was sich in ihrem Innern bewegt, das Gewirr von Scherben in einer verrosteten Dose.

Endlich hat Félicité die Mutter-Teekanne ihrer Herde wieder.

Behutsam, als hielte sie ein Vogelnest in den Händen, schließt sie den Deckel wieder und steckt die Dose in die Tasche. Von nun an wird sie diejenige sein, die das Müllschluckergeklapper von sich gibt, das sie jetzt, wo sie daran denkt, an den Klang eines Instruments mit Röhren und Saiten erinnert.

Félicité möchte wieder danke sagen, aber ihre Stimme krallt sich in ihrer Kehle fest.

»Komm«, sagt Egonia an ihrer Stelle. »Wir gehen nach Hause.«

Vom losbrechenden Gewitter eingehüllt, das die Touristen mit ihrem Handtuch über dem Kopf in die Flucht schlägt, spazieren die Zwillingsschwestern gemächlich über die Promenade, graue Klinge und schwarze Masse, dicht nebeneinander unter dem Regenschirm. Um sie herum fällt der Nizzaer Regen, der Regen, der nicht nur so tut, als ob.

MUTTER-TEEKANNE

Das ist doch eine hübsche Geschichte, oder? Die Geschichte, die sich die beiden Schwestern erzählen, um sich ein ganzes von Bitterkeit erfülltes Leben zu erklären.

Na ja, hübsch ist vielleicht nicht das richtige Wort. Auf jeden Fall geschickt aufgebaut.

Alles passt, knüpft aneinander an, trifft sich, fast wie bei einer Choreographie mit Spitzenschuhen und Tutus. Nur dass dieses hübsche oder meinetwegen auch weniger hübsche Ballettkostüm in der Mitte ein Loch hat. Kein Mottenloch. Nicht eins, bei dem man sagen würde, nicht so schlimm, zwei Nadelstiche, und es ist nichts mehr zu sehen, gib her, ich hab Nähgarn in der richtigen Farbe. Nein, ich meine ein richtiges Loch. Wenn sie so eins in ihrem Jackett haben, können sie das Jackett in den Müll werfen. Ein von einem Stacheldraht verursachtes Loch vielleicht. Oder von sehr spitzen Zähnen.

Denn ursprünglich war ich ja hierhergekommen, um herauszufinden, warum und wie das Dorf aufgegeben wurde. Und na ja, mit der Zeit habe ich die beiden Schwestern liebgewonnen und mich über diesen Waffenstillstand zwischen ihnen gefreut. Aber man erwartete mich im Archiv. Eben um dort eine Lücke zu schließen.

Einen Moment lang habe ich mich sogar gefragt, ob Félicité und Egonia mich belogen haben. Oder ob sie am Ende selbst an diese lückenhafte Geschichte einer Nacht glaubten, die angeblich zu heftig war, um sie in Erinnerung zu behalten.

Erst nach und nach, beim Zuhören, habe ich verstanden.

Das Gedächtnis ist eine zerbrochene Teekanne. Damit sie wieder ganz wird und man sie benutzen kann, braucht man Geduld, muss die Scherben einsammeln, braucht Gold, um die Bruchstellen hervorzuheben, und Zeit, um die Stücke zusammenzufügen. Zeit und einen Lack, der giftig ist, solange er nicht getrocknet ist. Also darf man nichts überstürzen. Man darf die Erinnerungen nicht zu schnell wiederfinden wollen, sonst zerbricht die Teekanne oder vergiftet einen.

Félicité und Egonia hatten mir ihre Erinnerungsscherben überreicht. Mir fehlte noch der Lack.

Nur Carmines Erzählung würde diese Risse schließen können.

Félicité wird mehrere Monate benötigen, um ihre Mutter-Teekanne gemäß der Kunst des Kintsugi zu reparieren. Um nach und nach ihre verlorene alte Freundin wiederzubekommen, die Teile Stück für Stück zusammenzufügen, den Lack atmen und trocknen zu lassen, die rauen Stellen behutsam mit einem Achatpolierstein zu glätten und abzuwarten.

Im Lauf dieser Wochen wird sie jeden Morgen, an dem sie in ihrem Palais mit dem aufgebrochenen Dach erwacht, eine neue zurückgekehrte wilde Teekanne vorfinden, die stolz und schweigsam auf ihrem Regalbrett steht.

Sie wird die Kannen aufnehmen, wie man eine endlich zahme Katze aufnimmt. Ohne Gefühlsüberschwang und ohne Vorwürfe, so als wären sie nie weg gewesen.

Nur Angèle-Victoire wird bei jeder einzelnen Teekanne Freudensprünge machen wie die Mutter verlorener Kinder.

DUFTENDES WUNDER

Am nächsten Morgen kaufen die Schwestern auf dem Weg ins Archiv eine Packung Zuckerketten. Sie beißen in die Bonbons. An dem Band, das Félicité Egonia hinhält, hängen nur noch fünf oder sechs blassblaue Perlen.

»Nein, danke. Die lasse ich dir.«

»Aha, du gibst also zu, dass sie alle gleich schmecken ... «

»Überhaupt nicht. Es interessiert mich nur immer weniger, unsichtbar zu werden.«

Als Félicité die Bonbons zwischen ihren Backenzähnen zerbeißt, findet sie, dass sie nach Himbeere schmecken.

Diesmal gehen sie zu Fuß zum Archiv, weil Egonia Autofahren definitiv nicht verträgt. Ohnehin sind überall endlose Staus. Unterwegs sät die Hexe Blumen, die ein paar allzu neugierige Möwen verschlingen.

»Wenigstens«, sagt Félicité, »gibst du nicht mehr dieses Schrottgeklapper von dir.«

»Fehlt es dir?«

»Fast.«

Es stimmt. Die Stille zwischen ihnen ist seltsam. Was erzählt man sich, wenn man die Taschen nicht mehr voller fertiger Vorwürfe hat.

Als sie zwischen den grauen Wohnblöcken angekommen sind, auf der Schwelle zum Marmorpalast, verlangsamt Egonia ihren Schritt. Sie fürchtet sich vor dem, was sie erwartet. Ihre Schwester überholt sie.

»Los, komm. Man muss den Fuß nun mal in den Sand setzen, um zu wissen, ob er heiß ist.«

Félicité reckt das Kinn und steigt die drei Stufen hoch, die zu den schmiedeeisernen Türen und ins Innere des Gebäudes führen. Kaum sind sie dort, meldet sich Patricks Stimme von der Empfangstheke aus.

»Was ist das denn?«

Die Hexe dreht sich um und merkt, dass von ihr die Rede ist.

»Das?«, antwortet sie. »Das bin ich.«

Vier haarige Schmetterlinge fliegen ihr aus dem Mund. Sie schwirren eine Weile durch die reglose Luft, dann lassen sie sich nieder. Der eine auf dem Schloss eines Schließfaches, dessen Tür sich knarrend öffnet. Der zweite auf Patricks Tasse, die sich mit einer grünlichen Schicht überzieht.

Patrick stößt einen schrillen Schrei aus. Derweil landen die beiden übrigen Insekten sanft auf einem Stapel Blätter voller Notizen. Im Nu verfestigt sich der Stapel, wird rissig und zerbröselt. Patrick, der hinter seinen Stuhl geflohen ist, fleht Félicité an, dieses Ungeheuer aus seiner Empfangshalle zu entfernen.

»Oh, glaub mir, ich hab's versucht. Unmöglich. Sie ist noch hartnäckiger als ich, und das will was heißen. Ist Marine da?«

Er antwortet nicht, sondern starrt nur gebannt auf den riesigen Schmetterling, der auf dem Rand seiner Tasse in aller Ruhe die Flügel öffnet und schließt. Mit der Stimme einer Lehrerin, die sich an den Begriffsstutzigsten aus der Klasse wendet, erklärt ihm Félicité, sie werde sich jetzt zwei Schlüssel nehmen und ihrer beider Sachen in zwei Fächer tun.

Er nickt heftig. Sie darf alles, Hauptsache, diese Absurdität verlässt sein Territorium.

Noch nie fand Félicité die Luft im Archiv so erträglich.

»Komm, Egonia. Es ist da oben.«

Die Empfangshalle des Gebäudes mit ihren Säulen, ihren Treppen, ihrer Kuppel, ihren bunten Glasfenstern, Vergoldungen und Gemälden übersteigt an Pracht und Herrlichkeit alles, was Egonia je gesehen hat. Félicité lächelt, als hätte sie die Statuen und Pfeiler selbst gemeißelt.

»Nicht schlecht«, antwortet Egonia, als ihre Schwester sie fragt, was sie dazu sagt. »Kein Grund, sich die Jacke zu zerreißen.«

Gemeinsam steigen sie in den ersten Stock hinauf und gehen bis zu der Tür, hinter der sich das Labyrinth mit den grauen Kisten verbirgt.

Der Duft nach Tee leitet sie zwischen den Regalreihen hindurch. Ein Geruch nach Humus und frischem Gras. Japanisch. Kyushu. Félicité ahnt, welche Teekanne gerade irgendwo zwischen den Gängen dampft. Klein, rund, Terrakotta, eistütenförmiger Griff an der Seite. Sie kann sich auch vorstellen, wie Marine sich in ihrer Bücher- und Porzellanhütte unter dem Zelt aus Stoffen über ihre Tasse beugt, den tätowierten Schädel vom hindurchfallenden Licht bunt gefärbt.

Doch als sie sie dann wirklich vor sich hat, ergreift das Bild sie wie beim ersten Mal.

Sie wagt es nicht, Marine zu stören. Im heißen Wasserdampf bilden die Bücherstapel mit den darauf thronenden Teekannen eine Mauer rings um ihren Körper. Félicité räuspert sich, um ihre Ankunft kundzutun. Die Teelogin schaut auf und erhebt sich von ihrem Sessel.

»Freut mich sehr, Sie kennenzulernen, Egonia. Kommen

Sie rein, kommen Sie rein. Darf ich Ihnen einen Tee anbieten?«

Die Hexe beugt sich vor. So spricht niemand mit ihr. Als sei sie erwartet worden. Als empfange man sie. Sie weiß, was man antworten muss, sie hat es schon mal gehört, aber auf ihrer eigenen Zunge, ihrer Hexenzunge, fühlt es sich eigenartig an.

»Sehr erfreut.«

Die Hände vor den Mund haltend, fängt sie ihre beiden Falter ein, bevor sie wegfliegen.

»Bitte machen Sie es sich bequem. Was für einen Tee kann ich Ihnen zubereiten … Oh, ich weiß. Lac du Tremblement, Zittersee. Kuchen zum Tee? Das Rezept ist von Patrick, wirklich köstlich.«

Félicité hat das Gefühl, in etwa so viel Konsistenz zu besitzen wie Théodores Geist, der gerade durch den Nachbargang läuft und hinter dem nächsten verschwindet.

Sie räuspert sich erneut. Diesmal schaut die Teologin ihr in die Augen.

»Darf ich reinkommen?«

»Natürlich. Wenn du das Passwort hast.«

Félicités Lippen setzen zu einem Grinsen an, das sogleich erstirbt. Marine ihrerseits lächelt nicht. Kein bisschen.

»Verzeihung?«

»Das Passwort. Ehrlich gesagt hast du es gerade eben ausgesprochen, aber nicht im richtigen Ton. Der Ton ist alles, weißt du.«

Félicité schüttelt langsam den Kopf. Verwirrt.

»Dreh mal irgendwo eine Runde. Ich bin sicher, wenn du ein bisschen herumläufst, fällt es dir wieder ein. So, also, Egonia! Ich konnte es kaum erwarten, Sie kennenzulernen. Ach ja, ich habe von Ihrem kleinen Insektenproblem gehört.

Solange Sie vorsichtig sind, brauchen Sie sich keine Sorgen zu machen, dann müsste alles gut gehen. Außerdem, unter uns, eine Kiste mehr oder weniger, das fällt gar nicht auf. Ich selbst wäre nicht imstande, den Unterschied zu bemerken. Théodore dagegen, mein Vorgänger als Direktor des Archivs ...«

Mit energischen Schritten macht sich Félicité wieder in Richtung Eingang auf, diesmal fast ohne sich zu verlaufen. Im Labyrinth der Kisten, auf der Marmortreppe, in der Eingangshalle mit ihren Säulen, überall hört man Marines Lachen und ihre Freudenrufe.

Unten stützt sie die Ellbogen auf die Empfangstheke, auf der keine Schmetterlinge mehr sitzen. Auch Patrick, ihr gegenüber, der wieder auf die richtige Seite seines Stuhls zurückgekehrt ist, sieht schockiert aus. Beide haben Marine noch nie so laut lachen gehört.

»Sie zwingt sich gerade. Das hört man.«

Schon schallt der nächste ausgelassene Schrei durchs Archiv. Félicité holt ihre Sachen aus dem Schließfach und legt das Foto von ihrer Mutter auf die Theke.

»Was ist das für ein Bild?«, fragt Patrick, um das Gelächter zu übertönen.

»Ein Familienfoto.«

»Schöne Aufnahme.«

»Wenn du es sagst.«

»Anfossi immerhin ...«

»Anfossi?«

»JPA, Jean Pasquale Anfossi. Der Fotograf aus der Rue Miralheti ...«

Gerade zückt Félicité ein Heft, um es sich zu notieren, da hallen eilige Schritte durchs Gebäude. Marine erscheint, atemlos, strahlend, eine Teedose in der Hand, Egonia im Gefolge.

Als sie ihre Schülerin erblickt, will sie auf sie zugehen, um mit ihr zu reden, besinnt sich aber eines Besseren. Sie stellt die Dose auf die Theke neben den Bilderrahmen.

»Und?«, fragt sie keuchend. »Hast du es gefunden?«

Félicité verschränkt die Arme. Angespanntes Schweigen.

Diese Art von Dingen zu sagen, hat sie nie gelernt. Das Kinn vorzurecken, sich nicht dafür zu entschuldigen, dass man existiert, das ist es, was ihre Mutter ihr vermacht hat.

»Ich glaube, sie will, dass du dich bei ihr entschuldigst«, flüstert Patrick hinter seinem Kaffee.

Einatmen, ausatmen. Félicité öffnet den Mund, schließt die Augen und sagt:

»Es tut mir leid, Marine. Verzeih mir.«

Die Teelogin hebt die Hände und lässt sie auf ihre großen Oberschenkel fallen.

»Siehst du, es geht, wenn du willst. Also, Clé, guck mal, was ich hier habe, du wirst es niemals glauben ...«

In der Dose befindet sich Tee aus dem Val de la Masque. Der Tee, den Marine vor knapp zwölf Jahren gepflückt hat und der noch hundertzwei Jahre warten müsste, um seine volle Wirkung zu entfalten.

Innerhalb von vierzehn Sekunden hat ein einziger von Egonias Schmetterlingen ihn zur Reife gebracht.

Wenn Félicité an die Abende zurückdenkt, an denen sie die Blätter umgerührt hat, alle vierzehn Tage und das über Jahre, vierzehnmal in die eine Richtung, vierzehnmal in die andere, und wenn sie sich an die Freudenrufe der Teelogin vor wenigen Minuten erinnert, fragt sie sich, wie Marine es schafft, in diesem Moment so ruhig zu bleiben.

Die Blätter liegen da, in ihren Händen, vollkommen getrocknet wie nach hundertvierzehn Jahren regelmäßiger

Pflege. Ein Stein der Weisen, eine Ambrosiablüte, ein nach Moos und altem Leder duftendes Wunder.

Unter dem Gestrüpp ihrer Augenbrauen lächelt Egonia oder deutet etwas Ähnliches wie ein Lächeln an.

DAS BROT UND DIE SCHLACHT

Bevor sie das Archiv verlassen hat, ist Félicité lange durch den zwischen den Wohnhäusern liegenden Park gelaufen. An diesem Tag und auch später noch hat sie versucht, Egonia zu entlocken, was Marine so zum Lachen gebracht hat.

»Du würdest es nicht verstehen«, hat ihre Zwillingsschwester geantwortet. »Es ist etwas zwischen ihr und mir.«

Félicité verstand natürlich nicht, was Egonia und Marine gemeinsam haben könnten. Ich aber kann mir durchaus vorstellen, welche Blicke und Wörter Félicité nicht kennt, die beiden dagegen sehr wohl.

Im Grunde gefiel es ihr. Zu sehen, wie die beiden sich verstanden und zusammenkamen wie ein in Öl getunktes frisches Stück Brot. Und sie dachte an ihre Mutter. Wenn Carmine sich diese tiefe, friedliche Freude ihrer sich verschwisternden Kinder hätte vorstellen können, hätte sie ihnen keine Schlachtordnungsnamen gegeben.

DER GÄRTNER-PHOTOGRAPH

Sind Sie schon mal durch die Rue Miralheti gelaufen? Versuchen Sie es mal, wenn die Sonne wieder rauskommt. Da qualmen die Socca-Fladen, da kommen die Mangoldkuchen aus den Öfen, da reihen sich die Zucchinikrapfen und die Zwiebelkuchenstücke auf großen Aluminiumplatten aneinander, die Kunden schreien ihre Bestellungen über die Auslagen hinweg und drängeln unter Ellbogeneinsatz, als kämen sie so schneller voran. Ständig wimmelt es von Hungrigen, die hier ihr tägliches Pan Bagnat kaufen.

Wenn man sich die Ladenfront genau anschaut, erkennt man hinter dem goldenen *SPÉCIALITÉS NIÇOISES* eine ältere Inschrift: *Jean Pasquale Anfossi, Gärtner-Photograph.* Und wenn man Geisterschleuserin ist, sieht man dahinter einen Mann, der nicht zu dieser Welt aus Salz und Dampf gehört.

Seine Koteletten und seine kleinen Brillengläser verraten ihn. Zwischen zwei Brotbacköfen wischt er sich die tintenbekleckesten Hände ab, dann das Gesicht. Das Tuch schmiert ihm eine schwarze Spur auf die Stirn. Er bleibt, wo er ist, eine ruhige Silhouette zwischen den Dunstschwaden und dem Trubel in der Küche, wie eine Dampflokomotive auf ihrem Gleis kurz vor der Abfahrt.

Auf der übervollen Terrasse hat Egonia eine Touristenfamilie vertrieben, die wie ein Sardinenschwarm an einem Tisch saß, und auf diesen Tisch stellt Félicité ihr phanto-

fassbares Teeservice. Der von der Kuriosität magisch angezogene Geist durchquert die Wand und setzt sich den beiden Schwestern gegenüber.

Der neue Tee aus dem Val de la Masque hat noch nicht fertig gezogen, da zeigt Anfossi schon mit stolzer Miene auf den neben der Teekanne liegenden Bilderrahmen.

»Diese Aufnahme habe ich gemacht. Im Hintergrund erkenne ich sogar die Schäferei.«

Félicité beugt sich vor, die Ellbogen auf die klebrige Tischplatte gestützt.

»Wirklich? Erkennen Sie auch die Personen auf dem Foto?«

Aber der Tee hat noch nicht lang genug gezogen, und die zweite Frage interessiert Anfossi nur wenig.

»Natürlich war ich das. Sie sind in meinen Laden gekommen und haben meine Blumenfotos gesehen. Aber wussten Sie auch, dass ich früher mal Fotografie-Blumen gezüchtet habe? So scharf umrissene Blumen, dass sie wie Bilder aussehen? Wenn man diese Pflanzen züchten will, muss man verstehen, worin ihre Schönheit liegt und wie viel Licht sie brauchen. Gärtnern und Fotografieren ist ein und derselbe Beruf, wissen Sie ...«

»Können wir essen neben Sie?«, fragt ein braungebrannter Mann mit einem Handtuch über der Schulter, die Arme voller Kinder und fleischgefüllter Pasteten.

»Nein, bedaure«, antwortet Egonia in einem Ton, der nichts Bedauerndes hat.

Ich kann Ihnen sagen, der Tourist meckert zwar ordnungshalber, weil er Italiener ist, das heißt mehr oder weniger Nizzaer, entfernt sich aber rasch, um sich einen anderen Platz zu suchen – möglichst weit weg.

»Das habe ich schon sehr früh gelernt«, fährt der Geist

fort. »Eigentlich an dem Tag, als meine Mutter mir vom Markt eine Tüte mit Samen mitgebracht hat. Mohnblumen-, Lavendel- und Butterblumensamen. Ich habe sie fotografiert und danach auch die Erde, in die ich sie gepflanzt habe. Meine Mutter hat mich ausgeschimpft, weil die Glasplatte sehr teuer war und in ihren Augen eine Aufnahme nichts taugte, wenn man darauf nur Erde sah und sonst nichts. Sie hat es nicht verstanden. Die Schönheit entsteht unter der Erde. Und unter dem geduldigen Blick desjenigen, der sie erschafft und ihr Opfergaben bringt, Dinge, die für ihn zu teuer sind.

Ich habe zugeschaut, wie die Triebe aus der Erde kamen, sich täglich der Sonne entgegenstreckten, und täglich habe ich die Sprosse fotografiert. So sind sie gewachsen, bis ein ganzer roter, gelber und blauer Garten entstanden ist, einfach dadurch, dass ich sie angesehen habe. Verstehen Sie? Um eine schöne Blume hinzubekommen, braucht man weder Wasser noch Dünger noch sonst was. Nur Licht und den Blick.

Alle Damen, die da oben in Roquebillière bei uns vorbeikamen, blieben an meinem Garten stehen. Dieses Blau, dieses Rot, dieses Gelb, das vermischte sich alles in einer Wolke aus weißem Licht, das einem in der Nacht Träume schickte. Selbst die unsichtbaren Farben, die nur für Bienen und Nattern existieren, konnte man aus den Augenwinkeln sehen, wenn man zur Seite schaute.«

»Was erzählt er?«, fragt Egonia.

»Gartengeschichten. Der Tee vom Val de la Masque muss vierzehn Minuten ziehen.«

»Eine Freundin meiner Mutter«, fährt Anfossi fort, ohne gekränkt zu sein, »hat mich gebeten, ihr einen Strauß zu pflücken. Erst habe ich gezögert, dann habe ich mir gesagt:

Na gut, ich habe ja immer noch meine Fotografien. Denn auf dem Papier sah man, auch ohne Farben, im Weiß ein regenbogenfarbenes Schimmern und im Schwarz die Erinnerung an das Weiß. Außerdem hat sie mir fünf Francs für zehn Blumen geboten. Da habe ich sie ihr abgeschnitten.

Bald folgten weitere Bestellungen. Und zwar nicht mehr nur von den Freundinnen meiner Mutter! Damen von der Promenade, Engländerinnen und Pariserinnen kamen extra in den hintersten Winkel des Vésubie-Tals. Scharen von Leuten zogen durch unser Wohnzimmer … Notare mit Hut, Journalisten mit Notizbuch … Meine Eltern haben sich in der Küche versteckt. Für diese Leute aus der Bourgeoisie war es ein exotischer Ausflug, in unser schmuckloses Haus zu kommen und Génepi ohne Eiswürfel zu trinken. Sie schwärmten von unserer Art zu reden, als wäre es das Gezwitscher von Paradiesvögeln. Ich nehme an, auch unsere ländliche Lebensweise gehörte zu den Attraktionen ihrer Ausflüge. Deshalb habe ich meine Anzüge, selbst wenn ich mir inzwischen genauso feine leisten konnte wie sie, nicht in ihrer Gegenwart getragen. Die hätten ihnen das Ganze verdorben.

Und eines Morgens, während ich besonders begeistert meinen Garten betrachtete, damit er sich weiter verschönerte, ist ein Herr gekommen und hat mich angesprochen:

›Junge, angeblich verkaufst du deine Kultur an Leute aus der Stadt und an Ausländer.‹ Ich habe mir die Augen gerieben, um das blendende Strahlen der Blütenblätter zu vertreiben. Und dann habe ich ihn wiedererkannt, weil er am Revers seines Jacketts ein Band in den drei Landesfarben trug: Es war der Bürgermeister vom Dorf am Mont Bégo.«

Unter dem Tisch stößt Félicité ihre Schwester leicht mit dem Fuß an.

»›Ja, Monsieur‹, habe ich ihm geantwortet, ›das stimmt.‹ Er hat eine Faust in die Hüfte gestemmt, mit dem Zeigefinger der anderen Hand vorwurfsvoll auf mich gezeigt und angefangen, mich zu beschimpfen: ›Das darfst du nicht! Diese Blumen wachsen aus der Erde dieser Gegend und dank der Hände und Augen eines Kindes von hier. Sie gehören den Leuten, die hier leben. Und mit hier meine ich das Land zwischen Roquebillière, Tende und Bégoumas. Nicht darüber hinaus. Auf keinen Fall Nizza. Und erst recht gehören sie nicht diesen Dieben jenseits der Grenzen, die unsere Natur plündern, um hier ihre mehrstöckigen Paläste hinzupflanzen und ihre Armee von Hausdienern hineinzusetzen. Bald werden deine Blumen nicht mehr wachsen, weil diese Leute uns das ganze Wasser hier aus dem Tal weggenommen haben. Und die ganze Luft. Und ihre Türme werden so hoch sein, dass deine Pflanzen nicht mal mehr die Sonne sehen. Verstehst du, was ich meine, Junge?‹

›Ja, ich verstehe‹, habe ich geantwortet. ›Aber so kann ich mir schönere Kleidung kaufen und brauche nicht nur Tomaten zu essen. Und ich fotografiere auch gern die Kleider der Damen‹, habe ich zugegeben.

Ihre Farben sah man zwar auf den Bildern nicht, aber man erkannte die schmalen Stofffältchen, die in den Schürzen meiner Mutter fehlten.

Der Bürgermeister hat mich bei den Schultern gepackt. ›In Bégoumas‹, hat er gesagt, ›gibt es jede Menge schöne Stoffe, fruchtbares Land für deine Blumen und Geld, wenn du unsere Straßen, unsere Häuser und unsere Menschen fotografierst. Wir werden dich bezahlen, Junge, mach dir darum keine Gedanken. Vielleicht nicht so gut wie die anderen, aber wenigstens musst du dann nicht mehr den Schatz der Gegend verhökern.‹ ›Und meine Blumen?‹, habe ich gefragt. ›Na ja‹, hat er geantwortet, ›von deinen Blumen nimmst du einfach Ableger oder die Samen oder was du sonst brauchst, um sie in Bégoumas anzupflanzen, das ist alles. Du wirst ein reicher Mann werden.‹

Er hat sich am Bart gekratzt und hinzugefügt: ›Meine Gattin wartet nämlich nicht mehr lange. Sie will bald ihr regenbogenfarbenes Beet haben.‹

So kam es, dass ich mich, als ich noch keine sechzehn war, mit meinem ganzen Material in Bégoumas niedergelassen habe. Dort wurde ich wie ein Sultan empfangen, man gab mir ein kleines Haus am See und ein Atelier in der verlassenen Schäferei.«

Endlich hat der Tee vom Val de la Masque lang genug gezogen; die Flüssigkeit ist dick wie Tinte oder schwarzes Blut.

»Und da sind Sie diesem Paar begegnet?«, fragt Félicité über den wallenden Dampf hinweg, während sie Anfossis Tasse füllt. »Dem auf dem Foto?«

»Genau. Mein Garten strahlte nur so mit seinen Schwertlilien, seinen Kornblumen und Ringelblumen. Die Frau des Bürgermeisters verbrachte ihre Zeit damit, auf einer mit ihrem Namen gekennzeichneten Bank vor meiner Hecke zu sitzen und sie zu betrachten.

Wenn ich nicht gerade meine Blumen fotografierte, damit sie wagten, sich schön zu fühlen, erledigte ich Aufträge. Wäscherinnen und Schäfer, die im Sonnenlicht aufgenommen werden wollten, Hochzeiten, Säuglinge, Tannen für den Wettbewerb des bestgeschmückten Baums. Ich ging in allen Häusern ein und aus und wurde zu jedem Fest eingeladen. Ich kaufte mein Brot im Dorf und spielte mit den Leuten Karten. Ich war ein Mann aus Bégoumas geworden.

Und eines Tages sind meine Blumen gestorben.«

Es ist so weit. Der Geist hat einen Schluck Tee getrunken. Félicité schaut ihn so eindringlich an, wie er selbst damals vermutlich seinen Garten betrachtet hat.

»Es hat mit der Ankunft der Spanier angefangen. Mit denen da auf Ihrem Foto. Sie haben den Schuppen neben der Schäferei bezogen, also neben meinem Atelier, und hatten aus ihrem Land eine neue Pflanzenart mitgebracht, die alles ruiniert hat. Alles ausgelöscht hat. Die Mohnblumen, die Ringelblumen, alle sind an einem einzigen Morgen verwelkt. Ich konnte sie noch so sehr betrachten, ihnen Licht schenken, meine Blumen wurden braun. Ich habe das nie verstanden. Normalerweise genügt es, an die Schönheit zu glauben, damit sie existiert.

Seit dieser Zeit wuchsen auf der Wiese riesige Pflanzen, dunkle Monster, bei denen kein Weiß vorkam und die sogar Vögel fraßen. Jeden Tag habe ich sie ausgerissen, mit Alkohol übergossen, abgebrannt. Damit habe ich auch das Erdreich getötet. Und trotzdem sind sie über Nacht wieder gewachsen.

Als ich meinen Garten verlassen habe, hat sich auch die Schönheit von mir zurückgezogen. Ich war nicht mehr imstande, irgendjemanden zu fotografieren. Nach drei Monaten war ich verarmt, nach sechs Monaten wurde ich verachtet, nach einem Jahr aus dem Dorf gejagt.

In keinem einzigen Herbarium habe ich jemals Spuren dieser fleischfressenden Pflanzen gefunden, die mir alles weggenommen haben. Ich bin runter nach Nizza gezogen und habe ein neues Atelier eröffnet. Ich habe Porträts von Königinnen gemacht, habe ruhmreiche, mit gewebten, bestickten, geschmiedeten Kostbarkeiten bedeckte Kaiser fotografiert. Doch alle Fotos waren blass und fade. Es fehlte ihnen das Licht meiner Blumen.«

Der Geist schweigt. Sein Blick geht zu den Dächern, hinauf zu dem Berg, auf dem sein Geistergarten gestorben ist.

»Und diese … Spanier«, fragt Félicité zaghaft. »Was ist aus ihnen geworden?«

»In dem Jahr, als sie gekommen sind, hat es ununterbrochen geregnet. Wir haben damals zum Spaß gesagt, die Spanier hätten Regen statt Sonne mitgebracht. Na ja, nur halb zum Spaß, denn jedes Mal, wenn es im Gebirge donnerte und krachte, drangen nachts aus der Schäferei irre Schreie, die hinunter bis ins Dorf schallten. Die Spanier waren eines Tages angekommen, sie schwanger, er vom Krieg übel zugerichtet. Und in dieser Zeit hat es angefangen zu regnen. Im Jahr der fleischfressenden Blumen. Sie haben den Regen mitgebracht und gleichzeitig meinen Ruin.«

»Krieg? Welcher Krieg?«

»Woher soll ich das wissen? Irgendein Krieg im Süden von Spanien. In der Wüste von Almería. Ich glaube, die Kleine und ihre Mutter sind dorthin zurückgegangen, als der Vater starb. Also, wir nannten sie die Spanier, aber die Mutter sprach Französisch wie ich. Daran erinnere ich mich noch, denn kurz nach der Geburt ihrer Tochter hat sie eines Tages von ihrem Wohnzimmer aus an die Tür meines Ateliers geklopft und gesagt: ›Herr Gärtner-Fotograf, Sie müssen uns fotografieren, meinen Mann, meine Tochter und mich‹, alles ohne Akzent, das hat mich sehr beeindruckt. Ich glaube, sie stammte von hier, war lange weg gewesen und wieder zurückgekommen.«

Félicité zeigt auf ihre fotografierte Mutter.

»Ja, das sind sie. Carmen, Gabriel und Vera. Der Regen hat einfach nicht mehr aufgehört. Eine entsetzliche Sintflut. Nie trocknete die Wäsche richtig. Man musste sich immer feuchte Sachen anziehen.«

»Vera«, wiederholt Félicité für ihre Schwester. »Das Mädchen vor uns hieß Vera, und sie hat in der Wüste von Almería gelebt.«

Vor den Augen des enttäuschten Gärtner-Fotografen packt sie ihr Teeservice zusammen. Bevor sie und ihre Schwester sich auf den Weg machen, bittet sie Egonia, auf die Erde zu spucken. Überrascht, aber freudig erfüllt die Hexe ihr den Wunsch. Zwischen zwei Pflastersteinen wächst ein Blumenstängel in die Höhe, der dicker ist als ein Oberschenkelknochen und an dessen Ende sich blutergussfarbene Blütenblätter bilden. Im nächsten Augenblick sterben drei Spatzen.

»Sahen die Pflanzen, die Ihren Garten zerstört haben, so aus wie diese hier?«, fragt Félicité.

Der Geist nickt wortlos. Die schwarzen Fruchtknoten, die in der reglosen Luft wie Algen wogen, haben ihn hypnotisiert.

Félicité seufzt. Eine einzige Schwester, die gefräßige Pflanzen spuckt, hätte ihr vollkommen gereicht.

BIS AUF WEITERES

Am nächsten Montag heftet Félicité je einen handgeschrie-
benen Zettel an die beiden Türen des Palais Caïs de Pierlas,
die für die Lebenden und die für die Toten. Darauf steht:

Detektivin bis auf weiteres abwesend
Kommen Sie später wieder

Noch heute werden Sie, wenn Sie im Bahnhof von Thiers
einen Zug nehmen wollen, am Schalter einen alten Verkäufer antreffen, der Ihnen erzählen kann, wie er am Montag,
den 11. August 1986 – an das Datum erinnert er sich genau,
weil es sein erster Arbeitstag war –, zwei ausländisch ausse-
hende Frauen, die aber keine Ausländerinnen waren, in die
Bahnhofshalle kommen sah, die eine grau und hochgewach-
sen, das Haar halb weiß, halb rot, die andere schwarz und
krumm, einen Geruch wie nach feuchter Erde absondernd,
beide mit einem Dutzend bunter Bonbonketten um Hals
und Handgelenke, die bei ihm zwei Fahrkarten nach Almé-
ria gekauft haben.

DIE VERIRRTEN SULTANE

Ich war nie in Andalusien. Niemand ist jemals mit mir dort-
hingereist, und die Gegend reizt mich auch nicht. Schon in
Nizza geht man vor Hitze ein, aber erst da unten …

Ich sehe rote Wüsten vor mir, zwischen Bergen verirrte
Sultanspaläste, und Menschen mit schwarzen Augen.

Unser Andalusien werde ich also mit diesen Bildern be-
völkern. Falls es nicht die richtigen sind, werden sie es bald
sein.

DIE EINGESPERRTEN TITANEN

Der Zug kommt schnell voran, und der Rhythmus des Fahrens lullt Félicité ein. Sie würde gern schlafen, aber das vorbeiziehende Geflimmer von Rost, Honig und Farn lenkt ihren Blick zum Fenster. Es ist erst August, und schon greift der Herbst nach den Pyrenäen. Die Wälder der Provence sehen anders aus, sind entweder durch Brände verkohlt oder vom Sommer grün gefärbt. Dieser hier erinnert sie an die slawischen und kanadischen Wälder, in denen Marine und sie früher Jagd auf Tee, Lebende und Geister gemacht haben.

In Spanien aber ist sie nie gewesen. Und ihre Mutter hieß dort Carmen.

Ihre Mutter im Geiste als Carmen zu verkleiden, fühlt sich sonderbar an. Über das Bild von Carmine legt sich ein rot-schwarzes Flamencokleid, ein Witwenschleier über einem im Nacken sitzenden Haarknoten und klackende eckige Absätze. So sehen für ein Mädchen aus Nizza die Carmens aus.

Sie kann sich ihre Mutter nur schlecht in dieser Kostümierung vorstellen. Carmine trug bäuerliche Kleider, die sie mit frischgepflückten Veilchen schmückte, schnitt sich ihre Locken auf Nackenhöhe und verbarg ihre abgekauten Nägel unter Spitzenhandschuhen. Eine Carmen muss lange, granatrot lackierte Fingernägel haben.

An das andere Leben ihrer Mutter kann Félicité sich nicht

gewöhnen, dieses Leben vor ihrer Zeit, das sie in einem früheren Jahrhundert in der Nähe fotografierter Blumen verbracht hat. Sie dachte, sie selbst sei dieser umsorgte, mit Blicken und Licht verwöhnte Garten gewesen, der wie ein Wunder in eine triste Schäferei eingezogen war. Sie glaubte, sie selbst hätte die Morgenstunden einer von der Welt gelangweilten Frau mit Farben gefüllt, ihr den Kummer aus dem Leib geschüttelt und das Haus mit Pampelmusen und Porzellangeschirr geschmückt.

Aber vor ihr gab es schon einmal ein anderes Glück, zu dem Félicité nicht gehörte. Eine Tochter, die nicht sie war, die für ihre Mutter jenes Wunder, jener umsorgte Garten gewesen war.

Während Carmine und Carmen abwechselnd aufleuchten und in Félicités Vorstellung aufeinandertreffen, döst Egonia in ihrem Sitz. Den Waggon haben sie ganz für sich: Als die anderen Reisenden die beiden merkwürdigen, mit Bonbonschmuck behängten Frauen gesehen haben, wollten sie lieber dichtgedrängt im Nachbarwaggon sitzen.

Egonia schließt die Augen. Sie kennt diese Art Wälder. Ihrer, der ihr fehlt, hat dieselben Farben. Je weiter der Zug sich von Nizza, vom Mont Bégo, von der Schäferei entfernt, umso mehr entspannt sie sich.

»Egonia«, murmelt Félicité im Halbschlaf, »warum bist du nicht mehr wie früher? Was ist mit dir passiert?«

Man denkt, um gewisse Worte auszusprechen, müsse man all seinen Mut zusammennehmen. Erst wenn sie gesagt sind, ohne die Welt um einen herum zu zerfetzen, kommen einem diese Titanen plötzlich winzig vor.

Die Frage ist aufgetaucht wie die nach der Uhrzeit oder danach, ob morgen schönes Wetter ist. Hier, allein in diesem Zug, nachdem Félicité ihre Mutter-Teekanne wieder hat und Egonia endlich bei ihrem Namen genannt wird, scheint alles nicht mehr so kompliziert zu sein.

Sie brauchte nur zu fragen, und ihre Schwester braucht nur zu antworten.

EGONIA

Um diesen Teil der Geschichte mitzubekommen, sollten Sie sich etwas vorbeugen. Spitzen Sie die Ohren. Ich muss jetzt leiser sprechen.

Egonia sitzt ganz in der Nähe, hinter der Kasse. Man hat zwar den Eindruck, sie döst, aber das ist ein Täuschungsmanöver. Sie hört alles, sie spürt alles. Und ich will nicht, dass sie mich hört.

Nein, ein Geheimnis ist es nicht. Sonst hätte sie es mir nicht erzählt und ich hätte es nicht in meinen Bericht fürs Archiv aufgenommen. Das ist nicht der Punkt.

Ich erinnere mich nur, dass sie ein bisschen gezittert hat, als sie mir davon erzählt hat. Das ist alles. Deshalb will ich es nicht wieder aufwühlen.

Als nach der Geburt der Zwillinge die Hebamme ins Dorf zurückkehrte, hat man ihr Fragen gestellt. Und, wie geht es den Schäferkindern? Und der Mutter, kommt sie zurecht? Mireille hat nicht geantwortet. Ihr Schweigen war natürlich der ideale Brennstoff, um im Dorf ein Feuer überdrehter Vermutungen zu entfachen. Mit Hilfe des Geburtsregisters hat man rasch die Namen der beiden Mädchen erfahren. Nach mehreren Wochen voller Spekulationen an den Tischen des Hydra haben sich die Gerüchte verfestigt. Man war sich einig.

Félicité, die bei ihrer Geburt den Bauch ihrer Mutter mit ihren Reißzähnen geöffnet hatte, legte sich das Aussehen eines sanften Schafes zu, um ihre Opfer in die Berge zu locken, wo sie sich in einen Wolf verwandelte und deren Eingeweide fraß. Egonia, ein Wesen mit Ziegenbeinen und tausend Nattern anstelle von Haaren, hatte sich gleich nach ihrer Geburt auf ihren Vater gestürzt, um sein Gesicht mit ihren Krallen zu zerfetzen.

Eine sehr wirkungsvolle Geschichte, um die Kinder an der Kandare zu halten. Eine Zeitlang konnte wirklich keines zur Schäferei hinaufschauen, ohne vor Angst und Abscheu zu zittern.

Dann, ein paar Jahre später, kamen die beiden in die Schule. Normale oder fast normale Mädchen. Da können Sie sich die Enttäuschung der anderen Kinder vorstellen. Und die Schlangenhaare? Und die Ziegenbeine? Man hatte das kränkende Gefühl, einer erfundenen Geschichte auf den Leim gegangen zu sein.

Die Zwillinge spielten immer abseits der anderen Kinder in einer Ecke des Schulhofs. Félicité redete mit Leuten, die gar nicht da waren, Egonia redete mit niemandem. Bald kam nur noch Félicité mit ihrem weißen und später roten Haar zur Schule. Ihre Schwester kehrte wieder zurück in ihre Bergwelt, zu den Schatten, zu denen sie gehörte.

Deshalb hat sich in Bégoumas eine gewisse Verwunderung breitgemacht, als man Félicité fünfzehn Jahre nach ihrer Geburt hinunter in die Stadt gehen sah und statt ihrer ein hübsches junges Mädchen aus der Schäferei ins Dorf kam. Immer noch ohne Schlangen auf dem Kopf. Immer noch ohne Hufen an den Füßen. Selbst das Espigouler Borstenschwein, vor dem sich niemand mehr fürchtete, weil die Jäger so viel Unsinn darüber erzählten, galt im Vergleich zu ihr als ein Ungeheuer, das diese Bezeichnung wirklich verdiente.

Außerdem war das Mädchen so hübsch, dass es sehr bald umworben wurde. Erfreut nahm Egonia, denn um sie ging es, die Geschenke an, die man ihr machte, Margeritenkränze, bestickte Taschentücher, Brombeertörtchen. Natürlich ohne zu lächeln oder zu sprechen, damit ihr keine Schmetterlinge entwischten – und weil sie ja nur einen Zahn hatte.

Die Frauen des Dorfes, eifersüchtig und besonnen, versuchten, ihre Söhne und Brüder zu warnen: Dieses Mädchen sei zu hübsch, um anständig zu sein. Das alles werde böse enden.

An jenem Spätnachmittag zu Beginn des Frühlings war der Himmel klar und die Luft erfrischend. Nichts kündigte das Gewitter an.

Egonia, die soeben die Geschenke aufgehoben hatte, die jemand vor ihrer Schwelle abgelegt hatte, wollte gerade ihre Tür wieder schließen, als ein Schuh sich zwischen Türflügel und Rahmen schob.

»Worauf wartest du, Egonia?«, fragte eine tiefe Stimme.

Und da sie nicht antwortete:

»Nur ich bin noch da, alle anderen sind fortgegangen. Sogar der, den meine Tochter liebt und der dir einen Strauß wilden Jasmin vor die Tür gelegt hat. Dieser versoffene Kerl, der ihr Versprechungen gemacht hat und sie halten wollte, bis du hier deine Visage gezeigt hast. Nur, weißt du, sie hat seit einem Monat etwas Kleines im Bauch, und ihr Verlobter überlegt sich, ob er die Hochzeit am nächsten Sonntag absagen soll. Verstehst du, Egonia? Verstehst du, warum du lieber hättest bei deinen Schafen bleiben sollen? Na ja, wenn du willst, kannst du ja immer noch dahin zurückkehren. Ich lass dich gehen. Geh, geh schon!«

Gestenreich hat der Mann sie aufgefordert, aus dem Haus zu kommen. Egonia hat sich nicht gerührt. Der Mann machte ihr Angst, aber weniger Angst als die Mutter, die sie oben in der Schäferei erwartete und die seit Félicités Fortgang nach Nizza noch schlimmer war als je zuvor. Und jetzt, mit fünfzehn Jahren, war Egonia zu groß, um sich auf die Balken unter dem Dach zu flüchten.

»Du weigerst dich?«

Egonia ließ die Törtchen, den Blumenstrauß, das Taschentuch fallen und hielt sich beide Hände vor den Mund.

»Na gut. Wie du willst.«

Bestimmt wäre es ihr nicht recht, wenn ich Ihnen genau erzählen würde, was in der nächsten Minute passiert ist. Ich werde Ihnen deshalb nur sagen, dass der Mann fast lässig eines seiner Werkzeuge hervorgeholt hat – ich erinnere mich nicht mehr, ob er Schlachter oder Schuster war – und ihr das Gesicht zerritzt hat.

Sie hat nicht mal geschrien. Ich glaube, sie ist ziemlich schnell in Ohnmacht gefallen.

Später am Abend brannten die Tränen in den Furchen auf ihren Wangen und wuschen das am Hals getrocknete Blut ab. Draußen diskutierten die Leute von Bégoumas auf dem Dorfplatz.

In dieser Nacht hat Egonia begriffen, dass ihre Mutter recht hatte. Dass die Seele das Gesicht immer einholt. Und sie verdiente ihres nicht. Deshalb misshandelte man sie. Deshalb machten ihre Locken und ihre Sommersprossen die Frauen eifersüchtig und die Männer grausam. Es war eine gestohlene Schönheit, eine verfluchte Schönheit.

In ihrem verfallenen Haus hat sie sich hingesetzt und die Augen geschlossen. Unter ihren geschwollenen Lidern hat sie sich die hässlichsten Gesichtszüge, an die sie sich erinnern konnte, zusammengesucht: die einer Hexe. Der Hexe auf den Seiten, die sie immer von ihrem Dachbalken aus sehen konnte, wenn Carmine Félicité etwas aus dem Märchenbuch vorlas. Eine Geschichte, die man ihr, Egonia, nicht vorlas, in der tapfere Kinder die schreckliche, scheußliche, abstoßende Kinderfresserin bezwangen.

Sie hat sie sich aus dem Gedächtnis nachgemalt. Dunkle Lumpen. Buckliger Rücken. Hakennase. Fast kahler Kopf. Warzen auf den Wangen. Und genau wie bei ihr nur ein einziger Zahn.

Dann hat Egonia ein tiefes Heulen ausgestoßen, einen viel zu lang zurückgehaltenen Schrei, und dabei sind Schwärme von Faltern und Schmetterlingen um sie herum geflattert, haben sich überall auf die offenen Wunden gesetzt, haben sich auf ihren Haaren, auf ihren Händen, ihren Fingernägeln, ihrem Bauch und ihren Oberschenkeln niedergelassen, überall.

Dann sind die Insekten eins nach dem anderen in den fast erloschenen Kamin geflogen. Als das letzte verschwunden war, war Egonia nicht mehr wiederzuerkennen. Sie war zum Scheusal eines Märchens geworden, das sie nie gelesen hatte.

In dieser Nacht hat Egonia ihr Hexenwesen angenommen.

Sie hat geglaubt, ihre neue Haut würde die Leute davon abhalten, sich ihr zu nähern. Und am Anfang hat es auch funktioniert. Als die schwangere Verlobte von ihrem Vater erfahren hat, was er getan hatte, ist sie am nächsten Morgen mit Tüchern und heißem Wasser zu Egonias Haus gegangen, um deren Wunden zu versorgen. Als sie sie durchs Fenster erblickte, hat sie den Eimer fallen lassen und sich die Füße verbrüht.

Am Sonntag hat sie dann tatsächlich geheiratet, mit verbundenen Füßen.

Dann kam, warum auch immer, vermutlich weil Egonia wie eine alte Frau aussah, im Dorf der Glaube auf, sie sei eine weise Alte oder eine Kräuterfrau, die Heilkünste beherrschte. Jedenfalls etwas Nützliches. Bald kamen picklige Jugendliche, unfruchtbare Frauen, Erkältete und Humpelnde und sämtliche Bedürftige der Umgebung zu ihr und baten sie um Hilfe.

Egonia gab es für sie nicht mehr. Vielleicht war sie ja geflohen, nachdem sie so viel Unglück gebracht hatte. Vielleicht hatte ihre Verderbtheit sie ihre Schönheit gekostet. Auf jeden Fall war das Dorf froh: An Egonias Stelle hatte man nun eine Alte, deren Gesicht keinen einzigen Ehemann anlockte und deren Wissen ohne jeden Zweifel das der Ärzte übertraf, die nur einmal alle Jubeljahre ins Dorf hochkamen.

Egonia antwortete ihnen nicht oder nur selten. Eine Zeitlang lebte sie fast ein ruhiges Leben.

Dann wurde eines Abends im August drängender als sonst an ihre Tür geklopft.

»Mein Sohn wird sterben, alte Frau. Komm schnell und gib ihm deine Medizin.«

»Ja, so ist es, früher oder später wird er sterben«, rief Egonia von drinnen.

Keine Reaktion. Sie dachte, sie wäre den Bittsteller los.

Eine Viertelstunde später standen dreißig Männer um ihr Haus, Fackeln in der Hand und Hass im Gesicht.

»Ein Kind wird sterben, alte Frau«, hat eine kräftige Stimme geschrien, »und du gleich mit, falls du es nicht rettest.«

Egonia hat geseufzt. Sie war gerade erst sechzehn geworden, sie war alt, sie war hässlich, sie war allein. Statt sie zu bemitleiden, schrieb man ihr außergewöhnliche Fähigkeiten zu.

Und man täuschte sich nicht.

Als sie mit einem Ruck die Tür aufriss, fuhren die drei-ßig Männer erschrocken zusammen. Sich mitten durch die Schar der Fackelträger einen Weg bahnend, ist sie gerade-wegs zu dem Haus mit dem sterbenden Kind marschiert. Das lag bleich in seinem Bett. Seine Mutter, einen Säugling im Arm, schaute die Hexe mit angsterfüllten Augen an.

»Der Große isst seit acht Tagen nichts mehr ... Ich flehe Sie an, machen Sie, dass er seinen Appetit wiederfindet ...«

Egonia hat sich den Jungen angeschaut. Er war fünf, vielleicht sechs Jahre alt. Sie hat ihn fast bedauert, aber sich selbst noch mehr. Sie hat sich einen Finger abgeleckt und damit langsam über die Lippen des kleinen Jungen gestri-chen.

Das war alles.

Unter den misstrauischen Blicken der Männer, die sie umstanden, ist sie wieder zur Tür hinausgegangen. Aber sie ist nicht in ihr eigenes Haus zurückgekehrt. Das hatte sie soeben für immer verlassen.

Ihr blieb nur noch ein Ort, an den sie gehen konnte. Von hier aus konnte sie dessen Fenster in einem schwachen Licht leuchten sehen, dem Licht des Windes, der Sturm in sich trägt.

In weniger als einer Minute fand der kleine Junge sei-nen Appetit wieder. Und zwar einen so gewaltigen, dass er, nachdem er die Speisekammer geleert hatte, seinen kleinen Bruder und seine beiden Eltern verschlang. Die Fackeln der Männer hatten nicht mal Zeit zu erlöschen noch Egonia, um bis zur Schäferei zu kommen.

Als sie dort an die Tür klopfte, hörte sie sie in der Ferne, hörte, wie sie das Haus, das sie soeben verlassen hatte, in Brand setzten.

Doch die Tür, vor der sie stand, blieb ihr, wie Sie ja bereits wissen, verschlossen.

Also lief die Hexe, vom Geschrei und vom Feuer verfolgt, weiter hinauf und verschwand in der tiefen Dunkelheit zwischen den Lärchen, dort, wo es keine Männer und keine Frauen gibt, wo die Tiere, die laufen, unsichtbar sind, und die, die kriechen, blind.

FAMILIENABTEIL

Die beiden Schwestern sitzen einander schräg gegenüber, im Familienabteil der zweiten Klasse, und betrachten durchs Fenster den sich lichtenden Wald, der zwischen den Baumstämmen Platz macht für Meeresglitzern.

Vielleicht hat Félicité nach dem, was Egonia ihr erzählt hat, wortlos ihre Hand genommen, und beide haben sich in ihrer Einsamkeit getroffen.

Oder vielleicht haben sie ganz bewusst zum Fenster geschaut und es vermieden, einander in den Spiegelungen anzusehen, haben in ihre Zuckerketten gebissen und sich alles Mögliche über diese dritte Schwester ausgemalt, die noch vor ihnen beiden im Gemäuer der Schäferei gespukt hat.

GEISTERZUG

Auf dem Bahnsteig ergießt sich die Hitze dickflüssig wie ausgelaufenes Öl über Félicité. Wegen der endlosen Fahrt und der Bonbons ist ihr übel. Mit dem Handrücken wischt sie sich einen Schweißtropfen von der Schläfe.

Im schaukelnden Zug, der sie vom Bahnhof in Almería bis hierher gebracht hat, saß außer ihnen kein anderer Passagier. Nicht einmal der Zugführer war zu sehen.

Die Gleise enden hier, mitten im gelben Staub. Ein Holzbrett, noch eins, dann nichts mehr. Wüste.

An der Endstation ist niemand ausgestiegen und niemand eingestiegen. Kaum hatten sie mit der Reisetasche in der Hand ihren Waggon verlassen, ist der Zug mit rostigem Getöse im Rückwärtsgang wieder losgefahren, hat sich in der wie flüssiges Quecksilber wabernden Luft entfernt und ist verschwunden.

Auch im Bahnhofsgebäude, das nicht größer war als Félicités Wohnung, befand sich niemand. Ein leerer Schalter, ein geschlossener Kiosk, zwei Bänke. Ebenso draußen, hinter den Fenstern, nichts. Sträucher, Stein, Stille. Hier und da ragen Felsen einsam in die Höhe. Deren Silhouetten gleichen den Luftspiegelungen von Schlössern.

Egonia schwitzt unter ihrer dicken Hexenjute. Sie fächelt sich mit ihrer Fahrkarte Luft zu, aber das Gewedel erfrischt sie nicht.

»Ich geh kaputt.«

Drei Schmetterlinge setzen sich auf eine Tafel mit längst nicht mehr gültigen Abfahrts- und Ankunftszeiten.

»Da, ein Schild«, sagt sie. »Da steht was drauf.«

Félicité geht hin und wischt mit einer Hand den Staub von dem Rechteck, das früher einmal goldfarben gewesen sein muss.

Zum Gedenken an jene,
die ihr Gedächtnis verloren haben
für einen vergessenen Krieg

»Der Krieg ...«, fällt Egonia ein. »Das habe ich im Tagebuch gelesen. Irgendwo in Carmens Nähe.«

»Das auch?«, murmelt Félicité. »Aber was denn für ein Krieg?«

»Keine Ahnung. Da stand nur: der Krieg.«

»Der Krieg«, echot ein Mann vor dem Bahnhof mürrisch.

Er sitzt auf den Holzstufen vor dem Eingang des Gebäudes, in weißen Stoff gehüllt, und streichelt ein Gewehr, den Blick in der Ferne verloren. Ihm fehlt der halbe Schädel.

»Der Krieg und die Krieger. Jetzt erinnere ich mich.«

»Welcher Krieg?«, wiederholt Félicité.

»Der Wüstenkrieg.«

Er kneift die Augen zusammen, als wollte er den flirrenden Hintergrund der Landschaft betrachten.

»Vielleicht sterbe ich heute, wissen Sie. Nur das spüre ich noch. Dass da Feinde sind und dass sie mich bald töten werden.«

Félicité zieht sich das graue Tuch vom Hals, bindet sich ihre Jacke um die Taille, krempelt die Ärmel ihrer Bluse hoch.

»Ihnen kann ich es ja gestehen«, fährt der Soldat fort,

»Sie werden es sowieso vergessen, hier vergisst man alles. Ich habe Angst zu sterben.«

Sie schluckt das bisschen Spucke herunter, das ihr bleibt.

»Ich habe Angst, weil ich ihn nahen spüre, den Tod. Er ist überall um mich herum. Und trotzdem, obwohl ich verstehe, dass es passiert, kann ich nicht wirklich daran denken. Wie wenn man weiß, dass man einschlafen wird, und nicht begreift, was der Schlaf wirklich mit einem macht. Ich sehe die anderen sterben, ich weiß, dass sie tot sind, ich betrachte ihre Leichen, ich rieche daran, ich stelle mir vor, ich läge an ihrer Stelle dort, ich könnte Ihnen sogar meine eigene, mit Fliegen bedeckte Leiche malen. Aber wirklich tot sein, ich? Erlöschen, aufhören zu atmen und … und was dann? Sehen Sie, das ist unmöglich. Ich kann mir mein Sterben einfach nicht vorstellen. Und trotzdem habe ich Angst. Ich habe Angst, o Gott, ich habe Angst vor diesem Moment, der die anderen fortreißt, der mich überrollt und nicht zulässt, dass ich mich auf ihn vorbereite, ihm wenigsten die Hand schüttle, bevor er mich tatsächlich niederstreckt.«

Félicité fragt sich, was er in dem Moment gedacht hat, als immerhin die Hälfte seines Schädels weggeflogen ist. Ob er gedacht hat: Aha, so ist es also, wenn man stirbt, das hätte ich nicht gedacht, oder nur: Ich habe Angst, der Tod ist da, wirklich da, ich begegne ihm endlich und habe immer noch Angst.

»Kennen Sie eine Frau namens Vera? Oder Carmen?«

»Nein. Vielleicht. Keine Ahnung. Nur Caridads Name ist geblieben. Auf den Schildern und Statuen, Caridad. Sie gibt den Wüstenflüchtlingen zu trinken. Sie ist mit Gabriel geflohen. Ja, das weiß ich.«

Plötzlich wird der Mann unruhig. Hektisch springt sein Blick von links nach rechts. Er schultert sein Gewehr.

»Gabriel, du mieser Verräter ... Wir werden dich finden. Wenn es sein muss, werden wir dich lange jagen, aber dann machen wir dich fertig.«

Gabriel. Der Ehemann. Félicité versucht zu verstehen, was der Geist sagen will, stellt ihm Fragen, aber er wird von seiner Erinnerungsschleife mitgerissen. Aus ihm ist nichts herauszubekommen.

»Ich muss ihm einen Tee kochen ...«

»Nicht nötig.«

Félicité blickt auf und meint, eine Vogelscheuche zu sehen. Aber es ist Egonia, die mit ausgestrecktem Arm in die Ferne zeigt, zum Horizont, auf ein Haus, das alles andere ist als eine Fata Morgana.

VERA

Aus der Ferne erkennt man im glühenden Weiß und in der fiebrig zitternden Luft Veras Haus.

Aber eigentlich ist es gar nicht das Haus, was man als Erstes sieht. Sondern eine seltsame Wolke mitten in der Wüste, einen Fleck, in dem Blitze zucken und Donnerschläge von Felsen widerhallen. Im Schatten der Wolke rütteln Windstöße an einem winzigen Wald.

Einen Meter hinter der Wolke ist der Wüstensand trocken und still.

Ohne sich abgestimmt zu haben, beschleunigen Egonia und Félicité ihren Schritt. Regen, Schatten, ein Wald: Das ist die Zuflucht, die sie brauchen.

Der kleine Koffer mit dem Teeservice hat in Félicités Hand noch nie so schwer gewogen. Sie hat das Gefühl, über den Boden eines riesigen Wasserkessels zu laufen.

Als sie das Wäldchen erreichen, bleiben sie eine Minute stehen, um die frische Luft einzuatmen. Auf einmal ist es so kühl, dass sie Gänsehaut bekommen. Egonia übernimmt die Führung und bahnt sich und ihrer Schwester einen Weg zwischen den Bäumen hindurch, geschützt vor dem Wind, der die Wipfel hin und her wirft, zwischen den Tropfen hindurch, die sanft die polierte Oberfläche der Blätter besprenkeln. Am Boden fangen große Netze die von den Ästen fallenden Früchte auf.

Pampelmusen und Granatäpfel.

»Ich habe dir ja immer gesagt, dass sie nicht nach Meer gerochen hat.«

Vor ihnen flüchtet ein Hase hinter einen Baumstamm. Die feuchte Luft ist voller grüner und rosafarbener Düfte.

Egonia bleibt so plötzlich stehen, dass Félicité gegen sie prallt. Über Egonias Schulter hinweg liest sie vor, was auf dem Holzschild vor ihnen steht:

La casa de la nube divina

Über dem Schild, das »Das Haus der himmlischen Wolke« ankündigt, taucht ein Frauenkopf auf.

»Quiénes son ustedes?«

Egonia fährt heftig zusammen, und Félicité glaubt eine Sekunde lang, auf den Geist ihrer Mutter gestoßen zu sein. Kein Wunder: Die Frau sieht aus wie die Carmine vom Foto, nur etwas dunkelhäutiger. Die gleichen runden Wangen über dem spitzen Kinn, die gleichen ungezähmten Locken, die gleiche Feentaille, nur, dass alles zehn Minuten länger im Ofen gewesen ist.

Die Geisterschleuserin fängt sich und beantwortet die Frage in mehr oder weniger verständlichem Spanisch:

»Ich bin Félicité. Und das ist Egonia. Wir suchen Vera oder Leute, die sie kennen.«

Die Frau zieht die Augenbrauen hoch. Ihr Gesicht leuchtet auf, als sie in rollendem, melodischem Französisch ruft:

»Ah, ihr seid doch die *gemelles*!«

Die beiden Schwestern schauen sich an. Dann leuchten auch ihre Gesichter auf: Ihr seid die Zwillinge.

»Kommt rein ins Trockene«, fordert die Spanierin sie auf. »Wenn man diesen Regen nicht gewöhnt ist, macht er die Knochen kalt.«

Zwischen zwei Baumstämmen drückt sie eine Tür auf, aus der warmes Licht dringt. Félicité schlüpft hinein.

Egonia dagegen bleibt zögernd auf der Schwelle stehen. Ihre Schwester war schon immer zu vertrauensselig. Vertrauen ist das Privileg von Menschen, die ganz sind. Ganz, vollständig. Die nie zerbrochen waren. Aber es stimmt auch, dass diese Frau nach nichts Bösem riecht. Sie duftet nach ihrem Garten, nach den Blättern der Pampelmusenbäume. Und Egonia ist schließlich eine Hexe. Sie wird sich schon zu wehren wissen.

Also betritt auch sie die *Casa de la nube divina*.

»Ich hoffe, euch macht es nicht zu große Mühe, mich zu verstehen. Carmen brachte mir früher Französisch bei, aber ich hatte Zeit, wieder zu vergessen.«

Vera hat sie an einen Tisch ohne Tischdecke gebeten und ihnen eiskalten Tee serviert. Félicité hat mit dem Schlimmsten gerechnet, findet den Geschmack aber nicht uninteressant – ein Tee aus getrockneten Feigen, der Schale einer Zitronenfrucht und einer ihr unbekannten Blume. Er spült ihr den Zucker der Bonbonketten von der Zunge.

Sie ertappt sich dabei, dass sie Vera gegenüber eine Art Scheu empfindet, eine Verlegenheit, die sie wortkarg macht. Sie, die immer die Ältere war, ist auf einmal jünger als diese lange Zeit vor ihr geborene Schwester, die fast ein Jahrhundert länger von ihrer Mutter geliebt wurde.

Dabei sieht Vera gar nicht aus wie eine alte Frau. Vor allem aber ist sie am Leben. Félicité hatte erwartet, wenn überhaupt, ihren Geist anzutreffen. Vielleicht, mit etwas Glück, ein oder zwei Nachkommen. Aber nicht eine lebende Frau, die, wenn sie richtig gerechnet hat, ungefähr hundertfünfzehn Jahre alt sein müsste.

Zumindest besteht kein Zweifel: Vera ist Carmines Tochter.

Sie wirkt sogar um einiges jünger als Félicité – ganz zu schweigen von Egonia, die immer noch nichts gesagt noch ihr Glas angerührt hat. Die Hexe wartet erst einmal ab, wie diese unbekannte Schwester wirklich ist, die in wenigen Minuten mehr Wörter ausgesprochen hat als sie in ihrem ganzen Leben.

»Ist es richtig, dass ihr seid hergekommen, weil meine Mutter, unsere Mutter, tot ist?«

Die Frage hat Vera geradezu feierlich gestellt.

»Sie ist seit dreißig Jahren nicht mehr hier gewesen, deshalb ich habe das ein bisschen gedacht. Diese Sache musste ja passieren nach … was, beinah hundertvierzig Jahren, oder?«

»Sie wussten es? Dass sie so alt war?«

»Natürlich. Warum ist sie sonst immer hergekommen, um meine Blumen zu essen, am Anfang jeder Erntezeit?«

Félicité bemüht sich, ihre Verwunderung zu verbergen, aber Egonias verstörte Miene verrät sie beide: Davon haben sie nichts gewusst.

»Gott sei Dank«, erklärt Vera, »lasse ich, schon seit der Kindheit, Blumen wachsen, die unsere Jugend bewahren, wenn wir sie essen. Ich habe ein bisschen auch in euren Eistee getan. Sehr gesund. Später zeige ich sie euch im Garten.«

Félicité wirft einen Blick auf das unberührte Glas ihrer Schwester und stellt ihr fast leer getrunkenes langsam ab. Sie nutzt die Gelegenheit, um in ihrer Tasche zu wühlen und ein Foto hervorzuziehen.

»Aber das bin ich!«, ruft Vera, als sie es entgegennimmt. »Mit Mamá und Papá … *Dios mío, tantos años …* «

Sie lächelt. Tränen schimmern in ihren Augenwinkeln.

»Ich war ein schönes Baby, nicht wahr? Nie habe ich ein Foto von mir so klein gesehen. Mamá sagte immer, dass ich wie ihr lebendiges Bild aussehe. Ich verstehe, warum.«

Verstohlen betrachten die Zwillinge Veras Fingernägel, Wimpern, Lippen. Beide von denselben Fragen gequält. Sähe so Egonias Gesicht aus, wenn sie ihm keine Hexenzüge verpasst hätte? Ist in dieser tiefen, warmen Stimme Félicités Tonfall erkennbar? Oder stammt er von dem fremden Mann, der auf dem Foto neben Carmine steht?

Was haben sie eigentlich mit dieser Schwester gemein außer einer Mutter – einer Mutter mit einem anderen Namen, aus einer anderen Zeit und einem anderen Ort?

»Carmen hieß in Wirklichkeit Carmine. Für uns, meine ich. Nach ihrem Tod habe ich dieses Porträt gefunden, auf dem dieses Leben zu sehen ist, über das sie nie gesprochen hat. Die Sache mit den Blumen wusste ich auch nicht. Ich will aber unbedingt verstehen, wer sie war, um ihren Geist zu finden und in den Tod zu schleusen. Sie wollte endgültig sterben.«

»Man stirbt immer endgültig.«

Vera schließt kurz die Augen, bevor sie aufsteht und zum Kaminsims geht, auf dem ein großes, mit einem roten Schleier geschmücktes Holzkreuz steht. Sie greift nach einem Bild, auf dem man Carmine als junge Frau sieht, wie sie am Waschhaus von Bégoumas ein Hemd auf dem Waschbrett schrubbt. Sie schaut von unten ins Objektiv, lächelt nur schwach, mit bissigem Blick.

»Hier liebt man die Toten, als wären sie lebendig«, flüstert Vera dem auf Papier festgehaltenen Gesicht ihrer Mutter zu. »Ich lasse sie lieber da, wo sie sind. Und ich hoffe, wenn ich dran bin, darf ich in Frieden tot bleiben.«

Sie murmelt ein Gebet, küsst das Foto und wirft es in die Flammen. Das Stück Papier fängt Feuer und verbrennt innerhalb weniger Sekunden. Nur schwarze, leise zitternde Fetzen bleiben in der Glut zurück.

Draußen, im pfeifenden Regen und peitschenden Wind, bewegen sich Schatten zwischen den Bäumen. Mal wie

Geister, mal wie Lebende, alle mit Körben voller Früchte im Arm. Drinnen verbreitet der Kamin im ganzen Haus goldenes Licht. Man hat das Gefühl, trotz des anhaltenden Sturms seien die Wände übersät mit Sonnensplittern.

Vera gießt den beiden Eistee nach. Ihre Hände sind flink, ihre Schultern nackt.

»Wenn ihr wollt, ich erzähle euch die Geschichte von Carmen, die auch Caridad hieß. Oder das, was man mir darüber gesagt hat und was ich behalten habe. Diese Erzählung ist lange vor der Zeit meiner Geburt entstanden; die Menschen, die sie an mich weitergegeben haben, haben sie von ihren Vätern, und die haben sie von ihren Vätern. Und mittendrin ist der Krieg und die Wüste und sind die Löcher, die diese Dinge in die Erinnerung schlagen, und diejenigen, die versucht haben, sie zu flicken. Es ist die Legende von einem jungen Mädchen, das zur Sklavin wurde und von einer Sklavin zu einem Idol.«

»Möchten Sie Tee?«, fragt Félicité. »Ich habe heißen Tee, der das Gedächtnis auffrischt und lockert. Er könnte Ihnen helfen.«

Vera setzt sich den Zwillingen gegenüber und verschränkt die Hände unter dem Kinn.

»Danke, aber ich glaube nicht, dass er mir nützen kann.«

Ihre Pupillen weiten sich, verschlingen die Iris, überschwemmen das Weiß des Auges – ihr Blick wird zu einem riesigen schwarzen Bildschirm, einem Schattentheater, in dem Kriege und Krieger wie Flammen tanzen.

DIE WÜSTENLEGENDE

Ich werde Ihnen die Wüstenlegende nicht mit Veras Akzent wiedergeben, keine Sorge. Wenn Sie Lust haben, können Sie sich ja hinterher vorstellen, ich würde genau wie die Spanier das *V* wie ein *B* aussprechen und das *R* rollen. Aber im Grunde ist diese Musik schon vor langer Zeit aus der Geschichte verschwunden.

Vera hat sie zwar so erzählt, aber Félicité hat sie mir nicht so weitererzählt. Und außerdem habe ich Ihnen ja gesagt, dass ich noch nie einen Fuß auf spanischen Boden gesetzt habe. Ich wiederhole die Geschichte so für Sie, wie Vera sie gehört und an Félicité weitergegeben hat und wie sie dann von meinen Ohren aufgenommen und von mir behalten wurde, zurechtgerückt von den Erinnerungen und den Worten aller früheren Geschichtenerzähler.

Dann nehmen Sie die Erzählung einfach und geben ihr den Akzent, der Ihnen gefällt; das muss ich Ihnen ja nicht sagen. Und wenn Sie irgendwann dran sind mit Weitererzählen, machen Sie ohnehin damit, was Sie wollen. Schließlich ist es dann Ihre Erzählung.

CARIDAD

Einst fand in dieser Wüste ein Krieg statt, über den in keinem Buch etwas geschrieben steht.

Die, die ihn geführt haben, haben die Farbe ihrer Uniform und das Gewicht ihrer Waffen vergessen. Oder falls sie sich daran erinnern, ist dieser Krieg für sie nur noch ein schlechter Traum, ein langwieriger Alptraum, schmerzhaft und unverständlich. Die folgende Legende haben sie inmitten ständiger Schlachten, Gewehrschüsse zum Zenit und lautloser Angriffe in dunkelster Nacht gesponnen. Für den Titel ihrer Erzählung brauchten sie eine Figur, einen Namen.

Sie haben Caridad gewählt.

Um diesen Krieg zu gewinnen, mussten weder Gebiete erobert noch Ideen verteidigt werden. Es gab nur Feinde. Unbestimmte, wechselnde, unzählige. Man brauchte nur in die Wüste zu gehen und wurde hineingezogen. Man tauchte vollständig in den Krieg ein. Man vergaß, dass man einen Namen, eine Familie und ein kleines Haus mit einem Rosenstock davor hatte. Man wurde schon zum Krieger, wenn man nur die Sonne auf dem Kopf und den Staub unter den Füßen spürte. Man traf jemanden, einen in weißen Stoff gehüllten Kämpfer, einen, der zufällig vorbeikam. Man schloss sich seinem Lager an und wurde zum Feind aller anderen.

Nach und nach sahen die Leute aus Almería ihre Nachbarn verschwinden. Sie sind nach Amerika gegangen, hieß es in der Stadt. Wenn die Leute es glaubten, umso besser. Sie hätten auch gar nicht wissen wollen, dass die Wüste und ihr endloser Krieg sie verschluckt hatte.

Die eigenartig geformten Felsen, die in der Ebene aufragen, waren nicht immer da: Es sind die Ruinen von Schlössern, die den Herren der Wüste gehört haben.

Carmen betrat eines von ihnen, als sie acht Jahre alt war.

Sie klopfte an die Tür, doch ihr Onkel machte ihr nicht auf. Von den Geschütztürmen aus war sie für ihn in der hitzeflimmernden Luft nichts als ein verschwommener Halm, ähnlich wie alle anderen, die durch die rote Weite zogen. Der Krieg fiel ihm ein, und er schoss auf sie.

Unter den Gewehrkugeln wuchs das Mädchen, wuchs und wuchs, sein Körper überragte das Schloss und verwandelte sich in ein Gewitter, seine Arme wurden Blitze und seine Stimme Donner, sein Atem stürmischer Wind und seine Schreie Sand, der auf Sand traf. Als der Zorn sich gelegt hatte und nur die Angst blieb, schrumpfte Carmen wieder. Und nahm erneut ihren Mädchenkörper an. Schwerer Regen prasselte auf das Schloss herab.

Der Onkel hob sie hoch und brachte sie in sein Schloss. Er gab ihr sein dunkelstes und kühlstes Zimmer, in dem sie nicht unter der Tageshitze leiden würde. Er nannte sie Caridad, weil sie ihm Wasser und Wind bescherte und weil er ständig den Namen vergaß, den sie ihm genannt hatte. Ein Name wie ein Zauber, der ihm immer, wenn er sich an ihn erinnern wollte, wie ein Traum entglitt.

Aus Carmen wurde also Caridad, und Caridad wurde seine Quelle inmitten der Wüste.

Nach einem Monat hatte das Mädchen bereits die Erinnerung an seine Mutter und an die Stimme seines Vaters verloren. Es blieben nur die Kämpfe, die Hitze, das Felsenschloss. Und als auch der Krieg in Vergessenheit geriet, kaum dass die Schüsse aufgehört hatten, servierte der Onkel der Kleinen Tee, der in ihrem eigenen Regen gezogen hatte, und spielte ihr auf einer Mundharmonika Melodien aus drei Tönen vor.

Sie liebte dieses Leben als Sandprinzessin, ein Leben endlos wiederholter Märchen und festen Schlafs. Abends im Schloss spiegelte sich das Feuer als rote Schuppen auf der Felswand.

An manchen Tagen aber erschreckte sie ihren Onkel.

Während der Schlachten kam es vor, dass sich ihr Schatten auf dem Boden im vertikalen Licht zu riesigen, unglaublichen Formen ausdehnte und einem Meeresungeheuer glich, das seine Fangarme ausrollte, bis hinter die trockenen Büsche, das die Krieger bei den Knöcheln packte und sie hin und her warf, bis ihre Schädel gegen einen Stein prallten. Dann schrumpfte er plötzlich wieder, und Caridad kehrte ins Schloss zurück, hinter sich den Schatten eines kleinen Mädchens, der ihr artig folgte.

Andere Male, wenn sie abends bis spät im Salon blieb, holte ihr Onkel seine Mundharmonika hervor. Dann sah er hinter seiner dösenden Nichte ihren vom Kaminfeuer erzeugten Schatten anwachsen, sich ausbreiten, bis er die Form einer unter der Decke gekrümmten Frau mit drei Köpfen annahm, die zu den langsamen Klängen der Mundharmonika tanzte.

Caridad und ihr Schatten wuchsen zu einer jungen Frau heran.

Eines Abends während des Essens, nach einem schon vergessenen Kriegstag, blinzelten Caridad und der Onkel.

Um sie herum war das Schloss verschwunden.

Es hatte sich zwar nicht während des Blinzelns verflüchtigt, aber die Wirkung war die gleiche. Seit Jahren hatten Feinde Tag für Tag und Stein um Stein alle Schlösser abgebaut, in einer langsamen, allmählichen, von den Vätern ihrer Väter begonnenen Demontage. Ein Stein pro Woche, vielleicht pro Monat, so hatten sie den Palast auseinandergenommen wie einen Körper, der in einem anhaltenden lautlosen Prozess verwelkt, bis man eines Abends merkt, dass er alt geworden ist.

Als der letzte Stein entfernt war, öffneten alle Wüstenfürste gleichzeitig die Augen und erkannten ihren eigenen Untergang: Im Staub sitzend verspeisten sie ihr Abendmahl.

Die Herren der Wüste ergriffen die Waffen, Caridads Onkel ergriff seine Nichte. Doch die Kämpfer stürmten unter wildem Geschrei aus den Büschen rings um das einstige Schloss hervor und stürzten sich auf sie. Der Onkel wurde getötet, Caridad entführt.

Man stülpte ihr einen Sack über den Kopf und stieß sie durch die Wüste. Sie sah nicht, wohin man sie brachte, spürte aber die Hitze an ihrem Körper, roch das Leder ihrer Entführer, den Schweiß in ihrem Nacken. Dann schlagende Türen, plötzliche Kälte und vor den Augenlidern Dunkelheit. Man befreite sie aus dem Sack, der ihre Augen verdeckte.

In einer Grotte, in der hier und da Fackeln leuchteten, saßen in Tücher gehüllte Männer und musterten sie.

»Das ist das Mädchen«, flüsterten sie, »das einen Schatten und einen Regen hat.«

An den Wänden vervielfachte sich im Licht der Fackeln ihr zitternder dreiköpfiger Schatten.

»Ja«, sagte Caridad leise, und ihr Murmeln erfüllte den Raum, »das bin ich. Was wollt ihr?«

Die Kämpfer wünschten sich, sie möge ihnen ihren Regen

schenken und sie mit ihrem Schatten bedecken. An vieles erinnerten sie sich nicht mehr, aber an ihren Schatten und ihren Regen sehr wohl. Und beides wollten sie lieber selbst haben, als es denen auf der anderen Seite zu überlassen.

Caridad hatte ihren Onkel und das abgebaute Schloss bereits vergessen. Sie wurde nun für eine Handvoll Wüstenkrieger zu einer unterirdischen, angeketteten Göttin.

Morgens zog sie, die Füße in Fesseln, mit ihnen in den Kampf, um ihren Schatten über die Soldaten zu breiten. Jeden Abend brachte man ihr Kaktusfeigen und nach Geflügel schmeckende Schlangen, die sie in Handschellen verspeiste. Sie ging hinaus ins Mondlicht, umkreiste die Feuerstelle, Eisenkugeln an den Füßen, den Kopf geschmückt mit Kränzen aus Windgras und Lorbeerblättern. Während die Getreuen ihr tägliches Linsengericht verzehrten, verwandelte sich ihr Schatten in Feen und Geister und erzählte ihnen Geschichten, die nicht in die Wüste gehörten. Für kurze Zeit erinnerten sich die Kämpfer wieder an ihre Namen und ihre Vergangenheit. Sie weinten. Dann erlosch das Feuer, Caridad kehrte unter die Erde zurück, und jeder fand wieder zu seiner Kriegermaske und seinem von Zweifeln befreiten Schlaf.

Mitunter stießen sie sie auch, damit sie in die Flammen fiel. Während sie schlief, verbrannten sie ihr die Fußsohlen mit Glut. Statt Feigen gaben sie ihr Sand zu essen. Dann brachten die Unwetter und Taifune, die sie aus Angst und Wut entfachte, ihnen den nötigen Regen für ihre Linsenzucht.

Doch sie vergaß die Grausamkeiten, drehte abends weiterhin ihre Runden um das Feuer und ließ ihren Schatten zum Rhythmus der Geschichten tanzen, die durch ihre Hände wanderten.

Zu Ehren ihres gefangenen Idols meißelten die Soldaten aus den Wüstenfelsen Statuen. Eine Frau mit Blätterkranz, mit sechs Augen und einem Bündel Blitze in den Armen. Auf ihrer Stirn stand *Caridad*.

Als Caridad auf ihre Liebe traf, war es nicht Tag und nicht Nacht. Die Sonne ging unter, oder vielleicht ging sie auf. Beide Tageszeiten ähnelten einander zu sehr. Später würde sie sich nur noch an die schwarze Silhouette im Gegenlicht des Himmelsfeuers erinnern.

»Sind Sie die Gewitterfrau?«, fragte der Mann.

Sie wusste nicht, was sie antworten sollte. Sie hatte so viele Namen getragen, dass sie sich nicht mehr ganz sicher war.

»Sind Sie Caridad?«

Die Kämpfer waren noch nicht von ihrer Schlacht zurückgekehrt, Caridad war allein im Lager, angekettet. Der Mann trug Gewehre, und in dem um seinen Körper gewickelten Stoffstreifen steckte Munition.

»Ich bin gekommen, um Sie zu entführen. Mein Klan schickt mich, weil ich der Tapferste bin. Und tapfer muss man sein, um es mit Caridad aufzunehmen.«

Doch während er sie so betrachtete, war da nichts, was ihm Angst machte. Die junge Frau hatte große Augen, die unter ihren Locken und den welken Blättern ihres Kranzes aufgeregt leuchteten. Als sie auf ihn zuging, zückte er keine Waffe.

Am nächsten Tag kam er wieder. Zwischen dieser und der folgenden Begegnung vergaßen sie beide alles – die Schlachten, die Feinde, die Vergangenheit –, er aber erinnerte sich an sie, und sie erinnerte sich an ihn. Nichts anderes blieb in ihrem Gedächtnis haften. Ihre Stimmen, ihre Gesichter und ihre Körper. Und während dieser Erinnerungsembryo unter ihren Rippen heranwuchs, lebte manches aus der Vergangenheit in ihnen auf: Sie hieß Carmen oder besaß einen ähnlich lautenden Vornamen, hatte einen Onkel gehabt, es gab ein Leben jenseits der Wüste.

Der Mann kam jeden Abend oder vielleicht jeden Morgen wieder.

Aber Verräter vergaßen die Krieger trotz ihres schwankenden Gedächtnisses nicht. Wäre er nie geflohen, hätten sie sich auch nie an seinen Namen erinnert. Jetzt aber galt Gabriel als Wüstendeserteur. Man suchte ihn überall, im Staub und darunter, hinter den Statuen und in den Büschen.

»Wir müssen sie töten«, sagte Carmen leise. »Sonst töten sie uns beide.«

»Lass uns lieber fliehen«, entgegnete Gabriel. »Du wirst nicht mehr ihre Sklavin sein und ich nicht mehr ihr Krieger.«

Und so verließen sie mitten in der Nacht die Wüste. Sie gingen zu Fuß, stiegen in einen Zug, der nach Norden fuhr, und gelangten in ein fremdes Land, in dem Carmen den Namen eines kleinen Dorfes kannte und einen Unterschlupf für Schafhirten in einem Tal namens Tal der Wunder, nicht weit entfernt von den Sommern ihrer längst vergessenen Kindheit, als sie noch Carmine hieß.

Dort heirateten sie, zwischen Schafen, Zikaden und Menschen, die laut redeten.

DER NAME DES GEISTES

Als Vera verstummt, taucht Félicité aus der Geschichte auf wie aus einem tiefen See. Es dauert einen Moment, bis sie wieder an der Oberfläche ist. Draußen peitscht der Regen immer noch stoßweise gegen die Fenster.

»Wo befindet sich die Schlossruine?«

»Eine halbe Stunde Richtung Westen«, antwortet Vera. »Du kannst dich nicht verlaufen: Die Ruine sieht aus wie eine riesige Sandburg, die von der Flut überrollt wurde.«

Unterwegs begegnet sie Soldatengeistern. Manche irren verstört umher auf der Suche nach den Erinnerungen an das, was sie einmal gejagt haben. Sie versuchen, sie anzugreifen, und laufen, von ihrem eigenen Schwung mitgerissen, durch sie hindurch. Sie robben, mit Waffen behängt, zwischen den Büschen umher, verstecken sich vor Feinden, die nicht mehr existieren. Alle haben den gleichen Blick wie der Kämpfer am Bahnhof. Ihnen bleibt nur, selbst nach dem Tod, die Angst vor dem Sterben.

In Félicités Vorstellung ist an die Stelle der Flamencotänzerin ein anderes Bild gerückt: das eines in weißen Stoff gehüllten Mädchens, das Gesicht mit Staub überzogen, entspannt inmitten des Kanonendonners. Dieses Mädchen hat nichts gemein mit ihrer alten Mutter mit den faltigen Händen und dem provenzalischen Akzent, die besessen ist vom Müllsammeln und vom Klatsch in Bégoumas. Oder vielleicht doch. Vielleicht haben sie dieses Vergessen gemeinsam, diese Namen und diese konturlosen Gesichter, die in ihr gekämpft haben. Carmine, Carmen, Caridad, die Bürgermeisterin, die Mutter, die Kellnerin, die Chefin, die Schäferin, die Kriegerin, die Sklavin, die Göttin. Eine so große Ansammlung von Leben und Masken, dass sie am Ende selbst nicht mehr wusste, welche sie tragen sollte.

Der heiße Wind, der durch die Wüste fegt, flüstert Félicité Fragen zu, auf die sie keine Antwort weiß. Wie hieß deine Mutter im Augenblick ihres Todes? Welchen Namen wird ihr Geist tragen, wenn du ihn wiederfindest?

Beim Schloss, das nur noch ein Felsen ist, entdeckt sie keine Spur des Geistes ihrer Mutter. Nichts als Steine, Sand, eine durchlöcherte Haarspange aus Metall und daneben auf dem steinigen Boden ein schmutziges, aber unversehrtes Teeservice.

Die Tassen und die Teekanne hat Félicité behalten. Die Mundharmonika hat Egonia mir gegeben. Sie wusste nicht, was sie nach Félicités Tod damit anfangen sollte. Und war nicht sonderlich davon begeistert, die Reliquien ihrer Mutter aufzubewahren.

Ich habe sie noch, schauen Sie mal. Wenn man hineinbläst, hört man die Wüste singen.

CARMEN

»Ich habe viel erzählt«, setzt Vera nochmals an, als Félicité weg ist, »und deine Schwester hat Fragen gestellt. Aber du, du schweigst.«

Egonia bleibt reglos auf ihrem Stuhl sitzen. Ihre Blicke flüchten in die Ecken.

»Du hast Angst, den Mund aufzumachen«, sagt Vera, »wegen der Schmetterlinge.«

Natürlich. Egonia hat sich immer jedes gesprochene Wort genau überlegt. Sprechen bedeutet Zersetzen. Sprechen bedeutet Töten. In der Schäferei wurde sie wegen der Schmetterlinge, die aus ihrem Mund flogen, ausgeschimpft – und wegen der anderen übrigens auch. Sogar die ganz normalen lösten bei Carmine heftige Panik aus. Selbst in ihrer Bruchbude in Bégoumas hat Egonia sich noch zur Stille gezwungen. Sie konnte sich ja unmöglich dauernd neue Kleider und Haushaltsgegenstände kaufen. Aber so schwer war es gar nicht: Sie wusste, wie man schweigt. Nur von Zeit zu Zeit passierte es, dass sie eine Melodie trällerte, ohne es zu merken. Dann hielt sie sich rasch eine Hand vor den Mund und gab sich selbst eine Ohrfeige, weil ihre Mutter nicht mehr da war, um sie an die guten Manieren zu erinnern. Später dann, während ihrer einsamen Ewigkeit im Wald, hatte sie niemanden zum Reden. Kein Lied auf der Zunge. Ihre Stimme war erloschen.

»Komm«, sagt Vera und steht auf.

Egonia folgt ihr nach draußen. Zwischen den feuchten Bäumen hocken ein Mädchen und ein Junge und rupfen lilafarbene Beeren aus dem Boden. Egonia würde Vera gern warnen, dass da jemand ihre Pflanzen klaut, aber diese winkt den Kindern zu und geht weiter, ohne stehen zu bleiben. Die beiden Kleinen lächeln ihr zu, und ihr Lächeln gilt auch Egonia, weil sie die Frau begleitet, die den Regen macht.

Die Hexe dreht sich um. Wenn man das Lächeln eines Kindes nicht gewohnt ist, fühlt es sich an wie ein Hieb mit der Axt gegen ein Vorhängeschloss.

Hinter dem Haus zeigt Vera auf etwas. In einem von einem bemalten Zaun eingegrenzten Rechteck stehen dicht an dicht Dutzende von Blumen, die ihr bis zu den Schultern reichen, dick und geschmeidig wie Urwaldschlangen.

Die eine Hälfte des Gartens erkennt Egonia sofort. Die schwarzen Blätter und die Blütenblätter von der Farbe eines blauen Auges mitten in dieser Oase haben sich offenbar in der Gegend geirrt.

»Wir haben dieselbe Mutter«, sagt Vera. »Wir machen dieselben Blumen. Und wir sprechen dieselben Schmetterlinge.«

Da erblickt Egonia im Mundwinkel der Andalusierin winzige flatternde Tierchen. Im Halbdunkel des Hauses konnte man sie nicht erkennen, hier aber sehen sie aus wie Sprudelbläschen in einem Glas Cidre. Im Regen schweben sie zu den Blütenblättern und lassen sich von den geschmeidigen Blumenmündern verschlingen.

»Hier ist der Mülleimer der Wüste. Alles, was die anderen nicht wollen, was sie früher zwischen zwei Felsen verbrannten, schleppen sie her, und die Blumen fressen es. Gott sei Dank riecht die Wüste gut, seitdem diese Pflanzen existieren. Und trotz der Feuchtigkeit gibt es hier keine Mücken.«

»Und die da?«, fragt Egonia und zeigt auf die andere Seite der Hecke.

Die zweite Hälfte des Rechtecks hat nichts mit der ersten gemein. An langen Stielen sitzen ganze Trauben riesiger Maiglöckchen. Von den durchscheinenden Glöckchen geht ein sanft pulsierendes Licht aus, das den Garten beleuchtet, ihn wärmt und langsam schwächer wird, um wenig später wieder heller zu werden, ohne je zu erlöschen. Dieser Garten atmet im Schlaf. Davon bekommt Egonia Lust, sich auszuziehen, ins Gras zu legen und zu schlafen, lange und tief.

»Das sind die Maiglöckchen der Jugend, wie meine Mutter sie nannte. Ihre eigene Mutter, hat sie mir erzählt, hätte sogar ohne Blumen ewig leben können. Auch ich altere nicht, außerdem kultiviere ich diese Pflanzen, die denen, die sie essen, Jugend schenken. Aber unsere Mutter musste meinen Maiglöckchentee trinken, um schön und ohne Falten zu bleiben. Deine Schwester dagegen hat nichts, keine Blumen und keine Ewigkeit. Bei dir würde ich sagen, da ist es noch etwas anderes. Ich glaube, du hast die Ewigkeit, aber du spuckst nur die Blumen des Todes.«

Vera zuckt mit den Schultern und blickt unverwandt auf ihren Garten aus leuchtenden Maiglöckchen.

»Frauen wie du, wie ich, wie unsere Großmutter, wir können nur sterben, wenn wir es beschließen. Anders als unsere Mutter und unsere Schwester. Das Alter macht sie steif und lässt sie sterben. Meine Blumen schenken den Tod und das Leben, deine nur den Verfall. Wer weiß, warum? Dieses Ewigkeitsgen ist ein sonderbares Gen.

In unserer Familie strahlt er kräftiger, aber die ganze Menschheit hat diesen blinden Fleck, der uns sagt: Immer hast du existiert und immer wirst du existieren. Diesen Stolz, sich keine Welt vorstellen zu können, in der man sich nichts mehr vorstellt. Man sagt natürlich die Worte. Um stark zu wirken, sagt man: Ich werde gehen. Man sagt: Ich werde einschlafen. Aber so, als würde man sagen: Ich werde auf dem Mond spazieren gehen. Was wissen die, die solche Sachen sagen, davon, was sie empfinden werden? Sie haben ihre Theorien, sie beschließen, an die Dunkelheit und das Nichts zu glauben, und diese Illusion ist für sie wie Frieden. Aber im Grunde fühlen sie sich ewig. Leute, die keine Angst haben zu sterben, haben nur keine Phantasie.«

Mit Regenperlen im Haar wendet Vera den Blick von den Verjüngungsblumen ab. Die Hexe betrachtet weiter die friedlichen Pflanzen, die sie mit ihrer Spucke nie wachsen lassen konnte. Sollte sie jetzt denken, dass das Gras anderswo grüner ist, würde ich ihr ehrlich gesagt nicht Unrecht geben.

Vera aber denkt nicht wie ich. Sie findet nicht, dass ihr Gras fruchtbarer ist als das von Egonia. Als sie sie so daste-hen sieht, gekrümmt, neidisch und traurig, legt sie ihre eine Hand auf die Schulter und sagt:

»Hör zu, Schwester. Als ich auf die Welt kam, sagte man, ich sei verdammt, ich würde nie die Sonne sehen. Meinen Eltern haben sie erklärt, ich würde Rheuma bekommen, eine zu feine Haut, empfindliche Augen. Und siehst du, was passiert ist? Mein Regen ist ein Segen für das Wüstenvolk. Gott hat mir etwas geschenkt, das andere für eine Last gehal-ten haben. Was den Tod mit Duft umgeben sollte, verbrei-tet Leben im Überfluss. Hier wachsen Kürbisse, kannst du das glauben? Solange ich lebe, wird in der Wüste niemand Durst haben und wird der Krieg nicht wieder anfangen. Mit meiner Oase habe ich ihnen mitten in dieser weiten Ebene einen Orientierungspunkt gegeben, einen Nagel, an dem sie ihr Gedächtnis aufhängen können und nicht mehr vom Wind des Vergessens fortgetragen werden. Sie sehen meine

Wolken, meinen Garten, und ihre Lust auf Krieg verschwindet. Sie erinnern sich daran, dass man nicht nur lebt, um zu töten. Deshalb liebt mich das Wüstenvolk. Und solange es mir das Nötige zum Leben gibt, um mich lange zu behalten, brauche ich mir um nichts Sorgen zu machen.«

»Aber wünschst du dir nicht manchmal, dir wäre warm?«, fragt Egonia nach kurzem Zögern.

Vera lacht auf.

»Weißt du, als ich klein war, habe ich oft zu Gott gebetet, damit er mich von meinem Regen, meinen Schmetterlingen, meinen Blumen befreit. Er antwortete mir genau andersherum und tat nichts von dem, was ich wollte: Er hat mir noch mehr Regen und noch mehr Blumen geschickt. Ich hasste ihn. Ich verfluchte ihn. Ich spuckte ihm meine Schmetterlinge ins Gesicht und hoffte, dass es mir endlich zuhört. Ich ging fort aus Bégoumas, aber er folgte mir bis hierher. Und dann benutzte er mein Unglück, um mir zu geben, was ich mir wirklich wünschte, ohne es mir oder ihm zu sagen: die Liebe der anderen. Und einen Mülleimer für diese schrecklichen Insekten, die ich hasste.«

Sie zeigt auf die Blütenblätter, die unter den Regentropfen zittern.

»Aber weißt du, sogar die Schmetterlinge sind gar nicht so schlecht. Wenn ich ein Marmeladenglas nicht aufbekomme oder eine Schublade klemmt, ich muss nur reden, und ihre schwarzen Flügel machen aus dem, was die Schublade festhält, Staub. Weil ich sie gezähmt habe. Deine sind groß. Du hast sie groß werden lassen, hast sie nie gezähmt. Das bedeutet, dass sie sehr mächtig sind.

Ich werde dir etwas sagen. Ich habe über hundertfünfzehn Jahre gelebt – glaube ich. Irgendwann habe ich aufgehört zu zählen. Unsere Mutter war wahrscheinlich etwa hundertvierzig Jahre alt und hätte noch älter werden können, wenn sie weiter hierhergekommen wäre, um meine Blumen zu essen. Ich sah drei Ehemänner sterben – zwei von ihnen habe ich sehr geliebt, sie haben ein Stück von mir mitgenommen –, aber auch elf Kinder, fünf Enkel und zwei Urenkel, einige wegen ihres Alters. Heute ist das Haus leer. Aber früher konnte man nicht einen Schritt machen, ohne mit einem Kind zusammenzustoßen; sie waren unter den Tischen, unter der Zimmerdecke, unter den Bäumen ... Eine köstliche Invasion von runden Gesichtern und großen Augen. Mir bleibt jetzt eine Handvoll Nachkommen irgendwo auf der Welt. Sie haben vergessen, wer ich bin. Ich habe bei jedem Tod so gelitten, dass ich Gott oft bat, er soll mich wie alle anderen Frauen alt werden lassen. Weißt du, was er zu mir gesagt hat?«

Egonia schüttelt den Kopf. Aus ihren Augenbrauen und von ihrer Nase fallen Tropfen auf das von Feuchtigkeit getränkte Moos. Auf Veras Haut glänzt der Regen wie Lack.

»Dass jede Frau nicht mehr ist als ein Hauch. Sie kommt, sie geht, sie ist ein Schatten. Ihr Aufruhr ist der Wind. Obwohl ich mich schon satt fühle von all den Vormittagen, diesen regnerischen Vormittagen, die nach kaltem Tee schmecken, hat er meinen Tagen die Größe einer Hand gegeben. Und würde ich tausend Jahre leben, wie wäre das in der Unendlichkeit der Zeit? Eine Schwade, ein Schatten, ein Windstoß. Ich war nicht da, als er die Welt schmiedete, auch nicht, als er seinen Atem hinausblies und aus seinem Mund das Heer der Sterne kam. Das war, lange bevor es mich gab. Weil Gott sich also nicht beschwert, dass er zu alt ist, er, der lebt, ohne je geboren worden zu sein, habe ich beschlossen, dass ich kein Recht habe, mich zu beschweren. Ich werde sterben früh genug und werde weiterleben, solange wie ich muss, werde meinen kalten Tee trinken und Kürbisse für die Kinder der Nachbarn züchten.«

Letztere laufen gerade vorbei, grüßen die beiden und entfernen sich in Richtung Wüste.

Sie kann sagen, was sie will, die schöne, die geliebte Vera. Für sie ist es leicht, das Leben so zu nehmen, wie es kommt. Ihre Mutter hat sie nicht dazu verdammt, Aas zu säen.

»Meine Mutter hat mir einen Todesnamen gegeben«, antwortet Egonia. »Sie hat ihn mir wie einen Mühlstein an die Füße gebunden, als ich gerade schwimmen lernte. Und du da oben auf der Brücke, du erklärst mir aus der Ferne, wie schönes Brustschwimmen geht?«

Diesmal lacht Vera nicht. Sie ist auch nicht gekränkt. Sie nickt ernst.

»Ich werde dir antworten, wenn deine Schwester wieder da ist. Zuerst werde ich dir die Geschichte unserer Mutter zu Ende erzählen, so, wie ich sie kenne.«

Vera nimmt ihren Spaziergang rund um das Haus wieder auf, bückt sich hier und da, um ein Kraut, eine Beere zu pflücken. Egonia streckt hinter ihr heimlich die Zunge aus dem Mund, um das reine, frische Wasser zu kosten, das in Rinnsalen die Baumstämme hinunterläuft. Die Schuhe der beiden Frauen saugen sich am Boden voll wie Schwämme.

Als Vera ihr eine geschälte Litschi reicht, hält Egonia kurz in ihren Bewegungen inne: Die Frucht zerfällt nicht zwischen ihren Fingern. Sie verdirbt nicht an ihrem Gaumen. Ihr Geschmack ist betörend, ein Geschmack nach – sie weiß nicht, wonach, sie hat nie etwas Unverdorbenes gekostet. Und diese Frucht hat die weißen Kratzer und den salzigen Rumpf der Segelboote im Hafen von Nizza, die Musik kostbarer, aus bernsteinfarbenen Flacons aufsteigender Düfte, die Konsistenz eines neuen Wortes, das auf der Zunge rollt.

Während sie ihr im Gehen weiter Früchte anbietet, erzählt Vera, Carmine und Gabriel hätten in den zwanzig Jahren ihres Lebens in Bégoumas jeden einzelnen Tag zusammen verbracht – wirklich zusammen, im nächtlichen Bett, beim Essen in der Küche, nachmittags im Gemüsegarten und abends vor dem Kamin, hätten sich nie mehr als fünf Meter voneinander entfernt –, bis Gabriel an einem idiotischen Fieber gestorben ist. Carmine hat seine Hand gehalten, ihm die Stirn gestreichelt und Liebesgedichte gemurmelt. Sie hat seinen Leichnam auf dem Mont Bégo unter einem mit Gravuren versehenen Felsen begraben, ohne Grabstein, ohne Inschrift, ohne Klagelied außer dem *cante jondo*, den sie am Abend, an dem sie sich kennengelernt hatten, an ihrem großen Feuer einer Königin ohne Untertanen für die in den Wüstensand zurückkehrenden Krieger angestimmt hatte.

In Bégoumas fingen die Leute an, sie eine Hexe zu nennen, weil sie nicht alterte. So etwas Merkwürdiges mochten die Leute aus Bégoumas ganz und gar nicht. Sie und ich, wir wissen das wegen dem, was später mit Egonia passiert ist, der sie das Gesicht zerkratzt haben. Eine Hexe jagen sie fort; wenn keine da ist, machen sie sich eine. Das soll einer verstehen.

Also mussten sie nach Almería zurückkehren, weil Carmine nicht wusste, wohin sie sonst hätte fliehen können, und weil Vera das Land ihres Vaters unter den Füßen spüren wollte.

»Auf der Flucht ist sie im Zug immer stiller geworden. An der spanischen Grenze hat sie ihren senffarbenen Rock ausgezogen und sich breite weiße Laken um den Körper gewickelt. Als wir hier ankamen, war sie wieder Carmen. Ihre Stimme war tiefer, wärmer. Carmine war verschwunden.

Wenn ich von Bégoumas redete, von der Schäferei, von dem armen Fotografen, der wegen meiner Blumen all seine Blumen verloren hatte, hörte sie nicht zu. An ihr Leben als Carmine erinnerte sie sich fast nicht mehr, nur an mich, weil ich ja noch bei ihr war, und an meinen Vater, der sie unter jedem ihrer drei Namen mit der gleichen Leidenschaft geliebt hatte.

Eines Tages habe ich ihr Fragen zu ihrer Kindheit gestellt. Sie hatte mir schon von meinen Großmüttern erzählt, ich wollte wissen, ob ich irgendwo noch Onkel, Tanten, Cousins oder Cousinen habe.

Plötzlich war sie nicht mehr Carmen und auch nicht mehr Carmine. Nicht einmal mehr Caridad, zu der sie in manchen Nächten ein bisschen wurde, wenn sich im Schlaf ihr wilder Schatten ausdehnte. Sie verwandelte sich dann in eine Frau, die ich nicht kannte, die sich versteckte unter ihren anderen Namen und nur hoffte, befreit zu werden. Zum ersten und einzigen Mal wurde ich in einen Sturm hineingezogen, der aus ihrem Körper kam. Sie konnte den Donner nicht zurückhalten, der aus ihr hervorkam, wie eine Lampe, die nichts anderes machen kann, als Licht zu werfen. Ich erinnere mich noch, wie es heiß wurde rund um meine Handgelenke, als ihre Blitze mich trafen. In diesem Wirbelsturm vermischten sich die Stimmen von Carmen, Carmine und Caridad, die sie anflehten, in ihren Käfig zurückzukehren und wieder zu schlafen. Sie haben die Unwetterfrau vertrieben. Ich habe sie nie wieder gesehen und auch keine Fragen gestellt.

Nachdem sie nach Bégoumas zurückgegangen war, ist sie einmal in jeder Erntezeit gekommen, um meine Blumen zu essen und jung zu bleiben. Sie jammerte, weil man von deinen Blumen, Egonia, keinen frischen Teint und keine seidigen Haare bekam. Auch Früchte nahm sie sich von mir, um sie euch mitzubringen. Meine Pampelmusen waren lecker, oder?«

»Ich weiß nicht«, antwortet Egonia, und ihre Worte flattern davon, ohne jemanden zu verletzen. »Nie probiert. Wäre Verschwendung gewesen.«

Félicité ist wieder da, von Regen und Schweiß durchnässt. Die drei Frauen sitzen mit nackten Füßen am Kamin, ihre nassen Schuhe stehen in einer Reihe vor dem Feuer wie an einem Weihnachtsmorgen. Diesmal hat Vera Félicités Tee gern genommen, vor allem, weil er heiß ist. Sie halten ihre dampfenden Tassen in den Händen.

Vera betrachtet die beiden Frauen und schüttelt den Kopf.

»Liebe Schwestern, macht die Ohren auf«, sagt sie.

Die Zwillinge schauen sie an.

»Unsere Mutter gab mir den Namen Vera. Weil sie eine reine, wahre Tochter wollte, eine Tochter ohne Masken, unfähig, etwas anderes zu sein als sie selbst. Und das war ich auch sehr lange. Aber eines Tages ist Carmen nach Frankreich zurückgegangen und hat mich hiergelassen. Da habe ich gelernt, wie ich mich verändern konnte. Wie ich mir eine Haut anziehen konnte, die nicht ganz meine eigene war, wenn ich es brauchte. Nicht damit die anderen mich lieben, auch nicht, um sie zu täuschen, es ist nur so … manchmal ist es praktischer, das ist alles. Findet ihr nicht?«

Weder Egonia noch Félicité wagen es zu antworten.

»Ich bin Vera, ja, ich bin wahr. Aber ich bin nicht nur das. Félicité, du hast einen Auftrag für das Glück bekommen, aber du machst auch Angst und bist unbarmherzig. Du bist größer, weiter als dein Name. Egonia, du bekamst den Auftrag, zu zerstören. Aber du weißt auch, wie man heilt, wie man etwas blühen und reifen lässt, was reifen muss. Du bist größer, weiter als dein Name.

Versteht mich, Schwestern. Eine unglückliche Frau, besessen von ihrem festen Körper, ihrem Körper mit seinen Grenzen, den man greifen, berühren kann, mit dieser fest verschlossenen Hülle, die all ihre Namen enthält, so viele Namen, dass sie nicht mehr wirklich weiß, welcher ihr eigener ist, wie könnte diese Frau ihren Töchtern Namen geben, die keine Gefängnisse sind?

Und eine Mutter, die mit sich selbst kämpft, wie könnte die für ihre Kinder Frieden machen? Sie hat euch in den Krieg geschickt. Tätowiert mit Waffen, die ihr nicht selbst gewählt habt, sie hat euch zu Feinden bestimmt. Und ihr hört viel zu sehr auf sie. Ihr seid ganz in die Form eures Namens hineingeflossen und als Monolithe herausgekommen. Dolch und Stein, der Dolch stolz, dass er geschliffen ist, der Stein stolz, dass er rau ist, und beide prallen aufeinander, ohne ihre Harmonie zu sehen.«

Ihre Stimme ist lauter geworden, so dass die Zwillinge jetzt beinahe das Gefühl haben, sie würden ausgeschimpft.

»Und die Extranamen?«, fragt Félicité empört.

Sie hat sich vorgebeugt, bereit, die Jahre gemeinsamer Verbitterung für zwei zu verteidigen, die Gründe dafür, dass sie beide das waren, was ihre Mutter von ihnen erwartete.

»Unsere Schatten haben uns im Griff. Es gibt Sperren, die wir nicht überwinden können ...«

»Wer sagt das, unsere Großmutter?«

»Ihr Geist.«

Vera seufzt.

»Unsere Mutter hat mir diese Geschichte mit den Extranamen erklärt. Angeblich hatte meine Großmutter keinen ... Ich glaube das nicht. Falls das, was ich über sie gehört habe, stimmt, kenne ich ihren. Und ich kann ihn euch sagen, weil sie tot ist. Er ist sogar sehr banal, sehr einfach. Komisch, wie blind man für seine eigenen Schatten ist. Denkt mal an den zweiten Teil ihres Namens Adélaïde. Er endet mit dem, wovor sie am allermeisten Angst hatte: *laide* – hässlich zu sein.

Eure Extranamen kenne ich nicht. Meinen eigenen auch nicht. Und ehrlich gesagt interessiert er mich auch überhaupt nicht. Ein Extraname ist ein Spiegelbild: Er nimmt den Raum ein, den man ihm gibt. Er kann weiter sein als man selbst, oder man selbst ist größer als er.«

Vera trinkt einen letzten Schluck und wirft einen skeptischen Blick auf den Tassenboden. Ganz offensichtlich überzeugt der Kuriosi-Tee sie nicht.

»Unsere Mutter war eine große Frau«, sagt sie, während sie aufsteht, um das Geschirr ins Spülbecken zu stellen. »Aber sie war eben auch nur das: eine Frau. Keine Göttin. Ihre Worte über dich haben nicht die Macht, dich zu fesseln, es sei denn, du lässt diese Fesseln an deinen Handgelenken.«

DAS SCHWEIGEN
UND DIE FALTEN

Während Vera summend das Geschirr spült, schauen Egonia und Félicité einander abwechselnd an, fast ohne sich zu bewegen, ein winziges Wimpernzucken nur, und beide sind davon überzeugt, es unauffällig zu tun.

Selbst Vera, die ihnen den Rücken zuwendet, könnte ihr Spielchen durchschauen.

Beide suchen in der anderen nach dem, was diese gemeinsam hat mit der Wüstenfrau, dieser Regenfrau mit der dunklen Haut und den Sätzen einer Prophetin – ihrer Schwester, denn das muss man ja wohl glauben.

Veras fröhliches Geplapper hallt immer noch in ihren Ohren nach. Sie beobachten die so jung wirkende alte Frau, die da am Spülbecken steht, die Hände im Schaum. Und zum ersten Mal entdecken die Zwillinge in ihrem Schweigen und ihren Falten eine gewisse Ähnlichkeit mit ihr.

Egonia spürt, wie sich in ihrer Kehle Worte regen, die sie vergessen hatte, weil sie seit ihrer Kindheit vergraben waren, seitdem Carmines kalte Blitze ihre Lippen trafen, um sie daran zu hindern, vor Schmerz zu schreien, oder seitdem sie sich selbst, wenn sie allein spielte, die Hände vor den Mund schlug, um nicht zu lachen. Hier, in diesem Dschungel mitten in der Wüste, in diesem Regen und diesem Wind erinnert sich Egonia wieder daran, dass Laute und Wörter in ihr stecken. Dass ihre Mutter tot ist. Dass ihr Porträt in

Veras Feuer verbrannt ist. Und dass es keinen Grund mehr gibt, zu schweigen, wenn sogar ihre Schmetterlinge harmlos werden können.

Nur weiß sie im Moment nichts zu sagen.

Doch wenigstens hat ihr Schweigen nicht mehr diesen galligen Geschmack.

WO DER PFEIL BEGINNT

Eine ganze Woche lang oder vielleicht ein Jahr – in der Wüste ist Zeit etwas Sonderbares – bleiben Egonia und Félicité bei Vera, in ihrem Haus ohne Spiegel und mit vielen Fenstern. Tage zwischen Kamin und Regen, zwischen Blumen und Früchten, unter dem großen Kreuz mit dem roten Schleier, Tage, in denen sie sich Geschichten aus der Kindheit erzählen, von Halsketten und Spielen, von Jugend in der Provence und von verschiedenen Leben in Spanien.

Wenn Egonia in das Wäldchen geht, um zu lernen, ihre Schmetterlinge zu zähmen, bedrängt Félicité Vera mit Fragen zu ihrer Mutter. Und in diesen geflüsterten Gesprächen schließen sich die Lücken. Abwesenheiten nehmen Form an. Diese Tage, an denen sie verschwand, um zu Vera und ihrer Oase zu reisen, die Monate am Mont Bégo, in denen sie wieder zu Carmine wurde, wo Carmen war und wo sie nicht war. Nach und nach wird der zerrissene Stoff ihres Lebens geflickt, wieder zusammengenäht …

Dennoch bleibt er ein leeres Kleidungsstück. In dem kein Körper steckt.

»Maman hat viel mit uns geredet, mit dir und mir. Und zugleich hat sie uns nichts gesagt. Nichts von innen.«

Zu diesem Schluss kommt auch Félicité.

»Wie kann man nur so lange leben und niemals jemanden wirklich bei sich hereinlassen?«

Statt zu antworten, zieht Vera nur die Augenbrauen hoch.

Félicité hat einen kurzen Moment das Gefühl, als hingen die Wände voller Spiegel.

Nach einer Woche oder vielleicht einem Jahr hat Félicité ein klares Bild vom Leben ihrer Mutter. Jedes Mal, wenn sie die Augen schließt, sieht sie es vor sich wie einen Zeitstrahl. Und jedes Mal beginnt der Pfeil zu spät: Es fehlen acht Jahre.

Die ersten acht.

Félicité hat nirgends Carmines Geist vom Mont Bégo gefunden, nicht den aus dem Haus in Nizza, auch nicht den der verliebten Carmen oder der Caridad aus der Wüste oder den der Frauen, die im verlassenen Dorf in ihrem Körper wohnten. Der Geist ihrer Mutter ist keine dieser Frauen. Er hat sich nicht die Orte ausgesucht, wo diese Frauen gewohnt haben.

Bleibt nur noch die Carmine aus der Kindheit.

»Vera ...«

Plötzlich, hier in dieser Wüste, in der das Gedächtnis schwankt, schüttelt sich Félicité. Etwas weckt sie, ein Wind aus Regionen oberhalb der Wolken vielleicht, und sagt ihr, dass ihre Zeit an diesem Ort zu Ende geht. Aus den Tiefen ihrer Tasche holt sie ein altes Familienstammbuch hervor.

»Hat Maman dir nie von einer Schwester oder einem Bruder erzählt?«

Sie reicht Vera das Heft. Auf jeder Seite kommt ein Kind von Adélaïde zur Welt und stirbt, bis zu der herausgerissenen Seite vor Carmines Seite.

»Alle anderen waren schon tot, als sie auf die Welt kam. Aber da vielleicht ... Wenn ich eine noch lebende Tante oder einen Onkel finden könnte, von mir aus auch einen Geist ...«

Egonia steht in der Tür, wischt sich die Füße ab, kommt herein, nach Regen und Wind riechend.

»Félicité«, sagt sie, »ich erinnere mich. Deine Frage nach den Brüdern und Schwestern. Die hat mich an die Seiten denken lassen, die ich gelesen habe.«

Natürlich hat sie gehört, was Félicité zu Vera gesagt hat. Egonia hört alles, spürt alles. Aber trotzdem hat es ihr gefallen, dass ihre Schwestern gewartet haben, bis sie weg war, um über Carmine zu reden. Und das verstehe ich. Alle Kinder stellen sich gerne schlafend, nur weil sie erleben wollen, wie die Erwachsenen um sie herum ihre Gesten verlangsamen und ihre Stimme senken, um sie nicht zu wecken.

»Also, ich hatte es noch in Erinnerung. Aber ich habe nichts gesagt. Weil ... ich dachte, dass sie mich meinte.«

»Wirklich?«, fragt Félicité erstaunt. »Und warum?«

Egonia tritt von einem Fuß auf den anderen.

»Weil die Seiten durchgestrichen und überschrieben waren. Schwer zu lesen wegen der Wut, weil die Feder sie fast durchlöchert hätte. Ganze Seiten über eine Zwillingsschwester, die nicht hätte leben dürfen.«

DAS LEDER
UND DIE ÜBEREINKUNFT

Es hat einige Zeit gedauert, bis Félicité Egonia davon überzeugen konnte, dass sie zurückfahren müssten. Sie könnten nicht ewig bleiben, auch wenn die Früchte hier endlich nach etwas schmeckten, auch wenn ihr Chaos hier nichts beschädigte. Dieser Friede wäre nicht vollständig, solange sie ihrer Mutter nicht ihre Frage gestellt hätte.

Schließlich hat Egonia traurig genickt und ihren Koffer gepackt.

Am Rande des kleinen Waldes haben sie sich verabschiedet.

Vera hat Egonia Handschuhe geschenkt, gewebt aus Ananasleder, das aus ihrem Garten stammte. Damit würde sie die Welt außerhalb der Wüste anfassen können, ohne dass alles verdorrte und zerfiel. Dann hat sie Egonia in ihre Arme geschlossen und sie sehr fest und sehr lange gedrückt. Als wollte sie sie mit ihrem Regen und ihrer Wärme tränken.

Die Hexe hat die Umarmung nicht erwidert, aber sie ist auch nicht zurückgewichen. Sie hat die Augen geschlossen und ihre Stirn auf Veras Schulter gelegt.

Zwischen Félicité und Vera gab es keine Gefühlsausbrüche. Sie haben sich nur würdevoll zugenickt mit einem Blick, in dem Abschied und stillschweigende Übereinkunft lagen.

DIE SCHWESTER
OHNE NACHGESCHMACK

Egonia ist später noch mehrmals in die andalusische Wüste gereist.

Zum einen wegen der Früchte. Es war angenehm, von Zeit zu Zeit eine zuckersüße Pampelmuse zu essen, die Kerne eines Granatapfels zu zerbeißen und deren Säure auf der Zunge zu spüren, ohne dass sie einen fauligen Nachgeschmack hinterließen.

Und vor allem wegen Vera. Wegen dieser ganz neuen, ganz glatten Schwester, und weil es zwischen ihnen keine vergoldeten Risse gab.

Félicité hat sie nicht begleitet.

DER FLUSS UND DAS UFER

»Pass auf.«

»Mach dir keine Sorgen.«

»Ich versuch's.«

Vor den Zwillingen befindet sich kein Spiegel, nur das Fenster, vor dem eine Möwe durch die Luft segelt. Etwas weiter weg breiten sich die rosafarbenen Dächer, die gestreiften Sonnenschirme vom Cours Saleya und das Meer aus, heute eisblau, aufgewühlt von einem Wind, der den letzten Urlaubern ihre Hüte klaut.

Nach vier Tagen Zugfahrt sind sie zurück aus Spanien. Der August ist fast zu Ende. In den Läden hat der Geruch nach neuen Plastikfedermäppchen den nach aufblasbaren Schwimmringen ersetzt. Und heute Morgen beim Frühstück hat Félicité Egonia gebeten, ihr die Haare abzuschneiden. Genau oberhalb des Kinns. An der deutlich sichtbaren Linie, die den weißen Ansatz von den roten Spitzen trennt.

Egonia, deren Hände in den Ananashandschuhen stecken, konzentriert sich. Sie will wirklich gerade schneiden. Neben ihr brummelt die Gräfin:

»Ich bin die ganze Zeit ohne Tee umhergeirrt. Ohne Tee und ohne Gedächtnis. Als ganz gewöhnlicher Geist, der seinen eigenen Tod vergisst. Sagen Sie das Ihrer Schwester, ich will, dass auch sie es weiß: Sagen Sie ihr, dass ich vergeblich auf Sie beide gewartet habe.«

»Angèle-Victoire freut sich sehr, dass wir wieder da sind, Egonia.«

»Ebenfalls.«

Die Geisterschleuserin bedenkt ihren Hausgeist mit einer aufgesetzten Mitleidsmiene. Das genügt, um die Gräfin endgültig zu beleidigen.

»Mit Entzücken stelle ich fest, dass Sie sich endlich verstehen, auch wenn Sie mich damit nur quälen wollen. Vielleicht könnten Sie ja jetzt Ihre Kräfte bündeln, um das Dach zu reparieren? Außer dem Teemangel musste ich auch noch den Regen und die unerträgliche Hitze aushalten.«

Und sie entschwebt durch den Fußboden, um sich ins untere Stockwerk zurückzuziehen.

»Also, ich finde die Wohnung schön so ohne Dach, heller als vorher«, sagt Félicité. »Ich würde gern ein Glasdach einsetzen lassen. Was hältst du davon?«

»Wird sich nicht irgendein Verein zum Schutz der Dächer von Nizza oder so etwas Ähnliches darüber ärgern?«

»Doch, wahrscheinlich.«

»Dann also ein Glasdach.«

Seit ihrer Abreise aus Almería trägt Egonia einen Kranz aus kleinen fleischfressenden Blumen auf dem Kopf. Sie bilden einen lebendigen Hut in den vielen Farbnuancen eines Blutergusses. Wenn die Insekten aus ihrem Mund fliegen, flüchten sie sich sofort zwischen die Blütenblätter.

»Erinnerst du dich noch daran, wie ich dir das mit den Extranamen erklärt habe?«, fragt Félicité, während der Kamm schnurgerade durch ihre feuchten Haarsträhnen gleitet.

»Mmm …«

»Was glaubst du, wie meiner lautet?«

Egonia und sämtliche an der Wand aufgereihten Teekannen halten einen Moment lang die Luft an. Dann setzt Egonia ihre sorgfältige Frisiertätigkeit fort und überlegt. Sie hat keinen Schimmer. Aber ihre Schwester hat bestimmt eine Idee. Sie geht ja nur selten das Risiko ein, von Dingen zu sprechen, mit denen sie sich nicht auskennt. Und tatsächlich beantwortet Félicité eine Minute später ihre eigene Frage. Sie erzählt ihrer Zwillingsschwester von dem Abend ihres fünfzehnten Geburtstags in dem quadratischen Uhrenturm, dem Abend, an dem sie ihren ersten Kuriosi-Tee getrunken und entdeckt hat, ohne darüber erstaunt zu sein, dass sie Geisterschleuserin ist.

»Mir ist wieder eingefallen, dass Marine mich an dem Abend zum ersten Mal Clé genannt hat.«

Hinter ihr nickt Egonia. Ja, klar. Clé.

»Hast du gehört, was Vera gesagt hat? Extranamen sind gar nicht so wichtig.«

»Fragst du dich denn nicht, wie deiner lautet?«

»Sei still. Jetzt schneide ich.«

Die Möwe vor dem Fenster steht fast reglos in der Luft. Sie bewegt ihre Flügel nicht, kämpft nicht gegen den Wind an. Sie legt sich hinein wie in ein unsichtbares Nest.

Natürlich hat Egonia sich das gefragt. Aber eigentlich kennt sie ihn schon lange.

»Mireille hat ihn mir gegeben«, sagt sie in einem Atemzug, kaum hörbar neben dem Geräusch der sich reibenden Klingen und der zu Boden rieselnden Haarsträhnen. »Sie hat ihn ins Geburtenregister eingetragen. So wurde ich genannt, seitdem ich fünfzehn bin. Nachdem du gegangen warst und ich runter ins Dorf gezogen war. Ich habe nie so richtig gewusst, ob der Name wirklich mir gehörte. Oder ob es nur eine andere, bequemere Maske war.«

Sie legt die Schere hin. Félicité schaut weiter hinunter zu den Schafen über dem Meer.

»Du bist mit deinen beiden Namen aufgewachsen«, antwortet sie, »und hast dir einen davon ausgesucht. Welcher der Fluss war, welcher das Ufer ... ist nicht so wichtig.«

Ich sage Ihnen mal, was ich glaube.

Ich glaube, Adélaïde hat unrecht. Wenn man zu seinem Schatten und seinem Spiegelbild wird, wenn man nicht mehr nur der Fluss ist, sondern auch das Ufer, das ihn kanalisiert, und das Meer, in das er fließt ... dann passiert das nicht mit einem großen Knall. Da bricht nicht plötzlich ein Damm, und alles wird fortgerissen. Ganz geduldig, mit einem Fingerhut, gießt man Wasser in den Fluss, bis er über die Ufer tritt, ohne großes Tamtam, ohne besonderes Ereignis, und eines Tages ist dann auf den Landkarten nur noch ein Ozean zu sehen, so als wäre er schon immer da gewesen. Einen Extranamen zähmt man ganz allmählich. Man lernt, mit seinem Schatten und seinem Licht zu leben und aus seinen beiden Quellen zu schöpfen. Seinen Extranamen zu entdecken ist eine Sache. Aber es genügt nicht, zu wissen, was man ist, um es dann auch zu werden.

Bei mir hat es eine Weile gedauert, bis ich bereit war, zum einzigen Erzähler dieser Geschichte zu werden, die Félicité mir vermacht hat.

Sie steht auf, nimmt sich das Handtuch von den Schultern und dreht sich zu ihrer Zwillingsschwester um.

»Und?«

Ihre Augen unter den silbernen Haaren gleichen zwei grüngrauen Perlen.

»Wenn ich dich so sehe, bin ich wieder fünfzehn Jahre alt.«

»Umso besser. Wir werden jugendliche Energie brauchen, um uns vorzubereiten.«

»Vorzubereiten worauf?«

»Darauf, mit unseren lieben Großeltern zu reden. Und ihnen diesmal die ganze Wahrheit zu entlocken.«

Anmutig taucht der Vogel zwischen den Dächern ab.

DER VOGELFUTTER-TRÖDLER

Bei alledem habe ich Ihnen noch gar nicht erzählt, wie ich Félicité kennengelernt habe. Jetzt ist, glaube ich, der richtige Moment dafür. Ich habe nämlich – ohne mich damit brüsten zu wollen – eine ziemlich entscheidende Rolle gespielt bei ihrem Vorhaben, ihren Ahnen bestimmte Dinge aus der Nase zu ziehen.

Bei der ersten Begegnung war ich sechs und sie fast sechzehn Jahre alt. Daran habe ich mich immer erinnert. Sie nicht.

Es war die Stunde der Möwen. Außer einem oder zwei Müllwagen und ein paar Bäckern, die hinter geschlossenen Türen ihren Teig kneteten, waren in ganz Nizza nur die Trödler auf dem Platz vor dem Gerichtsgebäude auf den Beinen, und die Möwen. Das Echo ihres schrillen Gekreisches hörte man in der ganzen Altstadt. Manchmal kam eine angeflogen und kreiste über uns, über dem Meer und in den Straßen der Stadt und flog bis zu den noch leeren Marktständen der Fischverkäufer. Die Möwen von Nizza sind clever. Sie rackern sich nicht mit Fischfang ab, wenn sie auch auf den Beginn des Marktes warten und sich so lange am Strand unterhalten können.

An einem Samstagmorgen sah ich Félicité auf den Platz am Gerichtsgebäude kommen. Vor Sonnenaufgang fror man auf diesem Platz erbärmlich. Und wenn die Sonne aufgegangen war, ging man ein vor Hitze. Félicité schien die Kälte nichts auszumachen. Das war das Erste, was mich verblüffte. Sie schaute sich die Stände an, ohne etwas anzufassen, in aufrechter, würdevoller Haltung. Nicht wie ich, der auf der Stelle hüpfte und versuchte, mit dem Atemdampf Figuren in die Luft zu malen. In ihren grauen Kleidern hätte man sie zwischen den Figürchen aus Altmetall, dem Silberzeug und den Suppenterrinen leicht übersehen können. Aber es war ganz anders. Die Sachen bildeten hinter ihr einen Schweif aus gut aufeinander abgestimmten Schmuckstücken.

Sie kam zu unserem Stand, zu meinem Vater und mir. Ich hörte auf, vor Kälte herumzuhüpfen.

»Was haben Sie für einen Vogel, Mademoiselle?«, fragte mein Vater sie von hinter seiner Zeitung.

»Keinen Vogel.«

Mein Vater hat seine Zeitung zusammengefaltet und sich seufzend von seinem Stuhl erhoben.

»Für Katzen kann man die Samen nicht benutzen, sie taugen nicht als Trockenfutter. Davon könnten sie krank werden.«

»Ich habe auch keine Katze.«

Sie antwortete, ohne ihn anzuschauen, und sah sich weiter an unserem Stand um. Mein Vater setzte sich wieder hin und nahm seine Zeitung in die Hand, aber er las sie nicht mehr.

»Sind Ihre Gefäße zu verkaufen, Monsieur?«, hat sie nach einer Weile gefragt.

Er hat die Stirn gerunzelt.

»Wofür wollen Sie sie?«

»Ich brauche eine Teekanne. Die hier würde ich gern ausprobieren. Könnten Sie die Samen raustun?«

Er tat es. Ich sah genau, wie erstaunt er war. Nicht so sehr wegen der Sache mit den Gefäßen, sondern weil dieses junge

Mädchen mit ihm sprach wie mit einem Untergebenen und er ihr auch noch gehorchte, ohne gekränkt zu sein.

Sie hat die ausgeleerte Teekanne entgegengenommen und sie mehrmals so gekippt, als würde sie Tee einschenken. Da hat mein Vater nicht mehr so getan, als würde er lesen. Sogar der Verkäufer vom Nebenstand hat neugierige Blicke herübergeworfen.

Auch ich habe sie beobachtet. Durch meine bleichen Atemwolken hindurch kam sie mir vor wie eine Erscheinung.

»Was soll sie kosten?«

Mein Vater hat die Arme verschränkt.

»Kommt drauf an. Was wollen Sie damit machen?«

»Erstaunlicherweise Tee. Tee für Geister. Und für ein paar Lebende – vor allem für mich. Für so eine Verwendung ist sie ja hoffentlich nicht ungeeignet, oder?«

Sie schaute meinem Vater direkt in die Augen, obwohl er mit seinen Lastwagenfahrerschultern eine ziemlich imposante Erscheinung war.

»Ich glaube, Mademoiselle, Sie wissen, was Sie da in den Händen halten.«

»Na ja, eine solide, sympathische Kupferteekanne, die auch als Wasserkessel dienen könnte …«

»Sie verstehen mich ganz genau. Es ist eine phantofassbare Teekanne. Eine, die Geister in die Hand nehmen können.«

»Ja, genau. Das habe ich gemeint.«

»Dann können Sie sich ja vorstellen, dass sie einen anderen Preis hat als eine gewöhnliche Teekanne.«

Sie haben lange verhandelt. Wenn Félicité nicht wegen ihres Italienischunterrichts zurück zum Gymnasium gemusst hätte, würde sie noch jetzt weiterfeilschen.

So kam also mein Vater, der seine Sachen gern spaßeshalber phantofassbar machte, einfach weil es witzig war und er sie schweben sehen wollte, wenn zufällig ein Geist sie entdeckte, zu seiner ersten und einzigen Phantokundin, wie er sie nannte.

Allerdings muss man sagen, seine Mutter, also meine Großmutter, war auf der italienischen Seite des Tals der Wunder Schäferin und Sturmflüsterin.

Nach diesem Erlebnis bin ich jeden Samstag, auch wenn ich müde war und gar nicht mitgehen musste, in aller Herrgottsfrühe aufgestanden, um meinen Vater zum Antiquitätenmarkt zu begleiten. Ich hoffte, sie würde noch mal vorbeikommen. Aber ich habe sie nicht wiedergesehen. Sie hat immer nur telefonisch mit meinem Vater verhandelt.

Ein paar Jahre später habe ich entdeckt, dass ich dieselbe Gabe hatte wie er. Er hat mir gezeigt, wie man einen Gegenstand ausfindig macht, der dieses Geschenk annehmen kann, und wie man sich draufsetzt oder es mit in die Badewanne nimmt oder unter die Bettdecke steckt, je nach Größe und Verwendung, damit dieser Gegenstand, indem er etwas von unserem sich von Sekunde zu Sekunde verkürzenden Leben, also etwas von unserem kontinuierlichen Sterben abbekommt, selbst auch ein bisschen tot und ein bisschen lebendig und dadurch für Geister greifbar wird.

Kurzum, es machte Spaß, taugte aber nicht zum Beruf. Ich habe Geschichte studiert, genauer gesagt Archäologie, und anschließend in der Stadtverwaltung von Nizza gearbeitet. Abteilung historisches Kulturerbe und Archiv.

Der Name klang hübsch. Aber im Grunde war ich hauptsächlich für die Verwaltung von zwei oder drei Museen zuständig. In dieser Zeit habe ich auch die Grableser kennengelernt und mich ihnen angeschlossen. Dass Sie mich richtig verstehen: Man verbringt Zeit mit Gegenständen, man hockt im wahrsten Sinne des Wortes auf ihnen, so als würde man Eier ausbrüten, damit die Leute sie benutzen können, und diese Leute bekommt man dann nie zu Gesicht. Man kann nicht mit ihnen reden und nicht erfahren, ob sie die ganze Ausbrüterei zu schätzen wissen. Deshalb, weil ich den Toten selbst nicht begegnen konnte, wollte ich ihr Gedenken wiederbeleben. Verwischte Grabinschriften entziffern und ein Verzeichnis zusammenstellen, im Grunde ein Zeitvertreib wie jeder andere. Ich war zwar noch nicht mal dreißig, und in dem Verein hatten sich vor allem Rentner zusammengefunden. Aber, na und? Wir hatten viel Spaß zusammen. Wenn es für Friedhofsbesuche zu heiß war, spielten wir unter den Platanen Boule.

Und dann, eines Tages, dreißig Jahre nach meiner ersten Begegnung mit Félicité, sind wir uns wieder über den Weg gelaufen. Selbst von weitem, selbst dreißig Jahre später habe ich sie wiedererkannt. Sie mich nicht. Wenigstens habe ich damals, im Sommer 1986 auf dem Schlosshügel, ein bisschen mitgeholfen, das Grab von Adélaïde und Zacario wiederzufinden.

Einen Monat später hat jemand bei meinem Vater angerufen. Da er nicht da war, bin ich ans Telefon gegangen. Félicité sprach schnell und laut. Sie wollte einen ganz speziellen, sehr großen Gegenstand, größer als alles, was mein Vater bisher für sie angefertigt hatte. »Einverstanden, Madame«, habe ich gesagt, »wir werden unser Bestes tun. Bis wann brauchen sie ihn?« »Bis vorgestern«, hat sie geantwortet. »Sehr gut, Madame, also vorgestern. Ich rufe Sie wieder an, sobald er fertig ist.«

Als ich meinem Vater erzählt habe, worum sie gebeten

hatte, dachte er, ich hätte sie falsch verstanden. Aber nein, ich hatte sie ganz richtig verstanden. Da war ich mir sicher.

Wie zum Teufel wir allerdings einen Kleiderschrank voller Spiegel auftreiben und ihn in unsere Badewanne oder unter unsere Bettdecke legen sollten, damit er phantofassbar wurde, da war ich mir längst nicht so sicher.

SPÄTE JUGEND

Die Strände gleichen nicht mehr einem mit Konfetti übersäten Bürgersteig am Tag nach Karneval. Sie haben wieder ihre Kieselsteinfarbe angenommen. Die meisten Touristen sind abgereist, auf den wenigen vereinzelten Handtüchern liegen nur noch die Alten und die Reichen. Die anderen sind wieder zu Hause, ihre Kinder gehen wieder zur Schule, und alle träumen von den nächsten Ferien.

Über zwei Monate sind seit Carmines Tod vergangen. Félicité und ihr Seidenpyjama haben die Gräfin als Hauptsofabenutzerin abgelöst.

»Als ich Ihnen riet, Ihre Gewohnheiten ein bisschen zu ändern, meine Liebe, habe ich es genauso gemeint: ein bisschen.«

Angèle-Victoire sitzt im Sessel und trinkt mit spitzen Lippen den leidlich genießbaren Tee, den sie gelernt hat, selbst aufzugießen. Die Untertassen und die Tassen sind immerhin phantofassbar, wie Félicité es ihr in Erinnerung gerufen hat. »Und wenn ich eine Teekanne kaputtmache?«, hat der Geist zögernd gefragt. »Dann wird der Rest der Herde es Sie büßen lassen«, hat die Schleuserin erwidert. »Dann werden Sie gar keinen Tee mehr bekommen. Schade.«

Egonia läuft immer noch mit ihrem Blumenkranz herum. Die violetten, bernsteinfarbenen, weinroten Blüten, die das Schwarz der Fruchtknoten leuchten lässt, passen überhaupt nicht zu ihrer ärmlichen Erscheinung. Wenn sie durch die

Straßen von Nizza läuft, sieht sie jetzt nicht mehr nur wie eine Bettlerin aus, sondern man hält sie für eine Verrückte auf freiem Fuß.

Und genau diesen neuen Duft nimmt sie jetzt in seiner Entstehung wahr, ohne dass sich um sie herum außer den Blumen auf ihrem Kopf irgendetwas verändert hätte: den Duft von Freiheit.

Würde ihre Schwester zur Abwechslung mal ihr Sofa verlassen, würde sie es etwas häufiger nutzen. Aber ganz offensichtlich hat Félicité nicht die leiseste Absicht, sich von der Stelle zu bewegen noch sich anzuziehen oder ihre Rechnungen zu bezahlen.

Anfangs, als sie ungeduldig auf ihren Kleiderschrank wartete, ist sie dermaßen hibbelig immer wieder zwischen Balkon und Küche hin und her gelaufen, dass sie jedes Mal fast die Gerüste umgestoßen hätte, die die Arbeiter aufgebaut hatten, um das Glasdach einzubauen. Stündlich rief sie bei Lucien an, um zu hören, ob der Schrank fertig sei. Und Lucien, mein Vater, hat immer dasselbe geantwortet: »Noch nicht, Félicité. Solche Dinge brauchen ihre Zeit. Wenn man für die Toten arbeitet, lernt man Geduld.«

Zuerst hat sie ihn ermuntert, dann hat sie gedroht, dann gefleht und am Ende beschlossen, ihm zu gehorchen und sich zu gedulden. Nicht zum Zeitvertreib Klienten zu empfangen noch den Haushalt zu erledigen oder die Promenade entlangzulaufen. Nein, einfach nur, sich zu gedulden.

Die Arbeiter und ihre Gerüste sind weg. Das Telefon läutet, und sie geht nicht mehr dran. Jetzt nimmt Egonia die Anrufe entgegen – da sie gelernt hat, das Telefon zu benutzen –, sogar die von Marine, deren Stimme von Tag zu Tag besorgter klingt.

Noch nie hat Félicité sich dermaßen amüsiert.

Im Grunde braucht die Welt sie gar nicht. Die Gräfin kann sich ihren Tee selbst kochen. Ihre Schwester kann mit ihren Handschuhen und ihrem Blumenkranz einkaufen gehen. Die Klienten? Tote sind tot, die können warten. Durchs Glasdach die Wolken betrachten, dem Regen lauschen, wenn er auf die Scheibe prasselt, in der Sonne dösen, die das Zimmer wärmt, literweise Tee trinken und vor dem Fernseher Bonbonketten vertilgen, während die Datingshow »Tournez manège!« läuft, das kann nicht warten.

Auf ihre alten Tage entdeckt Félicité das köstliche Vergnügen, es sich gut gehen zu lassen, und Egonia das amüsante Ärgernis, sich unverzichtbar zu fühlen.

Doch bald endet dieser aus der Zeit gefallene Monat.

Félicité vegetiert vor der Sendung »Die Wahrheit liegt im Kochtopf« dahin. Egonia schiebt sie zur Seite, um sich zu ihr aufs Sofa zu setzen, in der Hand mehrere zu entziffernde Rechnungen.

Es ist eigenartig und schön, zu zweit hier zu sein, zwei Hälften aus ein und demselben Bauch, weder in einem Kreis aus toten Bäumen noch in einem Stall mit Schafgestank, einfach nur hier, ohne eine Mutter, die man fürchten oder am Leben halten muss, eingelullt von einer Fernsehstimme, die das Rezept für überbackenen Chicorée mit Spiegelei herunterleiert.

Genießt sie, ihr Zwillinge, genießt diese letzten Sekunden wiedergefundener Jugend. In einer Minute wird das Telefon klingeln. Am anderen Ende werde ich sein, der schludrige Sohn von Lucien. Der Schrank wird fertig und die Zeit gekommen sein, eure Suche zu beenden.

SPIEGELLABYRINTH

Dröhnend fährt der Lieferwagen davon und lässt sie auf der Schwelle des verlassenen Hauses zurück, jede an einer Seite des Schranks. Ein riesiges Möbelstück. Bei einem Antiquar aufgestöbert, innen mit großen Spiegeln versehen. Und jetzt vollständig phantofassbar.

Félicité hat ihren Pyjama ausgezogen, sich wieder ihre lange Jacke aus einem Woll-Seide-Gemisch angezogen, ihren mausgrauen Hut aufgesetzt, der jetzt zur Schneeglöckchenfarbe ihrer Haare passt, und ist in ihre Stiefel mit den Stahlabsätzen geschlüpft. So steht sie vor Adélaïdes und Zacarios Tür, bereit, sie erneut einzutreten, um ins Haus zu gelangen.

Aber die Tür ist seit dem letzten Mal durch einen Stapel Betonblöcke und eine mit einem Hängeschloss versehene Metallstange ersetzt worden, an der ein neues Schild hängt:

GEFAHR

ZUTRITT STRENGSTENS VERBOTEN

WIDERRECHTLICHES BETRETEN

WIRD STRAFRECHTLICH VERFOLGT

»Was für ein unüberwindbares Hindernis ... Ich frage mich wirklich, wie wir ins Haus kommen sollen.«

Egonia bleckt ihren einzigen Zahn – wahrscheinlich ist es ein Lächeln –, holt tief Luft, bläht den Brustkorb auf, großer böser Wolf vor Strohhütte, pustet mit aller Kraft. Eine dichte Wolke flatternder Flügel und Beinchen quillt aus ihrem Mund wie ein rasselnder, brummender, rauschender, klappernder Strom.

Wenig später haben sich die Insekten in eine riesige, von Egonia ausgespuckte Blume gestürzt. Betonblöcke, Eisenstange und Schild existieren nicht mehr. Der Weg ist frei, die Schwestern haben den Schrank in die Mitte des Erdgeschosses geschoben. Nur ein paar dünne Lichtstrahlen dringen durch die Fensterritzen in den dunklen Salon.

Anschließend läuft alles genauso, wie sie es geplant haben. Unter den Laken versteckt, die überall im Raum über den Möbeln hängen, Taschenlampe in der Hand, warten sie darauf, dass die Spiegel Adélaïde anlocken. Keine fünf Minuten später kommt die Großmutter die Treppe herunter.

Langsam geht sie auf den offenen Schrank zu. Seit über einem Jahrhundert hat sie ihr Spiegelbild nicht mehr gesehen. Die Spiegel im Innern des Möbelstücks werfen ihr ihr wirkliches, beinahe greifbares Bild zurück.

Sie bewundert sich völlig hemmungslos. Ihre Silhouette, ihr Gesicht, von allen Seiten gespiegelt und sich in der Tiefe des Labyrinths endlos wiederholend, ziehen sie in ihren Bann.

Dann plötzlich Dunkelheit. Hinter ihr dreht sich der Schlüssel im Schloss. Adélaïde, mit sich selbst im Schrank eingesperrt, versucht nicht einmal auszubrechen.

»Diesmal kein zersprungenes Glas«, murmelt Félicité, während sie die dunkle Treppe hochsteigen. »Und niemand, der meinen Großvater am Teetrinken hindern kann.«

CARMINE

Auf der Terrasse im ersten Stock, auf der noch die Scherben des Glasdachs herumliegen, lauscht Zacarios Geist und wartet.

Zacario lauscht, aber er hört nichts mehr. Er glaubt zu hören, aber es ist nur das Echo dessen, was er zu Lebzeiten wahrgenommen hat. Er wird nie mehr erfahren, was auf den Hügeln in der hellen Wintersonne erstrahlt, nie mehr, wohin die Düfte wehen, die der Mistral vor sich hertreibt, noch was die Amseln sagen, wenn sie zur Mittagsstunde zwitschern. Er riecht werfende Füchsinnen, aber diese Füchsinnen sind tot, ihre Jungen ebenfalls. Sie leben nur in seinem schwebenden Geist, der noch an die Erde gebunden ist, auf der sein Körper getanzt, geliebt, gelitten hat. Selbst die Wege der von ihm kartographierten Gegend sind jetzt andere. Er kennt sie noch alle, aber sie haben sich seit langem verändert, was er nicht sehen kann. Also träumt er von nicht mehr existierenden Wegen, wo jetzt Brombeeren wuchern oder Wohnblöcke in die Höhe gewachsen sind, Wege, die er im Geist nachzeichnet, weil er nichts anderes kann.

Und er wartet auf seine Tochter.

Durch den Qualm seiner Zigarette hindurch verliert sich sein Blick in den Straßen vor seinem Haus.

»Geht es um ein Kind?«, fragt er zerstreut, ohne sich von der Stelle zu bewegen, als Félicité auf ihn zukommt.

»Um Ihr Kind. Ich bin wegen Carmine hier.«

Er dreht sich zu ihr um.

»Sie ist nicht da. Aber sie wird wiederkommen. Wenn Sie mit mir auf sie warten wollen?«

Als Félicité sein sanftes, trauriges Lächeln sieht, seinen seit so vielen Jahren lebendigen Glauben an die Rückkehr seiner Tochter, möchte sie am liebsten seine Hand nehmen und ihn beruhigen wie ein Kind, das sich verlaufen hat. Sie stellt ihr Teeservice auf den mit Rost überzogenen Tisch, daneben einen elektrischen Kocher, und setzt das Wasser auf, das sie mitgebracht hat. Sie hofft, dass Egonia, die unten vor dem Kleiderschrank Stellung bezogen hat, keine Schwierigkeiten mit Adélaïde bekommt.

»Darf ich Sie zu einem Tee einladen, Zacario? Ich würde gern mit Ihnen über Carmine sprechen.«

Er drückt seinen Zigarettenstummel aus und nickt höflich.

»Ja. Ja, warum nicht. Das holt sie vielleicht zurück, wer weiß.«

Neugierig schaut er zu, wie Félicité die Teeblätter in die Kanne schüttet, dampfendes Wasser darüber gießt, schweigend die Minuten zählt, die der Tee ziehen muss, und das Getränk, das dickflüssig ist wie Öl, in die Tasse gießt. Auf der undurchsichtigen Oberfläche des Tees vom Val de la Masque spiegeln sich Zacarios Züge.

Nach dem dritten Schluck sackt er in sich zusammen. Sein Kopf, den er zwischen den Händen hält, scheint ihm zu schwer geworden zu sein. Als er die Tasse austrinkt, läuft ihm eine Geisterträne am Mundwinkel entlang.

»Ich sollte nicht weinen. Adélaïde mag das nicht.«

»Was macht Sie denn traurig?«

»Meine Tochter ist gestorben. Ich sollte nicht weinen, es

ist schon so lange her. Außerdem haben wir ja noch eine. Es hätten auch beide sterben können.«

Er wischt sich über die Augen und schnieft. Félicité fragt nichts mehr. Sie spürt, dass er bereit ist zu reden. Er gleicht einem Mann, der einen zu schweren Koffer mit kaputten Rädern durch mehrere Zeitalter zerrt.

»Adélaïde hat vor mir haufenweise Kinder gehabt. Sie wisse schon nicht mehr, wohin damit, sagte sie oft. Angesichts ihres Alters können Sie sich das ja vorstellen … Im Lauf der Jahrhunderte fing sie an, sie zu verwechseln. Zum Glück hatte sie ihr Heft, in dem sie die Erinnerungen an sie festhielt. Und dann kam Carmine.

Wir hatten zwanzig Jahre auf sie gewartet und warteten schon nicht mehr. Dann kommt eine Hebamme und verkündet uns, da sei ein Kind, sie höre sein Herz schlagen – nein, es seien zwei.

Es hat ewig gedauert, bis sie auf die Welt kamen. Adélaïde war mindestens elf Monate schwanger. Wir hörten es in ihrem Bauch schimpfen, wir verstanden zwar kein Wort, aber um Liebe geht es nie bei solchem Geschrei, selbst wenn es von Blut und Bindegewebe gedämpft wird.

Das erste Kind, Carmine, hat die Hebamme einfach auf den Boden fallen lassen, nachdem sie es aus Adélaïdes Leib gezogen hatte. Denn ob Sie es glauben oder nicht – aber ich weiß, was ich gesehen habe –, Carmine hat ihr geradewegs in die Augen geschaut und ihr verboten, dem anderen Kind auf die Welt zu helfen. Danach hat sie kein Wort mehr gesagt, sondern angefangen zu brüllen wie alle Neugeborenen. Da ist die Hebamme in Ohnmacht gefallen. Ich selbst musste meiner Frau helfen, das zweite Kind auf die Welt zu bringen, während das erste schreiend auf dem Boden lag.

Carmine wuchs heran. Sie war kein gewöhnliches Kind,

dem der Rotz aus der Nase läuft, das sabbert und über alles und nichts staunt. Mit zwei Jahren verteilte sie Steinchen, die sie hübsch fand, und wer einen bekam, wurde schöner. Wirklich. Die Nase wurde schlanker, die Lippen wurden voller, die Wimpern glänzender. Mit fünf Jahren gab sie ausgewachsenen Männern Befehle, und diese gehorchten ihr. Sie zwang sie zu nichts, es waren vielmehr die Männer, die ernsthaft von ihr geleitet werden wollten. Ihr Körper strahlte Sternenlicht aus und eine Wärme, die den Jägern die Lust am Blut austrieb und den Fischern die Erinnerung an Ertrunkene. Sie versammelten sich um sie herum, spielten mit ihr, folgten ihr überall hin und hörten sich ihre Geschichten an. Carmine, unsere Carmine, diese kleine magnetische Sonne, die verrostete Seelen, abgenutzte Geister anzog, ohne Extranamen, der ihren Charme begrenzt hätte.

Aber ihre Schwester ... Ehrlich gesagt hat sie mir Angst gemacht. Sie war zu schweigsam für ihr Alter. Sie wirkte wie eine stumme Prophetin, die weiß, was kommen wird, ohne es ankündigen zu können. Sie betrachtete vieles mit Blicken, in denen ein Wissen verborgen lag, das wir nicht verstanden.

Um sie von diesen selbstgeschmiedeten Ketten zu befreien, stachelte Adélaïde manchmal ihre Wut an. Sie rief sie mit Namen, die es gar nicht gab. Fragte sie, warum sie nichts sagte, warum sie nicht lächelte, warum sie Carmine nicht ähnlicher war, die sprechen und lächeln und ihr alles zu Füßen legen konnte.

Und manchmal hatte Adélaïde Erfolg.

Dann stieß die Kleine ein langgezogenes, schrilles Heulen aus, das zu einem Verzweiflungsschrei anschwoll, zu einem Donnergrollen. Von stürmischem Wind erfasst, flackerten in den Lampen die Lichter. Und dann, im flimmernden Halbdunkel und inmitten von Getöse und Klagerufen, vergrößerte sich der Schatten meiner Tochter unter ihren Füßen, breitete sich aus wie eine Blutlache und nahm die Ausmaße und Umrisse des Raumes an.

In diesen Momenten fand ich sie furchtbar. Jedes Mal, wenn ich versucht habe, den Schmerz zu lindern, unter dem sich ihr ganzer Körper verkrampfte, hat Adélaïde mich zurückgehalten. »Lass sie. Siehst du nicht, wie schön sie ist? Endlich ist sie das, was sie sein muss: mächtig.«

Allerdings nicht mächtig genug. Ihr Schatten brüllte und ließ die Lichter erbeben, aber uns hat sie nie den kleinsten Kratzer zugefügt. Ich hätte häufiger und entschiedener sagen sollen, dass sie zu zart dafür ist. Schließlich hatte Adélaïde ihren Namen aus Reinheit, Sanftheit und Zärtlichkeit gewebt ... «

»Wie hieß sie?«

»Sie hat ihr den Vornamen Carine gegeben.«

Während ihr Großvater erzählt, riecht Félicité ein sich verstärkenden hartnäckigen Geruch nach Verbranntem. Wie von einem Kessel voller Erinnerungen, der zu lange auf dem Feuer gestanden hat.

Sie gießt ihrem Geist Tee nach. Er trinkt und erschlafft noch etwas mehr.

»Im Sommer, in unserem Haus in Roquebillière, als die beiden sieben Jahre alt waren ... Da sind sie zusammen spielen gegangen, weiter oben im Gebirge. Carmine ist nie zurückgekehrt. Zwei Tage später haben wir sie in einem Brunnen gefunden. Tot.«

Der alte Geist weint lautlos. Diesmal hält er seine Tränen nicht zurück. Félicité dagegen glaubt, sich verhört zu haben.

»Entschuldigen Sie ... Sie sprechen von Carine, nicht wahr? Carine ist in den Brunnen gefallen.«

Er schüttelt den Kopf.

»Wir haben Carine bei ihr gefunden, an ihren Körper gepresst. Kalt und ohnmächtig, aber sie lebte.«

Über ihnen ziehen zwei Möwen ihre Kreise.

»Meine Frau wollte es nicht glauben. Oder konnte es nicht. Sie hat genau wie Sie geglaubt, Carine sei von uns gegangen und Carmine geblieben.«

Félicité steht auf. Das Atmen fällt ihr schwer. Sie muss Luft holen. Sie hat im Müll gegraben, und jetzt taucht die Wahrheit auf, und von ihrem Gestank wird ihr übel.

»Sie wussten es? Sie wussten es und Sie haben …«

»Nein, ich habe nichts gesagt. Wozu?«

Die Stimme des Geistes hat sich verhärtet, ebenso sein Blick aus den vor Kummer geschwollenen Augen.

»Um nicht nur meine Tochter, sondern auch noch meine Frau zu verlieren? Sie brauchte es, daran zu glauben, und die Welt brauchte sie. Ich hätte sämtliche Mädchen im Tal Carmine genannt, wenn es der Frau, die ich liebte, den Todeswunsch genommen und die Lebensfreude zurückgegeben hätte. Aber die Leute fingen an zu reden. Da …«

»Da haben Sie sie nach Spanien geschickt«, stöhnt Félicité.

»Ich wollte uns alle schützen. Ihre Mutter vor der Wahrheit und die Kleine vor ihrer Mutter. Verstehen Sie?«

Seine Stimme klingt jetzt flehend, aber Félicité empfindet nur noch unendliche Abscheu für ihn.

»Es ist diese andere Carmine, diese lange vor uns verstorbene Carmine, auf die Adélaïde gewartet hat. So lange, bis sie dieses jahrhundertelange Leben und Warten irgendwann nicht mehr ertrug. Und da ihre Unsterblichkeit sie einholte wie ein Fluch, hat sie mich gebeten, ihr zu helfen, aus dem Leben zu gehen. Ich wollte nicht ohne sie sein, sie aber verbot mir zu sterben: Ich sollte weiter warten, ob Carmine nicht zurückkommt … Also habe ich für alles Nötige gesorgt, um uns eine Ewigkeit des Geduldens zu bereiten. Eine phantorauchbare Zigarette, ein wenig Geschirr, zwei oder drei Möbelstücke. Und Gift. Wir haben es gemeinsam geschluckt und uns dabei unsere Liebe geschworen.

Seitdem wartet Adélaïde hier auf ihre Carmine, auf die, die mit dem *m* im Namen geboren ist. Und ich, ich weiß nicht mehr. Ich warte auf meine Tochter. Das ist alles. Egal, unter welchem Namen sie geboren ist. Ich hätte sie gerne wiedergesehen, wenigstens einmal, um zu wissen, was aus ihr geworden ist.«

Bevor sie das Haus verlassen, lässt Egonia den phantofassbaren Schlüssel vor dem Schrank auf dem Boden liegen. Damit Zacario seine Frau befreien kann, falls sie einen Weg aus dieser Menge ihr gleichender Frauen findet.

Zwei Stunden später, während der Wagen die Vésubie entlangrauscht und mit dröhnendem Motor die Kurven schneidet, erzählt Félicité ihrer Schwester alles, was sie soeben erfahren hat.

Zwischen zwei Übelkeitswellen erinnert sich Egonia.

Carmines Tagebuch.

Auf dem Deckel war nur das *m* mit frischer Tinte nachgezogen worden.

UNTER DIE ERDE

Im Grunde besteht keine Eile. Da, wo ihre Mutter jetzt ist, wird sie auch bleiben. Aber nach zwei Monaten des Suchens und des sich Geduldens kommen sie nicht mal auf die Idee, in aller Ruhe ins Gebirge zu fahren. Das wäre für sie, als würden sie ins Bett gehen und sich die allerletzte Minute des Films für den nächsten Tag aufheben.

Die Wahrheit liegt vor ihnen, ist fast da. Nur noch ein paar Kurven.

Außerdem erlaubt einem schnelles Fahren, schnelles Erzählen, nicht an alles andere zu denken. An das unvermeidliche Gespräch, zu dem es kommen wird, wenn ihre Suche beendet ist. Wenn sie im Grunde keinen einfachen Vorwand mehr haben werden, um zusammenzubleiben.

Während die Zwillinge sich ihren Weg durchs Vésubie-Tal bahnen, klingelt weit hinter ihnen, in Nizza, in der obersten Etage des Palais Caïs de Pierlas ein Telefon. Ein Anrufbeantworter springt an. Nach einem *Piep* startet das Aufnahmegerät, und in der leeren Wohnung erklingt eine Stimme:

»Ja, hallo Egonia, hier ist Marine ... Ich weiß nicht, ob Félicité da ist, ob sie wach ist, schläft oder vor dem Fernseher sitzt ... Clé, bist du da? Also, falls du mich hörst, ich rufe wegen Folgendem an: Als ich erfahren habe, dass deine Mutter einige Zeit in Roquebillière gelebt hat, habe ich Patrick gebeten, sich nach ihr zu erkundigen. Ohne ihm zu erklären, dass es für dich ist, sonst, na ja, sonst würde ich noch immer darauf warten, dass er loslegt. Kurz und gut, er hat in ein paar Kisten gewühlt – keine Ahnung, wie er sich darin zurechtfindet, das ist wirklich unglaublich –, und jetzt pass auf, was er mir gesagt hat: Im *Petit Niçois* vom 26. Mai 1909 gibt es einen Artikel, in dem Folgendes steht: »Dafür bezahlt, nicht mehr an dauerhafte Bleiben zu glauben, und mittlerweile entschlossen, nur noch mit einem wachen Augen und einem stets sprungbereiten Bein zu schlafen, ließen sich die Einwohner von Roquebillière am linken Ufer nieder, ungeordnet und ohne jeden Stil, da ohne Zukunftsglaube. Es war nur provisorisch, zum Glück, denn bei uns währt das Provisorische länger als das Endgültige und ist fast schon etwas Dauerhaftes.« Und dann geht es noch weiter. Da steht, das Dorf sei mindestens sechs oder sieben Mal wegen Erdrutschen, Erdbeben, Überschwemmungen und so weiter umgezogen ... Falls du herkommen und den Artikel ganz lesen willst, hier die Schlagzeile: *Roquebillière, Wanderdorf; von den Katastrophen der Jahrhunderte in die Flucht geschlagen.* Da könnte man bestimmt noch bezüglich deiner Maman weiterforschen, oder? Na ja, geh mal raus an die frische Luft, das wird dir guttun. Tschüss, Egonia. Und versuch, deine Schwester ein bisschen auf Trab zu bringen. Liebe Grüße.«

Piep.

Im selben Moment fallen am Straßenrand, oben im Vésubie-Tal, die Wagentüren zu. Egonia und Félicité sind durch das alte Roquebillière gefahren, an den blinden Fassaden und den vernagelten Fenstern vorbei. Sie sind an dem Felsen vorbeigekommen, an dem das Foto des Kindes und der vertrocknete Blumenstrauß vergilben. Sind weiter hochgefahren, haben noch ein, zwei, drei Kurven genommen. Und diesmal hat Félicité angehalten, als sie die kleine Silhouette im Rückspiegel gesehen hat.

Mitten auf einem Feld mit wilden Olivenbäumen befindet sich ein alter, halb verfallener Brunnen. Dahinter versteckt sich der Geist eines kleinen Mädchens, der sie beide von weitem beobachtet. Seine Augen ragen nur knapp über den Steinhaufen.

Diese Augen sind die von Carmine. Die von Vera. Die von Egonia in ihrer Hexenhaut.

»Erschreck sie nicht«, flüstert Félicité. »Sie ist sehr ängstlich.«

»Ich soll ein Kind erschrecken?«

Die Schleuserin holt eine phantofassbare Holzpuppe aus der Tasche.

»Guten Tag, Carmine. Ich heiße Félicité. Ich habe dir ein Geschenk mitgebracht, schau mal … «

Sofort taucht der obere Teil des kleinen Kopfes hinter dem Brunnen ab.

»Dein Papa, Zacario, schickt mich. Er würde gern wissen, wo ihr seid, du und deine Schwester.«

Genau genommen, denkt Félicité, ist das nicht gelogen.

Langsam taucht eine winzige Hand an der Seite des Steinhaufens auf, streckt den Zeigefinger aus und zieht ihn wieder zurück, zweimal, dann verschwindet sie wieder.

»Sie macht mir Zeichen, dass ich näher kommen soll«, flüstert Félicité. »Ich gehe mal hin, und du … «

»Ich komme mit.«

»Jemand muss hierbleiben für den Fall, dass Maman kommt.«

»Und woher soll ich das wissen?«

»Ich lass dir einen phantofassbaren Gegenstand hier, der dir ihre Anwesenheit verraten kann.«

»Glaubst du wirklich, dass sie mich sehen will?«

»Sprich leise, Egonia, sonst verscheuchst du das Mädchen ...«

»Also im Ernst, Félicité. Unsere Mutter ignoriert mich ihre Leben lang, und plötzlich, wo sie tot ist, denkt sie sich, warum nicht ein bisschen mit der kleinen Agonie plaudern?«

Lautes Lachen erschallt, grausam und kindlich, das Egonia nicht hören kann. Die Schleuserin sieht, wie das kleine Mädchen auf die Steine klettert, grinsend zu ihr herüberschaut und im Brunnen verschwindet. Félicité eilt zwischen den Olivenbäumen hindurch und beugt sich hinunter zu dem Loch – das tiefer ist, als sie dachte.

»Egonia, mach den Kofferraum auf. Hol die beiden Taschenlampen raus. Und das Seil. Binde es von der Metallkiste los.«

»Was?«

»Los, mach schon! Carmine? Carmine, bist du da?«

Wieder ist ein Kichern zu hören. Von einem aus der Tiefe heraufschallenden Echo gefolgt.

»Da unten. Sie ist da unten auf dem Grund des Brunnens. Da muss eine Grotte sein oder ein Raum ...«

Keuchend reicht Egonia ihr die Sachen, die sie aus dem Wagen geholt hat. Dann schaut sie zu, wie ihre Schwester das Seil an den nächsten Olivenbaum bindet. Wie sie seine Belastbarkeit testet. Wie sie es in das Loch hinunterwirft.

»Du wirst ja wohl nicht da runtersteigen ...«

»Doch, natürlich. Und du auch – es sei denn, du willst deine Mutter nicht mehr finden.«

Die Hexe hat nicht die geringste Lust, sich unter die Erde zu begeben, um einem Geist zu folgen, der sie nicht mal sehen kann. Sie ist schließlich unter Dachbalken groß geworden, nicht in den Tiefen eines Kellers.

»Aber wir wissen doch nicht mal, ob ...«

»Hör zu, Nanie.«

Félicité dreht sich zu ihr um, die Fäuste in die Hüften gestemmt.

»Nach dreißig Jahren Exil hast du deinen Wald verlassen, bist in brütender Hitze, die einen Esel hätte umhauen können, über die Friedhöfe von Nizza gelaufen, hast mich gehasst und mir verziehen, bist den weiten Weg bis in eine Wüste gefahren und zurückgekommen, hast deine eigene Großmutter in einen Kleiderschrank voller Spiegel gesperrt und willst mir jetzt sagen, dass du dich, nachdem du das alles gemacht hast, ohne vor irgendetwas zurückzuschrecken, weigerst, in einen bescheuerten Brunnen direkt vor deinen Füßen zu steigen?«

Egonia kneift die Augen zusammen. Félicité versteift sich, darauf eingestellt, eine beginnende Explosion entschärfen zu müssen. Da drückt ihr die Hexe, ohne den Blick abzuwenden, die beiden Taschenlampen in die Hände, schnappt sich das auf den Steinen liegende Seil und klettert in den Brunnen.

»Leuchte mir!«, zischt sie, die Füße an der Brunnenwand, das gespannte Seil in den Händen. »Ich muss einen bescheuerten Brunnen besichtigen.«

DAS WANDERDORF

»Ist da was?«

»Immer noch nicht.«

Die dicke Erdschicht über ihnen presst ihre Stimmen zusammen. Die Röhre ist eng, kaum schulterbreit. Man kann sich nur hindurchschieben wie Gouache durch eine Farbtube. Tiefschwarze Gouache, stoßweise erhellt durch die Lichtkegel der Taschenlampen.

Wie lange sie schon hier unten unterwegs sind, lässt sich unmöglich sagen. Einmal hatten sie den Eindruck, sie liefen unter dem Fluss hindurch. Sie sind sehr weit gegangen, tief in den Berg hinein, dringen immer weiter vor in den Bauch eines schlafenden Riesen.

Nur der Geist des Mädchens taucht ab und zu in einem Lichtstrahl auf und verschwindet wieder, tänzelnd und lächelnd. Jedes Mal erschrickt Félicité, jedes Mal drückt Egonia ihre Hand fester.

»Warte ... Ich glaube, ich hab was gesehen.«

Soeben hat sich das Licht auf etwas Metallischem gespiegelt.

»Da ist eine Leiter.«

»Dann klettere hoch.«

Félicité lässt Egonias Hand los, klemmt sich die Taschenlampe zwischen die Zähne und beginnt hochzusteigen. Der Schacht, durch den die Leiter führt, ist kaum breit genug für sie und ihren Rucksack. Sprosse für Sprosse, Fuß, Hand,

Hand, Fuß, steigt sie weiter, ohne zu wissen, wohin, Hand, Fuß, Fuß, Hand, hinter ihr kommt ihre Schwester nicht so schnell nach, mangels Zähnen muss sie die Lampe in der Hand halten, Hand, Fuß, Fuß, Hand.

Félicités Kopf stößt gegen eine Decke.

Blind tastet sie die Wand über sich ab. Eine Falltür. Sie drückt fest dagegen. Die Klappe knarrt, gibt nach und öffnet sich mit einem Krachen, dessen Echo wie in einer Kathedrale widerhallt. Sie klettert aus dem senkrechten Tunnel, kurz darauf von ihrer Schwester gefolgt.

Der Schock angesichts dessen, was sich vor ihnen befindet, verschlägt beiden die Sprache. Lange Minuten vergehen schweigend.

Bis Egonia flüstert:

»Jetzt ja. Hätte ich eine Jacke, würde ich sie zerreißen.«

Kein Schimmer Licht fällt in die Kirche, in der sie stehen. Die Erde, die die Buntglasscheiben in den Fenstern ersetzt hat, verstopft Rosetten und Gitter. In den schwachen Lichtkegeln ihrer Lampen können sie kaum den Wahnsinn, der sie umgibt, erkennen.

Überall, an jedem Bogen und jedem Pfeiler, an der kleinsten Strebe und der feinsten Zierleiste, auf den Bänken und Bodenmosaiken, an den aneinandergereihten Deckengewölben beobachtet sie eine Menschenmenge, unzählige gemalte und gemeißelte Figuren, gekleidet in Farben, die leuchtender sind als die in Egonias Blumenkranz. Alle sind in ihren Bewegungen erstarrt. Zwei Männer mit langen Bärten schauen verächtlich zu mehreren zierliche Frauen hinüber, die sich in einem von Aprikosenduft erfüllten Garten langweilen; zu ihren Füßen schlafen Kinder, deren Gesichter faltiger sind als die von Greisen; über ihnen spielen streng blickende Engel Harfe, Geige, Tamburin für Kaiserinnen in

Frühlingskleidern, ihrerseits angefleht von Bettlern mit Rippen wie Xylophone; ganz in der Nähe führt ein Skelett zwei Tangotänzer zum Maul eines Löwen, der ein Massengrab voller Badender verschlingt; über ihnen schwebt ein Postbote mit Baskenmütze und Drachenflügeln, verteilt Goldbarren statt Briefe, hält einen davon einem Krieger hin, der gerade dabei ist, der Form halber einen enttäuschten, seinen Träumen von abendlicher Suppe nachhängenden Feind zu durchbohren; auf Hockern sitzende Rentner lesen Zeitung, nicht weiter gestört vom Lärmen ringsum, dicht neben einem Sekretär im Leopardenanzug, der unter dem Diktat eines Gehenkten jedes Detail der Szene aufschreibt; und inmitten dieser in ihrem Treiben erstarrten Menge stehen zwei weiße Marienstatuen einander gegenüber.

Notre-Dame-des-Trombes und Notre-Dame-des-Écluses, die Patronin der Wolkenbrüche und die Patronin der Schleusen.

Beide zeigen mit anklagendem Finger auf die jeweils andere. Die eine hat Algen im Haar, ihr Mund ist zu einem stummen Schrei geöffnet. Das Gesicht der anderen ist entspannt, beinahe freundlich. Pfeile durchbohren ihre Füße.

Zwischen ihnen, hinter dem Altar, steht ein Thron in Gold und Purpurrot. Darauf sitzt der Mädchengeist, seitlich, mit einem Bein über einer der Armlehnen.

In ihrer Vorstellung legt Félicité über dieses Bild ein anderes, wie ein auf Pauspapier gezeichnetes: Nanie, die zwischen den trockenen Bäumen und Vogelschädeln auf ihrem kaputten Stuhl thront. Nichte und Tante gleichen einander – glichen einander – wie ein Ei dem anderen. Aber das tote Mädchen hat den selbstbewussten Gesichtsausdruck verwöhnter, sogar verehrter Kinder. Nicht der Schatten eines Zweifels in dieser Göre. Die Art von satter Panzerseele, von der sich Dürstende, Ausgemergelte und Bewunderer magisch angezogen fühlen. Diese Machtrüstung, die die Mutter der Zwillinge versucht hat, sich selbst anzulegen wie eine falsche Hülle – und darunter trotz allem, durchschimmernd, das Fehlende, der Durst, der Zweifel. Denn keine noch so dicke Farbschicht kann ganz und gar dieses gelassene Verankertsein derer imitieren, die sich geliebt wissen.

»Wo sind wir?«

Die Kleine wartet, bis die Echos unter den Gewölben verhallt sind, dann antwortet sie lächelnd:

»In meinem Reich.«

Ihre Geisterworte erzeugen keinen Nachhall. Die Mauern der verschütteten Kirche brauchen keine Wellen zurückzuwerfen. Als sie spricht, richtet sie sich nur an Félicité.

»Und was ist über uns, an der Oberfläche?«

»Der Berg, der Rocabiera verschlungen hat.«

Beim Anblick von Félicités verwirrtem Gesichtsausdruck hellt sich das Gesicht der Kleinen auf.

»Hast du noch nie von dieser Geschichte gehört?«, ruft sie und richtet sich auf. »Ich weiß sie von Maman. Eine schreckliche Geschichte.«

Sie springt von ihrem Thron und beginnt leise zu erzählen, während sie den Altar umkreist:

»Es ist so lange her, dass du dich nicht daran erinnern kannst. Die Leute, die an jenem Tag nicht vom Berg verschluckt wurden, sind mittlerweile an Altersschwäche gestorben. Roquebillière hieß damals noch Rocabiera. Seine Schule und sein Glockenturm standen nicht hier, sondern weiter oben. Keiner weiß mehr, wo genau. Damals hat man sich nicht die Mühe gemacht, es aufzuschreiben, es änderte sich ja auch die ganze Zeit. Mindestens zweimal pro Jahrhundert trat der Fluss über die Ufer, das Dorf wurde fortgespült, und die Leute zogen um. Aber diesmal hatte die Vésubie schon eine ganze Weile geschlummert. Die Bewohner erinnerten sich nicht mehr an die Gefahr. Sie haben sich eine größere und schönere Kirche gebaut, sie mit Farben geschmückt, die sehr teuer waren, denn sie sollten ja ewig halten. Und auf einmal – *zack*!«

Das Mädchen springt über das niedrige Gitter, das den Altarraum abtrennt.

»Es hat sie im Schlaf überrascht. Mitten in der Nacht ist der Berg mit einem Riesenhunger aufgewacht und hat sie verschlungen. Nur die, die links von der Kirche wohnten. Die anderen haben am Morgen die Augen aufgeschlagen und die verschüttete Dorfhälfte gesehen oder vielmehr nicht mehr gesehen. Sie war verschwunden. Vom Berg verdaut, so als hätte sie nie existiert. Natürlich haben die übrigen Bewohner den Ort schnell verlassen, bis auf zwei, drei Alte, die keine Lust mehr hatten, sich zu beeilen, und denen somit die Beerdigungskosten erspart bleiben würden. In der nächsten Nacht hat es sie erwischt. Dem Berg hat noch mal der Magen geknurrt. Er hat den Rest verschluckt. Die Dorfbewohner, die keine Bleibe mehr hatten, sind weiter nach unten gezogen und haben das Dorf dort neu aufgebaut. Noch mal. Aber diesmal haben sie nicht vergessen, dass sie ein Wanderdorf bleiben mussten, dass sie sich immer bewegen, in den Schluchten immer von einer zur anderen Seite tanzen mussten, um zu vermeiden, dass die Reißzähne des Berges sie wieder erwischten.«

Obwohl das Mädchen zu beiden Seiten seines Mundes mit den Fingern die Reißzähne des Berges andeutet, scheinen die beiden Frauen nicht sehr beeindruckt zu sein. Die Hässliche hat ihr nicht mal zugehört. Also legt sie ihre geheimnisvolle Aura ab, richtet sich auf und sagt mit blasierter Stimme:

»Ich war diejenige, die diesen Ort gefunden hat. Die anderen können sich nicht vorstellen, dass es unter ihren Füßen so einen Palast gibt, weil die anderen nämlich Feiglinge und nicht so mutig sind wie ich. Das hat Maman gesagt.«

Carmine, die echte Carmine, die, die mit diesem Namen von der Farbe rohen Fleisches geboren wurde, den sie sich nicht unrechtmäßig angeeignet hat, geht zu Egonia und schnuppert an ihr.

»Du, du bist wie meine Schwester. Du brauchst einen von meinen Schönheitssteinen.«

Im nächsten Moment verschwindet der Geist durch eine Freske. An seinem Hinterkopf bemerkt Félicité einen großen schwarzen Blutfleck.

»Die Kleine ist verschwunden. Angeblich um einen Stein für dich zu holen.«

»Für mich?«, sagt Egonia erstaunt.

Da Félicité lieber keine Einzelheiten preisgeben will, räuspert sie sich und ruft:

»Maman? Maman, ich bin's. Ich bin hergekommen, um dich zu besuchen.«

Ihre von den Spitzbögen multiplizierte Stimme hallt lange in der Kathedrale nach. Niemand antwortet. Der Strahl von Félicités Taschenlampe wandert über die neugierige Menschenmenge an den Wänden und wirft riesige Schatten auf die Sakristei.

Dann bückt sich Félicité und holt verschiedene phantofassbare Gegenstände aus ihrer Tasche.

»Hier. Verteil sie überall gut sichtbar.«

»Warum? So groß ist der Ort doch nicht, wir müssen sie nur suchen …«

»Wenn sie keine Lust hat, sich zu zeigen, kann ich noch so sehr hinter ihr her sein, dann schlüpft sie, bevor ich sie finde, durch die Wände. So ein Versteckspiel kann lange dauern, glaub mir. Die Toten langweilen sich und haben es nicht eilig.«

Jetzt liegen Tassen, Löffel, Spiegel, Kamm, Schmuck und Spieluhr auf den Bänken.

Nichts durchbricht die große Stille der Kirche. Niemand erscheint.

Mit ausgeknipsten Lampen ziehen sich die Schwestern in die Gänge zurück. Hinter den Pfeilern warten sie lange Minuten auf ein Geräusch, das jemandes Gegenwart verraten könnte. Sie schweigen und gedulden sich.

Klick. Félicité schaltet ihre Lampe wieder ein, nimmt ihre Tasche und kippt sie aus.

»Achtung, die Teekanne ...«

»Sie muss hier sein. Maman, bist du da? Sie ist ganz bestimmt da. Wir müssen nur herausfinden, wie wir sie aus ihrem Versteck locken können. Maman! Ich bin's, Félicité ...«

Hektisch wühlt sie in dem auf dem Boden ausgebreiteten Sammelsurium aus Kassenbons, Stiften und Münzen, von Tausenden gemalten Augen beobachtet. Aber sie hat kein einziges Lockmittel für Geister mehr.

Plötzlich ist unter dem Kirchengewölbe ein kurzer melodiöser Klang zu hören, drei Töne gleichzeitig, als würde ein dreistimmiger Chor einen harmonischen Schreckensruf ausstoßen.

Vorsichtig legt Egonia die Mundharmonika zurück, die sie auf dem Boden gefunden hat.

»Nein«, flüstert Félicité, »das ist es ... Nimm sie wieder ...«

»Was?«

»Das ist die Mundharmonika aus der Wüste, die, die ihren Schatten gerufen hat ... Blas noch mal rein.«

Die Hexe gehorcht erstaunt. Der Akkord pfeift zwischen ihren Lippen und schwillt an, erfüllt den Raum, wandert den Chorumgang entlang, klettert die Säulen hinauf, hoch bis zu den Kreuzungspunkten der Gewölbebögen, die das Licht nicht erreicht, und verstummt.

Aus einem mit der Dunkelheit verschmolzenen Beichtstuhl tritt ohne Eile der Geist ihrer Mutter.

Félicité greift nach Egonias Arm, die den Atem anhält. Alle Figuren auf den Fresken schlagen sich die Hände vor den Mund.

Es ist wirklich ihre Mutter, die da kommt, und doch ist sie es nicht ganz. Nicht die ganze Zeit. Ihr Geist zuckt und flackert, stottert wie eine zu häufig abgespielte Videokassette. In den Zuckungen blitzen zahllose Silhouetten auf, eine alte, faltige, verschrumpelte Carmine, die kleine Carine, die fast genauso aussieht wie ihre Schwester Carmen, mit abwesendem Blick und dem mumifizierten Leib einer Kriegerin, Caridad, die Göttin, und Caridad, die Sklavin, die Wimpern voller Sand, und Frauen, deren Namen Félicité nicht kennt, in der Kluft einer Jägerin, einer Schneiderin, einer Kellnerin, einer Schäferin, sogar eine, deren Gesicht dem verformten, auf der Leinwand zigmal übermalten Porträt ähnelt. All diese Frauen bewegen sich im gleichen Schritt in ein und demselben Geist, den sie miteinander teilen, ohne dass irgendein Zeichen ihres selbst herbeigeführten gewaltsamen Todes an ihnen zu erkennen wäre.

Ich habe mich oft gefragt, was ich an der Stelle der Zwillinge empfunden hätte. Nach so vielen Tagen, an denen ich in der Wüste und in den Bergen gesucht, hinter jeder Tür eine neue Maske entdeckt hätte, nachdem ich ein Loch ins Dach gerissen und es wieder repariert hätte, meinen Tee verloren und wiedergefunden hätte, mir ein Glasdach in den Nacken gefallen und alles wieder verheilt wäre und ich unterwegs etlichen Geistern begegnet wäre. Alles wegen einer Toten, die nun hier, endlich, wahrlich und wahrhaftig vor mir steht.

Also, ich habe wirklich keine Ahnung. Das ist so ein Moment, den man sich, glaube ich, nicht vorstellen kann, bevor man ihn nicht selbst erlebt hat. Oder man malt ihn sich aus, legt sich im Kopf große Reden zurecht, sieht sich von Gefühlen überrollt, stellt sich Szenen vor mit Herzklopfen und Kurzatmigkeit und Worten, die man nicht zu sagen wagt, und am Ende macht man doch etwas ganz anderes.

Mal abgesehen davon, dass es bei mir sowieso nur eine halbe Stunde dauern würde, bis ich meine Mutter gefunden hätte, da sie in Le Cannet wohnt. Na ja, sagen wir fünfunddreißig Minuten, weil ich ja noch parken muss.

Bei Egonia und Félicité ist es genauso. Auch sie haben sich Hunderte von Szenen ausgemalt, die alle ähnlich und alle ein bisschen anders aussehen. Und natürlich gleicht keine dem, was sich schließlich abspielt, als diese Frau näher kommt, die sie so wenig kennen.

Egonia spürt keine Wut in ihren Händen kribbeln. Félicité bricht nicht vor Erleichterung zusammen, rennt nicht auf ihre Mutter zu. Sie hat nicht mal Lust, um Verzeihung zu bitten. Vor allem vermeiden es beide, zur Zwillingsschwester zu schauen, um zu sehen, wie sie die Sache aufnimmt.

Die Schleuserin will zum Köfferchen greifen, aber Carmine und ihre Gefährtinnen schütteln den Kopf. Kein Tee.

»Komm, Maman, setzen wir uns hin. Ich muss dir ein paar Fragen stellen. Und ich möchte … Bitte, ich möchte, dass du sie beantwortest. Im Ernst.«

Diesmal nickt der Geist und lächelt traurig.

Félicité setzt sich auf eine Bank, ihre Schwester neben sie. Der Geist lässt sich auf der anderen Seite des Mittelgangs nieder. Zwischen den Lebenden und der Toten beleuchtet eine Taschenlampe weiter vorne Altar und Apsis. Überall an den Wänden und auf dem Retabel setzen sich die gemalten Figuren hin, um zu lauschen, die Ellbogen auf den Knien, das Kinn in den Händen.

»Stell ihr meine Frage«, flüstert Egonia. »Und sag mir dann, was sie dir geantwortet hat.«

Aber die auf Spukwesen spezialisierte Detektivin spürt, dass sie das nicht tun sollte. Nicht sofort. Und Carmines Tochter hat andere Sätze, die ihr zwischen den Zähnen knirschen, Hunderte von Fragen, die sich unter ihrem Gaumen drängeln und überschlagen. Aber keine hat den Mut herauszukommen.

Félicité blickt weiter starr zu den beiden Marienfiguren, die sie beobachten. Mittlerweile sitzen sie mit überkreuzten Beinen auf ihrem jeweiligen Sockel, immer noch mit einem auf die andere gerichteten anklagenden Finger. Schließlich spricht Félicité ihre Frage aus, die nur leise zwischen den Bänken zu hören ist:

»Warum hast du mir nichts gesagt?«

Da beginnt der Geist ihrer Mutter, der auch der von Dutzenden anderer Frauen ist, zu sprechen.

Sie spricht, und ihre Klangfülle ist die eines ganzen Chores,
eines Liedes für siebenundfünfzig Stimmen, die alle
im Gleichtakt atmen und
Luft holen.
Sie spricht, und Félicités
geflüstertes Echo
ist jetzt ihre Stimme für Egonia,

für diese Schwester, die unbedingt
Antworten braucht.

Es stimmt
Félicité
es stimmt wozu noch lügen
wir sind nicht unter dem Namen geboren der uns hat
sterben sehen

unser Geist ist nicht mehr Carine noch Carmine
noch Carmen
oder Caridad
wir sind weit mehr als die Summe
dieser Frauenstücke
die unter der Silbe eines einzigen Namens vereint
aufeinandertrafen

Cri – Schrei

Um zu verstehen muss man die Rinde entfernen
in den Stamm eindringen bis hinunter zu den
Wurzeln
den Baum der Geschichte erklimmen um seine sauren
Früchte zu essen

am Anfang
gab man unserer Schwester da sie als Erste kam
den Vornamen
Carmine
gewebt aus Zauber und Liedern und der Farbe der
Kirschen
uns warf man die Reste des inhaltsentleerten Namens vor

einen Namen mit
hohlem Klang

uns fehlte das *M* von Macht und Materie
von mahlen und malmen

von mögen
mit diesem *M* hätten wir sicher Gestalt und Gehalt
bekommen
den Geschmack die Beschaffenheit und den Duft der
Dinge gefunden

Carmine mit ihrem *M* hatte einen Extranamen
den sie uns nicht verriet
oder konnte sich ausdehnen ohne sich aufzulösen in
diesem Ozean
denn sie suchte in ihrem Spiegelbild nicht den Tag
in ihren Albträumen nicht die Nacht
ihre eigenen Konturen
die schützenden Ränder ihrer Seele
ihre Seele war wohlig geborgen
wie zugedeckt von mütterlicher Hand
während die Decke über unserer Seele
nur lose dalag
ein uferloser Sumpf
eine zerrissene Geigensaite

weil wir es vorzogen die Erlaubnis abzuwarten
unsere Rauheit zu glätten um zu gefallen
unseren Hunger zu unterdrücken unser
Magenknurren
im Zaum zu halten

wie Peter Pan der seinen Schatten wiederhaben
und ihn an seine Sohlen nähen will

Adélaïde fand uns unerträglich

Hände die nicht auf uns verweilten wenn sie uns
anzog
verdrehte Augen wegen unserer allzu braven Bilder
Schweigen als einzige Antwort auf unsere
Höflichkeiten
aufgeräumtes im Chaos wiedergefundenes Spielzeug
wir waren nur Carine und das war viel zu wenig
um die erdrückende Adélaïde Da Rocabiera zu
befriedigen
die mehr erwartete
doch nichts wirklich Genaues

wir hätten einen Weg gebraucht
und einen Spiegel ein Rezept ja irgendwas
das Schritt für Schritt uns hätte zeigen können wie
man lebt
statt dazustehen in dieser wirren haltlosen Existenz
in der wir uns alleine zeichnen mussten
die eigene Silhouette
ohne Modell und ohne Lehrer
und lernen mussten im endlosen Raum uns
abzugrenzen
von denen die man sein kann

manchen gelingt es ohne Halt sich zu entfalten
andere verlieren sich

wie weiß man wenn man erst drei Jahre alt ist
ob man am liebsten tanzen oder für die Tänzer
spielen will
ob man den Schlaf braucht
oder noch eine Geschichte
ob man beim Essen lachen oder schweigen soll
man weiß es nicht
man sagt etwas man mustert die Gesichter
um darin Falten oder Fülle zu erkennen
ein Lächeln einen Schmollmund
und so erzeugt man nach und nach
und Wunsch um Wunsch
eigene Dürste eigene Abscheu
so dass die Leute sagen
Das ist Carine wie ich sie kenne

unsere Mutter aber war nicht zu durchschauen
beobachtete von fern welchen Weg wir nahmen
in diesem weiten Land in dem sie uns
alleine ließ ohne Kompass und ohne Schilder
weil sie der Meinung war dass sie uns so
immense Freiheit schenkte

Carmine bedachte sie mit diesem stolzen Lächeln
das laut verkündete
Dies ist meine Tochter
diejenige die ungebremst die Winkel
ihrer Seele zu besetzen weiß
und gab mit diesem Lächeln ihr zumindest
die Gestalt
einer würdigen Tochter der Orakel-Amme
großartig unerschrocken außergewöhnlich frei

mit ihren Lachanfällen am Frühstückstisch
ihren Matschmalereien an den Wohnzimmerwänden
ihrem lauten rauen Gesang bis spät in die Nacht
ihren ruhigen Befehlen die man stets befolgte
ihren Schluchzern wegen zerbrochener Bäume
ihren Röcken die den Wind einfingen

wenn unten im Dorf jemand zu unseren Eltern sagte
deine Tochter ist hübsch
wusste jeder genau welche Tochter gemeint war
Nase Hände und Stimme alles war gleich
doch Carmine trug ihr *M* und ihr freies Wesen
wie ein Glühwürmchen zog sie eine leuchtende Spur
ihre Schwester aber suchte einen Extranamen
ohne in Carine einen anderen zu finden
als Craie wie Kreide und Racine wie Wurzel

das ist aus uns geworden
ein knirschendes Quietschen auf einer Schiefertafel
eine verborgene Knolle die nicht aus der Erde kommt

niemand will eine traurige Tochter
die nie etwas ohne Erlaubnis tut

wir haben so oft gelogen um Gnade
zu finden in den Augen der anderen
um uns zu verkleiden mit einer Haut
die ihnen gefallen könnte
so oft dass in uns das brennende Auge
eines Zyklons entstanden ist
bittere Galle die abends uns auf der Zunge lag
selbst wenn wir unseren Mund mit Seife auswuschen

uns die Finger in Türenspalten zerquetschten
um sie zu vertreiben
das Gift kam zurück

nichts ist schwerer zum Schweigen zu bringen als
dieser Hass
den man sich selbst entgegenbringt
der kriecht und durch die kleinsten Ritzen in einen
dringt

Carmine war ohne Hass
sie hatte Hunger auf alles sie liebte die Menschen
und vor allem sich selbst

wir schafften das nicht
niemand zeigte uns wie

also haben wir die Galle
da sie nicht weichen wollte
heruntergeschluckt
und mit dem Zyklon in eine Schatulle gesperrt
tief im Bauch wo sie keinen verletzen würde
ein Kästchen mit Spiegeln in dem wir
unsere verformte Seele wegschließen wollten

und weißt du
das Schlimmste war
dass wir glaubten man brauche
nur ohne Hass zu sein und einfach zu lügen

dann kam der Tag als wir sieben wurden
in Roquebillière im August

in dem kühlen Haus in dem unsere Mutter
die Kinder anderer Leute taufte
und unser Vater verstört
am Fenster stand in die Ferne blickte
und jedes Zweiglein unter Hirschrehhufen
knacken hörte

mein Reisig dagegen
das in meiner Lunge brannte und Funken sprühte
und das in meiner Leber glühte
das hat er nie bemerkt

um die Schar der Kinder abzuschütteln
ist Carmine oft entwischt hat die Gegend erkundet
hat immer versucht uns abzuhängen
hinter Bäume zu schlüpfen schneller zu laufen
um uns loszuwerden
trotz allem blieben wir Zwillingsschwestern
wir wussten immer wohin sie ging wo sie abbiegen
würde
ohne es vor ihr geahnt zu haben

sie ist zum alten Brunnen
bei den Olivenbäumen gelaufen
moosbewachsene Steine
durchlöcherter Eimer

Jubelschrei wildes Gehopse um die Ruine herum
rosige Wangen beschleunigter Atem
Carmine ist in den Eimer gestiegen und hat uns
befohlen
Lass mich hinab bis zum Grund

sie wollte sehen
wie es so ist wenn man die Welt
durch ein Lichtloch weit über sich betrachtet
sich die Seele aus dem Leib brüllt ohne gehört zu
werden

wir haben kurz gezögert

sie hat uns vorgeworfen
wir würden es nicht wagen würden nie etwas wagen
hätten vor allem Angst sogar vor unserem eigenen
Schatten
den es nicht gab
das war es warum Maman uns abends nicht zudecken
wollte
Carmine war ihr lieber
wie übrigens allen anderen auch
die leuchtende Carmine die keine Furcht besaß
vor allem nicht vor einem blöden Brunnen
Dort sollte man sie jetzt sofort runterlassen
sonst würde sie
mit Dornen ihre Haut zerkratzen und Maman
erzählen
dass man sie angegriffen habe
und wir uns nicht gerührt hätten vor Angst
und wegen unserer Feigheit würde sie völlig erstarren
von Kopf bis Fuß wie der Mann letztes Jahr
der in einen Nagel getreten war
sie hatte keine Angst zu lügen
es sei zu unserem Besten
endlich nur einmal die Schranken durchbrechen
uns daran erinnern wer wir waren

das Mädchen ohne Extranamen
das Mädchen der Orakel-Amme
das freieste Mädchen der ganzen Provence
keine angebundene Ziege

zu unserem Besten

hatte sie denn eine Ahnung
sie
was uns guttun würde
sie deren Singen mich nicht schlafen ließ
die ihren Matsch an die Wände meines Zimmers
schmieren
ihren Teller umkippen durchs Fenster flüchten durfte
und nie dafür eine Rüge bekam
schließlich war sie so schön durch ihr inneres Licht

was wusste sie schon von mir um mich Ziege zu
nennen
wir mussten Gift schlucken literweise
unsere eigene Galle fässerweise
Schachtel innen voller Risse Funken brennendes
Reisig
Erdbeben in den Händen

da hat Carmine gelacht
ein kleines mitleidiges Lachen

Windstoß

in der Schachtel zersprangen die Spiegel der Deckel
flog hoch

weit aufgerissenes Auge des Zyklons
plötzlich ganz wach vom Wutgewitter
aus der Kehle schoss Donnergrollen
aus unserem Körper heftiger Wind von Blitzen
durchzogen
die den Eimer in den sie gestiegen war zersplitterten

ihr Gesicht zum ersten Mal
von panischer Angst gezeichnet

so sterben die Kinder
die sich ihrer Macht zu sicher sind
im Sommer ihres siebten Jahres in einem Brunnen im
Gebirge

hat sie sich sofort das Genick gebrochen
hat sie um Hilfe gerufen bevor sie starb

dort wo sie war
konnte man sie nicht hören
wie es ja ihr Wunsch gewesen war
denn alles fügte sich immer ihren Wünschen

der Mond ging auf mit Wolfsgeheul
wir stiegen mit dem restlichen Seil hinab
in diese Kathedrale in der sie glaubte Königin zu sein

ein Abend
ein Morgen

man hat uns gefunden
es ging auf Mittag zu

ich lag ganz dicht bei ihr fast leblos
Papa hat uns zurück ins Haus getragen
unsere schweigende Mutter blieb beim Brunnen
und wartete darauf dass man die Leiche ihrer Tochter barg

Bett
Fieber
warme Brühe
glimmender Thymian

in diesen langen Tagen sprach Maman kein Wort
musterte uns ohne uns zu sehen
durch ihren Blick huschten Geister

dann hat sie sich erholt
hat ganz normal mit uns gesprochen

Carmine mein Schatz die Wintersonne
wartet allein auf dich um aufzugehen

wir dachten erst sie habe sich geirrt
einem bewusstlosen Körper gleicht nichts mehr
als der eines Zwillings
so hat man uns also zum Friedhof mitgenommen
um zu dem Grab zu gehen
auf dem geschrieben stand:
Carine

sonst nichts
ein Name
zwei Daten
nicht mal ein Epitaph

an diesem Ort ist uns die Wahrheit klargeworden
Maman möchte am liebsten dass Carine die Tote ist
und dass Carmine am Leben bleibt
sie hat beschlossen es zu glauben
irrtümlich oder ganz bewusst
sie schuf sich diese Welt in der das Leben
auszuhalten ist
und Papa der sie liebte widersprach ihr nicht
die große Adélaïde sollte man nicht bekümmern
man braucht sie doch in der Provence
um Neugeborene mit Schatten zu versorgen
damit es nicht noch weitere solch heimlicher
Tragödien gibt
von Kindern ohne Extranamen
die sich in Unwetter verwandeln

wir haben nicht die Maske von Carmine getragen
uns keine Haut über den Leib gezogen
wir wurden Carmines Eingeweide und ihr Name
ihr *M* und ihr Gedächtnis
ihr Wahnsinn ihre Schönheit

wir wurden zu Carmine

Unwetter und Gehässigkeit erreichten uns nicht mehr
man schmeichelte uns endlich
unser Gesicht fanden die Leute endlich hübsch

doch unten in der Schachtel wehrte sich Carine
so mussten wir zuweilen
mitten in einer Unterhaltung
rasch diesen Schatten aus unserem Blick verscheuchen

den Schatten dieses Mädchens das wir nicht mehr
waren
den Zorn einsperren der hervorzubrechen drohte

da haben die kleinen Kinder
die so scharfsinnig und grausam sind
im Wohnzimmer mit seinen vielen Spiegeln
verwundert protestiert
sie seien wegen Carmine gekommen
Carine kann Artischocken nicht in Zepter
verwandeln
den Platz unter dem Tisch nicht in ein Schloss
der Steinmetz hat sich geirrt auf dem Grab fehlt ein
M
oder es wurde das falsche Mädchen beerdigt
sie haben ihr Spielzeug in andere Häuser getragen
ihre Spiegelbilder haben unser Wohnzimmer verlassen
Papa wollte nicht dass unsere Mutter begreift
die grausame Wahrheit hätte sie zerrissen

ein ferner Cousin in Spanien fiel ihm ein
der in der Wüste lebte
dort könnte man
zumindest
die Fragen
laut hinausschreien
die Hitze würde sie ersticken
bevor sie in den Zug einsteigen könnten

nach Andalusien hat er einen Brief geschickt
und hat ohne die Antwort abzuwarten
auch uns dorthingeschickt

ein Jahr nach dem Tod unserer Schwester
verließen wir Nizza in einer Kutsche
saßen zwischen dicken Männern mit strengem
Geruch
kehrten in Herbergen ein
in denen ein achtjähriges Mädchen
nicht allein schlafen sollte
auf dieser Reise die uns von unserem eigenen Grab
entfernte

Carine ist wieder aufgewacht
der Käfig in uns konnte ihre Verzweiflung
und ihr Bedürfnis nach Verankerung nicht bändigen
dumpfe Schläge gegen ihre Gitterstäbe

eine andere Gefängniswärterin kam uns zu Hilfe
ernster
weiser
geboren auf dem Weg nach Spanien
sie trug den Namen
Carmen
in Andalusien hat sie Carmine abgelöst
um Carine in uns zu zügeln
um die Reise zu beenden
die Wüste zu durchqueren
zum Schloss zu gelangen das man uns versprochen
hatte

die Krieger ohne Erinnerung haben uns rekrutiert
und um den Krieg zu überstehen
um dem Vergessen zu entgehen
um das Dasein als Göttin und die Ketten

der Sklaverei zu überleben
haben wir eine neue Kraft beschworen
Caridad
geboren zwischen Schüssen und glühender Hitze
ihr Schatten nahm die Größe unserer neuen
Konturen an
monströses Götzenbild
gefangene Gottheit
fast schon unsterblich

nach unserer Flucht hat auf dem Mont Bégo
Carmine dieses Drei-Königinnen-Reich beansprucht
Carmen und Caridad hat sie beauftragt die
Spiegelschachtel
zu verhüllen mit einem dichten schwarzen Tuch
wie man den Käfig eines Vogels abdeckt
um diesem vorzugaukeln es sei Nacht
zum Schlafen ihn zu zwingen seine Schreie zu
ersticken

bei Vera und Gabriel
glaubten wir Schlaf und Frieden zu finden
beschimpft und verjagt aus Bégoumas kehrten wir
dennoch
ohne Zorn zurück um in der Wüste zu herrschen

Großmutter nannten uns die Töchter unserer Tochter
wir aber sahen immer noch wie zwanzig aus

unsere Schönheit war keine bloße Laune
sie ragte wie ein Bollwerk auf
rings um Carine

war Sperre und Schlüssel ihres Käfigs
jetzt würde niemand mehr sagen wir seien
unscheinbar

dieser Körper zementierte unsere Schatten
und unsere allzu wechselhaften Namen
ein immer gleiches immer glattes Spiegelbild
ganz ohne Falten noch Verwüstungen
und außer diesem einen Bild
blieb jetzt von uns
nur eine Wolke verstreuter Seelenfragmente

vierzig Jahre Provence
vierzig Jahre Wüste

je näher unser siebenundachtzigster Geburtstag kam
umso hartnäckiger verfolgte uns
jene Erinnerung an einen Brunnen
an ein zerrissenes Seil
an einen alten Albtraum
von vor acht Jahrzehnten

unsere Füße haben Veras Oase und ihre Blumen
verlassen
sind schwarze Flüsse Straßen Klippen entlanggelaufen
über Kieselsteine und Sand
um etwas gealtert
endlich anzukommen
am Grab auf dem Carine geschrieben stand

gestorben
der Beweis dort auf dem Stein

gestorben mit ihren Albträumen und Erinnerungen
ihrer Wut und Boshaftigkeit
ihrem erloschenen für immer kindlichen Gesicht

wir haben uns von ihr abgewandt

dem Grabstein gegenüber an der großen Mauer
stand eine neue Inschrift
Namen die wir verschwiegen seit achtzig Jahren
Adélaïde und Zacario
So sind sie also
tot
war unser einziger Gedanke
über die nie geliebten
nie gekannten Eltern

ein zweiter Grabstein rief uns zu sich
ein Felsen nur im Tal der Wunder mit einer Gravur
für unseren Gabriel
wir nahmen Zuflucht in der Schäferei

euer Vater geht ihr kommt zur Welt ich muss
euch einen Namen geben
knapp und kurz und je einen Extranamen
für beide einen klaren erkennbaren Rahmen
ohne die Tiefen in denen Geister sich verlieren
und in viele einzelne zerfallen

die Erstgeborene bekam den Namen der uns
glücklich machen würde
dazu den Extranamen Clé wie Schlüssel denn sie
sollte bleiben

schade
sie ist gegangen um zwischen den Welten Türen zu öffnen

und du
die nicht hätte geboren werden dürfen
dir gab ich einen Extranamen der dein Ego leugnen
würde
und einen Todesnamen um Carine erneut zu sagen
dass diese Welt kein zweites Mal Zwillinge will
schade
dass deine beiden Namen sich verdrehten
dass deine Blumen todbringend waren
und du die Schlafende geweckt hast

dein Gesicht dem unseren so ähnlich
mit einem einzigen Zahn im Mund
unser entstelltes Spiegelbild
und deine Gabe das verfrühte Altern
aller Dinge zu enthüllen
durch dich ist alles wieder aufgelebt was zwischen
unseren Hängen kroch
und sie erklimmen wollte

der Kratzer an unserem Porträt
der Ruf nach der Gefangenen in der Tiefe
unserer zerbrochenen Person
zwei in die Tage unserer Panzerung hineingestoßene
Pfeile

nun regte sich Carine verlangte frei zu sein
sie brauchte eine feste Hülle um nicht alles zu
verwüsten

aber glaub uns
Nanie
bei jedem dieser Wutausbrüche
gaben Carmine Carmen und Caridad sich größte Mühe
Carine und ihre ungestümen Blitze in Schach zu
halten

ich hab dich lieber ignoriert
solang es dich nicht gab gab es auch nicht Carine
wenn du nicht redetest konnte sie dich nicht hören
wenn sie nicht hörte weckte nichts sie auf

und dann in jener Nacht
genau sechzehn Jahre später
in der Nacht in der Félicité unseren Blicken
ihr weißes Haar aufzwingt
der Nacht in der dein schwarzes Insekt eindringt und
uns verfolgt
wie die Hässlichkeit
wie das Alter
wie zerbröselnde Haut
als es sich auf uns niederlässt als dieser Körper
unversehens
dieser vertraute feste Körper plötzlich
wie Staub so dünn wird und verwelkt
sichtbare Adern auf den Händen
Flecken auf Wangen und Lippen aus Pergament
Furchen Streifen Kratzer auf der Haut
trockenes Haar das weiß geworden ist
als unser Spiegelbild uns fremd wird
ist es nicht unsere Eitelkeit die sich beklagt
vielmehr wird unser Panzer rissig

unsere Hülle zerreißt
der Kitt verflüchtigt sich unsere Teile fallen
auseinander

der Kratzer an unserem Porträt
der Ruf nach der Gefangenen in der Tiefe
unserer zerbrochenen Person
zwei in die Tage unserer Panzerung hineingestoßene
Pfeile

es blutet aus einem verstümmelten Körper
unsere verwelkte Schönheit hat Namen geblutet
die man für tot gehalten hat

unser Orkan in jener Nacht hat die Felder verwüstet
den Wald das Dorf und alle Bewohner vertrieben

nach dem Sturm haben
Carmine Carmen und Caridad die Schachtel repariert
den Schleier wieder genäht
Carine tiefer weggesperrt
und viele andere Namen zu Hilfe gerufen

dann eines Morgens nachdem der Drache
dreißig Jahre in seiner Höhle geschlummert hat
schießt uns Félicité drei Pfeile in den Nacken
Spiegel mit dem Bild eines Klappergestells
vergessenes Porträt auf seiner alten Leinwand
brutale Erinnerung an die Zwillingsschwester

ein Kratzer
Verwirrung

die Gefangene befreit
zerbrochen die Rüstung

Im Gefängnis saß Carine so lange schon
ausbrechen würde ein Zyklon
das ganze Tal würde überschwemmt
Kinder würden im Schlamm versinken
alte Leute im Schlaf überrascht und ertrinken
die Erdmassen würden auch wilde Tiere
bis zum Meer fortspülen ganze Orte verschütten
Saint-Martin-Vésubie Lantosque Venanson
La Bollène-Vésubie Utelle
Levens Roquebillière
Nizza
seine Urlauber seine Arbeiter seine Bettler
seine Milliardäre seine Geister
seine Säufer seine Gendarmen
seine russischen Models und Eisverkäufer
seine Jogger um fünf Uhr morgens
seine Friedhofszikaden seine dösenden Schüler
seine Straßenfeger und Segelbootmaler
seine Schiffe im Hafen
und dich

warum dann nicht gleich sterben
nach diesem viel zu langen Leben

denn du Félicité
mit dir zusammen waren wir
wirklich und wahrhaftig Carmine
der beste Teil unserer selbst
wir wollten nur diese Schäferin

aus Bégoumas dir schenken und sonst nichts
keine Lüge
wenn wir gemeinsam unser Haar
uns färbten oder zusammen lasen
war nichts anderes so wahr

du musst uns glauben
deine Mutter
das war Carmine
und diese Wahrheit Félicité
braucht keinen Tee

Die beiden weißen Statuen haben die Arme sinken lassen. Der Mund der einen, die lautlos gebrüllt hat, hat wieder Frieden gefunden. Die durchbohrten Füße der anderen bluten nicht mehr.

Der Geist flackert immer schwächer und nimmt bald die stabile Form eines Mädchens an.

Man könnte ihn für den Geist der kleinen Carmine halten, der eine Ewigkeit aus Müdigkeit und Ängsten hinter sich hat. Das Gesicht ist dasselbe, aber es hat Ringe unter den Augen, der Blick ist flehend, die Schultern sind gekrümmt. Mehr noch als Carmine ähnelt er Nanie. Bei seinem Anblick denkt Félicité wieder an die in ihrem Kleiderschrank eingesperrte Großmutter. Ein viel zu sanftes Ende. Sie hat so große Verwüstung angerichtet. Hat mit ihrer galoppierenden Eitelkeit so viele Schicksale zertreten.

»Sicher hätte auch Adélaïde Ihnen eine Menge zu erzählen«, habe ich zu Félicité gesagt. »Eine Geschichte unter ihrem Puder und ihrem Seidenkleid. Mit ausreichend Tee, damit sie tief in ihr jahrhundertealtes Gedächtnis zurückblicken kann, könnten Sie …« Aber Félicité hat mir kategorisch das Wort abgeschnitten: »Nein. Ich will keine Erklärungen. Ich will sie nicht entschuldigen.«

»Ich verstehe Sie«, habe ich geantwortet. »Ich bin nicht einverstanden, aber ich verstehe Sie.«

Die auf den Monolog von Cri folgende Stille zieht sich.

Egonia schaut auf ihre behandschuhten Hände. Sie hat eine Antwort bekommen, die sie nicht erwartet hatte. Was genau hatte sie denn erwartet? Keine Ahnung. In ihrer Erinnerung hatte Carmine immer etwas Albtraumhaftes. Eine Mutter, der man sich von hinten nähert und die, wenn sie sich umdreht, rote Augen und spitze Zähne hat. Während ihre Schwester ihr die Geschichte der Mutter erzählt hat, hat sie allerdings zwei- oder dreimal gespürt, wie ihr Hexenherz, das sie für so vertrocknet hielt wie morsches Holz, weich geworden ist.

In der von Feierlichkeit und Cris Erinnerungen erfüllten Kathedrale sagt sie mit gedämpfter Stimme:

»Und ich dachte, ich hätte eine beschissene Kindheit gehabt.«

Spontan lacht Félicité neben ihr auf. Sie schlägt sich eine Hand vor den Mund. Dann befreit sich ihr Lachen, ein kindliches Glucksen, das wie ein Kuckucksflug widerhallt und dessen Echo sich bis hoch in die Kuppel mit Egonias Kichern mischt, so dass im Dunkeln beides wie die von einer schlecht gestimmten Orgel gespielte Melodie klingt. Félicité schüttelt sich dermaßen vor Lachen, dass sie sich auf der vorderen Bank aufstützen muss, dass ihr die Tränen über die Wangen laufen, sie in dem Sammelsurium aus ihrer umgestülpten Tasche nach einem Taschentuch suchen muss und sogar die nackten, bis zur Taille in die Lavaströme der Hölle eingesunkenen Figuren ansteckt und zum Lächeln bringt.

Nur Carines Geist schaut etwas beleidigt zum Altar und wartet darauf, dass die allgemeine Heiterkeit sich legt. Seine kleinen Beine baumeln unter der Bank.

Jetzt sind die Taschenlampen fast nicht mehr nötig: Félicités Lachen und dessen hundertfaches Echo haben alles erleuchtet. Seufzend wischt sie sich die Wangen trocken.

»Ich will«, sagt der Geist, die wieder eingekehrte Ruhe nutzend, »dass du mich hinüberschleust.«

Félicité steht noch das Lächeln im Gesicht, aber sie lacht nicht mehr. Dieses Timbre. Sie würde es inmitten einer kreischenden Menge wiedererkennen. Sie hat es zu oft gehört, um sich nicht daran zu erinnern. Im Flur auf dem Holzparkett sitzend, das Telefon gegen den Bauch gepresst, hat sie eine ganze Nacht lang diese Stimme gehört.

Der abgebrochene Satz kam also nicht von ihrer Mutter. Er gehörte diesem kleinen Mädchen mit den schweren Lidern, den reglosen Fingern.

»Und was wolltest du mir im Augenblick des Todes sagen?«

»Nichts. Ich habe zu Nanie gesprochen.«

An der Wand lässt der geflügelte Postbote seine Ladung Goldbarren fallen. Der Unterkiefer des Skeletts löst sich von seinem Schädel.

Félicité begnügt sich damit, ihre Spucke herunterzuschlucken. Dann dreht sie sich langsam zu ihrer Schwester und leitet die Botschaft an sie weiter.

Egonia würde sich am liebsten unter dem runzeligen Holz der Bank verkriechen. Sie will diese letzten Worte nicht. Die stehen Félicité zu. Sie hat das Gefühl, sie ihr wegzunehmen.

»Du musst nicht.«

Lautlos bewegen sich die gemalten Münder an den Kirchenwänden; Bettler und Königinnen flüstern einander Fragen zu. Vielleicht wird die Schleuserin diesen Geist für sich behalten. Vielleicht werden sie zwischen den Mauern bald eine neue Gefährtin haben. Eine graue Frau, die nichts sagen und jeden Dienstag wiederkommen und in den Brunnen hinabsteigen wird, so wie sie auf den Berg gestiegen ist, und die versuchen wird, ihre Mutter zu erwischen zwischen all den Namen, die sie trägt.

Egonia gehen die gemeinsamen Fragen durch den Kopf. Sie wäre Félicité nicht böse. Könnte sie selbst in ihrem Keller eine Dosis unterirdische Mütterlichkeit aufbewahren, stets verfügbar für den Fall eines Mangels, würde sie nicht darauf verzichten.

Aber Félicité zögert nicht. Schließlich und obwohl die letzten Monate sie zwei, drei Dinge gelehrt haben, enttäuscht sie andere noch immer nicht gern.

Sie wird nicht zulassen, dass ihre Mutter bis in alle Ewigkeit die Gefängniswärterin eines Kindes bleibt, das sie nicht mehr sein wollte. Eine Mauerschönheit, mit deren Hilfe Riegel getarnt werden, die jeden Moment aufspringen könnten, Teil eines Ganzen, ein schlecht unterdrückter Schrei. Im Grunde eine zerbrochene Teekanne, eine von zu vielen Rissen durchzogene Kintsugifrau.

Sie wird diesen Geist hinüberschleusen und wieder in eine farbige Welt hinaufsteigen. Eine Welt, in der es geheime Kirchen zu entdecken, neue Tees zu probieren und Sonntage voller Weiß und Blau gibt. Cri wird ohne Unwetter, ohne Getöse verschwinden. Nach einer Existenz als Riesin, die Blitze und Brände verteilte, werden Carmine und ihre Gäste verblassen, so wie eine ausgepustete Flamme erlischt.

Zum Glück sind Félicités Augen noch feucht von ihrem Lachanfall.

Die beiden Marienfiguren steigen von ihren Sockeln und verschränken in der Mitte des Chorraums ihre Finger. Als Carine spricht, ist ihre Stimme jung, klingt aber wie die einer uralten Frau.

Ich bin's
Carine
die dich mit Blitzen durchbohrt

mit Orkanen gegeißelt hat
Carine das siebenjährige Mädchen
dem du so ähnlich sahst
hätten Carmine und Carmen Caridad und all die
anderen
eine Möglichkeit gefunden mich zu lieben
hätten sie auch dich lieben können
jetzt ist es zu spät
sie haben mich fast erreicht dies ist mein letzter
Augenblick
ich nutze ihn um dir zu sagen bevor sie mich
ermorden:
erlaube nicht dass sie dich einsperren.
Lass nie wieder zu
dass die Erinnerung an Carmine
dich hinter Schloss und Riegel bringt.

BERICHT VOM 1. JUNI 2005

Sehr geehrte Frau Direktorin des Archivs des Departements Alpes-Maritimes,

ich habe die Ehre, Ihnen den Bericht über die Gründe für den Auszug der Bewohner aus dem Dorf Bégoumas zu übergeben, mit dem mich Ihre Vorgängerin in einem Schreiben vom 1. April 2003, meinem ersten Tag als Mitarbeiter des Archivs, beauftragt hatte.

Seit die einstige Direktorin aus dem Amt geschieden ist, hat sich noch niemand bei mir nach dem Stand des Berichts erkundigt, daher weiß ich gar nicht, ob er noch jemanden interessiert. Auf jeden Fall habe ich ihn trotzdem fertiggestellt, zumal ich ihn Félicité schuldete, von der ich alles oder fast alles erfahren habe.

Ich möchte Sie nur darauf hinweisen, dass niemand im Team Zeit hatte, den Bericht zu korrigieren. Ich musste allein mit meinen Notizen und den Aufnahmen meiner Gespräche und auch mit meinen Erinnerungen klarkommen, denn ich gestehe, dass ich mich manchmal so sehr habe mitreißen lassen von dem, was mir erzählt wurde, dass ich vergessen habe, auf die Taste des Diktiergeräts zu drücken. Oder aber die Batterie war leer. (Bei dieser Gelegenheit möchte ich Ihnen mitteilen, dass das Diktiergerät der Abteilung inzwischen seinen Geist aufgegeben hat und wir ein neues bräuchten).

*Wie Sie feststellen werden, habe ich viele ehemalige Bewohner
von Bégoumas getroffen. Aber keiner von ihnen hat besonders
begeistert auf meine Fragen reagiert. Ich habe vor allem ein
paar Pfeffermühlen abgekriegt und obendrein ein paar inter-
essante Schimpfwörter, die Sie im Anhang 2.4. dieses Berichts
in einem Glossar finden werden. Trotz allem habe ich diese
Arbeit abgeschlossen, und die neuen Mitarbeiterinnen können
mir dankbar sein, dass sie keine unerwünschten Attacken mit
Pfeffermühlen oder irgendwelchen anderen stumpfen Gegenständen mehr zu befürchten brauchen.*

*Immerhin ist es mir gelungen, die Fakten zusammenzutragen,
die in diesen Bericht eingegangen sind. Hier eine kurze Zusam-
menfassung:*

*In der Nacht vom 15. auf den 16. August 1956 verlassen sämtliche
Einwohner das bis zu diesem Zeitpunkt florierende Dorf Bégoumas, die einzige bewohnte Siedlung im Tal der Wunder. Der
Wetterdienst des Departements registriert in dieser Nacht weder ein Erdbeben noch ein Unwetter. Dennoch ist das Dorf am
16. August völlig verwüstet: eingestürzte Mauern, zersprungene
Fensterscheiben, entwurzelte und auf Dächer gestürzte Lärchen.*

*Meine Ermittlungen haben ergeben, dass offenbar eine Abfolge
von Ereignissen, die in ein und derselben Nacht stattfanden,
zur Flucht der Dorfbewohner geführt hat:
der Tod eines jungen Mädchens, das von einem menschenfres-
senden Jungen verschlungen wurde;
ein auf die Schäferei niedergegangener Blitz;
ein stürmischer Wind, der Dachziegel und Pflastersteine löste
sowie Bäume im Wald entwurzelte und auf die Häuser stürzen
ließ;*

ein von Blitzen begleiteter schwarzer Dunst, der durch die Stra-
ßen und unter den Türen hindurch in die Häuser zog;
ein totaler Stromausfall, worauf die Dunkelheit die allgemeine
Panik weiter angeheizt hat;
ein ohrenbetäubender Donner, der durch die Kamine in die
Häuser drang;
eine Detonation im Wald, der die wilden Tiere aufscheuchte,
die darauf den Schutz der Bäume verließen und ins Dorf ein-
fielen

Ich hoffe, die Einzelheiten in meinem Bericht werden Ihnen
nützlich erscheinen. Denn soweit ich weiß, bildet das rätselhafte
Verlassen des Dorfes Bégoumas eine enorme Lücke in unserem
Archiv, was Ihrer Vorgängerin sehr missfallen hat. Deshalb wer-
den Sie meinen Bericht vielleicht mit Interesse lesen und froh
sein, endlich über ein wohlgeordnetes, lückenloses Archiv zu
verfügen.

Mit freundlichen Grüßen …

Also, den Rest lese ich Ihnen jetzt nicht vor. Hier, nehmen
Sie ihn, ich habe mehrere Kopien davon zu Hause. So haben
Sie ein Souvenir.

Von der Explosion der Hexe im Wald, die noch zum
Wutgewitter ihrer Mutter hinzukam und bei der sie ihren
Maulkorb endgültig verbrannt und die Tiere ins Dorf gejagt hat, habe ich erst viel später bei meinen Befragungen
erfahren. Deshalb habe ich sie noch per Hand der Version
angefügt, die Sie vor Augen haben. Das ist noch gar nicht
so lange her. Bis zu Félicités Tod hat Egonia sich geweigert
zuzugeben, dass sie damals an der Katastrophe beteiligt gewesen ist.

Meiner Meinung nach wären die Leute aber auch ohne Egonia Hals über Kopf geflohen. Jetzt wissen Sie, warum sie nicht mit mir sprechen wollten. Die anderen verlassenen Dörfer, Rocca Sparvièra, Tournefort, die hat die Pest heimgesucht und ein Jahrhundert später eine Überschwemmung und noch mal hundert Jahre später eine Hungersnot. Auf dem Mont Bégo dagegen haben die Leute in nur einer halben Stunde viel Schlimmeres erlebt.

Was soll man nach so einem Ereignis auch anderes tun als schweigen, versuchen, in Vergessenheit zu geraten, und Kerzen anzünden, in der Hoffnung, dass die Verwünschungen nicht die neue Adresse ausfindig machen?

Vor allem hatte ich ja auch keine Kuriosi-Tees, um den Leuten zu helfen, offen zu sprechen. Ich hatte gerade erst angefangen, im Archiv zu arbeiten – nicht im schönen Gemeindearchiv im Marmorpalast, sondern im Departement-Archiv. In dem modernen Gebäude in der Nähe der Autobahn. Hässlich, aber komfortabler als der alte Palast, in dem die Farbe abbröckelt und im Dezember durch den kleinsten Spalt die Heizungsluft entweicht.

Und wo ja auch Marine war. Marine, wegen der man gern im Winter bibberte und im Sommer erstickte. Sie starb, kurz nachdem ich im Archiv angefangen hatte. Ich hatte also nie die Gelegenheit, sie wirklich kennenzulernen, das bedaure ich.

Ich war gerade dreiundfünfzig geworden. Dieser neue Posten war ein bisschen mein Vorruhestandsgeschenk nach dreißig Jahren Stadtverwaltung. Deshalb habe ich, als ich den Auftrag bekam, diesen Bericht zu verfassen, nicht sofort kapiert, dass das Geschenk unter seiner Verpackung nach Gift roch.

Nach mehreren Monaten Erfolglosigkeit und ein paar

Narben habe ich mich schließlich an Félicité gewandt. Sie hat sich bei mir immer mit phantofassbaren Objekten versorgt. Da bin ich auf die Idee gekommen, dass sie mit ihrer Befragung der Toten vielleicht mehr Glück hätte als ich bei den Lebenden. Außerdem hatte Mireille mir gerade offenbart, dass sie in Bégoumas geboren war.

Als ich sie gefragt habe, ob sie mir helfen könnte, hat sie gelacht.

»Zufällig kann ich das. Aber die Geister nicht. Nicht bei dieser Geschichte. Setz dich hin, ich werde dir alles erzählen. Soll ich dir eine Tasse Tee servieren?«

DER LETZTE BRIEF

Das Grab des Kindes ist das mit den meisten Blumen auf dem ganzen Hügel. Unter den blutergussfarbenen Blütenblättern ist es aber auch das kargste. Ein Name, zwei Zahlen, alles fast verblichen.

CARINE

1850 – 1857

Ein paar Wochen nach ihrem gemeinsamen Abstieg in den Brunnen hat Félicité einen Anruf bekommen. Marine hatte soeben die Erlaubnis erhalten, das versiegelte Dokument einzusehen. Seltsam. Normalerweise unterschrieb der Küstenhai so etwas Unbedeutendes nie. Das Fax kam mit folgender Notiz:

Mit aufrichtigem Dank
der Präsident des Regionalrats
von Provence-Alpes-Côte d'Azur

In der Kiste, die Marine behutsam geöffnet hat, lag nur ein schlichtes Blatt Papier. Darauf war das Geburtsdatum von Carine und, in einer anderen Schrift, ihr Todestag sowie die Grabstelle genau gegenüber der ihrer Eltern angegeben. Zacario hatte vermutlich allen Einfluss der Orakel-Amme genutzt, um sicherzustellen, dass diese Seite unter Verschluss blieb, fern von den Blicken und dem Gedächtnis von Adélaïde.

Die Zwillinge verlassen den Friedhof und steigen über die schattige Treppe den Hügel hinunter. Am Ausgang hat die Hexe irgendwelche Zufallszahlen gerufen, um den Friedhofswärter zu ärgern, der mit dem Ausfüllen seiner Sudoku-Kästchen beschäftigt war.

Félicité holt einen Schlüsselbund aus ihrer Tasche und gibt ihn Egonia. Sie wird morgen nach Bangkok fliegen, um dort einen neuen Teebauern zu treffen.

»Die thailändischen Tees sind gut für die Lebenden geeignet. Aber was wir brauchen, sind Kuriosi-Tees. Du musst Marine Bescheid sagen: Die Toten fangen an zu meckern. Vor allem die Gräfin.«

»Angèle-Victoire und meckern? Unmöglich.«

Auf dem Cours Saleya genießen einige Nizzaer auf den Terrassen der Cafés die Sonne, bevor die ersten Apriltouristen sie ihnen wegnehmen. Der Palais Caïs de Pierlas sieht immer noch aus wie eine verwelkte Butterblume. Nur das Erdgeschoss hat sich verändert. Über die Fassade zieht sich ein Wort, dessen Buchstaben aus seltsamen Blumen geformt sind:

FÉLICITHÉ

Zur Debatte stand dieser Name oder *Thégonia*. Zum Glück haben die Schwestern die Spielkarten über den Namen des Teesalons entscheiden lassen.

In der dunklen, kühlen Eingangshalle des Hauses öffnet Félicité die Briefkästen und reicht ihrer Zwillingsschwester einen mit ihrem Vornamen beschrifteten Umschlag. Dann steigen sie die Treppe hinauf. Der Fahrstuhl funktioniert nicht.

452

Der Brief kommt aus Spanien. Es ist noch nicht der letzte; an diesem Frühlingstag liegen vor Egonia noch viele Jahre, die sie mit dieser anderen Schwester verbringen könnte. Doch mit ihren Besuchen hat sie schon nach kurzer Zeit aufgehört, da die Bahnlinie stillgelegt wurde. Sie wissen ja, wie das so läuft. Züge, die nirgendwo ankommen, lässt man nicht mehr fahren. Gleise, die mitten in die Wüste führen, sind unbeliebt.

Also haben sie sich geschrieben. Das kann ich Ihnen aus erster Hand bestätigen, da es meine eigene war, die Egonias Diktate aufs Briefpapier gebracht hat. Jeden Monat ein empfangener Brief, eine abgeschickte Antwort. Ein langsames Gespräch voller Schweigen zwischen zwei Frauen, die Zeit dafür hatten.

Der allerletzte lag eines Morgens zwischen Empfangsbestätigungen, Rechnungen und Supermarktwerbung in der Post. Ein kleiner, von Feuchtigkeit gewellter Umschlag, auf dem die Tinte verwischt war. Veras Hand hatte geschrieben:

Es ist so weit, Schwester, der Augenblick ist gekommen. Alle Nachbarn sind gegangen. Es gibt kein Wüstenvolk mehr, das auf meinen Regen hofft. Mach dich nicht auf die Suche nach meinem Geist, es wird keinen geben.

Und im PS:

Die Welt braucht deine Blumen, Egonia.
Lass deine Blumen nicht verwelken.
Deine Blumen sind notwendig, damit die Welt sich an die Schönheit und die Gefahr erinnert und an das, was kommt.

TEE, GEISTER UND DIE NACHT

Es dämmert bereits, der Salon wird schließen. Falls es sie tröstet, ich habe auch keine Lust zu gehen.

Zwei Jahre lang habe ich Félicité zugehört. Genau da, in dem Sessel, in dem Sie sitzen. Im Gegenzug habe ich den Vorkoster für die Teesorten gemacht, die sie aus Asien mitgebracht hat.

Hier zu sein bei Egonia, zwischen den Teekannen und den Geistern, umgeben von grün und rötlich duftenden Dämpfen, ist ein bisschen so, als säße ich wieder mit Félicité zusammen.

Auch nachdem ich den Bericht abgeliefert hatte, bin ich weiterhin hierhergekommen. So oft wie möglich.

An diesem Ort habe ich etwas anderes gefunden als Informationen für ein hübsches Dokument, mit dem man im Archiv eine Lücke füllen konnte. Ich habe Lack und Goldpuder bekommen. Bruchstücke von Geschichten, Harz, um sie zu reparieren, und geübte Handgriffe, die auch mich wiederum repariert haben.

Ich habe Félicité so viele phantofassbare Gegenstände geschenkt, dass die Gräfin da oben schon gar nicht mehr weiß, was sie damit anfangen soll. Auch der Teesalon ist voll davon. Selbst wenn ein Geist auf die Idee käme, die Glühbirnen aus den Lampen zu schrauben, wäre das kein Problem.

Ich wollte mich bei ihr bedanken, wissen Sie. Denn ich kann zwar gut über andere reden, aber wenn es um mich geht, weiß ich nicht wie. Da finde ich nicht die richtigen Worte.

Ich hätte ihr gern erklärt, was es mir bedeutet hat, dass sie ausgerechnet mir ihre Kintsugi-Geschichte erzählt hat. Dass sie aus dem schmuddeligen Jungen im Hintergrund einen Erzähler gemacht hat.

Ich hatte keine Zeit, die passenden Worte zu finden. Letztes Jahr ist Félicité verstummt.

An dem Tag hielt sie im vierten Stock des Palais Caïs de Pierlas eine dampfende Teetasse zwischen den Fingern. Ihre Hände waren faltig, sie trug ein Kleid aus silbriger Wolle, und um ihre Schultern lag ein von Marine gestrickter Schal. Egonia saß neben ihr auf dem Sofa und las in einem Märchenbuch. Sie bewegte die Lippen und stockte fast an keiner Stelle. Der Geist der Gräfin döste unter der Teekannenherde.

Möwen zogen ihre Kreise im Regen, der auf das Glasdach fiel. In der Ferne, hinter den feuchten Dächern von Nizza, verschmolzen Meer und Wolken mit den Strandkieseln. Und noch weiter weg, jenseits der Straßen und Ruinen, unter einem Himmel ohne Sturm, brachte die tiefe Erde des Tals der Wunder neue Kuriosi-Teeknospen hervor.

Félicité hat den Mund geschlossen. Sie hat die Düfte eingeatmet und die Augen weit geöffnet.

Die Tasse ist ihr aus den Händen gefallen und fast lautlos über das Parkett gerollt.

Die Teepfütze auf dem Fußboden war ihr einziger Spiegel.

DANK

An dich, dessen Extraname Magie lautet, die Magie der Holzschnittnase und der Petroleumaugen, der aufgeschobenen Reisen zu neuen Inseln, der nächtlichen Flure im Lycée Masséna, und ohne den ich schon der Morgenstunden überdrüssig wäre;

an dich, deren Extraname Hände lautet, Tee pflanzende und pflückende Hände, und die du mir die wahren Aromen des Pai Mu Tan enthüllt hast – weniger zarte indes als die einer von der Zeit unberührten Freundschaft;

an euch, die ihr diesem Text einen maßgeschneiderten, klarsichtigen und transparenten Spiegel geboten habt, die ihr mir gezeigt habt, welche Fragmente zusammenzukleben und welche auseinanderzuschieben sind, und mir geholfen habt, die Risse zu finden und mit Gold aufzufüllen;

an meinen Kartographen-Vater, der alle Wege der Gegend kennt und mich zum Marmorpalast mitgenommen hat; an meine Mutter-Amme, die so viele Kinder aufgenommen und mir die Liebe zu ihrer Engelsstadt vermittelt hat;

und an euch, deren Extranamen ich hoffe, bald zu kennen, die ihr geduldig dieser Erzählung gelauscht habt wie Félicité den Geistern, die ihr Geschichtenschleuser und Wahrheitssucher seid:

danke.

INHALT

Sophie Astrabie
Helle Sommer
Roman

Billie ist kein Mädchen wie alle anderen: Sie lebt bei ihrem
Großvater, fährt gern Skateboard, muss jeden Cent zweimal
umdrehen. Eines Sommers trifft sie Maxime, den fremden
Jungen aus Paris: Maxime und Billie, Billie und Maxime,
ab jetzt sind sie zu zweit – zumindest für diese Ferien.
Über zwanzig Jahre lang können sich beide nicht vergessen,
sie sehnen sich, suchen sich, finden und verpassen sich. Sie
wissen, dass sie einander alles bedeuten – aber nie zur selben
Zeit. Wie viele Jahre müssen vergehen, bis man die große
Liebe erkennt?

Aus dem Französischen
von Isabella Bautz
272 Seiten, gebunden
978-3-10-397612-0

Weitere Informationen finden Sie auf
www.fischerverlage.de